Les exilées de Troie

DE LA MÊME AUTRICE

Le silence des vaincues, Éditions Charleston, 2020 ; J'ai lu, 2022.

PAT BARKER

Les exilées de Troie

ROMAN

Traduit de l'anglais
par Laurent Bury

J'AI LU

TITRE ORIGINAL
The Women of Troy

Pour Jack, Maggie et Mr Hobbes,
et en mémoire affectueuse de Ben.

1

Dans le ventre du cheval : chaleur, obscurité, sueur, crainte. Ils sont entassés, serrés comme des olives dans un bocal. Il déteste ce contact avec d'autres corps. Il a toujours détesté cela. Même la chair humaine propre et parfumée lui donne envie de vomir – et ces hommes puent. Ce serait peut-être mieux s'ils se tenaient immobiles, mais ils en sont incapables. Chacun d'eux bouge de gauche à droite, tente de trouver davantage d'espace pour ses épaules, tous gigotent emmêlés comme des vers dans du crottin de cheval.

Des vers rouges.

Ces mots le précipitent dans une spirale qui l'entraîne vers le passé et le ramène dans la maison de son grand-père. Quand il était enfant – *certains* semblent croire qu'il l'est encore –, il allait chaque matin à l'écurie, il courait sur le sentier entre les grandes haies, sa respiration se figeant dans l'air, chaque brindille nue scintillant dans la lumière rouge. En tournant à l'angle du chemin, il voyait le pauvre vieux Rufus qui se tenait devant la porte du premier enclos – qui s'y appuyait, plus exactement. C'est sur Rufus qu'il avait appris à monter, comme presque tout le monde, parce que Rufus était un cheval exceptionnellement calme ; quand il vous sentait glisser, racontait-on pour rire, il levait un sabot et vous redressait. De l'époque où il avait appris à monter à cheval, il n'avait que de bons souvenirs, et il grattait vigoureusement Rufus à tous les endroits que l'animal ne pouvait lui-même atteindre, puis lui soufflait sur les naseaux, leurs haleines se mêlant pour produire un son chaud. Le son de la sécurité.

Bon sang, comme il aimait ce cheval – plus que sa mère, plus même que sa nourrice à laquelle, de toute façon, il avait été retiré dès l'âge de sept ans. Rufus. Même leurs noms les reliaient : Rufus, Pyrrhus. Deux noms signifiant « rouge » – et tous deux avaient le poil roux, d'une rousseur spectaculaire, même si, dans le cas de Rufus, la couleur tirait davantage sur le brun. Quand c'était encore un jeune cheval, sa robe luisait comme les premières châtaignes à l'automne, mais bien sûr, il était plus âgé maintenant. Et malade. Déjà l'hiver dernier, un palefrenier avait remarqué : « On lui voit un peu les côtes. » Et depuis, il avait perdu du poids chaque mois ; les os du bassin en saillie, les épaules réduites à deux pointes, il commençait à ressembler à un squelette. Même l'herbe grasse de l'été n'avait pas suffi à lui remettre de la chair sur les os. Un jour, voyant un valet d'écurie remplir un seau de crottin liquide, Pyrrhus avait demandé :

— Pourquoi sa merde est comme ça ?

— Les vers rouges, avait répondu l'homme. La pauvre bête en est pleine.

Les vers rouges.

Et ces seuls mots le renvoient en enfer.

*

D'abord, on leur autorise les chandelles, mais avec le strict avertissement qu'il faudra les éteindre à l'instant où le cheval se mettra en mouvement. Des lueurs fragiles, vacillantes, mais sans elles la chape de ténèbres et de peur les étoufferait. Oh oui, la peur. Il refuserait de l'admettre, mais elle est bien là, incontestablement, dans la sécheresse de sa bouche et dans le relâchement de ses intestins. Il tente de prier, mais aucun dieu ne l'entend, donc il ferme les yeux et pense : *Père*. Le mot semble maladroit, comme un glaive neuf avant que vos doigts ne s'habituent à sa garde. Avait-il jamais vu son père ? Si oui, il devait être un bébé à l'époque, trop jeune pour se rappeler la rencontre la plus importante de sa vie. Il essaye aussi *Achille*, et il paraît plus facile, moins embarrassant d'employer le nom que peut utiliser n'importe quel soldat.

Il contemple la rangée d'hommes face à lui, il voit chaque visage éclairé par en dessous, de minuscules flammes dansant dans leurs yeux. Ces hommes ont combattu aux côtés de son père. Il y a Ulysse : sombre, mince, comme un furet, l'architecte de toute cette entreprise. Il a conçu le cheval, en a supervisé la construction, a capturé et torturé un prince troyen pour obtenir les détails des défenses de la ville, et a finalement imaginé l'histoire censée leur faire franchir les portes. Si ce plan échoue, les principaux guerriers de l'armée grecque mourront en une nuit. Comment supporte-t-on une telle responsabilité ? Pourtant, Ulysse ne semble pas du tout inquiet. Sans le vouloir, Pyrrhus croise son regard et Ulysse sourit. Oh oui, il sourit, son abord paraît chaleureux, mais à quoi pense-t-il réellement ? Voudrait-il qu'Achille soit là, au lieu d'être représenté par son fils, ce petit avorton inutile ? Si c'est le cas, il a raison, Achille devrait être là. Il n'aurait pas eu peur, lui.

Plus loin dans la rangée, il aperçoit Alcimos et Automédon assis côte à côte : jadis les deux écuyers d'Achille, ils sont désormais les siens. Mais ce n'est pas vraiment ainsi. Ce sont eux qui sont aux commandes, depuis l'instant où il est arrivé : ils aident leur supérieur inexpérimenté, ils réparent ses erreurs, ils font toujours en sorte de lui donner le beau rôle aux yeux des hommes. Eh bien, aujourd'hui, ou plutôt ce soir, tout cela va changer. Après cette nuit, il regardera dans les yeux des hommes qui ont combattu aux côtés d'Achille et il n'y verra que du respect, du respect pour ce qu'il aura accompli à Troie. Oh, bien sûr il ne s'en vantera pas, il n'en parlera peut-être même pas. Non, parce que ce ne sera pas nécessaire, tout le monde saura ; tout le monde sait toujours. Il voit ces hommes qui le regardent parfois, qui doutent de lui. Eh bien, plus après ce soir… Ce soir, il va…

Oh putain, il a besoin de chier. Il se redresse sur son séant, tâchant d'ignorer le nœud de son estomac. Lorsqu'ils ont grimpé à l'intérieur du cheval, il y a eu beaucoup de plaisanteries sur l'emplacement des seaux à latrines. « Au cul de la bête, a dit Ulysse. Il n'y a pas d'autre endroit ! » Cela a produit un éclat de rire aux dépens de ceux qui étaient assis à l'arrière. Personne ne s'est encore servi des seaux et il tient absolument à ne pas être le premier. Ils se bouchent tous le nez en s'éventant avec la main. Ce n'est pas juste, ce n'est vraiment pas *juste*. Il devrait penser à des choses importantes, la guerre qui prendra fin ce soir dans un éblouissement de gloire – pour *lui*. Il s'y prépare depuis des années, depuis qu'il est assez grand pour soulever une épée. Et même avant, à cinq ou six ans, il se battait avec des bâtons pointus, il ne se passait pas un instant sans qu'il se batte, il rouait de coups sa nourrice chaque fois qu'elle tentait de le calmer. Et maintenant que c'est en train de devenir réalité, maintenant que cela lui arrive enfin, tout ce qui lui vient à l'esprit, c'est : *Et si je me chie dessus ?*

Son estomac semble un peu moins douloureux. Tout ira peut-être bien.

Dehors, un grand silence s'est fait. Depuis des jours, ils entendent les navires que l'on charge, les hommes qui chantent, les tambours qui battent, les trompes qui sonnent, les prêtres qui psalmodient – avec autant de vacarme que possible puisqu'il faut que les Troyens entendent. Ils doivent croire que les Grecs s'en vont vraiment. Il ne faut rien laisser dans les cabanes, parce que leur première décision sera d'envoyer des escadrons de reconnaissance sur la plage, afin de vérifier que le camp a bel et bien été abandonné. Il ne suffit pas de faire partir les hommes et les armes. Les femmes, les chevaux, les meubles, le bétail – tout doit disparaître.

À l'intérieur du cheval, à présent, l'inquiétude suscite de plus en plus de protestations. Ils n'aiment pas le silence qui les environne, ils ont l'impression d'avoir été abandonnés. Remuant sur le banc, Pyrrhus guette à travers l'interstice entre deux planches, mais ne voit rien du tout. « Qu'est-ce qu'ils foutent, bordel ? demande quelqu'un. — Ne vous en faites pas, répond Ulysse, ils reviendront. » Et de fait, à peine quelques minutes plus tard, on entend des pas s'approchant sur la plage, suivis par un cri : « Tout va bien, là-dedans ? » Un grommellement réplique. Puis, après ce qui paraît des heures, même si ce ne sont probablement que quelques minutes, le cheval se met en marche. Aussitôt, Ulysse lève la main, et les lumières s'éteignent une par une.

Pyrrhus ferme les yeux et imagine le dos en sueur des hommes qui s'arc-boutent pour tirer ce monstre jusqu'à Troie, à travers le sol parsemé d'ornières. Il y a des rouleaux pour les aider, mais cela prend malgré tout beaucoup de temps – le sol est creusé, labouré par dix longues années de guerre. Ils savent qu'ils approchent quand les prêtres se mettent à chanter un hymne de louanges à Athéna, protectrice des villes. Protectrice des villes ? C'est une blague ? Merde, on espère bien qu'elle ne protège pas cette ville-ci. Enfin, les soubresauts cessent et les hommes dans le ventre du cheval échangent des regards inquiets, leur visage n'est plus qu'une clarté floue dans la pénombre. Ça y est ? Ils y sont ? Un autre hymne à Athéna, et après trois derniers cris en l'honneur de la déesse, les hommes qui ont halé le cheval jusqu'aux portes de Troie s'en vont.

Leur voix, qui continue à psalmodier hymnes et prières, s'éteint peu à peu. Quelqu'un murmure : « Qu'est-ce qu'on fait, maintenant ? » Et Ulysse répond : « On attend. »

*

Une outre en peau de chèvre, remplie de vin dilué, passe de main en main même s'ils n'osent pas faire davantage qu'y tremper les lèvres. Les seaux sont déjà plus qu'aux deux tiers pleins et, comme dit Ulysse, un cheval de bois qui pisse pourrait éveiller les soupçons. Il fait une chaleur terrible ; ça pue la résine des pins fraîchement abattus – et il commence à se passer quelque chose de très étrange, car il a le goût de la résine dans la bouche et l'odeur de la chaleur dans le nez. L'intérieur de ses narines est comme brûlé. Et il n'est pas le seul à souffrir. Machaon ruisselle de sueur – il a bien plus de kilos à transporter que les hommes plus jeunes, minces comme les chiens sauvages qui doivent être en train de flairer aux portes des cabanes vides, en se demandant où sont partis les humains. Pyrrhus tente d'imaginer le camp désert : la grande salle où il est entré pour la première fois dix jours après la mort de son père, où il s'est assis dans le fauteuil d'Achille, les mains sur les têtes de lion sculptées, le bout des doigts dans leur gueule béante comme Achille avait dû le faire, soir après soir. Et il avait eu le sentiment d'être un imposteur, un petit garçon autorisé à rester éveillé très tard. S'il avait baissé les yeux, il aurait vu ses jambes se balancer à trente centimètres du sol.

Demain matin, il sera peut-être mort, mais penser ainsi ne sert à rien : l'heure fatale arrive quand elle doit arriver, et l'homme ne peut rien faire pour repousser ce moment. Il regarde à droite et à gauche, et voit sa propre tension reflétée sur tous les visages. Même Ulysse s'est mis à se ronger l'ongle du pouce. Les Troyens doivent maintenant savoir que les navires ont mis les voiles, que le camp grec est abandonné, mais peut-être ne le croient-ils pas. Priam règne sur Troie depuis cinquante ans ; c'est un trop vieux renard pour être pris par une ruse pareille. Le cheval est un piège, un piège ingénieux – *oui, mais qui est dedans ?*

Ulysse lève la tête, tend l'oreille, et un instant après, tous l'entendent : le murmure des voix troyennes, intriguées, nerveuses. Qu'est-ce que c'est ? Pourquoi est-ce là ? Les Grecs ont-ils vraiment renoncé et sont-ils repartis chez eux en laissant ce remarquable cadeau ? « Remarquablement inutile », dit quelqu'un. « Comment tu peux savoir que c'est inutile tant que tu ne sais pas à quoi ça sert ? » « On ne sait peut-être pas à quoi ça sert, mais on sait une chose : faut pas faire confiance à ces putains de Grecs. » Un rugissement d'approbation. « Et puis comment on sait que c'est vide ? Comment on sait qu'il n'y a personne dedans ? » Les voix basculent de la méfiance vers la panique. « Foutez-y le feu. » « Ouais, brûlez-le, leur cheval pourri. Comme ça, on saura s'il y avait quelqu'un dedans. » L'idée fait son chemin, et bientôt tous scandent : « Brûlez-le ! Brûlez-le ! Brûlez-le ! » Pyrrhus regarde autour de lui et lit la peur sur tous les visages ; non, pire que la peur, la terreur. Ce sont tous des hommes courageux, l'élite de l'armée grecque, mais celui qui prétend ne pas avoir peur du feu est soit un menteur, soit un imbécile.

« BRÛLEZ-LE ! BRÛLEZ-LE ! BRÛLEZ-LE ! »

Une caisse en bois remplie d'hommes : elle brûlera comme un bûcher funéraire truffé de gras de porc. Et que feront les Troyens quand ils entendront les cris ? Ils courront chercher des seaux d'eau ? Sûrement pas, bordel ! Ils resteront là à rigoler. Quand l'armée reviendra, elle ne trouvera que des poutres incendiées et des cadavres calcinés, leurs poings serrés dans la posture de boxeur de ceux qui meurent par le feu. Et au-dessus, sur les remparts, les Troyens les attendront. Il n'est pas lâche, vraiment pas, il était prêt à mourir lorsqu'il est monté dans ce putain de cheval, mais il n'a aucune envie de crever comme un porc rôti à la broche. Mieux vaudrait sortir maintenant pour *se battre*…

Il est presque debout lorsqu'une pointe de lance apparaît entre les têtes des deux hommes assis face à lui. Il voit leur visage blêmir sous le choc. En un instant, tout le monde s'enfonce plus profond dans le ventre du cheval, aussi loin que possible des flancs. Dehors, une femme hurle de toutes ses forces : « C'est un piège, vous ne voyez pas que c'est un piège ? » Puis une autre voix, celle d'un homme, un vieillard, mais sans faiblesse, pleine d'autorité. Ce ne peut être que Priam. « Cassandre, rentre chez toi, maintenant, rentre chez toi. »

À l'intérieur du cheval, les hommes jettent des regards accusateurs à Ulysse qui a conçu ce plan, mais lui se contente de hausser les épaules et de lever les bras au ciel.

De nouveaux cris éclatent. Les gardes ont trouvé quelqu'un qui rôdait près des portes. Ils le traînent devant Priam et l'obligent à s'agenouiller. Après un moment, un long moment, Sinon se met à parler, d'abord d'une voix hésitante, puis plus assurée à mesure qu'il avance dans son récit. Pyrrhus tourne les yeux vers Ulysse et voit ses lèvres remuer en rythme avec les paroles de Sinon. Il lui fait répéter son rôle depuis trois semaines, arpentant ensemble l'arène pendant des heures, élaborant l'histoire, essayant de prévoir toutes les questions que les Troyens pourraient lui poser.

Chaque détail doit être parfaitement convaincant : les Grecs pensent que les dieux les ont abandonnés, en particulier Athéna, qu'ils ont gravement offensée. Le cheval est une offrande pour elle et devra être aussitôt conduit dans son temple. Mais ce ne sont pas les détails qui comptent. Tout dépend réellement de l'analyse de la personnalité de Priam faite par Ulysse. Alors qu'il était encore enfant, il n'avait pas sept ans, Priam fut fait prisonnier de guerre et dut attendre que l'on verse sa rançon. Seul, sans amis, condamné à vivre en terre étrangère, il s'était tourné vers les dieux pour trouver un réconfort, et en particulier vers Zeus Xénios, le dieu qui ordonne de se montrer bon envers les inconnus. Sous le règne de Priam, Troie a toujours accueilli ceux qui se heurtent à l'hostilité de leurs compatriotes. Ulysse a imaginé une histoire faite pour charmer Priam, chaque détail visant à exploiter sa foi pour en faire une faiblesse. Et si ce plan échoue, ce ne sera certes pas la faute de Sinon, car il y met tout son talent, sa voix s'élevant vers les cieux en une plainte gémissante. « Je vous en supplie, répète-t-il, je vous en supplie, prenez pitié de moi, je n'ose pas rentrer chez moi, ils me tueront si je rentre. »

« Lâchez-le », dit Priam. Puis, s'adressant sans doute directement à Sinon : « Bienvenue à Troie. »

*

Peu après, des cordes attrapent le cou du cheval comme des lassos, et l'animal se met en branle. Au bout de quelques mètres, tout s'arrête, plus rien ne bouge pendant plusieurs minutes intolérables, puis le mouvement reprend. Pyrrhus jette un coup d'œil à travers une fente entre les planches – l'air de la nuit lui rafraîchit inopinément les paupières –, mais il ne voit qu'un mur de pierre. C'est assez pour lui indiquer qu'ils franchissent les Portes Scées et qu'ils entrent dans Troie. Les hommes échangent des regards, les yeux écarquillés. Silencieux. Dehors, les Troyens, hommes, femmes et enfants, chantent des hymnes de louanges à Athéna, protectrice des villes, tandis qu'ils traînent le cheval à l'intérieur des remparts. On entend le bavardage enthousiaste des petits garçons qui « aident » leur père à tirer sur les cordes.

Pendant ce temps, une chose étrange arrive à Pyrrhus. Ce n'est peut-être que la soif, ou la chaleur, qui est maintenant pire que jamais, mais il a l'impression de voir le cheval de l'extérieur. Il en voit la tête à la hauteur des toits des palais et des temples tandis qu'ils avancent lentement dans les rues. Sensation curieuse : être enfermé dans l'obscurité, mais voir les rues larges et les vastes places, la foule des Troyens en liesse qui tournoient autour des jambes du cheval. Le sol en est noir. On dirait des fourmis qui ont trouvé une chrysalide d'insecte, assez grande pour nourrir leurs petits pendant des semaines, et qui la ramènent en triomphe à leur fourmilière, sans savoir que, le jour où le cocon luisant et dur s'ouvrira, il crachera la mort sur elles.

Les embardées et les oscillations finissent par cesser. À l'intérieur, tous ont la nausée. Nouvelles prières, nouveaux hymnes ; la foule troyenne pénètre dans le temple d'Athéna pour remercier la déesse de cette victoire. Puis la fête commence, on chante, on danse, on boit, on boit encore. Les guerriers grecs écoutent et attendent. Pyrrhus tente de trouver la place d'étendre ses jambes ; il a une crampe dans le mollet droit, parce qu'il est déshydraté et parce qu'il est resté trop longtemps assis dans la même position contrainte. Les ténèbres sont plus épaisses maintenant, sans clair de lune pour les éclairer par les interstices dans les flancs du cheval – une nuit sans lune a été choisie pour cette attaque. De temps à autre, une bande de fêtards ivres passe en titubant et leurs torches projettent des rayures de tigre sur le visage des hommes qui patientent à l'intérieur. La lumière luit sur les casques, les cuirasses et les lames des épées. Ils attendent toujours. Au loin, dans la nuit, les vaisseaux noirs labourent la mer avec leur éperon de proue, creusant des sillons blancs dans la houle grise. La flotte grecque revient. Il imagine les navires entrant dans la baie, leurs voiles roulées pour céder la place aux rameurs, puis les quilles percutant les galets lorsqu'ils atteignent le rivage.

Peu à peu, les chants et les cris s'estompent ; les derniers ivrognes ont regagné leur domicile en rampant ou se sont évanouis dans le caniveau. Et les gardes de Priam ? Est-il imaginable qu'ils soient restés sobres, maintenant que la guerre est terminée, maintenant qu'ils se croient sûrs d'avoir gagné et qu'il n'y a plus d'ennemi à affronter ?

Enfin, sur un signe de tête d'Ulysse, quatre guerriers à l'arrière du cheval tirent les verrous et enlèvent deux panneaux des côtés. L'air frais de la nuit les inonde ; Pyrrhus sent un picotement sur sa peau quand la sueur s'évapore. Puis, un par un, en un flux régulier, les hommes descendent les échelles de corde et forment un cercle à terre. On se bouscule un peu à l'avant parce que chacun veut avoir l'honneur d'être le premier sorti. Pyrrhus s'en fiche ; il est l'un des premiers, cela lui suffit. Quand ses pieds touchent le sol, il sent une secousse lui remonter la colonne vertébrale. Les hommes frappent des pieds, pour refaire circuler le sang, car d'une minute à l'autre ils vont devoir courir. Il s'empare d'une torche sur un des murs du temple et, dans cette aveuglante lumière rouge, il se retourne et voit les derniers soldats tomber lourdement à terre. Le cheval chie des hommes. Une fois qu'ils sont tous sortis, ils se regardent les uns les autres, tous les visages affichant la même expression à demi éveillée. Ils sont dans la place. Lentement, comme une vague que rien ne peut arrêter, il prend conscience de cette réalité. À présent, à cet instant, il se trouve là où son père n'a jamais mis les pieds, à l'intérieur des remparts de Troie. Il n'y a plus de peur désormais. Tout est simple, tout est clair. Là-bas, dans l'obscurité, se trouvent les portes qu'ils doivent ouvrir pour laisser entrer l'armée. Pyrrhus resserre le poing sur son épée et se met à courir.

2

Une heure plus tard, il est sur les marches du palais, au cœur de la bataille. Il prend la hache d'un mourant et s'attaque à la porte. La foule des combattants montant derrière lui l'empêche de prendre assez son élan – il leur crie de reculer, de lui laisser de la place, et quatre ou cinq coups après, il a percé une brèche assez grande pour passer. Ensuite, c'est facile, tout est *facile*. Se précipitant dans le couloir, il sent battre dans ses veines le sang de son père et il pousse un cri de triomphe.

À l'entrée de la salle du trône les attend une véritable muraille de gardes troyens, les guerriers grecs sont déjà aux prises avec eux, mais il se dirige vers la droite, à la recherche du passage secret qui mène de la maison d'Hector – où sa veuve, Andromaque, vit désormais seule avec leur fils – aux appartements privés de Priam. C'est l'information arrachée par Ulysse au prince captif qu'il a torturé. Une porte dans le mur, à moitié cachée par un paravent, conduit à un couloir obscur qui s'enfonce brusquement dans le sol – l'odeur froide des lieux renfermés, inutilisés –, puis un escalier l'introduit dans la lumière vive de la salle du trône, où Priam est debout devant un autel, immobile, dans l'expectative, comme si toute sa vie n'avait été que la préparation de ce moment. Ils sont seuls. Le bruit des Grecs et des Troyens qui s'affrontent de l'autre côté du mur paraît s'atténuer.

Sans un mot, ils se dévisagent. Priam est vieux, si vieux que c'en est choquant, et si frêle qu'il croulerait presque sous le poids de son armure. Pyrrhus s'éclaircit la gorge, et dans le grand silence, ce son étrange sonne comme une excuse. Le temps semble s'être arrêté, il ne sait pas comment le faire redémarrer. Il s'approche des marches de l'autel et se présente, comme il se doit avant un combat : « Je suis Pyrrhus, fils d'Achille. » Fait incroyable, impardonnable, Priam sourit et secoue la tête. Maintenant en colère, Pyrrhus pose un pied sur la première marche et voit Priam rassembler ses forces : pourtant, quand le vieillard finit par lancer son javelot, celui-ci ne transperce pas le bouclier, mais y reste planté, vibrant, avant de tomber bruyamment à terre. Pyrrhus éclate de rire, et le son de son propre rire le libère. Il bondit en haut des marches, empoigne les cheveux de Priam, lui renverse la tête en arrière pour exposer sa gorge décharnée, et…

Et rien…

Depuis une heure, il est dans un état proche de la frénésie, ses pieds touchent à peine le sol, l'énergie se déverse en lui depuis le ciel – mais à présent, alors que cette frénésie serait le plus nécessaire, il sent que ses membres se vident. Il lève le bras, mais l'épée est lourde, lourde. Devinant la faiblesse de son adversaire, Priam se débat, lui échappe et tente de s'enfuir, il trébuche néanmoins et s'étale sur les marches. Pyrrhus se jette aussitôt sur lui, saisit sa crinière argentée, et voilà, ça y est, c'est le moment, *maintenant*, mais les cheveux sont d'une douceur inattendue, presque comme des cheveux de femme, et ce minuscule détail insignifiant suffit à le désarçonner. Il tranche la gorge du vieillard et manque son coup – *idiot, idiot* –, il est comme un garçon de dix ans qui tente pour la première fois de saigner un cochon, qui multiplie les coups de couteau, larde la bête d'entailles sans qu'aucune ne soit assez profonde pour donner la mort. Avec ses cheveux blancs et sa peau claire, Priam semblait ne pas avoir une seule goutte de sang en lui ; mais il en a, des litres et des litres, il patauge et glisse sur le sol. Il finit par attraper le pauvre vieux, s'agenouille sur sa poitrine osseuse et, même alors, il n'y arrive pas. Il grogne de désespoir : « Achille ! Père ! » Et, chose incroyable, Priam se tourne vers lui et sourit à nouveau. « Le fils d'Achille ? *Toi ?* Tu ne lui ressembles en rien. »

Une brume rouge de fureur donne à Pyrrhus la force de frapper encore. Droit dans le cou, cette fois, pas d'erreur. Le sang chaud de Priam jaillit sur son poing serré. Ça y est. Fini. Il laisse le corps glisser à terre. Quelque part, tout près, une femme hurle. Abasourdi, il regarde autour de lui et voit un groupe de femmes accroupies de l'autre côté de l'autel. Certaines ont leur bébé dans les bras. Ivre de triomphe et de soulagement, il se jette sur elles, bras écartés, leur crie « Bouh ! » au visage – et rit en les voyant détaler.

Pourtant, une fille se lève et soutient son regard – les yeux globuleux, un faciès de grenouille. Comment ose-t-elle le dévisager ? Pendant un moment, il est tenté de la frapper, mais il se retient à temps. Tuer une femme ne rapporte aucune gloire, et de toute façon, il est fatigué, plus qu'il ne l'a jamais été dans sa vie. Son bras droit pend de son épaule, aussi inerte qu'une bêche. Le sang de Priam lui tend la peau en séchant, il pue, une odeur de poisson, de ferraille. Il reste planté là, contemplant le corps, puis décide soudain de le repousser d'un coup de pied. Il n'y aura pas d'obsèques pour Priam. Pas d'hommage, pas de rites funéraires, pas de dignité dans la mort. Il fera exactement ce que son père a fait à Hector : il attachera les minces chevilles du vieillard à l'essieu de son char et le traînera jusqu'au camp. Mais d'abord, il doit s'éloigner de tous ces cris et ces sanglots ; il franchit en aveugle une porte sur sa droite.

Il fait sombre dans cette pièce fraîche et calme ; les cris des femmes paraissent moins sonores. À mesure que ses yeux s'habituent à la pénombre, il distingue un portant chargé de robes de cérémonie et, à côté, un fauteuil sur le dossier duquel sont disposés les vêtements d'un prêtre. Ce doit être le cabinet de Priam. Debout sur le seuil, il tend l'oreille, il sent la pièce se dérober devant lui, tout comme l'ont fait les femmes. Tout est silencieux, vide. Mais soudain, il surprend un mouvement dans l'angle opposé. Quelqu'un se cache, là-bas dans l'ombre, il aperçoit les contours d'une silhouette. Une femme ? Non, d'après ce qu'il a entrevu, il est à peu près sûr que c'était un homme. Écartant les vêtements, il s'avance – et la joie, le soulagement le font presque éclater de rire, car celui qu'il voit là en face de lui, c'est Achille. Ce ne peut être personne d'autre : l'armure étincelante, les longs cheveux. C'est un signe, le signe qu'il est enfin accepté. Il marche avec assurance, scrutant l'obscurité, et il voit Achille venir à lui, enveloppé de sang ; tout est rouge, de la crête de son casque jusqu'aux sandales qu'il a aux pieds. Les cheveux aussi sont rouges, pas roux carotte, pas orangés, non, rouges comme le sang ou le feu. Au dernier moment, face à face, il tend la main et ses doigts poisseux heurtent une surface dure et froide.

Tout près, maintenant, presque assez près pour un baiser. « Père », dit-il, alors que son haleine embue le bronze brillant du miroir. « Père. » Et à nouveau, avec moins de fermeté cette fois : « *Père ?* »

3

Nous rentrons
Nous rentrons
Nous rentrons chez nous !

Je ne sais plus combien de fois j'ai entendu ce chant – si on peut l'appeler un chant – ces derniers jours. Des groupes d'hommes titubant à travers le camp – ivres, la bouche pâteuse, l'œil vitreux – rugissant ces paroles simples et répétitives jusqu'à s'enrouer. La discipline s'était presque entièrement effondrée. Dans tout le camp, les rois luttaient pour reprendre le contrôle de leurs hommes.

Un matin, en traversant l'arène, j'ai entendu Ulysse crier : « Si vous ne chargez pas ce putain de bateau, vous n'irez nulle part ! » Il sortait de sa grande salle et se tenait sur les marches de la terrasse, face à une trentaine d'hommes. Signe de l'humeur générale : même là, dans sa propre enceinte, il portait une lance. La plupart des chanteurs ont commencé à s'éloigner, mais une voix a surgi dans la foule. « Ouais, et toi, mon salaud ? On t'a pas vu soulever grand-chose, tricheur ! »

Thersite, bien sûr. Qui d'autre ? Il n'avait pas exactement fait un pas en avant ; c'étaient plutôt les autres qui avaient reculé. Ulysse s'est aussitôt jeté sur lui, la lance haut au-dessus de sa tête. S'en servant comme d'une massue, il a frappé Thersite à plusieurs reprises sur les bras et les épaules, puis, alors que celui-ci gémissait à terre, recroquevillé, il lui a encore martelé les côtes avant de l'achever par un coup de pied dans l'entrejambe.

Se tenant les couilles à deux mains, Thersite s'agitait dans tous les sens tandis que les autres hommes se massaient autour de lui en ricanant très fort. Il est connu pour être un emmerdeur, un tire-au-flanc ; quand on répartit les tâches, Thersite se planque toujours au bout de la file. Bien sûr, cela les amuse de le voir braver l'autorité, mais ils n'ont pour lui aucune affection, aucun respect. Donc ils l'ont laissé à terre et sont partis, peut-être charger le navire, mais plus vraisemblablement chercher de nouvelles réserves de vin, puisque les outres suspendues à leurs épaules semblaient vides. Quelques mètres plus loin, ils ont repris leur chanson, que chaque répétition faisait encore plus ressembler à un chant funéraire.

Nous rentrons
Nous rentrons
Nous rentrons chez nous !

En vérité, personne ne rentrait. Personne n'allait nulle part. Il y a seulement quatre jours, ils étaient à une heure du départ – certains des rois, dont Ulysse, étaient déjà à bord –, mais le vent avait tourné subitement et des bourrasques avaient soufflé depuis la mer. Il aurait fallu être fou pour quitter l'abri de la baie par un temps pareil. « Oh, pas de souci, disait tout le monde. Ça ne durera pas. » Mais ça a duré. De jour en jour, d'heure en heure, ce vent inattendu s'est maintenu, et ils ont donc tous été bloqués, les guerriers grecs victorieux – ainsi que leurs captives troyennes, bien sûr.

Et donc, Thersite. Je me suis penchée au-dessus de lui, en surmontant le dégoût suscité par la puanteur de sa bouche ouverte. Je m'en voulais de mal juger un homme qui venait de traiter en face Ulysse de tricheur, mais vraiment, il n'y avait pas grand-chose à aimer chez Thersite. Il était là, blessé, et je me dirigeais vers l'hôpital, donc j'ai placé une main sous son bras et je l'ai aidé à se lever. Il est resté un moment plié en deux, les mains sur les genoux, avant de lever lentement la tête.

— Je te connais, a-t-il dit. Briséis, c'est bien ça ? (Il a essuyé son nez sanglant avec le revers de sa main.) La putain d'Achille.

— L'épouse du seigneur Alcimos.

— Ouais, mais ton polichinelle dans le tiroir, il est de qui ? Et qu'est-ce qu'il en dit, le *seigneur* Alcimos ? De se faire refiler le bâtard d'un autre ?

Je lui ai tourné le dos, me sachant suivie par Amina tandis que je m'éloignais. Connaissait-elle l'histoire de mon mariage ? En tout cas, si elle l'ignorait jusque-là, elle était maintenant informée.

Quelques jours avant d'être tué, Achille m'avait donnée à Alcimos, expliquant que celui-ci avait juré de veiller sur l'enfant que j'attendais. Je ne l'avais appris que le matin de l'événement. Tirée du lit d'Achille – un drap taché de sperme autour de mes épaules, des miettes de pain dans les cheveux, l'estomac barbouillé, sentant le sexe –, j'avais été mariée à Alcimos. Étrange union, bien que parfaitement légale, avec un prêtre pour dire les prières et attacher nos mains ensemble par un fil écarlate. Et, il faut le reconnaître, Alcimos avait tenu parole. Ce matin-là encore, il avait insisté pour qu'une femme m'accompagne chaque fois que je quittais l'enceinte. « C'est dangereux, avait-il dit. Tu dois emmener quelqu'un avec toi. »

Et le résultat était cette fille, Amina.

Nous formions une petite procession ridicule, moi, la respectable femme mariée, sous mon voile épais, et Amina trottant quelques pas en arrière. Tout cela était absurde, bien entendu. Ce qui me protégeait des bandes d'ivrognes qui écumaient le camp, ce n'était pas la présence d'une adolescente, mais le bras armé d'Alcimos, tout comme, seulement cinq mois auparavant, le bras armé d'Achille. La seule et unique chose qui comptait ici, c'était le pouvoir – ce qui signifiait, en fin de compte, le pouvoir de tuer.

En temps normal, j'aimais me promener le long du rivage ; pas aujourd'hui. Le vent était devenu chaud, comme une main humide vous repoussant loin de la mer et semblant signifier : « Non, tu ne peux aller là. » Je dis « humide », mais jusqu'ici il n'y avait pas eu de pluie, même si un nuage en forme d'enclume se dressait haut dans le ciel au-dessus de la baie ; la nuit, on y discernait des éclairs, par intermittence. Tout indiquait qu'une tempête allait éclater, mais elle n'arrivait jamais. La lumière, d'un étrange brun rouge, teignait de bronze le moindre coin de peau exposée, jusqu'à ce que le visage et les mains des hommes semblent faits du même métal dur et résistant que leurs épées.

Derrière les festivités – beuveries, banquets et danses –, je détectais un certain malaise. Ce vent commençait à porter sur les nerfs de tout le monde, comme un bébé en colère qui refuse de s'endormir. Même la nuit, avec les portes fermées et verrouillées, il n'y avait pas moyen d'y échapper. Les rafales s'insinuaient dans chaque fente, soulevant les tapis, éteignant les bougies, vous poursuivant dans le couloir et dans votre chambre, jusque dans votre sommeil. Au beau milieu de la nuit, on se surprenait à contempler le plafond, et toutes les questions que l'on réussissait à oublier dans la journée se rassemblaient autour du lit.

Et qu'est-ce qu'il en dit, le seigneur *Alcimos ? De se faire refiler le bâtard d'un autre ?*

Ma grossesse était désormais de notoriété publique. La transformation semblait s'être produite imperceptiblement, un peu comme les nuits avaient raccourci. Soir après soir, on ne perçoit aucune véritable différence, et puis subitement, le fond de l'air devient frais et l'on sait que c'est l'automne. L'attitude des gens à mon égard avait changé à mesure que mon ventre gonflait, et cela me rendait plus difficile d'accepter mes propres sentiments envers l'enfant à naître. L'enfant d'Achille. Le *fils* d'Achille, selon les Myrmidons, qui voyaient apparemment ce qu'il y avait dans ma matrice. Parfois, j'avais la sensation de ne pas porter un bébé, mais Achille lui-même, miniaturisé, réduit à la taille d'un homoncule, pourtant encore identifiable comme Achille ; et tout armé.

Alors que nous approchions de la porte de l'enceinte d'Agamemnon, j'ai baissé les yeux, pour suivre avec attention les mouvements de mes pieds – *gauche, droite ; gauche, droite* – à mesure qu'ils apparaissaient et disparaissaient sous le bord de ma tunique. J'avais été si malheureuse ici, je redoutais toujours d'y retourner, mais je me rappelais que la honte d'être une esclave dans les cabanes d'Agamemnon, dans le lit d'Agamemnon, appartenait au passé. J'étais une femme libre ; et donc, une fois la porte franchie, j'ai relevé la tête et j'ai regardé autour de moi.

Nous étions sur la place principale de l'enceinte. Quand j'habitais ici, c'était le terrain de parade où les hommes se réunissaient avant de partir combattre ; à présent, on y avait installé la tente-hôpital qui se trouvait à l'origine sur la plage, position bien plus exposée. À son nouvel emplacement, la tente paraissait encore plus pitoyable qu'auparavant, sa toile couverte de taches vertes, empuantie par un long stockage dans la cale d'un navire. C'était l'une des tentes sous lesquelles les Grecs avaient vécu pendant les premiers mois de la guerre, lorsqu'ils avaient l'arrogance de croire que Troie serait vaincue sans peine. Après un premier hiver misérable, ils avaient abattu une forêt entière pour se construire des cabanes en bois.

Je me suis glissée sous le rabat ouvert, en m'arrêtant un instant pour que mes yeux s'habituent à cette pénombre verte. Je pensais avoir entendu tous les sons dont le vent était capable, mais le claquement et le mugissement de la toile étaient nouveaux. Les odeurs n'avaient pas changé, elles. Sang séché, montant d'un panier rempli de vieux bandages, et un mélange d'herbes fraîches : thym, romarin, lavande, laurier. Du temps où je travaillais ici, la tente était tellement bondée qu'il fallait enjamber un malade pour atteindre le suivant. À présent, elle était presque vide : juste deux rangées de cinq ou six lits de sangles, dont les occupants dormaient pour la plupart, sauf deux, tout derrière, qui jouaient aux dés. Ces hommes avaient sans doute été blessés lors de l'assaut final contre Troie. Aucun ne semblait grièvement touché, sauf celui du bout de la première rangée, qui paraissait mal en point. Je me suis demandé pourquoi je me donnais la peine d'évaluer leur état ; cela ne me concernait plus désormais.

Ritsa se tenait près d'une table, tout au fond, et s'essuyait les mains sur le tablier de toile à sac noué autour de sa taille. Elle a souri en me voyant approcher, mais j'ai bien noté qu'elle ne venait pas à ma rencontre comme autrefois.

— Eh bien ! s'est-elle exclamée quand je l'ai rejointe. Tu n'es plus la même !

Qu'y avait-il de si différent ? Ma grossesse, qui commençait à se voir, ou la riche broderie sur ma robe ? Mais rien de cela n'était vraiment nouveau. Alors j'ai compris qu'elle devait faire référence à Amina, qui était entrée après moi et me suivait à quelques pas de distance.

— C'est qui, celle-là ? Ta servante ?

— *Non*. (Il était important de tirer cela au clair.) C'est juste qu'Alcimos n'aime pas que je me promène seule dans le camp.

— Pour ça, il a raison. Je n'ai jamais vu autant d'ivrognes. Viens, assieds-toi...

Elle a pris une cruche de vin et a servi trois gobelets. Après un instant d'hésitation, et avec un coup d'œil vers moi, Amina en a accepté un. C'était agaçant, elle se comportait exactement comme une servante.

Je me suis assise à la longue table et me suis tournée vers Ritsa.

— Comment vas-tu ?

— Je suis fatiguée.

Ça se voyait. En fait, elle paraissait épuisée et je ne comprenais pas pourquoi, puisque les hommes, en dehors du blessé à la tête, au premier rang, n'avaient que des plaies bénignes.

— Je dors dans la cabane de Cassandre.

Cela expliquait tout. Je me rappelais la fureur de Cassandre quand les Troyennes attendaient d'être partagées entre les rois – elle avait saisi des torches et les avait fait tournoyer au-dessus de sa tête, frappant du pied, criant que tout le monde devait venir danser pour son mariage... Elle avait même essayé de faire se lever sa mère, pour l'obliger à danser et à frapper du pied elle aussi.

— Elle va mieux ?

Ritsa a fait la grimace.

— Ça dépend. En général, le matin, ça va, mais le soir, c'est l'horreur... Elle est obsédée par le feu, elle met les mains dedans, c'est incroyable mais véridique – et chaque fois, c'est moi qui ai des ennuis, c'est *ma* faute, et je suis surprise qu'elle n'ait pas encore brûlé tout ce foutu camp. Je n'ose pas m'endormir, et ensuite je dois travailler ici toute la journée. C'est pas une vie.

— Il te faudrait de l'aide.

— Oh, il y a une gamine, mais elle n'est pas bonne à grand-chose. Je ne pourrais pas lui confier Cassandre.

— Je pourrais veiller avec elle, pour que tu puisses dormir un peu.

— Je ne sais pas trop ce que Machaon en penserait.

— On pourrait demander. *Je* pourrais demander.

Elle a secoué la tête. Machaon était le médecin-chef de l'armée grecque. Il était aussi – ce qui était plus pertinent – le propriétaire de Ritsa. Je voyais qu'elle répugnait à ce que je m'adresse à lui, j'ai donc renoncé.

— Ton vin est bon, ai-je dit pour combler un silence.

— Tu trouves aussi ? Il n'est pas mauvais.

Elle était en train de nous resservir quand une grande bourrasque a enflé la toile au-dessus de nous. Alarmée, j'ai levé les yeux.

— Ça ne t'inquiète pas ? Moi, j'aurais peur que tout s'écroule.

— Si seulement c'était possible.

Je l'ai regardée, mais elle s'est contentée de hausser les épaules et s'est remise à broyer des herbes. Cela peut vous paraître étrange, mais j'enviais la sensation de la fraîcheur du mortier au creux de sa main. Il s'était écoulé beaucoup de temps depuis l'époque où je travaillais à côté d'elle à cette table, mais ç'avait été ma période la plus heureuse dans le camp. Je reconnaissais encore chacun des ingrédients alignés devant elle – tous avaient un effet sédatif. En y mélangeant du vin fort, on obtenait une boisson à assommer un taureau.

— C'est pour Cassandre ?

Elle a regardé Amina, puis a articulé :

— Pour Agamemnon. Il ne dort plus, apparemment.

— Ah, la pauvre âme.

Nous avons échangé un sourire, puis elle a désigné Amina, d'un signe de tête :

— On ne l'entend pas.

— Il faut se méfier de l'eau qui dort.

— Ah oui ?

— Non, je ne sais pas. Mais tu as raison, elle ne parle pas beaucoup.

— Ce n'est vraiment pas ta servante ?

— Non, c'est une de celles du seigneur Pyrrhus. Ça nous arrange toutes les deux, je suppose. J'ai besoin de quelqu'un pour m'accompagner, et elle a besoin de sortir.

Cette conversation m'embarrassait un peu. Je connaissais Ritsa depuis l'enfance. À l'époque, c'était une personne d'un certain rang, respectée comme guérisseuse et comme sage-femme. Elle avait été la meilleure amie de ma mère – quand celle-ci était morte, Ritsa avait fait de son mieux pour veiller sur moi. Puis, des années plus tard, quand Achille avait pillé et brûlé notre ville, nous avions été emmenées ensemble au camp de Lyrnessos, comme esclaves. Elle m'avait alors été d'un immense secours, ainsi qu'à beaucoup d'autres femmes. Mais maintenant j'étais libre, j'étais l'épouse du seigneur Alcimos, alors que Ritsa était encore esclave. Oh, on a beau dire qu'un changement de statut social ou de fortune ne doit en rien modifier une amitié, on sait bien comment les choses se passent. Pourtant, je ne voulais pas qu'il en soit ainsi de cette amitié-là. J'avais perdu tant de gens que j'aimais ; j'étais résolue à ne pas perdre Ritsa.

Instinctivement, je me suis donc mise à évoquer notre vie à Lyrnessos, pour lui tendre la main grâce au souvenir partagé de jours meilleurs, avant qu'Achille détruise tout, avant que nous entendions pour la première fois son terrible cri de guerre résonner autour des remparts. Malgré mes efforts, la conversation semblait noyée, comme la mèche d'une bougie en fin de vie – et pendant tout ce temps je sentais la présence d'Amina, qui était tout ouïe. Après une nouvelle pause, j'ai conclu :

— Bon, il doit être temps que je m'en aille.

Ritsa a aussitôt hoché la tête et écarté son mortier. Nous avons hésité en nous embrassant, chacune tendant la joue vers l'autre en un geste inefficace, avant de finalement nous cogner le nez l'une à l'autre. Amina observait. Quand nous sommes parties, elle est une fois de plus restée délibérément à la traîne. J'ai ralenti, car j'avais envie de marcher à côté d'elle, mais elle m'a aussitôt imitée, de sorte que la distance entre nous était toujours la même. J'ai soupiré, et me suis remise à lutter contre le vent. Cette fille pesait sur ma conscience et cela ne me plaisait guère, car je sentais que je faisais de mon mieux. Me remémorant mes premiers jours au camp, et toute l'aide que d'autres femmes m'avaient alors apportée, j'avais tenté de me lier avec elle, lors de mes visites dans les cabanes des femmes, mais elle avait refusé chacune de mes propositions d'amitié. Bien sûr, j'essayais d'encourager les autres aussi, mais Amina en particulier, probablement parce qu'elle me rappelait tant celle que j'étais jadis, du temps où j'observais, j'écoutais et j'attendais. L'amitié s'appuie souvent sur des similitudes, la découverte d'attitudes communes, de passions partagées, mais les ressemblances entre Amina et moi n'avaient pas cet effet-là. Elles ne faisaient qu'aggraver mes doutes à mon propre sujet.

Malgré cela, je voulais établir un contact. Je ne cessais de me retourner vers elle, mais elle marchait tête baissée et évitait soigneusement mon regard.

Un groupe d'hommes étaient rassemblés dans l'arène et donnaient des coups de pied dans une vessie de porc. Du moins, j'espérais que c'était une vessie de porc. Le lendemain de la chute de Troie, j'en avais rencontré qui jouaient au ballon avec une tête humaine. Ceux-ci semblaient assez inoffensifs, mais je ne voulais pas prendre de risque. Je me suis retournée, j'ai posé ma main sur le bras d'Amina et, d'un mouvement de la tête, j'ai désigné la plage. Je commençais à croire qu'Alcimos avait raison et qu'il était tout simplement trop dangereux de sortir de l'enceinte.

La plage était déserte, à l'exception de deux prêtres arborant les bandelettes écarlates d'Apollon, occupés à faire tourner des rhombes au-dessus de leur tête ; ils pensaient peut-être que, s'ils faisaient assez de bruit, le vent se sentirait tenu de se soumettre. Tandis que je les regardais, l'un d'eux a perdu l'équilibre à cause d'une rafale, et il est tombé de manière fort peu cérémonieuse dans le sable humide. Après cela, ils ont renoncé et se sont traînés, l'air abattu, vers l'enceinte d'Agamemnon. Ils y étaient nombreux, les prêtres comme ceux-là, à tenter tout ce qu'ils connaissaient pour faire changer le temps : ils examinaient les entrailles d'animaux sacrifiés, observaient le vol des oiseaux, interprétaient les rêves... Et le vent n'en continuait pas moins de souffler.

Une fois les prêtres partis, nous avons eu l'immense plage pour nous seules, même s'il nous fallait tenir notre voile devant notre visage afin de pouvoir respirer ; parler était impossible. Aucune de nous deux n'aurait pu résister seule à ces bourrasques, nous étions donc bien forcées de nous accrocher l'une à l'autre – et ces quelques minutes de lutte partagée ont fait davantage pour briser les barrières entre nous que n'avaient pu le faire jusque-là toutes mes propositions d'amitié. Nous titubions en riant, en pouffant. Amina avait les joues rouges ; je crois qu'elle était étonnée de pouvoir encore rire.

Nous sommes d'abord restées sur le bord de la plage, où les navires amarrés nous offraient une certaine protection, mais je ne peux jamais résister à l'appel de la mer – *et de toute façon*, me disais-je, *le sable humide au bord de l'eau serait plus ferme, il serait plus facile d'y marcher*. Nous avons donc descendu les pentes de sable mêlé de galets, pour nous trouver confrontées à un mur d'eau d'un gris jaunâtre qui semblait vouloir engloutir la terre. Sur le rivage s'accumulaient des tas nauséabonds de varech constellé d'animaux morts, par milliers, plus que je n'en avais encore vu : de minuscules crabes vert-de-gris, des étoiles de mer, plusieurs énormes méduses au centre rouge foncé, presque comme si quelque chose en elles avait éclaté, et d'autres créatures dont j'ignorais le nom – toutes mortes. La mer tuait ses propres enfants.

Le visage soudain tendu et affligé, Amina s'est retournée pour regarder les tours de Troie qui se consumaient encore. J'ai senti que je ne la soutenais pas comme aurait pu le faire quelqu'un de plus âgé, plus expérimenté – Ritsa, peut-être. Nous avons donc marché en silence jusqu'à l'enceinte de Pyrrhus. Je savais que, une fois à l'intérieur, nous serions en sécurité, mais nous n'y étions pas encore. Entendant des rires braillards, je me suis approchée prudemment, sans sortir de l'ombre. J'essayais de deviner ce que nous allions trouver. Ce n'était pas la nuit, mais le ciel était souvent si couvert que même à midi il ne faisait pas très clair, ces temps-ci.

Devant la porte de l'enceinte s'étendait un grand espace dégagé où les Myrmidons avaient pris l'habitude de se rassembler avant de partir au combat. Un autre groupe de guerriers y étaient réunis, mais il y avait une jeune fille au centre. Les yeux bandés. Ils la faisaient tourner entre eux, chacun la projetant dans les bras d'un autre homme. Elle ne criait ni n'appelait à l'aide ; au point où elle en était, elle devait savoir que personne ne viendrait. *Il ne faut pas qu'Amina voie ça.* Je l'ai prise par le bras pour repartir en sens inverse, mais elle est restée là, pétrifiée, et j'ai fini par l'entraîner de force. Elle m'a suivie le long du mur, non sans trébucher, mais elle lançait encore des regards par-dessus son épaule, vers la fille qui tournait dans ce cercle d'hommes hilares.

Au cours de mes premières semaines dans le camp, quand la mer était à la fois un réconfort et une tentation – je dis « tentation » parce que j'avais très souvent voulu entrer dans les vagues pour ne plus en ressortir –, j'avais exploré les moindres recoins de la plage, et cela m'a bien servie. Je savais qu'il existait entre les dunes un chemin menant à une entrée, celle des écuries, et j'ai donc pris cette direction. Dès que nous avons atteint un endroit à l'abri, je me suis étendue sur le sable pour rassembler mes esprits et, après un moment d'hésitation, Amina s'est assise à côté de moi, puis s'est allongée pour regarder le ciel.

Ainsi étendues sur le dos, nous échappions à la force du vent, même si les feuilles tranchantes des oyats s'agitaient follement au-dessus de nous. J'ai fermé les yeux et croisé les bras sur mon visage. J'avais peur qu'Amina ne veuille parler de l'incident auquel nous venions d'assister, et j'ignorais comment lui répondre. Je lui aurais dit la vérité, je suppose – mais c'était une vérité difficile à dire. Dès ma deuxième nuit au camp, j'avais dormi dans le lit d'Achille. Moins de deux jours auparavant, je l'avais vu tuer mon mari et mes frères. Alors qu'il dormait allongé sur moi, j'avais cru que rien de pire ne pourrait m'arriver, à moi ou à aucune autre. Je croyais avoir touché le fond. Mais plus tard, en faisant le tour du camp, j'avais remarqué les femmes ordinaires, celles qui ramassaient les restes autour des feux où l'on préparait les repas, celles qui se privaient de nourriture afin de nourrir leurs enfants, celles qui rampaient sous les cabanes pour y dormir la nuit. Il fallait qu'Amina sache tout cela, qu'elle comprenne les réalités brutales de la vie dans ce camp, cependant je ne me sentais pas capable de lui livrer ces informations. Et de toute façon, elle les découvrirait bien assez tôt.

Lorsque j'ai rouvert les yeux, j'ai vu qu'elle observait des corbeaux qui tournoyaient à une centaine de mètres de nous. Elle semblait intriguée, et s'est levée, en se protégeant les yeux pour mieux voir. Avec sa robe noire qui claquait au vent, elle avait elle-même l'air d'un corbeau. À contrecœur, je me suis levée, me demandant comment j'allais lui faire éviter cet endroit, car je savais – ou plutôt je soupçonnais – ce qu'il y avait là-bas. Quand Pyrrhus était revenu en triomphe après ses exploits dans Troie, il traînait derrière les roues de son char un sac de sang et d'os brisés : Priam. Cet acte était à la fois atroce et horriblement prévisible. Achille avait déshonoré le corps d'Hector en le traînant derrière son char, et Pyrrhus devait évidemment infliger le même sort à Priam. Je me souvenais qu'en revenant au camp ce jour-là Achille était entré dans la grande salle et avait plongé sa tête dans un bassin d'eau claire, pour refaire surface une minute plus tard, ruisselant et aveuglé. Ce jour-là aussi, j'avais vu les corbeaux tournoyer dans le ciel.

— Viens, ai-je dit en tâchant de conférer un peu d'énergie à mon ton. Partons.

Serrant mon voile contre mon visage, je me suis mise en route. J'espérais qu'Amina n'avait pas remarqué l'odeur qui flottait dans l'air, même si tous ses sens semblaient en éveil. Nous avons descendu les pentes de sable, nous sommes arrivées dans une clairière, et c'était là. *Il* était là. Pas moyen de savoir si l'endroit avait été délibérément choisi ou si le corps de Priam avait simplement été abandonné à l'endroit où la folle course de Pyrrhus avait pris fin. Mais que ce soit par hasard ou à dessein, le corps avait été adossé à un talus, de sorte qu'il semblait vouloir se redresser pour nous accueillir. Cette position aggravait encore les choses. Il ne restait presque rien de son visage : ses yeux et le bout de son nez avaient disparu. Les corbeaux s'attaquent toujours aux yeux en premier, parce qu'ils se détachent facilement et qu'il faut aller vite. Plus d'un corbeau affamé s'est attardé une seconde de trop et a fini entre les mâchoires d'un renard.

Le chemin passait tout près du cadavre, nous n'avions pas le choix. De près, la puanteur devenait une barrière physique qu'il fallait repousser. Je respirais par la bouche et je gardais les yeux baissés pour en voir le moins possible. Je ne m'attendais pas au bourdonnement des mouches qui, par milliers, couvraient le corps comme une fourrure noire hérissée. Quand mon ombre s'est abattue sur elles, elles se sont envolées, pour revenir un instant après. Ce bruit m'envahissait la tête, j'ai cru que mon crâne allait s'ouvrir. Encore maintenant, tant d'années plus tard, quand je m'installe en plein air pour profiter de la chaleur d'une soirée d'été, il m'arrive de soudain prendre conscience du bourdonnement des abeilles dans les fleurs, ainsi que d'innombrables autres insectes qui grouillent dans l'ombre verte – et c'est intolérable. « Où fuyez-vous ? » me demande-t-on. Et je réponds – d'une voix détachée, rendue convaincante par une longue, très longue pratique : « Il fait trop chaud dehors, vous ne trouvez pas ? Nous devrions rentrer. »

Ce jour-là, il n'était pas possible de l'éviter. J'essayais de me concentrer sur des choses triviales – ce que nous allions manger pour le dîner, si les femmes allaient se souvenir de préparer un bain chaud pour le retour d'Alcimos, alors que j'ignorais quand il rentrerait, ou même s'il rentrerait. Je pensais à tout et n'importe quoi, sauf à ce qui se trouvait là devant moi – la dépouille lamentable d'un grand roi.

Amina marchait quelques pas derrière moi. Je me suis retournée pour la presser, mais je n'avais plus de voix. Écœurée par l'odeur, elle s'était couvert le nez avec son voile et elle contemplait le corps. Cette crinière de cheveux argentés, souillée de sang – il n'y avait pas grand-chose d'autre de reconnaissable, mais cela suffisait pour qu'elle dise : « *Priam ?* »

J'ai hoché la tête et je lui ai fait signe d'avancer, mais elle restait enracinée, écarquillant les yeux si grand qu'ils semblaient avoir englouti le reste de son visage. Puis elle s'est détournée et a eu un haut-le-cœur, le corps tout entier convulsé par l'effort. Quelques instants après, elle se tamponnait délicatement la bouche avec le bord de son voile.

— Tout va bien ?

Pas de réponse. Bon, ma question était stupide. Avec le côté de sa sandale, elle raclait la terre pour couvrir le vomi. En prenant son temps. Avec la même répugnance qu'un chat. Et lorsqu'elle a fini par me regarder, j'ai tressailli. Je ne sais pas à quoi je m'attendais. Je pensais la voir dégoûtée, oui, choquée, peut-être même en proie à une crise d'hystérie ; je m'attendais à tout sauf à cette froideur, à ce calme, à cet air calculateur. Cela m'a rendue nerveuse.

— Allons, il est temps de te ramener chez toi.

— *Chez moi ?*

Trop tard, le mot était prononcé. De toute manière, que cela lui plaise ou non, la cabane des femmes était désormais chez elle. J'ai avancé, dans l'espoir qu'elle suivrait, mais elle n'a pas bougé, et quand j'ai regardé par-dessus mon épaule, elle était encore en train de contempler non plus Priam, mais le petit tas de terre qu'elle avait formé pour dissimuler son vomi. Elle a levé les yeux.

— Le sol est très meuble. Ce serait facile de creuser.

Je n'ai pas compris tout de suite. Puis :

— Non. *Non !*

— Nous ne pouvons pas le laisser comme ça.

— Nous ne pouvons rien faire.

— Mais si. Nous pouvons l'enterrer. (Puis, comme un enfant répétant une leçon apprise par cœur.) Si un mort n'est pas correctement inhumé, il est condamné à errer à la surface de la Terre. Il ne peut pas rejoindre le monde des défunts où il a sa place.

— Tu le crois sincèrement ? Priam est puni parce que Pyrrhus a interdit qu'on l'enterre ? Les dieux ne sont pas plus généreux que ça ? (Pas un seul mot n'était vrai. Dans ma vie jusque-là, rien ne m'avait incitée à croire en la générosité des dieux.) Le problème, c'est que Pyrrhus ne veut pas qu'on l'enterre, et que la parole de Pyrrhus fait loi.

— Il existe un pouvoir plus haut que Pyrrhus.

— Oui, ai-je répondu en faisant semblant de ne pas comprendre. Il y a Agamemnon. Tu crois que ça compte pour lui, que Priam soit enterré ou pas ?

— Ça compte pour moi.

— Tu n'es qu'une petite fille, Amina. Tu ne peux pas te battre contre les rois.

— Je ne veux me battre contre personne. Et de toute façon, ce ne serait pas se battre – ce serait simplement faire ce que les femmes font depuis toujours.

Elle avait raison, bien sûr. Préparer les corps en vue de leur inhumation est un travail de femmes, tout comme l'accouchement et l'éducation des nouveau-nés. Nous sommes les gardiennes des portes. En temps normal, les femmes de la maison de Priam auraient préparé son corps, mais les choses étaient différentes désormais, et Amina ne semblait pas saisir à quel point sa vie avait été fondamentalement transformée.

— Écoute, si tu veux survivre, il faut commencer à vivre dans le monde réel. Troie, c'est fini. À l'intérieur de cette enceinte, tout ce que Pyrrhus veut, Pyrrhus l'a.

Ce que j'aurais voulu lui dire, c'était : « Tu es une esclave. Apprends à penser en esclave. » Mais je ne pouvais pas. Elle était si jeune, si courageuse. Et j'étais lâche, sans doute ; j'ai renoncé, en espérant qu'elle comprendrait la réalité de sa situation sans que je doive la lui faire entrer dans le crâne.

— Il faut que je te ramène à la cabane. Que tu manges un peu.

Elle a hoché la tête, malgré sa réticence. J'ai avancé à grands pas, aussi vite que je le pouvais, mais dans cette partie de la plage abritée par les dunes, les hautes herbes m'arrivaient presque à la taille ; il fallait lutter pour les traverser. Devant nous, le chemin de cendre reliait les écuries aux prairies du promontoire. Un palefrenier s'avançait vers nous, tenant un étalon noir. Gêné par le grand vent, le cheval agitait la tête et faisait tant de pas de côté que l'homme était à peine visible. Ébène. Je l'ai reconnu parce qu'il était l'un des deux qui tiraient le char de Pyrrhus. Je me suis arrêtée au bord du chemin et j'ai levé mon voile, sachant qu'Amina se tenait très droite à côté de moi. J'étais si absorbée par les pirouettes d'Ébène que je n'avais pas remarqué qui était le « palefrenier », mais j'ai alors aperçu des cheveux roux balayés par le vent, tranchant avec l'encolure noire et lisse du cheval. *Pyrrhus.*

Que diable faisait-il là, à ramener son cheval de la prairie, quand il avait une douzaine de valets pour accomplir cette tâche à sa place ? Je me suis alors rappelé que, lorsque Pyrrhus était arrivé dans le camp, dix jours après la mort d'Achille, Alcimos s'était étonné plus d'une fois qu'il passe tant d'heures dans les écuries. « Très doué avec les chevaux », avait-il commenté, sur un ton qui laissait entendre que Pyrrhus était surtout moins doué avec les hommes. « Un drôle de gamin. » Jamais il n'avait exprimé plus ouvertement les doutes qu'il ressentait. Je me demandais parfois s'il persistait quelque chose de ces premiers doutes, malgré la brillante réussite de Pyrrhus dans Troie. La bataille avait été courte, mais bonne – tel semblait être le verdict général. (« Il s'est bien battu à Troie » et « une bonne bataille » sont des expressions qui me brûlent la langue.)

Nous attendions donc, toutes deux discrètement voilées, que le cheval et l'homme s'éloignent. Peut-être Ébène a-t-il senti l'odeur de mort, peut-être simplement n'aimait-il pas les énormes oiseaux qui tournoyaient dans le ciel, et dont l'ombre nette et anguleuse découpait le sol sous ses pieds. Tirant sur la longe, il s'est cabré, puis a fait trois ou quatre ruades en succession rapide, lâchant une série de pets explosifs. Pyrrhus s'en est très bien sorti. Il avait fort à faire, mais il est resté imperturbable, il a parlé avec douceur, d'une voix rassurante, jusqu'à ce que le cheval se calme, malgré une forte suée. Pyrrhus l'a pris par l'autre côté, en lui détournant la tête pour qu'il n'ait plus à voir les affreux oiseaux. Affreux, ils l'étaient en effet, même pour moi qui n'avais aucune raison de les craindre, avec leurs croassements rauques dans la lumière déclinante, leurs ailes déployées comme des doigts attirant la nuit. C'est seulement bien après avoir dépassé le corps de Priam que Pyrrhus a relâché la corde et a laissé Ébène agiter la tête librement.

J'ai pu respirer à nouveau, même si je n'étais pas consciente d'avoir retenu mon souffle jusque-là. J'ai attendu que Pyrrhus soit loin devant nous avant de m'avancer sur le chemin et, avec un regard soigneusement dénué de toute expression à l'adresse d'Amina, je suis partie pour le camp, sachant qu'elle me suivait à contrecœur.

4

En entrant dans l'enceinte par la cour des écuries, j'ai remarqué qu'on avait autorisé les Troyennes à sortir de leur cabane. Elles étaient assises en deux rangées sur les marches de la terrasse ; vêtues de longues robes noires, elles ressemblaient à des hirondelles sur le point de migrer, lorsqu'elles s'alignent sur les rebords et les parapets, quelques jours avant de s'envoler. Sauf que les hirondelles ne cessent de gazouiller alors que les femmes étaient silencieuses. Je dis « les femmes », mais il s'agissait en réalité de jeunes filles, pas une seule ne dépassait dix-sept ans, et certaines étaient bien plus jeunes que cela. Elles se serraient les unes contre les autres, trop effrayées même pour murmurer, les yeux tournés vers Troie où des colonnes de fumée noire montaient de la citadelle, percées ici et là par des jaillissements de flammes rouges et orangées.

Amina a couru les rejoindre. Elles se sont déplacées sur la marche pour lui faire une place, mais ne l'ont pas saluée.

Je suis allée vers la cabane d'Alcimos. Alors que je soulevais le loquet, une nouvelle rafale de vent a plaqué la porte contre le mur. J'ai dû batailler pour arriver à la refermer derrière moi et je suis restée un moment immobile, à regarder en silence ce qui était maintenant ma maison. Une table, quatre chaises, un lit poussé tout contre le mur, des tapis et, dans le coin, un coffre sculpté contenant les vêtements d'Alcimos. Une pièce confortable : des coussins sur les chaises, une tapisserie suspendue au mur, des lampes, des bougies – mais rien ne semblait m'appartenir. J'étais venue dans cette cabane le lendemain de la mort d'Achille, Alcimos prostré par le chagrin, tout le camp en émoi. C'était il y a cinq mois, et pourtant cette pièce m'était encore étrangère. Je me suis obligée à bouger, à faire quelque chose, n'importe quoi, et j'ai décidé de ressortir pour vérifier les préparatifs du dîner.

Le feu était allumé à l'arrière de la cabane, où il y avait un petit espace que des murets protégeaient du vent. J'avais désormais des femmes pour m'aider, des esclaves. On dit que, pour une esclave, la pire maîtresse possible est une ancienne esclave. J'essayais, dans mon cas du moins, de veiller à démentir la sagesse populaire. Les esclaves d'Alcimos avaient un lieu sûr où dormir et je veillais à ce qu'elles soient bien nourries.

Une fois sûre que le repas serait prêt à temps, je suis rentrée dans la maison et j'ai pris un panier de laine brute, d'un gris noirâtre, où des morceaux d'excrément collaient encore aux fibres. J'imagine que personne n'a pour occupation favorite de démêler la laine ; ce n'est certainement pas la mienne. Au bout de quelques minutes, j'avais les mains glissantes de graisse, mais j'ai persévéré, alors même que le caractère monotone et répétitif de cette tâche m'aspirait dans un tunnel de craintes informes. J'entendais à nouveau Amina dire : « Ce serait facile de creuser », et je me suis un peu étirée pour soulager mon dos. Bien sûr, elle ne pensait pas ce qu'elle disait ; elle n'aurait pas été assez folle pour faire quelque chose d'aussi dangereux – et de toute façon, la cabane des femmes était gardée chaque nuit. Non, il n'y avait pas de quoi s'inquiéter. Tout allait bien.

Mais alors, flottant entre la laine et moi, j'ai vu la main de Priam, et l'anneau d'or qu'il portait toujours au pouce luisait au soleil. J'ai reculé, reculé dans le temps, ramenée malgré moi à un passé lointain. Quand j'avais douze ans, peu après la mort de ma mère, mon père m'avait envoyée vivre chez ma sœur mariée, à Troie. Hélène, qui était – inexplicablement – la meilleure amie de ma sœur mal fagotée, s'était prise d'affection pour moi. Tout le monde l'avait remarqué : j'étais toujours « la petite amie d'Hélène ». Elle m'emmenait quand elle se rendait à la citadelle, c'est-à-dire presque tous les jours. Elle se penchait par-dessus le parapet et elle observait avec avidité – il y avait quelque chose de déplaisant dans la fixité de son regard – la bataille qui faisait rage en contrebas. La première fois que nous y étions allées, Priam était là, et au milieu de tous ses soucis – la guerre tournait mal, ses fils se querellaient, ses coffres se vidaient, toute une génération d'hommes jeunes mourait –, il avait trouvé le temps de se montrer aimable avec moi. Prenant une pièce d'argent, il l'avait mise au creux de sa main et, en marmonnant quelques mots magiques, avait passé rapidement son autre main par-dessus : et la pièce avait disparu. J'avais contemplé sa paume vide, en tâchant de préserver toute la dignité de mes douze ans – j'étais trop grande pour les tours de magie –, mais en même temps fascinée, car je ne comprenais pas comment il avait fait. Priam avait tapoté son corps de haut en bas, feignant de fouiller dans ses habits. « Où est-elle passée ? Ah, ne me dis pas que je l'ai perdue. C'est toi qui l'as ? » J'avais secoué la tête avec véhémence. Puis, bien sûr, il avait tendu la main et « découvert » la pièce derrière mon oreille. Malgré moi, j'avais éclaté de rire. Avec une révérence polie, il m'avait offert la pièce ; puis, je m'en souviens, il s'était détourné pour observer le combat, son visage reprenant sa tristesse habituelle.

Aujourd'hui, des années plus tard, je me rappelais cette main – et je voyais cette même main gisant sur le sol boueux, déshonorée. Pressant mes yeux avec mes doigts, j'ai chassé cette image et laissé ma tête retomber sur la chaise. Assez démêlé la laine, ai-je décidé, c'était trop déprimant. Les yeux clos, je suis restée assise à écouter le vent.

Quand Alcimos est finalement rentré, il était avec Automédon. Cela n'avait rien d'étonnant – ils dînaient souvent ensemble –, mais un troisième homme les suivait. Pyrrhus. Je l'ai salué bien bas et suis allée chercher des coupes et du vin. Parce que je savais qu'ils s'y attendaient, j'ai choisi le meilleur vin et je l'ai servi non dilué, avec seulement du pain et des olives. Assis autour de la table, ils bavardaient. Alcimos buvait au même rythme que Pyrrhus, mais il avait la tête solide et sa parole était à peine alourdie. Automédon, qui semblait pourtant boire autant que les autres, avait l'air tout à fait sobre. Pyrrhus, lui, était incontestablement ivre. Je suis allée chercher une seconde cruche, l'ai posée sur la table à côté d'Alcimos et me suis retirée dans l'ombre, près du lit. Personne ne m'a adressé un seul regard.

Ils parlaient du projet qu'avait Alcimos d'organiser des jeux contre des équipes représentant les autres enceintes. Il fallait trouver un moyen d'occuper les hommes, disait Alcimos. L'oisiveté ne serait source que de mécontentement, et des rumeurs circulaient déjà : ce temps n'était pas naturel, Agamemnon ou un autre des rois devait avoir offensé les dieux. Des bagarres entre tribus et factions rivales avaient commencé à éclater, et c'était dangereux. Les royaumes grecs avaient une longue histoire de litiges frontaliers qui s'envenimaient, de haines ancestrales transmises au fil des générations, de conflits incessants – et maintenant que les Troyens étaient vaincus, il ne restait plus rien pour unir les bandes ennemies. La coalition qui avait remporté la guerre se décomposait, les différents royaumes se bousculant pour obtenir la position la plus avantageuse. Agamemnon et Ménélas, les rois frères qui avaient mené l'expédition, s'étaient querellés parce que, au mépris de l'honneur, des convenances et du bon sens, Ménélas avait repris dans son lit cette garce d'Hélène. Des milliers d'hommes jeunes étaient morts pour que Ménélas puisse se remettre à baiser sa putain. Il fallait donc, poursuivait Alcimos, trouver un moyen de reprendre le contrôle de la situation, de réunir les factions divisées. Pyrrhus répondait par monosyllabes et buvait ; il a suggéré que les hommes avaient en réalité besoin de s'amuser un peu. Les jeux seraient amusants, a insisté Alcimos. « Jusqu'à ce que nos soldats en viennent à s'entretuer à cause des résultats », a commenté Automédon.

Ils avaient déjà bu la majeure partie de la seconde cruche, et je ne savais toujours pas si Pyrrhus dînerait avec nous. Maintenant très ivre, il s'est mis à parler – ou plutôt à se vanter – du rôle qu'il avait joué dans la chute de Troie. J'ai vu Alcimos et Automédon se regarder d'un air entendu. Les Myrmidons étaient – sont – une race trapue, à la peau brune et aux cheveux noirs, aussi agiles que leurs chèvres de montagne, profondément sceptiques, lents à accorder leur confiance, taciturnes au possible. Ni Alcimos ni Automédon ne semblaient à l'aise pendant le discours d'ivrogne de Pyrrhus ; Automédon, en particulier, gardait le nez dans sa coupe, son visage cireux et aquilin dénué de toute expression. Moi non plus, je n'appréciais guère cet entretien. Je n'avais pas envie de m'appesantir sur ce qui s'était passé dans Troie ; je n'avais certainement pas envie qu'on me raconte les exploits d'Alcimos. Je devrais vivre le restant de mes jours avec cet homme, et ce serait plus facile si je ne savais rien. Mais je n'aurais pas dû m'inquiéter : dans son récit, Pyrrhus n'évoquait personne d'autre que lui-même.

Il décrivait, il revivait le moment où il avait fendu à coups de hache les portes du palais de Priam. Je n'avais jamais trouvé Pyrrhus éloquent, mais sur ce sujet les mots lui venaient avec une aisance inaccoutumée. J'étais forcée de tout voir par ses yeux : le long couloir, les portes s'ouvrant de part et d'autre, les broderies, les lampes d'or, les tapis aperçus ici et là – toute la fabuleuse richesse de Troie –, mais il n'avait fait que jeter un rapide coup d'œil dans les salles pour être sûr qu'aucun guerrier ne s'y cachait. Puis il avait couru – sentant le sang d'Achille lui couler dans les veines, disait-il – vers la porte située à l'extrémité. La trouvant lourdement gardée, il avait bifurqué, à la recherche du passage secret reliant la maison d'Hector aux appartements de Priam. L'existence de ce passage était l'une des informations cruciales qu'Hélénos, fils de Priam, avait révélées sous la torture. Pyrrhus n'avait pas eu à la chercher longtemps. Laissant les autres guerriers grecs désormais bien loin, il avait fait irruption dans la salle du trône et avait vu Priam, en armure, debout sur les marches de l'autel, et les deux hommes étaient restés seuls face à face.

Tout cela m'était douloureux, bien que proche de ce que j'imaginais malgré moi. J'ai essayé de ne pas entendre la suite, mais en vain, il a fallu que je continue à écouter. Il a expliqué avec quelle fierté il avait énoncé son identité : Pyrrhus, fils d'Achille. Comment, à la seule mention de ce nom, Priam avait blêmi de terreur. Comment il avait d'un bond gravi les marches, puis tiré en arrière la tête du vieillard et comment, d'un geste rapide, net, précis et simple, il lui avait tranché la gorge. D'un coup. Comme on tue un cochon.

Je l'ai regardé en pensant : *Tu mens*. J'ignore comment je le savais, mais j'en étais sûre. La mort de Priam ne s'était pas déroulée ainsi. Et personne ne pourrait jamais contredire la version de Pyrrhus, puisque personne d'autre n'avait été présent. Il a fini par se taire, contemplant sa coupe comme s'il ne se rappelait pas à quoi elle servait. Je l'ai observé, en quête d'une ressemblance avec Achille, je suppose, Achille dont la colère insatiable avait causé des centaines, voire des milliers de morts. Les gens répétaient sans cesse à Pyrrhus qu'il était le portrait craché de son père, mais je ne partageais pas cette opinion. Pour moi, il avait l'air d'un buste d'Achille modelé dans une grossière argile rouge par un sculpteur compétent mais médiocre. Et donc ? *Oui*, il y avait un air de famille, mais *non*, il ne ressemblait pas du tout à Achille.

Comme gêné par mon attention, Pyrrhus se redressa et parcourut la pièce du regard.

— Vous savez ce que je regrette ? a-t-il dit. D'avoir donné le bouclier d'Hector à l'autre folle pour qu'elle enterre son gosse. *Toi* – il pointa du doigt Automédon –, tu aurais dû m'en empêcher.

— C'était un acte très généreux, a répondu Automédon avec raideur.

— C'était une belle connerie.

— Tu as obtenu le casque, est intervenu Alcimos. Tu as eu tout le reste.

— Mais c'est pas ça, le problème ! L'armure, mon père l'avait arrachée à Hector aussitôt après l'avoir tué. J'aurais dû l'avoir entière, sans rien qui manque.

Il s'est brusquement levé. Alcimos a tendu une main pour l'aider à trouver son équilibre, mais Pyrrhus n'en a pas voulu, il s'est agrippé au bord de la table, puis s'est jeté vers la porte. Alcimos l'a suivi sur la terrasse. Je les ai entendus parler, mais leurs paroles étaient broyées par le vent. Au bout de quelques minutes, Alcimos est revenu à table, apportant sur sa peau l'air frais de la nuit. Il a tiré sa chaise et s'est assis.

— Bien, a-t-il dit.

Automédon a haussé les épaules. Ces deux-là avaient l'habitude des embuscades, lorsque le moindre murmure aurait pu les trahir, et ils avaient élaboré au fil des années une méthode de communication qui semblait pouvoir se dispenser de mots. Je sentais que cette conversation particulière durait, muette, depuis près d'une heure.

— Il est très jeune, a rappelé Alcimos.

— Pas assez jeune.

Pas assez jeune pour qu'on lui pardonne sa vantardise lorsqu'il avait bu ?

— Il veut simplement prouver qu'il vaut Achille. Et il ne peut pas. (Alcimos s'est tourné vers moi.) Personne ne peut.

Un silence lourd de sous-entendus. Je n'avais avoué à personne que notre union n'avait pas été consommée, pas même à Ritsa, et jusque-là j'avais toujours cru que jamais Alcimos n'en parlerait non plus. Tout à coup, j'ai senti qu'Automédon était au courant – ou plutôt qu'il l'avait deviné.

— Encore du vin ? ai-je demandé.

— Ce ne serait pas très prudent, a répondu Alcimos. En fait, il serait temps que nous partions.

J'ai hoché la tête, regrettant encore un dîner qu'il ne mangerait pas. À la porte, il a hésité :

— Je ne sais pas quand je serai de retour.

Il m'a semblé alors qu'il avait du mal à supporter cette concession si minime aux obligations de la vie domestique. De là venait tout mon embarras. Je savais, je croyais savoir qu'Alcimos m'avait jadis aimée, ou du moins que je lui avais plu. J'avais remarqué sa façon de me regarder, dès que nous nous trouvions dans la même pièce, mais bien sûr il n'avait jamais pris la parole. En tant que trophée d'Achille, j'étais aussi hors de sa portée qu'une déesse – mais peut-être préférait-il qu'il en soit ainsi. Peut-être n'avait-il réellement eu d'amour que pour Achille.

5

En tant qu'épouse d'Alcimos, je menais une vie bien plus isolée et limitée que du temps où j'étais le trophée d'Achille. Je ne servais plus le vin dans la grande salle lors des dîners, et l'indiscipline qui régnait désormais dans le camp rendait difficile les rencontres avec mes amies. Rares étaient les heures où je n'étais pas seule. Alcimos allait et venait, il s'affairait pour organiser le travail dans l'enceinte ; nous nous parlions à peine. Le soir, où j'étais toujours seule, je filais la laine, et je laissais le fil m'entraîner dans le labyrinthe de la mémoire. Je me surprenais à beaucoup penser à ma sœur, Ianthe, fille de la première femme de mon père. Je n'avais aucun souvenir d'elle datant de mon enfance : quand je suis née, c'était déjà une femme, sur le point de se marier. C'est seulement plus tard, après la mort de ma mère, lorsque l'on m'avait envoyée vivre chez elle à Troie, que j'avais pu faire sa connaissance. Je pensais maintenant à elle, parce que jamais je ne m'étais encore sentie aussi solitaire depuis mon arrivée au camp, et parce qu'elle était ma seule parente en vie. Si du moins elle était en vie.

Après la chute de Troie, alors que l'on conduisait les captives dans l'arène, j'étais partie à sa recherche. Comme elle avait épousé l'un des fils de Priam, je m'étais d'abord tournée vers les femmes de la maison royale, logées dans une cabane surpeuplée, en bordure de l'arène, en attendant d'être attribuées comme prix d'honneur aux différents rois. Certaines s'étaient éparpillées hors de la cabane, assises ou allongées sur le sable crasseux. Cheveux poissés par la sueur, visages tuméfiés, yeux injectés de sang : les membres de leur propre famille auraient eu du mal à reconnaître quelques-unes d'entre elles. Tout en traversant la cour, je les avais toutes dévisagées, mais Ianthe n'était pas là.

Plus tard, je l'avais cherchée parmi les femmes ordinaires que l'on poussait sur le chemin boueux menant au camp, où elles trébuchaient et tombaient parfois comme le bétail conduit à l'abattoir. Celles qui chutaient étaient « encouragées » à se relever à coups de manche de lance. Aucune d'entre elles n'était enceinte, je l'avais remarqué – et même si certaines tenaient par la main une petite fille, il n'y avait pas de garçons. Une fois encore, j'avais scruté l'un après l'autre tous ces visages terrorisés, mais la peur les rendait tous semblables et il m'avait fallu longtemps pour m'assurer que ma sœur n'était pas là. J'avais appris par la suite que plusieurs centaines de femmes s'étaient jetées du haut de la citadelle, et aussitôt j'avais eu la conviction qu'Ianthe était l'une d'elles. Elle avait en elle le courage nécessaire, ce courage qui me faisait défaut.

Peu à peu, au cours des journées suivantes, j'en étais venue à accepter l'idée de sa mort. Mais je ne pouvais en être sûre et, plus que jamais, j'avais besoin de certitudes. La seule personne que j'aurais pu interroger était Hélène, qui avait été l'amie d'Ianthe, même si très peu de gens avaient compris cette amitié. Un matin, je me suis donc levée de bonne heure, j'ai revêtu mes habits les plus sombres et je suis partie, me glissant entre les cabanes aussi discrètement que possible, nerveuse et seule. Je ne pouvais emmener Amina dans cette expédition, car elle en aurait parlé aux autres filles et je ne voulais pas que cette visite s'ébruite. Je n'étais pas certaine de pouvoir accéder à Hélène – elle avait la réputation d'être bien gardée –, mais les sentinelles à la porte m'avaient laissée passer. Les femmes n'étaient pas considérées comme une menace.

Je n'étais encore jamais entrée dans l'enceinte de Ménélas, donc j'ignorais totalement à quelle porte frapper. Après avoir hésité un moment, j'ai remarqué une jeune fille assise sur les marches de l'une des cabanes, occupée à moudre du blé. Elle était maigre, avec des cernes noirs sous les yeux et une plaie ouverte au coin de la bouche – de toute évidence, une des femmes qui survivaient tant bien que mal en se nourrissant de restes. Quand je lui ai demandé mon chemin, elle a désigné l'une des cabanes. « Vous voulez voir Hélène ? » s'est-elle enquise. Puis elle a craché pour se nettoyer la bouche après avoir prononcé ce nom.

J'ai gravi les marches, j'ai attendu quelques instants – je regrettais d'être venue –, puis j'ai frappé. Ma main était encore en l'air, ma bouche ouverte pour demander à la servante si je pouvais voir sa maîtresse, quand j'ai vu que c'était inutile. Parce qu'elle était là. Je n'ai détecté en elle aucun changement, absolument aucun. Elle ne semblait pas plus vieille que moi – peut-être même un peu plus jeune – alors qu'elle avait une fille en âge de se marier. Ses cheveux dénoués étaient si emmêlés que j'ai cru qu'elle sortait à peine du lit.

— Je suis désolée de t'avoir réveillée.

— Tu ne me réveilles pas. Je travaillais.

J'ai remarqué un métier à tisser dans un coin de la pièce, tout entouré de lampes qui l'éclairaient. Hélène et ses tapisseries. Je me rappelais une histoire cruelle que j'avais entendue quand j'étais petite. Les gens croyaient – ou du moins feignaient de croire – qu'un homme mourait sur le champ de bataille chaque fois qu'Hélène coupait un brin de laine. Je me demandais maintenant si elle connaissait ce dicton, et s'il l'avait épouvantée autant que cela aurait dû. Hélène était rendue responsable de tous les morts de cette guerre.

Elle me contemplait, sans s'écarter pour me laisser entrer. Comprenant qu'elle ne me reconnaissait pas, j'ai soulevé mon voile :

— Je suis Briséis.

Elle a aussitôt été ravie.

— Eh bien ça alors ! (Elle m'a pris les mains.) Tu es aussi grande que moi. (Elle a mesuré l'air entre sa tête et la mienne.) Et tu es devenue si belle. Je le prévoyais.

— Alors tu étais bien la seule. Tout le monde me répète que j'étais un vilain petit canard.

Elle a secoué la tête.

— Les yeux, les pommettes... Il ne faut rien d'autre.

Disait cette femme qui avait tout le reste. Elle m'a entraînée vers une chaise et s'est assise face à moi. Elle avait deux taches roses sur les joues ; elle était chaleureuse, cordiale, enthousiaste. La sincérité de son accueil ne faisait aucun doute.

— Toi, tu n'as pas changé.

Dans ma bouche, c'était un compliment, je suppose, ou une simple observation. Personne ne complimentait jamais vraiment Hélène pour sa beauté – à quoi bon ? Mais ces mots sont restés en suspens, et ont pris un petit air accusateur. Oui, je sentais bien qu'une marque de chagrin ou de regret, un signe extérieur, n'aurait pas été déplacé – quelques légères rides au coin des yeux et de la bouche, peut-être ? Ç'aurait été trop demander ? Mais non, il n'y avait rien.

S'il y avait du reproche dans ma voix, Hélène n'a pas semblé s'en apercevoir. Elle était occupée à mélanger le vin et à le verser dans des coupes. En m'en tendant une, elle a commenté :

— Ça te va bien, d'attendre un enfant. C'est celui d'Achille ?

J'ai hoché la tête.

— Un grand, un très grand homme. Ménélas parle toujours de lui en bien.

Je n'ai pas su quoi répondre. Évidemment, le passé était effacé. Hélène était à nouveau grecque, elle n'était plus Hélène de Troie – c'était fini, terminé. Elle était redevenue Hélène d'Argos. Reine d'Argos. *Tant de milliers de morts…*

J'ai chassé cette pensée.

— Je me demandais si tu savais ce qui est arrivé à ma sœur.

Aussitôt, Hélène a changé d'expression.

— Je l'ai vue ce jour-là – elle est venue chez moi, nous avons pris une coupe de vin, assises dans la cour, à l'ombre. Elle était heureuse, je crois – ou aussi heureuse qu'elle ne l'avait jamais été. Puis il y a eu tout ce vacarme, ces cris dans les rues, je n'avais aucune idée de ce qui se passait : les esclaves couraient en racontant une histoire de cheval, alors nous sommes sorties pour voir. Je savais que c'était un piège. Après coup, c'est toujours facile de dire ça, mais vraiment je le savais. Je sentais qu'il y avait quelque chose de vivant à l'intérieur, et ce ne pouvait être que des hommes. Et bien sûr, Cassandre était là qui hurlait à tue-tête : « Ne les laissez pas entrer ! » Jusqu'au moment où Priam lui a dit de se taire et de rentrer chez elle. Une fois la nuit tombée, je suis ressortie. J'ai fait le tour du cheval, en chantant des chansons grecques.

Des chansons d'amour. On m'avait raconté cette histoire, mais elle avait quelque chose de curieux. Certains des hommes n'avaient pas du tout entendu Hélène chanter – ni Automédon ni Pyrrhus – et même ceux qui s'en souvenaient n'étaient pas d'accord sur la chanson en question. C'était comme si chaque homme avait entendu la chanson qui avait le plus de sens pour lui.

— Pourquoi ?

— Pourquoi j'ai chanté ? Oh, je ne sais pas, j'imagine que c'était un moyen de… d'établir un contact ?

— Tu n'essayais pas de les pousser à se trahir ?

— *Non*. (Elle secouait la tête si vigoureusement qu'elle semblait vouloir chasser une guêpe prise dans ses cheveux.) Je voulais rentrer chez moi.

Sa voix s'est brisée sur ces mots. Levant la main, elle a tamponné le coin de son œil parfait.

— Hélène, tu aurais pu partir n'importe quand.

— Crois-tu ? Tu ne te rends pas compte à quel point c'était difficile.

Ma sœur avait ainsi disparu de la conversation, mais c'était tout à fait caractéristique d'Hélène. J'ai alors compris quelque chose dont je n'avais jamais eu conscience. On ne pourrait imaginer femme plus féminine qu'Hélène ou homme plus viril qu'Achille, et pourtant, sur tous les points importants, ils étaient semblables. Il n'y en avait que pour eux.

— *Ianthe*, ai-je repris avec fermeté.

— Ah oui. On m'a raconté – je ne sais pas si c'est vrai – qu'elle s'est jetée dans un puits. Apparemment, beaucoup de femmes l'ont fait. Tout un groupe qui se réunissait dans le temple d'Artémis – des veuves, tu sais… C'est vrai qu'elle était devenue *très* pieuse après que son mari a été tué. Pas d'enfants, rien à quoi se raccrocher, je suppose… Du genre à passer sa vie au temple, j'en ai peur… (Hélène m'a regardée.) Comme je te dis, je ne suis sûre de rien.

— Bon. Ça vaut mieux que le marché aux esclaves, sans doute.

Car c'était la seule autre possibilité. Ma sœur était beaucoup plus âgée que moi, et les femmes arrivant au terme de leurs années de fécondité sont généralement envoyées au marché aux esclaves – ce qui est pire que la mort, par bien des aspects. Les femmes âgées ne coûtent pas cher et on peut les tuer à la tâche. Pourquoi pas ? On peut toujours s'en procurer une autre. À ce moment-là, j'ai décidé de croire qu'Ianthe était morte.

J'avais atteint le but de ma visite, et pourtant je me suis attardée. Nous sommes restées muettes quelques instants, mais sans la moindre gêne. À ma grande surprise, nous avions retrouvé un peu de notre ancienne intimité.

— Tu étais vraiment une drôle de petite chose, a dit Hélène.

— Je n'étais pas très heureuse.

— Non, je le voyais.

Il avait existé une réelle affection entre nous. La pauvre, elle prenait ses amitiés là où elle les trouvait. Ses véritables amis étaient Priam et Hector, qui l'avaient toujours traitée avec courtoisie, mais naturellement elle avait eu très peu de rapports avec eux. Comme toutes les femmes, elle menait une vie séparée des hommes – et toutes les femmes de Troie (sauf ma sœur) la détestaient. Et elle le leur rendait bien. Oh, en public, elle était toujours respectueuse, mais en privé c'était une autre affaire. Andromaque était « l'épouse-enfant », Cassandre « la folle », et Hécube... Comment surnommait-elle Hécube ? Je ne me souviens pas. Peut-être Hécube était-elle épargnée. J'imagine qu'entre les murs des quartiers des femmes Hécube était une adversaire redoutable, trop intimidante pour que même Hélène n'ose s'y attaquer. Nous sommes retombées dans le silence et avons laissé les vagues de la mémoire nous submerger.

Enfin, entendant des voix hors de la cabane – l'enceinte commençait à reprendre vie – je me suis ressaisie.

— Je peux voir tes tapisseries ?

Le visage d'Hélène s'est illuminé :

— Oui, bien sûr.

Se levant d'un bond, elle m'a pris le bras et m'a presque traînée à travers la pièce. Les tapisseries d'Hélène ne ressemblaient à celles de personne. La plupart des femmes utilisent des motifs courants dans notre culture – souvent des fleurs et des feuilles stylisées, ou des incidents tirés de la vie des dieux –, mais elle se montrait beaucoup plus originale. Elle tissait une histoire de la guerre, relatant en laine et en soie ce que les bardes chantent en mots et en musique. Je supposais qu'elle ne s'était pas interrompue, et je ne me trompais pas : sur son métier prenait forme un gigantesque cheval de bois. À l'intérieur, deux longues rangées de fœtus repliés sur eux-mêmes, les guerriers comme autant de bébés couchés dans une matrice.

Je suis restée à contempler son œuvre, et mon silence était probablement un meilleur compliment que je n'aurais pu lui en adresser en paroles.

— C'est pour le palais de Ménélas, je suppose ?

— Qui sait ?

Quelque chose dans sa voix m'a obligée à me tourner vers elle. La lumière des lampes sous lesquelles elle travaillait l'éclairait complètement, mais ce n'est pas la perfection bien connue de son visage qui a frappé mon œil ; c'est le collier d'hématomes circulaires autour de sa gorge. De plusieurs couleurs différentes, je l'ai remarqué – je ne m'y connais que trop bien en ecchymoses –, depuis la trace rouge laissée par des doigts furieux jusqu'au bleu et au noir en passant par les marbrures jaunes et violacées des vieilles blessures. Toutes sur le cou et la gorge – il n'avait pas touché son visage. Il l'étranglait en la baisant. Qui n'en ferait pas autant !

D'instinct, elle a resserré le châle bleu autour de son cou, mais a laissé retomber sa main, soutenant mon regard avec cet air trop assuré, cet air d'*écorchée vive* que j'avais vu si souvent auparavant – et que j'ai si souvent revu par la suite. Elle avait honte, tout en sachant qu'elle n'avait aucune raison d'être honteuse. Elle voulait cacher ces bleus – et en même temps, elle voulait que je les voie.

— Oh, Hélène.

— Eh bien, tu sais, il boit et… Ce n'est qu'une longue liste de noms.

— De noms ?

— Tous ceux qui sont morts. Patrocle, Achille, Ajax…

— Mais il s'est suicidé.

— Peu importe, il m'accuse quand même. Le fils de Nestor – comment s'appelait-il ? Antiloque. Agamemnon…

— *Agamemnon ?* Il m'a l'air encore bien en vie.

— Oui, mais ils ne se parlent plus. Ménélas dit qu'il a perdu son frère, et pourquoi se sont-ils querellés ? À cause de moi.

Pauvre Hélène. Tant de beauté, tant de grâce… et elle n'était guère plus qu'un vieil os moisi que se disputaient des chiens féroces.

— Oh, je sais, ce n'est que le chagrin, et c'est naturel, mais ça n'arrête jamais, c'est sans fin. Et bien sûr, tout est ma faute. Absolument tout, toutes ces morts, sans exception : c'est ma faute. Quand je suis revenue à lui après la chute de Troie, il a dit qu'il allait me tuer. Parfois je regrette qu'il ne l'ait pas fait. (Elle a étouffé un rire.) Enfin, pas vraiment.

— Je suis désolée.

— Il faut que je trouve certaines plantes.

— Du poison ?

— Non, les soupçons se porteraient aussitôt sur moi. Mais il y a des drogues qui procurent l'oubli – même lorsqu'un être cher meurt, on ne sent rien, on ne pleure pas, on ne s'attriste pas… On ne se met pas en colère. Simplement… (Elle a lissé sa robe avec ses deux mains.) Toutes les difficultés sont aplanies.

— Je ne sais pas où tu pourrais trouver ça.

— Machaon ?

— Tu peux toujours lui demander. Il te donnera un somnifère.

— Non, ça ne servirait à rien, il devinerait tout de suite. Je ne veux pas endormir Ménélas, je veux l'apaiser. (Un instant d'hésitation.) À Troie, il y a un tas de choses. Dans les jardins du palais.

Je voyais où elle voulait en venir.

— C'est très loin d'ici. Tu ferais mieux de t'adresser à Machaon.

Je ne reprochais pas à Hélène de vouloir droguer Ménélas. Quand je la regardais, je ne voyais pas la harpie destructrice des ragots et des légendes ; je voyais une femme qui luttait pour sa vie.

— Il me tuera.

J'ai secoué la tête.

— S'il devait en arriver là, il l'aurait déjà fait.

— Donc tu refuses de m'aider ?

— Demande à Machaon.

Nous en sommes restées là. Tout était fait, tout était dit, nous restions à nous dévisager.

Puis elle m'a touché légèrement le bras et m'a ramenée à la porte. Lorsqu'elle l'a ouverte, la lumière a révélé la gravité de ses hématomes, qui descendaient jusqu'à sa poitrine. J'ai senti qu'elle voulait me laisser sur cette dernière image, et j'en ai éprouvé de la répugnance.

— Tu ne peux pas me reprocher de vouloir survivre, a-t-elle dit alors que la porte était déjà presque entièrement refermée. D'après ce que j'entends, tu es très douée pour ça, toi aussi.

6

Ce soir-là, une fois de plus, j'ai mangé seule. Après dîner, au lieu d'attendre Alcimos, je suis allée directement dans ma chambre. C'était clairement la plus petite pièce de la cabane, tout juste assez grande pour accueillir un lit et, acquisition récente lors du pillage de Troie, un berceau. Ce berceau était si finement ouvragé, si magnifiquement orné d'or et d'ivoire qu'il ne pouvait avoir appartenu qu'à une famille aristocratique ou royale. Étendue sur le lit, j'ai contemplé les poutres du plafond, et le bébé – qui s'était tenu tranquille toute la journée – s'est lentement installé dans mon ventre pour sa propre version du sommeil.

Allongée ainsi, je n'étais pas obligée de voir le berceau. Alcimos me l'avait offert avec tant de fierté, je savais que je ne pourrais pas m'en débarrasser, ni même suggérer qu'on le mette dans une des cabanes de rangement, mais je détestais cet objet. Je ne pouvais m'empêcher de penser au fils d'Andromaque, le petit garçon que Pyrrhus avait tué en le lançant du haut des remparts de Troie. Je n'avais aucune raison de penser que c'était son berceau, et pourtant j'en avais la certitude. Je sentais dans la pièce le fantôme de cet enfant.

J'ai eu du mal à m'endormir avec cette idée en tête, mais j'ai fini par dériver vers le sommeil. À peine quelques instants plus tard – il s'était peut-être écoulé plusieurs heures, cependant –, j'ai été réveillée en sursaut par des coups frappés à la porte. Debout trop vite, j'ai été prise d'un vertige, mais j'ai réussi à avancer dans le couloir d'un pas vacillant. Les coups avaient cessé, puis ils ont recommencé.

— J'arrive !

En scrutant l'obscurité, j'ai vu l'une des esclaves debout devant moi, mais je l'ai reconnue seulement lorsqu'elle a fait un pas de plus vers moi.

— Amina. Qu'est-ce qui se passe ?

— Il a envoyé chercher Andromaque.

Elle n'avait pas besoin d'en dire davantage. J'ai pris mon manteau et j'ai franchi le seuil, une pluie légère a aussitôt mouillé ma peau et mes cheveux. Nous avons longé le mur, vacillant un peu dans l'écart entre deux cabanes, là où toute la force du vent soufflait depuis la mer. Amina a frappé à une porte et une des filles nous a ouvert. Je ne les connaissais pas encore, trois ou quatre par leur nom, les autres pas du tout. Comme beaucoup restaient muettes, cela n'aidait pas non plus. Elles avaient sorti leurs paillasses de sous la cabane où on les rangeait dans la journée et les avaient disposées en rangs à travers la pièce. Chacune avec une petite chandelle à côté de son oreiller. Quand elles se sont tournées vers moi, leur visage éclairé par en dessous par la flamme pâle, elles avaient l'air d'être leur propre spectre. Une nommée Hellé s'est exclamée : « Tu arrives trop tard, elle est partie. » Elle semblait hargneuse, irritable, comme un enfant que sa mère n'a pas su protéger.

— Tout va bien, ai-je répondu. Je sais où la trouver.

C'était vrai. Sur le court trajet séparant la cabane des femmes et la grande salle, j'avais dû croiser une demi-douzaine de celles que j'étais jadis.

En m'approchant, j'ai entendu des chants, des coups de poing sur les tables, le rire bruyant d'hommes jeunes qui s'enivrent pour fêter ou pour oublier quelque chose. La voix de Pyrrhus était plus sonore que les autres. J'ai traversé la terrasse jusqu'à l'entrée latérale qui donnait directement dans ses appartements privés. Difficile de s'abriter là-bas : quand j'ai ouvert la porte, le vent m'a poussée à l'intérieur. J'ai regardé autour de moi. Un feu était allumé, mais le bois était vert et enfumait la pièce ; les yeux me piquaient. Deux chaises se faisaient face de part et d'autre de l'âtre. Patrocle occupait autrefois celle qui se trouvait devant moi. Je le revoyais tel qu'il était toujours, avec deux chiens endormis à ses pieds, des chiens de chasse, qui remuaient les pattes et gémissaient tout en chassant des lapins imaginaires dans les champs du rêve. L'un d'eux a glapi et a gratté le sol. Patrocle a ri et l'homme assis dans l'autre fauteuil, dont je ne voyais pas le visage, a levé la tête de sa lyre et a ri également. Pendant un moment, j'ai oublié Andromaque qui attendait dans la petite pièce, Pyrrhus qui s'abrutissait de vin dans la grande salle, et je suis restée à fixer ces fauteuils vides – qui, dans mon esprit, n'étaient pas vides du tout. Comme les morts sont puissants...

Un nouveau cri venu de la grande salle. Encore des chants, plus vigoureux maintenant, soutenus par le martèlement des pieds. *Retenez-le, guerriers d'Argos ! Retenez-le, ô chefs d'Argos ! Chefs ! Chefs ! Chefs ! Chefs !*

« Retenez-le » ? D'après ce que j'avais vu de Pyrrhus, c'était plutôt « Soutenez-le » qu'ils auraient dû chanter.

Je savais qu'Andromaque serait dans la pièce contiguë, que j'appelais jadis le placard. J'ai frappé à la porte.

— Andromaque ? C'est moi, Briséis.

En poussant la porte, j'ai vu son visage pâle, désincarné, flottant au milieu des ténèbres comme le reflet de la lune sur l'eau.

— Comment as-tu appris que j'étais ici ?

— Amina me l'a dit. (Tout en parlant, j'ai compris que je ne répondais pas à la bonne question.) Oh, ne t'inquiète pas, je connais bien cette chambre.

Lors de ma première nuit au camp, Patrocle m'avait offert une coupe de vin. Je ne comprenais pas – un homme aussi puissant, l'écuyer d'Achille, qui servait à boire à une esclave. Depuis, cet acte de bonté si simple me hante toujours. Je me suis tournée vers la table placée à gauche de la porte, j'ai rempli deux des plus grandes coupes que j'ai pu trouver, et j'en ai tendu une à Andromaque.

Elle semblait anxieuse :

— Tu penses que c'est prudent ?

— Je ne vois pas ce qui nous ferait hésiter. C'est le vin de Priam, et je suppose qu'il ne nous en voudrait pas.

Incertaine, elle a porté sa coupe jusqu'à ses lèvres.

— Tu as pu manger quelque chose ?

Comme elle secouait la tête, je suis repartie dans l'autre pièce, j'ai pris une corbeille de pain et de fromage et je l'ai posée à côté d'elle. Je n'espérais pas qu'elle dévore, mais du moins aurait-elle de quoi se nourrir si la faim lui venait. Je me suis assise sur le lit à côté d'elle et nous sommes restées un moment silencieuses, à écouter les chants de la grande salle.

— Tout ira bien. (Cela semblait dérisoire, mais vu la situation, toute parole rassurante aurait semblé dérisoire.) Ce sera bientôt fini et tu regagneras ton propre lit.

— Tu sais qu'il a tué mon bébé ?

Parfois les mots nous manquent. J'ai posé un bras autour de ses épaules – elle était si mince, comme un oiseau, que je m'attendais presque à sentir son cœur battre contre ses côtes. Au début, elle ne réagissait pas, tous ses muscles étaient tendus, mais subitement, elle s'est blottie contre moi, sa tête au creux de mon cou. J'ai mis mes lèvres sur ses cheveux et nous avons gardé longtemps cette position. Ma main libre reposait sur le couvre-lit. Le motif de feuilles et de fleurs m'était si familier que je pourrais le dessiner de mémoire sans avoir besoin de le voir. Je songeais à mon amie Iphis, qui avait si souvent attendu avec moi dans cette pièce. Après ma première nuit dans le lit d'Achille, elle m'avait préparé un bain chaud à mon retour dans la cabane des femmes ; elle comprenait l'envie de se sentir propre, de s'immerger dans cette chaleur enveloppante. J'ai aussitôt décidé qu'un bain chaud serait préparé pour Andromaque chaque fois qu'il la laisserait partir.

Les cris dans la salle n'étaient plus qu'un brouhaha parcouru d'éclats de rire. Ah, ils étaient contents d'eux, ces Grecs qui fêtaient la destruction de Troie. Repus de bœuf dérobé, ivres de vin volé, leurs voix noyant le rugissement du vent, ils pouvaient oublier qu'ils étaient bloqués sur la plage, sans le moindre espoir de lancer leurs navires noirs. La soirée se terminait, et le vent sifflerait autour de leurs cabanes toute la nuit. Soudain, ils en étaient à l'ultime chanson. J'en connaissais chaque mot ; je l'avais entendue tant de fois, du temps où j'attendais dans cette pièce. Il y est question d'amitié, d'amis qui se séparent à la fin d'une bonne soirée, c'est un hommage à la camaraderie et à la vie, mais teinté de mélancolie aussi. Tandis que s'éteignent les dernières notes, ils vident la lie de leur vin sur les nattes de roseau, comme libation finale adressée aux dieux.

J'ai pressé l'épaule d'Andromaque :

— Il faut que je parte.

Elle a hoché la tête, s'est ressaisie, sachant que la prochaine personne qui ouvrirait la porte serait Pyrrhus. Et à cet instant, toute la torpeur protectrice que j'avais accumulée ces derniers mois s'est envolée et je me suis revue dans cette chambre, assise où elle était assise, en attendant Achille – j'ai revécu la terreur que je ressentais quand la porte s'ouvrait et que son ombre énorme bloquait la lumière.

7

Quand je suis rentrée, la cabane était vide. Je ne savais ni où était Alcimos ni s'il rentrerait. Probablement pas. J'ignorais où il dormait lorsqu'il découchait et je n'avais pas le droit de le demander. Bien sûr, il avait d'autres femmes – comme tous les hommes – mais je n'en connaissais aucune en particulier.

Il était trop tard pour me mettre à carder la laine et pourtant j'étais sûre de ne pas pouvoir m'endormir. J'ai préféré arpenter la pièce, pendant que les souvenirs que j'avais refoulés avec tant de soin remontaient à la surface et que le bébé bouillonnait en moi. Ce temps passé avec Andromaque et les esclaves m'obligeait à revivre mes premiers jours dans le camp. Quand je pense à cette époque, je me dis que je devais être au bord de la folie. Oh, normale en apparence, calme, souriante – toujours souriante –, mais je remuais les bras et les jambes sans plus de sentiments qu'une marionnette. Des journées entières s'écoulaient, et le soir, je ne pouvais plus me rappeler une seule chose.

Enfin, non, ce n'est pas tout à fait vrai. Je me souvenais – et je me souviens encore – des nombreuses petites marques de générosité que je recevais. Je ne pourrais jamais rembourser Iphis, mais je pourrais transmettre sa gentillesse à d'autres. Andromaque aurait son bain.

Mais cela viendrait le lendemain matin. Il fallait encore que je dorme cette nuit-là. Peut-être pourrais-je boire une petite coupe de la potion somnifère qu'Alcimos conservait près de son lit, malgré la méfiance que m'inspiraient certains de ses effets – il faisait des cauchemars, de ceux qui persistent même lorsqu'on ouvre les yeux. Je l'entendais parfois gémir dans son sommeil. *Malgré tout*, ai-je songé, *quelques gorgées ne pourraient pas me faire de mal*. J'ai tout avalé d'un coup, le goût amer m'a tordu la bouche, puis je suis allée dans la petite pièce au bout du couloir, comprenant ainsi qu'elle était l'équivalent exact du « placard » dans les appartements privés d'Achille – cette pièce où les femmes attendaient d'être convoquées. Je me demandais qui y avait attendu Alcimos avant son mariage involontaire.

Mon lit était dur, et même durant la courte marche qui m'avait ramenée de la grande salle de Pyrrhus, le froid avait pénétré mes os. Les nuits étouffantes de l'été étaient loin derrière nous ; l'année entrait dans sa phase sombre. J'ai fermé les yeux et les ai maintenus clos, sans cesser d'être consciente du berceau vide au pied de mon lit.

Tu sais qu'il a tué mon bébé ?

Je le savais, même si je ne l'avais appris que récemment. J'avais d'abord cru qu'Ulysse avait tué le fils d'Andromaque, simplement parce que je l'avais entendu affirmer avec une ardeur passionnée que tous les Troyens de sexe masculin devaient mourir, y compris les bébés dans le ventre de leur mère. *Tous*, avait-il insisté, mais en particulier les descendants de Priam. Il ne devrait rester en vie aucun de ceux qui pouvaient se prétendre les héritiers du trône troyen, aucun de ceux autour de qui auraient pu s'articuler la résistance et la revanche. J'avais découvert la vérité par hasard, en entendant une conversation entre Alcimos et un autre guerrier. Pyrrhus avait été désigné pour tuer le bébé, en récompense pour le rôle qu'il avait joué dans la chute de Troie. Une rumeur prétendait même qu'il avait tué Priam en le rouant de coups avec le corps de son petit-fils. Cette histoire-là n'était pas vraie, ou du moins j'espérais qu'elle ne l'était pas, même s'il avait menti quant à la mort de Priam – de cela, j'étais convaincue. Tant de crimes affreux avaient été perpétrés dans la cité vaincue qu'il était difficile d'exclure quoi que ce soit.

L'enfant m'a donné un nouveau coup de pied et j'ai posé sur mon ventre mes doigts écartés. J'ignorais ce que les femmes étaient censées ressentir pendant leur grossesse ; je n'avais personne à interroger à part Ritsa – et elle répondait toujours avec la gaieté mécanique d'une sage-femme expérimentée. Qu'éprouvais-je donc pour ce bébé dont le père avait tué mon mari et mes frères, et incendié ma ville ? J'avais le sentiment que l'enfant n'était pas le mien. J'avais plutôt l'impression d'une infestation parasitaire qui allait me conquérir, m'utiliser à ses propres fins – aux fins des Grecs. Tuez tous les hommes et les garçons, engrossez les femmes – et les Troyens cesseront d'exister. Ils n'étaient pas seulement désireux de tuer des hommes ; ils voulaient anéantir un peuple entier.

Je n'avais pas choisi la grossesse ; je n'en voulais pas. Et pourtant, je savais que c'était mon salut. Sans elle, j'aurais été donnée, accordée comme premier prix lors des jeux funéraires en l'honneur d'Achille. Au lieu de quoi j'avais le mariage, la sécurité, et même un certain respect. J'avais remarqué un net changement dès que mon ventre avait commencé à s'arrondir. L'autre jour encore, un homme que je connaissais à peine avait posé la main sur mon abdomen, non pas comme un prédateur sexuel, mais pour exprimer sa loyauté envers la descendance d'Achille. J'étais l'écrin qui contenait les joyaux de la couronne – du moins, c'est ainsi que les Myrmidons semblaient me voir. En tant que personne, je ne comptais pas du tout. S'il leur arrivait même de songer à ce que je ressentais – j'étais à peu près sûre qu'ils n'y pensaient jamais –, ils devaient me croire toute fière de porter le fils d'Achille. Être fécondée par le plus grand guerrier de son temps – peut-être de tous les temps –, qu'est-ce qu'une femme pouvait souhaiter de plus ?

J'écoutais pleurer le vent. La nuit, le rugissement si menaçant, si terrible dans la journée se réduisait à des sanglots inconsolables – comme un enfant abandonné qui supplie qu'on lui ouvre. Je connaissais maintenant tous les défauts de la cabane. Le jour sous la porte qui laissait entrer le sable, de sorte que le sol, bien que toujours balayé, n'était jamais propre. Il fallait veiller à placer les lampes hors des courants d'air, car si le vent les renversait, elles continuaient à brûler. Les bougies étaient plus sûres, puisqu'elles s'éteindraient probablement en tombant. On avait constamment l'impression que le vent injectait les ténèbres par chaque fissure. J'aurais cru que je connaissais désormais tous les tours que la tempête pouvait jouer, mais étendue là, les yeux clos, sombrant peu à peu dans le sommeil, j'ai entendu un bruit nouveau : un frappement que je n'avais pas encore remarqué. M'obligeant à me réveiller, j'ai ouvert les yeux et j'ai vu que le berceau avait commencé à s'agiter. Aucune main humaine ne l'avait touché, et pourtant il s'avançait, avec des grincements, il se déplaçait sur le sol. Mon esprit cherchait en vain une explication, et celle-ci est devenue évidente dès que j'ai pu m'arracher à la chape de sommeil. Il y avait une fente dans le mur à la hauteur du plancher – on sentait le courant d'air sur ses chevilles dès que l'on entrait dans la pièce – et comme le sol était en pente du mur extérieur vers la porte, le berceau n'avait pas de mal à bouger. Il n'y avait là absolument rien de surnaturel, et pourtant j'avais encore les poils de la nuque hérissés. J'ai regardé le berceau remuer, avec une sensation de terreur asphyxiante. Il m'a fallu longtemps avant de pouvoir retrouver le sommeil.

*

Le lendemain matin, encore un peu assommée par le somnifère, je me suis immédiatement rendue à la cabane des femmes. Je comptais y attendre Andromaque, mais j'ai appris – d'Hellé, qui m'a ouvert la porte – qu'elle était déjà revenue. « Elle n'est restée que quelques heures. »

C'était un peu étrange. Normalement, quand on était convoquée, on devait passer la nuit. Mais je parle de mon expérience avec Achille, je ne savais pas comment les choses se passaient avec Pyrrhus. J'ai pris le couloir menant à la chambre d'Andromaque, exactement semblable à la mienne par la taille et la forme. Elle était blottie sous une couverture, muette et ruisselante de larmes, mais quand je me suis assise au bout du lit, elle est venue vers moi et s'est essuyé les yeux avec le dos de sa main.

— Enfin, c'est fait, a-t-elle dit. Et je suis contente que ce soit fini.

Je lui ai proposé un carré de tissu pour se moucher. Elle avait encore les yeux rouges et le visage humide, elle reniflait, mais elle paraissait beaucoup plus calme que je ne l'espérais. D'un signe de tête, elle a désigné la porte.

— Elles n'arrêtent pas de me demander comment c'était…

C'était assez naturel ; toutes devaient penser que leur tour viendrait bientôt. Je me rappelais combien j'avais apprécié le fait qu'Iphis ne me pose jamais de question.

— Tu ne veux pas venir avec moi ? Tu pourrais prendre un bain, il y a toute l'eau chaude qu'il faut…

D'un air accablé, elle a parcouru des yeux la pièce, comme si se lever du lit était une tâche bien trop ardue pour qu'elle l'envisage, mais elle a fini par sortir les jambes de sous les draps pour se mettre debout. Ses cheveux étaient emmêlés, sa tunique souillée. Je suis partie la première, j'ai commandé un bain chaud et j'ai disposé de la nourriture sur la table : de la viande froide du dîner de la veille, du pain frais, des abricots mûrs, du fromage tout blanc qui s'émiettait. Je ne m'attendais pas qu'elle soit en état de manger, mais elle m'a étonnée. Je n'irai pas jusqu'à dire qu'elle avait bon appétit, et je ne sais pas si c'était son cas en temps ordinaire. Elle a néanmoins réussi à boire une coupe de vin, et cela a ramené un peu de couleur sur ses joues.

Une fois cette collation achevée, son bain était prêt et je l'ai conduite à l'arrière de la cabane où elle pourrait se laver sans être vue. La vapeur montait de l'eau, des herbes parfumées flottaient à la surface, des serviettes blanches chauffaient sur un séchoir près du feu de la cuisine… Cette vision l'a un peu ragaillardie. Lorsqu'elle a ôté sa tunique, j'ai vu qu'elle portait au cou une chaîne d'argent où était suspendu un anneau et je me suis demandé par quel prodige elle avait pu conserver cet objet. En général, quand une femme est capturée, on lui prend tous ses bijoux ; beaucoup de filles étaient arrivées au campement les lobes déchirés parce qu'on leur avait arraché leurs boucles d'oreilles. C'était visiblement la bague qu'un homme porte au pouce, mais je ne voulais pas l'examiner de trop près. Plus que tout, Andromaque avait besoin d'intimité. Je savais qu'elle devait se sentir à vif – chaque centimètre de son corps *à vif* –, comme si elle avait été écorchée.

Je me suis détournée pour m'affairer avec les serviettes. Quand j'ai de nouveau regardé dans sa direction, elle était étendue dans le bain, les yeux fermés, l'ombre des nuages se déplaçant doucement sur son visage. Je l'ai laissée prendre tout son temps, et suis rentrée dans la cabane pour lui choisir une de mes tuniques. Vingt bonnes minutes se sont écoulées avant que je l'entende m'appeler. Elle est sortie du bain pour être accueillie par l'étreinte des serviettes chaudes. Puis je l'ai aidée à enfiler la tunique propre et nous nous sommes assises sur une marche pendant que je peignais et tressais ses cheveux. La coiffure est une activité apaisante, pour les deux intéressées. Je tâchais de me souvenir d'elle comme du temps de mon séjour à Troie. Je n'avais que douze ans, donc je voyais en elle une adulte, mais rétrospectivement, je comprenais qu'elle devait être très jeune alors – elle n'avait pas quinze ans lorsqu'elle avait épousé Hector. Elle s'était mariée exceptionnellement jeune, d'autant plus que, selon tous les témoignages, c'était une fille unique très aimée ; son père avait voulu la mettre en sécurité car il soupçonnait (avec raison) que sa ville serait la prochaine sur la liste des cibles d'Achille.

J'imaginais combien les premiers temps de cette union avaient pu se révéler difficiles. Préoccupé par la guerre à mener, Hector avait différé son mariage jusqu'à l'approche de la quarantaine. À cet âge, il devait avoir eu plusieurs concubines ; certains des enfants jouant autour de la table du dîner devaient être les siens. Mais tout cela était prévisible ; une jeune épouse est bien sotte si elle se tourmente à cause des concubines de son mari. Non, le vrai problème était Hélène. Hector était ébloui par elle, même s'il était trop homme d'honneur pour exprimer par un mot ou un geste sa toquade pour la femme de son frère. Pour sa part, Hélène flirtait insolemment avec lui, sans prendre la peine de cacher son sentiment d'avoir fait le mauvais choix parmi les fils de Priam, et elle n'avait que mépris pour Andromaque, « l'épouse-enfant ». Toutes les femmes disparaissaient en présence d'Hélène, mais Andromaque – maigre, sans poitrine, et d'une timidité maladive – disparaissait encore davantage. Dans les rares occasions où ils étaient obligés de paraître ensemble en public, Hector traitait son épouse avec un grand respect ; et si ses yeux s'égaraient souvent en direction d'Hélène… eh bien, c'était également vrai de tous les autres hommes.

Hélène connaissait parfaitement l'effet qu'elle produisait. Je me rappelle un soir en particulier où, narquoise selon son habitude, elle félicitait les Troyens de placer leurs jeunes filles sous la garde de chaperons très stricts. Hélène venait d'Argos, où l'on procédait de tout autre manière. « Savez-vous que, passé mon adolescence, même une fois mûre pour le mariage, il m'arrivait encore de me mettre torse nu pour faire la course avec mes frères sur la plage ? Enfin, avait-elle poursuivi en promenant un regard innocent tout autour de la table, pouvez-vous imaginer ça ? » Oh oui, ils le pouvaient, ils le pouvaient parfaitement. Quelques-uns parmi les plus âgés des conseillers de Priam semblaient ne jamais avoir rien fait d'autre qu'imaginer ça. Les femmes marmonnaient et échangeaient des regards désapprobateurs, tandis qu'au bout de la table, le visage illuminé par l'amusement, Priam avait croisé le regard d'Hélène et secoué doucement la tête.

Quand j'ai eu fini de tresser les cheveux d'Andromaque, je n'ai pu m'empêcher de sourire en repensant à ce souvenir. Malgré tout, je n'ai jamais détesté Hélène ; je représente une minorité parmi les Troyennes, minorité qui se limite à une seule personne. J'ai noué un ruban autour de la dernière mèche. Plongée dans un état presque voisin de la transe, Andromaque a soudain rouvert les yeux.

— Merci. Je crois que je n'aurais pas pu supporter de passer là-bas une minute de plus.

Elles ne font que me poser des questions, et moi je n'ai aucune envie d'en parler.

— Non, bien sûr.

Je suis allée chercher une cruche de vin que j'ai posée à terre, près de nos pieds. Nous avons bavardé, mais rien ne retenait longtemps son attention, et elle s'est bientôt mise à me parler de Pyrrhus – comme elle en mourait d'envie depuis qu'elle était arrivée.

— Il avait tellement bu – je n'ai jamais vu personne d'aussi ivre. Il n'arrêtait pas de renverser des choses, il oubliait ce qu'il venait de dire et le répétait. Enfin, Hector aussi buvait – tous les hommes boivent, non ? –, mais ce n'était rien, en comparaison. (Elle s'est interrompue un moment, contemplant l'herbe clairsemée autour de ses pieds.) Je pense que c'était mieux comme ça, car je savais qu'il ne se souviendrait de rien – et ça signifie que je serais moi aussi dispensée de m'en souvenir. Oui, je sais, c'est n'importe quoi, mais c'est ce que je ressentais. (Elle a levé les yeux.) Quand j'étais assise dans cette petite pièce, tu sais, après ton départ, je croyais qu'il allait entrer et… se jeter sur moi. Mais ça ne s'est pas du tout passé comme ça. Il s'est assis, et il n'a fait que… me dévisager. Je ne pouvais plus respirer, je ne pouvais plus parler… Il a fini par me servir une coupe de vin – il en a répandu les trois quarts à côté –, puis il s'est levé d'un bond et a pris une boîte sur la table. Il en a vidé le contenu en disant : « Allez, choisis. » C'était surtout des bijoux, des colliers, des broches, qui venaient de Troie, je suppose. Si j'avais eu les idées claires, j'en aurais probablement reconnu beaucoup. Et il répétait : « Allez, choisis, allez ! » Je n'avais aucune envie de prendre quelque chose qui me rendrait jolie... pour lui. Donc j'ai choisi ça.

Elle a glissé la main dans l'encolure de la tunique et en a tiré l'anneau que j'avais remarqué auparavant. En os, avec une grosse pierre verte – pas une émeraude – d'un vert pâle, laiteux, couleur de mer calme. J'ai regardé le bijou, et une main d'homme, avec une pièce d'argent brillant dans sa paume, a surgi des ténèbres du passé.

— La bague de Priam ?

— Oui, je ne voulais pas que Pyrrhus l'ait.

— Mais il ne t'a pas demandé pourquoi tu voulais une bague d'homme ? Tu ne pourras jamais la porter.

— Je la porte pourtant. Non, il ne m'a rien demandé. Je pense qu'il essayait surtout de ne pas vomir. (Elle a hésité.) Je ne sais toujours pas s'il... Tu sais... Il était toujours obligé de... (J'ai été surprise par son geste éloquent, un va-et-vient avec le poing fermé.) Ça traînait en longueur. (Elle a eu un petit rire sans joie.) Et puis il m'a mise dehors.

— Tu dois bien savoir s'il a joui en toi.

Pendant un moment, j'ai cru qu'elle n'allait pas répondre. Puis :

— Oui. Oui, il a joui.

Elle était redevenue terne, toute la vie semblait avoir quitté son corps tandis que je l'observais. Nous sommes restées muettes, à écouter le vent. Puis, parmi tous les autres bruits plus familiers, j'ai entendu le grincement d'un berceau sur le plancher. J'espérais que ce son échapperait à Andromaque, mais non. Elle a aussitôt bondi, a titubé jusqu'à la porte, comme si elle venait d'entendre son bébé pleurer en pleine nuit. Une fois dans la cabane, le bruit était plus sonore et elle s'est mise à courir. Je l'ai rattrapée à l'instant où elle arrivait sur le seuil de ma chambre et, par-dessus son épaule, j'ai vu le berceau bouger. Elle est tombée à genoux à côté, à contempler le vide qu'il contenait.

— Je le rendrai. (Je bafouillais, je voulais désespérément éviter de la faire souffrir davantage.) Pas tout de suite parce qu'Alcimos me l'a offert, mais ne t'en fais pas, dès que je pourrai, je le rendrai…

Sa main, accrochée à un côté du berceau, avait arrêté le balancement. Dans ce silence soudain, nous avons respiré. Puis elle m'a regardée :

— Que voudrais-tu que j'en fasse à présent ? Si j'ai un enfant à mettre dedans, il sera de *lui*. (Ses yeux ont quitté mon visage et se sont baissés vers mon ventre.) Comment sommes-nous censées aimer les enfants des Grecs ?

Elle me fixait, comme si elle croyait que j'avais la réponse. Écœurée, j'ai posé une main sur ma bouche et me suis détournée d'elle.

8

Il avait mal rien qu'à bouger la tête sur l'oreiller. Il avait la bouche sèche ; il avait dû ronfler comme un bœuf toute la nuit – mais quelle expression idiote ! Qui avait déjà entendu un bœuf ronfler ? Les yeux bien fermés, il étira les bras et découvrit qu'il n'y avait personne de l'autre côté du lit. Donc elle était partie. Quand était-elle partie ? Il avait le vague souvenir de l'avoir chassée à coups de pied. Non, pas à coups de pied – il n'aurait pas fait ça. Elle était la veuve d'Hector, après tout : un trophée important, comme le casque et le bouclier d'Hector. Sauf qu'il n'avait plus le bouclier. Automédon n'aurait pas dû… Les yeux ouverts maintenant, mais la lumière les brûlait comme de l'acide et il fut heureux de les refermer. Quelque chose le tracassait… La bague, ah oui, merde, la bague. Il lui avait proposé des colliers, des bracelets, des broches – et elle avait choisi une bague d'homme. Pourquoi ? Parce que c'était la bague d'Hector. Parce qu'elle l'avait reconnue ? Il aurait dû l'empêcher de la prendre, et il l'aurait fait – s'il n'avait pas eu pitié d'elle. S'il n'avait pas eu à se retenir de vomir.

Comment avaient-ils bien pu coucher ensemble ? Aucune idée. Mais ils l'avaient fait, le drap humide sous lui en était la preuve. Il ne se rappelait pas grand-chose, mais ils avaient couché ensemble. Vraiment ? Mais oui, bien sûr. Il s'en souvient, maintenant, même si le souvenir n'a rien de bien glorieux. Comme d'enfoncer sa bite dans un tas d'os de poulet graisseux. Il n'aurait pas dû la laisser emporter l'anneau. Le problème, c'est qu'il est trop généreux – les gens le prennent pour un imbécile. Elle aussi, elle doit se moquer de lui, mais ça ne l'a pas beaucoup aidée, pas vrai ? L'essentiel, c'est que ce soit derrière lui. La prochaine fois, ce sera plus facile, et la suivante. Et la suivante… Merde. Il est condamné à perpétuité – avec un répit s'il l'engrosse, mais à part ça… Il faut qu'il arrête de penser à ça. L'essentiel, c'est qu'il a fait ce qu'il devait faire. Une brèche a bel et bien été percée dans les murs de Troie.

Cet élan d'assurance éphémère lui permet de se redresser et de regarder autour de lui. Comme toujours, les murs de la pièce semblent s'écarter. C'est extraordinaire comme ces choses sont vivantes. La lyre, posée là comme si Achille venait de l'abandonner ; le miroir qui lui présentait jadis son reflet, mais qui est maintenant noirci ; son bouclier appuyé au mur. Tous ces objets lui appartiennent désormais, mais il n'a pas le sentiment de se les être appropriés. Il est incapable de jouer de la lyre, et il n'est pas près de laisser quiconque en jouer. Le bouclier, il peut le polir, et il ne s'en prive pas. Le miroir lui joue des tours. Parfois, il revêt l'armure d'Achille et se regarde, mais son reflet ne bouge pas toujours en même temps que lui. Il se détache peu à peu de lui-même.

Assez. La seule solution est de sortir. Il enfile une tunique propre, met ses pieds dans des sandales et quitte la cabane. Le vent lui coupe le souffle, claque la porte derrière lui, comme pour l'enfermer dehors. Où aller ? Personne n'est debout. Après la beuverie de la veille, ils doivent tous être en train de gémir et de soigner leur crâne douloureux, comme lui ; excepté quelques femmes occupées à alimenter les feux et à moudre du blé, le camp est désert. La mer, alors. Il suit le chemin à travers les dunes, conscient de marcher, chaque fois qu'il pose le pied à terre, là où le grand Achille a marché. Sur la plage ou au camp, il n'y a littéralement aucun endroit où il peut se tenir sans savoir qu'Achille s'y est tenu avant lui. Aucun objet qu'il puisse toucher : la table, la coupe, les plats au dîner... Rien. Et bien sûr, il est réconfortant d'avoir son père à proximité. Sauf que ce n'est pas le cas. Achille n'est pas là. En arrivant sur la plage, Pyrrhus ressent l'immensité de la mer et du ciel comme une absence intolérable, comme une torture.

Nager. Comme Achille nageait jadis – chaque matin, chaque soir. Mais la mer est un mur brun de sable soulevé. Même la perspective d'y plonger lui donne envie de vomir, et pourtant il doit le faire, il n'a pas le choix. Il n'a jamais eu le choix. Il y entre donc ; l'eau glacée lui claque les cuisses, le sable se faufile entre ses orteils. La vague suivante envahit son entrejambe, sa poitrine, sa bouche, et voilà qu'il nage, la tête et le cou tendu au-dessus des flots. Il vérifie s'il a pied, mais il ne trouve pas le fond et doit donc continuer à avancer à travers l'écume bouillonnante, jusqu'à la partie plus calme qui s'étend au-delà, alors que même ici la houle secoue ses crêtes couronnées de blanc. Encore quelques mètres à patauger honteusement comme un chien, de plus en plus frénétique à mesure que les vagues menacent de l'entraîner, et il est prêt à sortir. Mi-marchant mi-rampant dans les basfonds, il n'a pas l'impression d'avoir accompli quoi que ce soit. La mer l'a englouti ; la mer l'a recraché, c'est tout.

Pyrrhus l'a entendu raconter quantité de fois, Achille nageait comme un poisson, comme si la mer était son véritable élément. Un jour, il est resté sous l'eau si longtemps que Patrocle s'est jeté dans les vagues pour le secourir, et l'a vu refaire surface quelques centaines de mètres plus loin. Cette scène est l'une des images les plus nettes qu'il a de son père : un homme qui nage jusqu'au bout de la mer, tandis qu'un autre l'attend, inquiet, sur le rivage. Aujourd'hui, pour la première fois, il se rend compte que cette scène n'a aucun sens. Pourquoi Patrocle s'inquiétait-il ? Le meilleur nageur de toute l'armée grecque, nageant en mer calme ?

Il y a tant de choses qu'il ne comprend pas.

Lentement, il remet sa tunique humide, il glisse ses pieds dans les sandales sablonneuses et dirige son regard vers le camp. Une ou deux lampes sont maintenant allumées dans les cabanes, mais il n'a aucune envie d'y retourner. Il est mieux ici, le vent chasse de son esprit les souvenirs sordides de la nuit. Ce n'est pas sa faute, à cette pauvre cloche. Pas sa faute. Si seulement il ne faisait pas aussi froid. Si seulement le vent cessait de souffler. Et à cet instant précis, alors que cette pensée se forme, il y a une accalmie.

Silence. Rien ne bouge, pas même un brin d'herbe. Dans tout le camp, les hommes se réveillent et s'interrogent du regard, après avoir dormi sans peine alors que la tempête faisait rage. Ça y est ? Ça s'est arrêté ? On peut rentrer chez nous ? Mais avant qu'ils aient même l'occasion de parler, le vent reprend de plus belle ; ce n'est d'abord pas plus qu'un frisson parmi les feuilles mortes, comme un chat remuant la queue, puis cela prend de la force, jusqu'à ce que les rafales s'abattent sur la mer avec exactement autant de puissance et d'animosité qu'auparavant.

Ces accalmies imprévisibles où, un bref instant, partir, rentrer au pays commence à sembler possible, voilà ce qui leur sape le moral bien davantage que les pires déchaînements de la tempête. Et à chaque fois, les notions de bon sens – le vent ne signifie rien, c'est juste le *climat*, pour utiliser le mot dédaigneux de Machaon – perdent un peu de terrain. Parce que, au lendemain de chacune de ces accalmies, ils ont vraiment l'impression que les dieux jouent avec eux, leur tendent l'espoir sur une paume ouverte pour mieux le leur soustraire.

Pyrrhus sent ses cheveux mouillés se décoller de sa nuque, il sent sa tunique humide épouser encore plus étroitement les contours de son corps, et il avance tant bien que mal. Un bain chaud ? Une assiette de ragoût ? Des restes de la veille, mais le ragoût est parfois encore meilleur le lendemain. Ou une visite aux écuries ? Pour voir Ébène, aider les palefreniers à mener les chevaux à la prairie. Non, rien de tout ça. Pas maintenant.

Pendant le temps où il faisait semblant d'envisager un bain chaud et un repas, ses pieds le conduisaient là où il doit être. Il y est arrivé. Il se pince le nez, respire bruyamment par la bouche, et suit le sentier jusqu'au moment où il voit ce qui gît sur le sable crasseux. Il a besoin de ce spectacle. Il en a besoin pour confirmer ce qu'il sait déjà : la langue qui a prononcé ces mots, qu'il refuse de répéter, non, même dans le vide bourdonnant de son propre cerveau, cette langue pourrit à présent dans un crâne en putréfaction. Il se lève, ouvre grand les yeux, absorbe le moindre détail, remarque le moindre changement.

Assez. Il n'aura pas besoin de revenir, sans doute pas avant plusieurs jours, mais il reviendra. Parce que cela prouve qu'il est bien celui qu'il prétend être : l'homme qui a tué le roi Priam. Le fils du grand Achille. Le héros de Troie.

9

Durant les jours qui ont suivi, j'ai beaucoup pensé à Priam. Voir sa bague suspendue au cou d'Andromaque ranimait tous mes souvenirs. Je ne pouvais rien faire pour éviter le déshonneur infligé à son corps, mais je pouvais au moins rendre visite à sa veuve, Hécube, et peut-être lui rendre la vie plus agréable, si peu que ce soit. Un matin, je suis donc allée la voir, en emmenant Amina. J'aurais pu choisir une des autres filles, mais j'ai pensé que le trajet me permettrait de lui parler. Je me faisais encore du souci pour elle ; elle paraissait incapable d'accepter la réalité de sa situation. En fait, elle était obstinément et dangereusement méfiante. Mais je n'ai pas eu le moyen de lui parler alors que nous marchions vers l'arène. Le vent était si fort qu'il rendait la conversation impossible. Je devais avancer tête baissée, emmitouflée dans mon voile, tandis qu'Amina restait à la traîne.

Un groupe d'hommes ratissaient le sable de l'arène. Le projet lancé par Alcimos d'organiser des jeux avait été approuvé et la plupart des épreuves devaient se dérouler ici. Je me suis arrêtée pour les regarder travailler. De petits tas d'offrandes avaient été disposés au pied des statues des dieux : des fruits, de gros bouquets de marguerites violettes, ainsi que des cadeaux plus excentriques – des modèles réduits de boucliers et de lances, une paire de sandales neuves, un jouet d'enfant en forme de cheval. En parcourant des yeux le cercle, j'ai vu que certaines divinités – Athéna en particulier – s'en tiraient mieux que d'autres, et j'ai compris que c'était une sorte de guide visuel de l'état d'esprit du guerrier grec moyen. *Pourquoi sommes-nous retenus ici sur cette cochonnerie de plage ? Quelle divinité avons-nous offensée ?* La réponse, ou du moins la meilleure hypothèse : Athéna. Et pourquoi Athéna ? Parce que Cassandre avait été violée dans son temple, et parce que le violeur, Ajax le petit, n'avait pas été puni comme il aurait dû l'être ; on pouvait donc considérer Agamemnon et les autres rois comme les complices de son crime. Bien sûr, ce n'était pas le viol qui les gênait, c'était la profanation du temple. Tel était le crime qu'Athéna pouvait vouloir venger.

Amina contemplait les tas d'offrandes, ses yeux couraient d'une statue à la suivante. Je me suis demandé ce qu'elle en pensait. Ces effigies avaient dû être superbes lors de leur installation, mais au fil des années, elles s'étaient dégradées : piédestal pourri, peinture écaillée. Artémis, déesse de la chasse, maîtresse des animaux, était particulièrement en mauvais état ;

son visage était à moitié effacé, et il ne restait presque plus de couleur sur sa robe.

Puisque j'étais là, j'ai eu envie de rendre visite à Hécamède, le trophée de Nestor et, après Ritsa, mon amie la plus proche dans ce camp. Elle était en train de balayer la grande salle, une pile de roseaux frais attendaient près de la porte qu'on les dispose sur le sol, mais comme elle l'a souligné après que nous nous sommes embrassées, la salle n'avait pas du tout besoin qu'on la nettoie. On n'avait donné aucun banquet dans la cabane de Nestor ; son plus jeune fils, Antiloque, avait été tué au cours de l'assaut final contre Troie. Antiloque : le garçon qui aimait Achille. Sa mort avait plongé toute l'enceinte dans l'affliction. On sentait une atmosphère de deuil dès que l'on franchissait le seuil de la grande salle – la perte d'une jeune vie prometteuse. Amina s'attardait près de la porte, je me suis juchée sur un banc, les pieds surélevés, tandis qu'Hécamède finissait son balayage, puis je l'ai aidée à placer les roseaux.

— Comment va Nestor ?

Elle a fait la grimace :

— Pas bien.

Je ne pouvais croire que Nestor soit réellement malade. Il ressemblait à un vieil arbre qui ploie sous chaque bourrasque – on croit qu'il va s'envoler à tout moment, mais le lendemain matin il est encore là, debout, entouré par des dizaines de jeunes pousses saines déracinées pendant la nuit. Je devinais néanmoins pourquoi cette maladie, quelle qu'elle soit, pesait sur l'esprit d'Hécamède. Si Nestor mourait, qu'allait-elle devenir ? Avec un peu de chance, l'un ou l'autre de ses fils survivants se chargerait d'elle, même si les fils n'héritaient pas des concubines de leur père, en principe ; plus vraisemblablement, elle serait le prix décerné au vainqueur des jeux funéraires en l'honneur de Nestor. Exactement ce qui me serait arrivé si Achille ne m'avait pas donnée à Alcimos.

Après avoir disposé les roseaux, nous avons pris place sur un des bancs. Une odeur de cannelle et de sucre brûlé flottait dans l'air, et il y avait sur la table deux plateaux de petits gâteaux, à peine plus qu'une bouchée chacun, mais absolument délicieux. On les appelait couramment des « revenez-y », parce que personne ne pouvait se contenter d'en manger un seul.

— Ça ne doit pas être bien grave s'il mange ces gâteaux-là.

— Oh, ils ne sont pas pour lui, ils sont pour Hécube. Je m'apprêtais à les lui porter, tu m'accompagnes ?

— Oui, bien sûr. Je venais lui rendre visite, de toute façon. Simplement, je n'ai pas pu résister à l'envie de te parler en premier.

— Bien, allons-y ensemble. Il faut juste que je passe voir Nestor d'abord.

Apparemment, il avait dit qu'il sortirait sur la terrasse, mais quand nous avons passé la tête à la porte de sa chambre, il dormait, avec des ronflements sonores, sa lèvre supérieure faisant la moue à chaque expiration. Même à cette distance, je voyais qu'il avait le nez et les lèvres bleus.

— C'est ce côté décharné qui ne me plaît pas, a dit Hécamède en touchant le bout de son propre nez. Ils deviennent comme ça avant de s'en aller.

C'est avec soulagement que nous avons quitté la pièce, qui sentait la chair vieillie et malade. De retour dans la grande salle, j'ai inspiré profondément. Puis Hécamède a pris un plateau, moi l'autre, et avec Amina qui traînait plusieurs mètres derrière nous, nous avons traversé l'arène où les longues ombres projetées par les statues des dieux s'inclinaient sur le sable fraîchement ratissé. Éblouies, nous passions de la lumière à l'ombre, puis de nouveau à la lumière – un court trajet dans le vent vivifiant – et, baissant la tête, nous sommes entrées dans les ténèbres et l'odeur de renfermé de la cabane d'Hécube. *Une chambre de malade après l'autre*, me suis-je dit. La ressemblance s'arrêtait là : Nestor dormait dans un lit de roi, entouré de tous les attributs de la richesse et du pouvoir ; la cabane d'Hécube avait l'aspect d'une niche à chien plutôt que d'une habitation humaine. Du moins l'avait-elle pour elle seule, luxe rare dans ce camp surpeuplé. Ulysse semblait la traiter de façon assez correcte. Quand les femmes de la maison royale avaient été partagées entre les rois, on avait beaucoup plaisanté aux dépens d'Ulysse. Agamemnon et plusieurs autres avaient pris les filles vierges de Priam, Pyrrhus avait reçu une jeune veuve en bonne santé – il devait avoir de quoi s'amuser, à condition qu'elle se secoue un peu –, mais Ulysse avait écopé d'une vieille femme squelettique. Ulysse haussait les épaules, indifférent aux rieurs. Il savait qu'il ramènerait chez lui la seule femme acceptable aux yeux de son épouse Pénélope. Avec un peu de chance, il pourrait la convaincre qu'il n'avait couché avec personne ces dix dernières années, se contentant de jouer aux quilles avec ses hommes pour occuper ses longues soirées solitaires. Il était assez malin pour que cela semble convaincant, et à ce qu'il se disait, Pénélope était assez intelligente pour faire semblant de le croire. Tout le monde vantait l'esprit et la bonté de Pénélope. J'imaginais aisément Hécube faisant de la broderie bien au chaud, et non obligée comme tant d'autres de récurer les dalles, en se faisant houspiller parce qu'elle ne travaillait pas assez vite. Oh, ce serait peut-être une existence misérable, ravagée par le chagrin, mais au moins elle disposerait d'un certain confort pendant les semaines ou les mois qui lui restaient à vivre.

Mais tout cela n'avait aucun sens. Dès la minute où elle avait assisté à l'assassinat de Priam, Hécube avait renoncé à vivre.

Au premier abord, ce n'était qu'un sac d'os, blotti sous une couverture sale. Le bras sorti des draps était si ridé et couvert de taches brunes qu'il ressemblait au pelage d'un animal plutôt qu'à la peau d'un humain. Hécube a remué en entendant nos voix, elle a tenté de se redresser, aveuglée par la lumière soudaine. J'ai constaté avec horreur combien elle était devenue fragile ; même depuis le peu de temps qu'elle était arrivée au camp, elle semblait s'être ratatinée. Je me suis demandé si elle se nourrissait vraiment. Hécamède lui a touché les pieds et lui a proposé le plateau de gâteaux. Hécube l'a remerciée avec effusion, mais a aussitôt éloigné le plateau pour se tourner vers moi.

— C'est Briséis, a dit Hécamède.

Moi aussi je me suis agenouillée et j'ai touché les pieds d'Hécube. Je ne m'attendais pas à ce qu'elle se souvienne de moi. Nous nous étions souvent rencontrées pendant les deux années que j'avais passées à Troie, mais je n'étais alors qu'une enfant. J'étais sans doute méconnaissable, et elle a paru un moment intriguée, puis elle a levé le bras et posé une main émaciée sur le côté de mon visage.

— Je voudrais te remercier, petite.

— Pourquoi ? C'est Hécamède qui a préparé les gâteaux.

— Tu as été bonne envers Priam lorsqu'il est allé voir Achille. Il se souvenait de toi, il se souvenait qu'Hélène t'amenait à la citadelle. « La petite amie d'Hélène. » Tu devais être à peine sortie de l'enfance, à cette époque…

— J'avais douze ans.

— Au retour, il m'a parlé de toi. Il a dit que tu avais été bonne.

J'étais au bord des larmes, incapable de parler.

— Bien, bien. (Hécube m'a tapoté le bras.) Mangeons donc ces gâteaux.

Elle scrutait la pénombre où Amina se tenait, pour se faire oublier comme à son habitude. J'ai compris qu'Hécube n'y voyait plus très bien.

— Amina ?

Elle s'est avancée, s'est agenouillée et a touché les pieds d'Hécube. À ma grande surprise, Hécube s'est exclamée :

— Amina, ma pauvre enfant, comment vas-tu ?

— Très bien.

— Ils t'ont donnée à Pyrrhus ?

— Oui, ce n'est pas ce que j'aurais choisi...

Hécube a émis un son curieux, à mi-chemin entre un reniflement et un rire.

— Non, en effet, je pense que nous n'aurons plus guère de choix à faire, à l'avenir.

Hécamède a fait circuler les gâteaux pendant que je versais le vin. Hécube était trop nerveuse pour manger, mais j'ai remarqué qu'elle buvait rapidement. Laissons-la boire. À sa place, j'aurais avalé la mer entière. Au bout de quelques minutes, deux taches rouges sont apparues sur ses joues, contrastant vivement avec la grisaille générale de sa peau et de ses cheveux. Après s'être concentrée sur le vin, elle s'est mise à parler d'Hélène. Savions-nous que Ménélas couchait à nouveau avec elle ? Elle avait une cabane entière pour elle – « pas comme celle-ci, trois pièces ! » –, des servantes qui lui obéissaient, qui ramassaient derrière elle. Oh, et un métier à tisser. Hélène tissait à nouveau, comme une araignée attendant la vibration qui lui indiquerait qu'une nouvelle mouche s'était posée sur sa toile. Encore une victime à sucer... Ah, la haine qu'exprimait alors la voix d'Hécube ! Je me suis demandé comment elle était au courant, pour les tapisseries d'Hélène, mais les nouvelles allaient vite dans ce camp, et les servantes d'Hélène étaient évidemment des Troyennes. La rumeur venait probablement d'elles. Elles devaient coller leurs oreilles au mur pour entendre les grognements de Ménélas, les cris d'extase d'Hélène... Et des cris d'extase, il devait y en avoir beaucoup, Hélène n'était pas bête. Tout le campement en voulait au roi de l'avoir reprise. Les guerriers grecs et les esclaves troyennes étaient unis par une chose, une seule : leur haine d'Hélène. Ménélas avait juré tant de fois qu'il la tuerait, à l'instant où il la reverrait ! Qu'il la ramènerait à Argos pour que les femmes la lapident, et les volontaires n'auraient pas manqué. Tant de veuves, tant de femmes qui avaient perdu leurs fils... Et pourtant il était là, et couchait à nouveau avec elle.

— Toute la nuit, a insisté Hécube. Mais qu'essaye-t-il de faire ? De la tuer à force de baiser ?

J'ai peut-être été choquée ; je ne connaissais pas encore Hécube aussi bien que je l'ai connue par la suite.

— Oh, et les mensonges qu'elle vous raconte ! Elle a été violée – *mon fils*, la violer ? Elle ne le lâchait pas ! Ça, et prétendre que nous la retenions prisonnière à Troie. Jamais de la vie ; elle aurait pu rentrer chez elle quand elle le voulait. Qui voulait la garder, à son avis ? Mon idiot de fils, et personne d'autre ! N'importe laquelle de mes esclaves l'aurait ramenée de l'autre côté du champ de bataille, si elle n'avait pas le courage d'y aller toute seule. Je l'aurais ramenée moi-même !

Et on voyait qu'Hécube disait vrai : elle était indomptable. Pendant tout ce temps, sa bouche s'agitait sans arrêt – même quand elle avait fini de parler, elle devait se pincer les lèvres pour les maintenir immobiles. Elle avait l'air d'un vieil oiseau desséché – une grive, peut-être –, les plumes ébouriffées par le vent, mais qui chante encore, qui lance ses cris de défi du haut de son perchoir. Je luttais pour la comprendre. Tous les jours, je voyais combien Andromaque était anéantie par le chagrin, et je suppose que je m'attendais à trouver Hécube dans le même état, ou pire. Mais pas du tout. La haine d'Hélène la consumait. Elle sentait peut-être que les rois étaient trop puissants, trop intimidants pour qu'elle les déteste, ou bien elle avait toujours accusé les femmes et disculpé les hommes. Certaines femmes sont ainsi. Mais cela me révoltait.

— On ne peut pas tout reprocher à Hélène ! ai-je protesté. Ce n'est pas Hélène qui a tué Priam, c'est Pyrrhus. Et qui a jeté le fils d'Hector du haut des remparts ? Pyrrhus. Et qui a sacrifié Polyxène ? Pas Hélène, Pyrrhus.

— Et que veux-tu y faire ? a demandé Hécube.

Silence. Je n'avais aucune réponse. Je savais que Pyrrhus était totalement hors d'atteinte. Je me suis contentée de contempler les murs de la cabane, j'avais envie d'être à l'extérieur, de me remplir les poumons d'air pur – si on pouvait qualifier de « pur » ce vent mordant chargé de grains de sable. Je voulais être loin de l'odeur de renfermé qui émanait des couvertures sales ; surtout, je ne voulais plus entendre cette voix épuisée, acariâtre. Et en même temps, je ressentais pour elle de la pitié et une sorte de respect craintif.

Enfin, Hécube s'est tue. Elle a mangé l'un des gâteaux, en se tamponnant délicatement la bouche avec les bords de son voile.

— Délicieux, a-t-elle déclaré tout en refusant d'en prendre un deuxième. Vous savez, je ne crois pas avoir jamais goûté des gâteaux pareils à Troie, et pourtant Priam avait les meilleurs cuisiniers au monde. Je dois malgré tout avouer que je préfère le gâteau au gingembre. Le goût est tellement fort.

Hécamède a eu l'air soucieux :

— C'était trop fort ?

— Non, non, parfaitement équilibré. Ni trop épicé, ni trop sucré. (La reine s'est à nouveau tournée vers moi.) Et toi, petite ?

Je ne voyais pas trop ce qu'elle voulait savoir.

— Si je cuisine ? Eh bien, oui, un peu, mais rien de comparable à Hécamède.

— Oh, je suis sûre que tu as d'autres talents. Il paraît que tu t'y connais bien en plantes.

— Un peu seulement.

— Vois-tu... (Elle a marqué une pause, en regardant son auditoire restreint.) J'ai réfléchi à ce que nous pourrions faire.

J'ai éprouvé comme un malaise en l'écoutant. Elle semblait demander à Hécamède de préparer un gâteau pour Hélène. Un gâteau ? *Pour Hélène ?*

Puis elle a dit, les yeux fixés sur moi :

— Je sais où trouver les plantes.

Bien sûr qu'elle le savait. Comme tout autre grand herbarium, le jardin de Troie avait un enclos réservé aux plantes toxiques parce que, paradoxalement, ces herbes-là produisent quelques-uns des remèdes les plus puissants. Administrées à très petite dose, et sous une surveillance attentive, elles peuvent même sauver des vies. Jusquiame, aconit, digitale, mélilot, tout cela semble si innocent, n'est-ce pas ? Serpentine, ricin, noix vomique…

Hécube m'a touché le bras :

— Tu sais lesquelles cueillir ?

J'ai lancé un regard à Hécamède et je l'ai vue comprendre ce qu'on nous demandait. Elle a pris la main d'Hécube :

— Pourquoi ne pas laisser les dieux s'occuper d'Hélène ?

— Parce que les dieux ne foutent rien de bon quand on les laisse agir ! Il faudrait grandir un peu, ma fille.

— Seuls les dieux peuvent juger.

— Pfff ! Tu crois que la justice, ça intéresse les dieux ? Où est la justice dans ce qui m'arrive ?

Elle s'est détournée, recroquevillant les épaules comme un faucon sous la pluie. Le silence a duré un moment. Puis elle a dit :

— Amina comprend, hein ?

Amina a hoché la tête :

— Oui.

— Par chance, ai-je fait remarquer, Amina n'est pas autorisée à sortir de la cabane des femmes sans moi.

L'atmosphère s'était aigrie. J'ai interrogé Hécamède du regard : *Quand pouvons-nous partir d'ici ?* Mais Hécube est revenue face à nous et toute son attitude avait changé, un peu comme si elle se sentait soudain plus légère, dépouillée du fantasme corrosif d'empoisonner Hélène, qui devait l'avoir accompagnée pendant ses longues nuits d'insomnie.

— Vous savez, je crois que je prendrais volontiers un deuxième gâteau.

Il n'en restait qu'un. Quand elle l'a eu terminé, elle a mouillé son doigt pour ramasser les dernières miettes.

— Et maintenant, je voudrais faire une promenade.

Nous nous sommes regardées toutes les trois. Cela nous semblait absurde : elle serait emportée par le vent. Je la voyais déjà tournoyer dans le ciel comme une de ces feuilles réduites à leurs nervures que l'on voit en automne, mais j'ai hoché la tête et j'ai aidé Hécube à se lever. Elle a placé ses bras maigres autour des épaules d'Hécamède et des miennes, puis nous nous sommes dirigées vers la porte, à pas maladroits, comme un veau à six pattes.

Une fois sur la terrasse, Hécube s'est brusquement immobilisée et j'ai senti qu'un tremblement s'emparait d'elle. Elle battait des paupières face à la lumière brutale du jour, comme effrayée par sa propre témérité. Je m'attendais presque à la voir changer d'avis, rebrousser chemin et remettre à un autre jour, mais non, elle était décidée. Une ou deux femmes accroupies à terre pour moudre le blé ont levé les yeux lorsqu'elle s'est embarquée dans le périlleux voyage jusqu'en bas des marches. J'avais terriblement peur qu'elle tombe. En fin de compte, nous l'avons simplement soulevée – elle ne pesait rien du tout.

— Où aimeriez-vous aller ? ai-je demandé.

Elle a réfléchi un moment.

— Allons vers la mer. Voilà des années que je n'ai plus vu la mer.

Donc, en restant aussi longtemps que possible à l'abri des cabanes, nous nous sommes mises en marche. Plusieurs fois, nous avons dû nous arrêter pour qu'elle puisse entortiller son voile autour de sa bouche ; le vent lui coupait le souffle, à elle comme à nous, mais elle en avait moins en réserve. Cependant, elle aurait pu s'épargner cette peine : à peine avions-nous quitté la protection des cabanes que le voile s'est déployé derrière elle, et elle a dû me lâcher pour l'empêcher de s'envoler. Des corbeaux tournaient au-dessus de nos têtes, leurs ailes noires se découpant sur le ciel blanc.

— Regardez-moi ces sales bêtes ! Mieux nourries que nous.

Elle a émis un son qui, dans d'autres circonstances, aurait pu passer pour un rire.

Lentement, très lentement, nous l'avons descendue jusqu'au rivage. Nous la portions presque, nos bras croisés par-dessus son dos voûté tandis qu'elle titubait vers la mer. Son voile s'est entièrement détaché. Amina l'a pourchassé sur la plage et l'a rapporté, non sans le nouer solidement autour du cou d'Hécube. Au bord de l'eau, nous nous sommes arrêtées, nous avons contemplé les vagues dans leur inlassable assaut contre la terre, chacune échouant, retombant en arrière, délogeant des galets qui parsemaient ensuite la pente, durant le long soupir râpeux de leur défaite. Mais déjà, au-delà des brisants, la mer faisait jouer les muscles puissants de ses épaules pour l'attaque suivante. Hécube observait les navires noirs à proue pointue, alignés sur la plage comme une nuée d'oiseaux prédateurs ; pour la première fois sans doute, elle voyait les forces qui avaient détruit sa vie. Je craignais qu'elle ne se dirige vers l'endroit où corbeaux et mouettes se disputaient le corps de Priam, mais elle a inspiré avec un frisson et s'est tournée vers l'intérieur des terres.

Un groupe de femmes s'étaient réunies non loin de nous, des esclaves qui s'étaient échappées des cabanes d'Ulysse pour voir leur ancienne reine, mais elle admirait la cité détruite, pardessus les têtes. En suivant son regard, j'ai vu avec les yeux d'Hécube les tours noircies et effondrées de Troie, comme une main à demi enterrée pointant vers le ciel ses doigts accusateurs. Je pensais qu'elle allait prendre la parole, mais elle n'a rien dit. Face à ce spectacle, les mots semblaient peut-être une monnaie tellement dévaluée qu'elle ne voulait plus se donner le mal d'y recourir. Quelque part au fond de sa gorge se formait un son au-delà des mots. Je ne l'entendais pas, je le sentais, il partait de son buste et descendait jusque dans mon bras. Avant que je comprenne ce qui se passait, elle s'est dégagée et elle est tombée à genoux. Se jetant à terre, elle a soudain laissé exploser sa douleur. Elle a dressé son visage vers le ciel, et a invoqué Priam, Hector et tous ses autres fils morts. Puis à nouveau Priam. *Priam. Priam.* Elle s'arrachait des touffes de cheveux, elle se griffait les joues, frappait le sol, comme si elle était capable de faire résonner ses cris dans le ténébreux palais d'Hadès. Comme si elle était capable de réveiller les morts.

Je me suis agenouillée près d'elle et j'ai tenté de mettre un bras autour de ses épaules, j'ai émis des sons apaisants et dénués de sens, je cherchais à la calmer par tous les moyens – autant pour moi, je le crains, que pour elle. Puis elle a rejeté la tête en arrière, elle a hurlé, et le hurlement a duré, duré, il semblait sans fin. Les femmes qui l'observaient se sont approchées, s'assemblant autour d'elle là où elle s'était laissée tomber sur le sable crasseux, joignant leurs cris aux siens, jusqu'à devenir des louves, le même terrible glapissement s'élevant de cent gosiers. Et j'ai hurlé avec elles, horrifiée par les sons que je produisais, mais incapable de m'arrêter. Hécamède a hurlé, et

Amina aussi, nous toutes, pour la perte de notre patrie – pour la perte de nos pères, nos maris, nos frères, nos fils, pour ceux que nous avions aimés. Pour tous les hommes qu'emportait cette marée noircie par le sang.

À coup sûr, si jamais des voix vivantes ont pu pénétrer le monde des morts, elles l'ont fait alors ; mais personne ne nous a répondu. Après un moment, Ulysse est sorti de sa grande salle pour voir qui causait ce tapage et, quelques minutes plus tard, deux gardes sont apparus et ont brutalement ordonné aux femmes de reprendre le travail.

10

Quelque part sur la plage, une meute de chiens s'est mise à hurler. Calchas s'arrête et tend l'oreille alors que les hurlements se changent en gémissements, puis cèdent la place au silence.

Regardant autour de lui, il s'aperçoit que quelque chose a changé. *Qu'est-ce que c'est ?* Le ciel brûle encore du même rouge affreux, l'air a encore un goût de fer, les vagues se fracassent encore sur le rivage avec la même monotonie macabre… Il sent que ses poumons luttent pour suivre le rythme du flux et du reflux sans fin ; sa poitrine semble pleine d'eau tourbillonnante. Posant la main sur le flanc verruqueux d'un navire, il essaye d'inspirer profondément. Il a la tête qui tourne, sa vision se brouille, mais lentement, très lentement, la plage retrouve sa netteté. Une brume de grains fins souffle par-dessus le sable dur et, tandis qu'il regarde, plusieurs boules d'herbe sèche sont ballottées par le vent.

Tout cela, il l'a déjà vu bien des fois, alors pourquoi ce spectacle lui semble-t-il tout à coup étrange ? Il lèche son index et le brandit en l'air. Oui, c'est bien ça, le vent a changé. Pas beaucoup – il vient toujours de la mer – mais l'angle est légèrement différent. Peut-être sera-t-il plus facile de marcher ; peut-être sera-t-il malmené comme un des paquets d'herbe qui virevoltent. S'éloignant de la protection du navire, il s'avance avec assurance ; il n'est plus l'adolescent dégingandé qui s'est jadis agenouillé aux pieds de Priam, il est le grand prêtre d'Apollon, le principal voyant de l'armée grecque, le confident des rois. Mais quand il se retourne, ses empreintes griffonnées sur le sable humide sont aussi hasardeuses que celle d'un crabe. Il poursuit néanmoins, car il tient à atteindre sa cabane avant la nuit. Ce soir, il se permettra une coupe de vin fort, peut-être avec un petit gâteau à y tremper. Un homme ne peut pas toujours se refuser les bonnes choses de la vie ; à force de sacrifices, il n'est plus que l'ombre de lui-même. Il pense avec amertume à Machaon, qui ne s'est jamais privé de rien, et rencontre pourtant Agamemnon aussi souvent qu'il le désire – tous les jours, raconte-t-on – alors que lui, qui a offert au roi des années de bons et loyaux services, *des années*, passe ses journées à attendre une convocation qui n'arrive jamais.

La lumière diminue vite, mais ce ne sont pas les ombres bleues d'un soir normal qui s'allongent sur le sol, le crépuscule insinuant qui rend tout à coup plus vive, plus invitante, la flamme des foyers et des lampes ; non, ces ombres sont d'un jaune maladif, de la couleur d'os et d'ivoire d'une peau vieillie. Il se rappelle le cou ridé d'Hécube, tel qu'il l'a vu lorsqu'elle a été amenée au camp, et il touche nerveusement sa propre gorge. C'est dans le corps des femmes que les hommes ressentent leur propre vieillissement, même des hommes comme lui qui ont choisi le célibat – quoiqu'il ne l'ait jamais vraiment choisi, ni respecté d'ailleurs. Il poursuit sa route mais le revoilà à Troie, encore enfant : les maisons blanches, les ombres noires, un petit garçon assis sur le pas d'une porte, plissant les yeux face au soleil. Il a vaguement conscience de l'obscurcissement du ciel, de ses pieds étroits qui sortent des mares et y rentrent, mais il est perdu dans les souvenirs du passé…

Et quand il relève la tête, Agamemnon est là.

Il doute d'abord de ce que lui disent ses yeux. Agamemnon ne quitte jamais sa grande salle ; on ne l'a plus vu dehors depuis que le vent a tourné et retient les navires grecs sur la plage, lui qui donnait sans cesse des banquets ou qui assistait à ceux donnés par les autres rois. Mais c'est bien lui, drapé dans un manteau bleu foncé, un diadème autour de la tête pour empêcher ses longs cheveux gris fer de balayer son visage. Il n'a pas vu Calchas ; il regarde la mer. Calchas scrute les environs mais n'aperçoit personne d'autre. C'est l'heure où les hommes s'enveloppent dans d'épais manteaux et se réunissent autour des feux. L'heure où l'on commence à boire pour de bon.

Ils sont donc seuls, avec le vent qui fabrique des serpents de sable ondulant sur la plage. Que faire ? Il n'ose pas s'avancer vers Agamemnon, manifestement venu sans escorte parce qu'il voulait être seul, mais il ne peut non plus passer son chemin sans lui adresser la parole. La lumière oblique révèle les déjections de vers, ces petits tortillons de sable accumulé qui projettent également une ombre ; il feint d'éprouver un grand intérêt pour ces tours minuscules, il s'agenouille même comme pour les examiner de plus près. Il consacre ensuite quelques instants à contempler la mer, où le fracas et le tumulte des vagues frappant les falaises rappellent – comme si c'était nécessaire – l'impossibilité pour un navire de quitter l'abri de la baie. Est-ce la raison pour laquelle Agamemnon est ici, pour confirmer le caractère désespéré de la situation, comme on met le doigt sur une dent cassée pour s'assurer qu'elle est toujours douloureuse ?

Il sent les grains de sable pointus piquer ses chevilles nues. Le vent s'est rafraîchi, mais Calchas ne bouge pas. Puis il entend un nouveau son, entre le gémissement et le rugissement, qui semble venir du sol, sous ses pieds. Le sable chante. Phénomène reconnu, familier à quiconque vit sur cette côte. Les mots « reconnu » et « familier » sont réconfortants, car ils visent à apprivoiser l'expérience, à l'arracher au royaume de l'étrange pour affirmer qu'elle appartient à la vie normale. Même s'il ne s'agit pas du tout d'un « chant » – le son est beaucoup plus menaçant, et semble surgir des profondeurs de la terre. Comme si les morts avaient enfin trouvé une voix, ou recouvré la voix qu'ils avaient jadis.

Agamemnon promène son regard tout autour de lui. Il finit par se mettre à genoux et pose les deux mains au sol, comme s'il avait besoin de confirmer ce que ses oreilles lui indiquent. La lumière déclinante, les cris du sable, ce roi tout-puissant et désemparé, tout concourt à éveiller en Calchas un élan de terreur. Il prendrait la fuite s'il y avait un endroit où fuir, mais le rugissement est partout. Dans tout le camp des voix s'élèvent, donc les soldats assemblés autour des feux doivent l'entendre aussi, mais il doit être plus faible là-bas, moins effrayant en compagnie. Là-bas, ils pourront crucifier le mystère par des plaisanteries et des rires, mais ici, exposés sur la plage enténébrée, deux hommes se dévisagent, incapables de dissimuler leur effroi.

Puis, aussi soudain qu'il est apparu, le rugissement cesse. Agamemnon se redresse, continue un moment de regarder vers Calchas, il semble sur le point de parler, mais brusquement, il se détourne et part à grandes enjambées vers son enceinte.

Calchas le suit à pas plus lents, la bouche sèche, le cœur lui martelant les côtes, mais il jubile en son for intérieur, parce qu'Agamemnon ne peut ignorer cela. Le roi est en quête de signes et de présages, il voit l'action des dieux même dans les incidents les plus triviaux, et il suppose, de toute évidence, que les messages divins lui seront exclusivement destinés. *Oui ! Il va m'envoyer chercher, maintenant.* Pourtant, après un moment de réflexion, Calchas revient à son état antérieur d'anxiété. Oui, Agamemnon l'enverra chercher, il devra expliquer pourquoi les dieux interdisent aux Grecs de quitter le cadre de leur plus grande victoire – et il n'a pas la moindre idée, il n'a absolument aucune idée de ce qu'il dira.

11

Après une nuit de tempête, j'ai placé sur la table du pain, du fromage et une cruche de vin, au cas où Alcimos rentrerait pour son petit déjeuner, puis je suis descendue vers la plage. Les dégâts causés par la grande marée de la veille au soir étaient étalés tout autour de moi. Je m'étais habituée à trouver bon nombre d'animaux morts sur le sable, mais je n'avais jamais vu un tel carnage. Le sol était jonché de crabes vert-de-gris pâle, de méduses, probablement d'une centaine d'étoiles de mer blanchies par la mort ; moi qui les aimais tant j'étais particulièrement peinée. Je suis partie en quête de ce qui vivait encore, mais je n'ai rien trouvé. Me frayant un chemin au milieu de tous ces cadavres, j'avais l'impression d'être sur un champ de bataille au lendemain d'une des folles rages d'Achille, mais c'est la mer qui avait accompli tout cela, la mer qui avait rejeté ces petites créatures délicates si loin sur la terre, là où elles n'avaient aucune chance de survie.

J'arpentais le front de mer depuis dix ou quinze minutes lorsqu'en levant les yeux j'ai remarqué à une vingtaine de mètres de moi un homme grand et mince qui contemplait la mer. Calchas. En l'observant ainsi, alors que nous étions tous deux seuls sur ce rivage désolé, j'ai senti que je le voyais plus clairement que jamais auparavant. Il était extrêmement grand – un mètre quatre-vingt-quinze, je pense –, mais pour le décrire, on aurait peut-être préféré « long » à « grand ». Longs pieds, longues mains, longs doigts ; même son cou était long, le larynx si proéminent que, sous un certain éclairage, il projetait sa propre ombre. Comme tous les prêtres troyens, il peignait son visage en blanc et soulignait ses yeux de noir, ce qui revenait à porter un masque, derrière lequel ses pensées étaient impénétrables. Si l'on y ajoute un léger défaut d'articulation qui transformait en sifflement tous les mots commençant par S, vous imaginez pourquoi les Grecs le trouvaient à la fois redoutable et ridicule. Il leur paraissait efféminé et cela les mettait mal à l'aise, alors ils se moquaient de lui, mais ils le craignaient aussi.

Je n'étais plus qu'à quelques mètres de lui, et il n'avait toujours pas bougé. La curiosité m'a forcée à m'arrêter et à regarder la baie, pour tâcher de deviner ce qu'il trouvait si fascinant. Il ne m'a pas fallu longtemps. Un immense oiseau noir – qui semblait peut-être noir simplement par contraste avec l'éclat de bronze du ciel – planait très haut au-dessus des vagues. Tout le long de la plage, les mouettes se rassemblaient et se dispersaient comme des averses d'embruns, mais cet oiseau-là volait avec précision, avec un but, comme une chouette quadrillant une prairie. Soudain l'animal a plongé, tendant à la dernière seconde ses pattes jaunes noueuses. Une giclée d'écume, un scintillement argenté, et l'oiseau se démenant pour repartir, ses ailes puissantes battant pour échapper à l'attraction de l'eau. Pendant une seconde, j'ai cru qu'il allait être aspiré, mais non ; lentement, lentement, il luttait pour reprendre son essor. Il y était presque parvenu quand une rafale de vent s'est abattue sur lui. Dévié de sa trajectoire, il s'est écrasé sur le sable humide, tout près de moi. Prise de pitié, je l'ai vu tenter de retrouver son souffle. Rien d'autre n'inspirait la pitié. Ses muscles n'étaient que muscles bandés, son bec était conçu pour arracher la chair vivante aux os, et ses yeux – d'or pâle, luisants, volontaires – étaient ceux d'Agamemnon.

Devant moi, il a retrouvé ses forces ; les ailes vigoureuses ont commencé à remuer, et enfin, sans lâcher le poisson qui s'agitait entre ses serres, il a décollé. Moins d'une minute plus tard, il n'était plus qu'un point noir dans la fournaise rougeoyante du ciel.

Je me suis tournée vers Calchas avec exaltation :

— C'est incroyable, non ?

Je ne parlais pas seulement de l'aigle, même s'il était incroyable, je faisais allusion à l'erreur par laquelle il avait fait fausse route. Il y avait là quelque chose de choquant, comme si j'avais vu la lance d'Achille manquer sa cible.

Calchas m'a dévisagée. Je m'attendais à ce qu'il partage mon enthousiasme, mais je ne voyais que du calcul dans ses yeux bordés de noir. En tant qu'augure, il consacrait naturellement une bonne partie de son temps à interpréter le vol des oiseaux, mais je soupçonnais qu'observer les hommes l'occupait encore davantage. Qui était actuellement le plus puissant ? Qui grimpait les échelons incertains ? Qui fallait-il flatter ? Qui pouvait-il se permettre de mépriser ? Surtout, que voulait entendre cette femme, qui posait cette question précise, à ce moment précis ? Je le voyais tenter de comprendre qui j'étais, si je méritais son intérêt. Rappelez-vous, jusqu'à tout récemment j'étais une esclave, aussi indigne de son attention qu'une limace. Après un long silence, il a finalement hoché la tête.

— Oui, très inhabituel.

Raide, guindé, pompeux, tout à fait Calchas. Je me trompais sur son compte, complètement. Mais à l'époque je ne le savais pas.

— Que pensez-vous que cela signifie ?

Ma question était un peu malicieuse.

— *Ah*. L'étude des auspices requiert bien des heures de réflexion et de prière.

Toujours aussi rigide. Comment pouvait-il ne pas être touché par ce que nous venions de partager ? Mais je me suis inclinée devant sa sagesse supérieure, et je l'ai regardé s'éloigner vers l'enceinte d'Agamemnon, d'un pas ralenti à mesure qu'il s'approchait des portes.

On prétendait qu'il était tombé en disgrâce, qu'Agamemnon ne se donnait plus la peine de le consulter. En le voyant lambiner ainsi, presque littéralement traîner les pieds, je n'avais aucun mal à le croire.

Depuis la chute de Troie, je vivais d'heure en heure, sans énergie et sans espoir. Soudain, pourtant, je me sentais revivre – plus qu'enthousiaste : euphorique. Curieusement, cette rencontre avec l'aigle avait tout changé. Je m'étais trouvée face à face avec l'un des seigneurs de la nature, et cette expérience me transportait, transformait mon humeur, même si j'en conservais une sensation de pure sauvagerie. En tant que femme vivant dans ce camp, je devais naviguer dans un monde complexe et dangereux, mais l'aigle… Tout ce qu'il voyait lui appartenait de droit. Parce qu'il était la perfection : chaque plume, chaque courbe de ce bec crochu, chaque éclat de ses yeux illuminés par le soleil, tout était exactement tel qu'il devait être. Il était plus vieux que les dieux. Et pendant un instant, rien qu'un instant, j'avais été là-haut avec lui, à admirer la mer ridée et les créatures terrestres qui s'agitaient bien loin. Lorsqu'il baissait les yeux, il voyait… *son dîner*. Rien d'autre – rien de complexe, rien de difficile, rien qui puisse ressembler à une menace –, rien que son dîner. Il y avait une grandeur dans cette simplicité, et je détestais l'idée que Calchas allait y frotter ses doigts crasseux pour essayer d'en extraire une « signification ». L'aigle était à lui-même sa propre signification.

Cette nuit-là, je suis restée éveillée, à songer à Hélène et à Hécube, à ma sœur, que je devais espérer morte, et à mes frères perdus. Ces mêmes pensées me préoccupaient chaque soir. Mais quand j'ai fini par m'endormir, j'ai rêvé de l'aigle – comme bien des nuits qui ont suivi. Lorsque je me suis réveillée, peu avant l'aube, j'ai écouté le vent, allongée dans le noir, et j'ai pensé à Calchas. Lui aussi, j'en étais sûre, devait être éveillé dans la même obscurité, il se rappelait l'aigle et tentait désespérément de déterminer ce que pouvait signifier ce « signe », ce « présage », ce « message des dieux ».

12

L'énergie ardente ressentie après avoir vu l'aigle ne m'a plus quittée. J'ai commencé à chercher le moyen de rendre la vie des captives moins dure. Jusque-là, elles n'avaient pas pu accéder à la cour derrière leur cabane parce qu'une partie de la clôture avait été démolie par le vent. Avec l'aide d'Alcimos, j'ai obtenu de faire réparer la clôture et déblayer le terrain. Cela n'a pas été facile parce que les Grecs n'aimaient pas consentir du temps et des efforts à ces cabanes qu'ils étaient toujours sur le point d'abandonner, mais une fois au travail, il leur a fallu moins d'une heure. Cela offrait aux filles un peu d'intimité et de quoi s'abriter du vent. Cet après-midi-là, j'ai préparé des gâteaux et deux énormes plateaux de sucreries que j'ai mis à refroidir. J'étais lasse de la solitude de ma cabane et je souhaitais passer la soirée avec les autres femmes.

Dès la nuit tombée, trois des filles m'ont aidée à porter dans la cour des plateaux de nourriture et des cruches de vin, que nous avons disposés sur des tapis autour du feu. D'abord méfiantes, les autres captives sont sorties de la cabane comme du bétail libéré de son enclos, reniflant l'air. Une ou deux regardaient en arrière comme si elles se sentaient plus en sécurité à l'intérieur, mais la plupart d'entre elles semblaient apprécier cette liberté supplémentaire. Elles se sont accroupies autour du feu capricieux pour souffler sur les brindilles, jeter des poignées d'herbe sèche dans les flammes, et se sont réjouies par un grand cri de triomphe quand une grosse bûche s'est embrasée.

J'avais espéré qu'Andromaque se joindrait à nous, mais elle est restée dans sa chambre. J'ai frappé à la porte, demandé si elle allait bien, et n'ai obtenu qu'un grognement en guise de réponse. De retour dans la cour, j'ai vu que la flambée était désormais magnifique, avec des étincelles montant dans le ciel, des ombres jouant sur les visages des filles. L'air était clair, mais froid ; nous nous sommes rapprochées du feu, nos orteils à quelques centimètres des pierres du foyer. J'avais apporté des tambours et des flûtes – Alcimos avait toute une collection d'instruments dans sa cabane. Je pensais qu'une ou deux des captives sauraient jouer de la flûte, et que les autres parviendraient sûrement à marquer la cadence sur les tambours. J'avais aussi emprunté la lyre d'Alcimos – avec sa permission, bien sûr –, mais je devrais en prendre soin et en effacer toute trace de doigt, car c'était un bon instrument, de qualité. Elle ne valait pas la lyre d'Achille, mais elle était supérieure à beaucoup – et il était bien aimable de nous la prêter. Il s'est avéré qu'Amina savait jouer de la lyre, et plutôt bien, la véritable découverte étant qu'Hellé jouait non seulement de la lyre, mais aussi de la flûte. Auparavant, elle s'était produite en public, comme danseuse, musicienne et acrobate, et avait donc mené une vie aussi différente que possible de l'existence protégée des autres filles. Elle avait été esclave, comme ces gens-là le sont en général, mais les meilleurs étaient connus dans toute la ville.

Nous étions donc toutes installées. Amina et Hellé ont hoché la tête pour montrer qu'elles étaient prêtes. « Rien de triste », ai-je demandé. Les filles ont commencé à nommer leurs chansons préférées, et il s'agissait souvent de morceaux joyeux et vifs, mais dès que les voix se sont fait entendre, je leur ai trouvé l'air triste. Cela vaut peut-être pour tout ce que l'on chante en exil. J'ai bientôt vu beaucoup de captives en larmes. Maïré – une fille un peu pataude dont les sourcils se rejoignaient – poussait de vrais hurlements. Elles ont cependant continué à chanter ; même les deux qui n'arrivaient toujours pas à parler ont changé. Je n'en revenais pas. Jusque-là, je ne pensais pas que des personnes rendues muettes par un choc pouvaient néanmoins chanter.

Tout sauf compatissante, Hellé observait d'un œil incrédule les filles qui sanglotaient. Elle a attaqué un morceau si rapide et furieux que les autres ont eu du mal à suivre, battant des mains et s'emmêlant dans les paroles, jusqu'au moment où, sur un dernier roulement de tambour, elles se sont écroulées, envahies par un fou rire irrésistible.

— Encore !

Je me suis mise debout, levant les bras pour les encourager à en faire autant, et, une par une, elles m'ont imitée. La musique a repris, maintenant accompagnée par des frappements de pieds ; nos ombres, projetées par les flammes, bondissaient sur les murs qui nous encerclaient et s'évadaient dans la nuit.

Pendant que l'on se rasseyait, j'ai jeté un coup d'œil vers Amina, mais elle accordait sa lyre et a soigneusement fui mon regard. Cela devenait une habitude, et elle était très douée pour ça. Elle ne semblait jamais m'éviter, mais elle faisait toujours en sorte de se trouver à l'autre bout de la pièce ou, en l'occurrence, de l'autre côté du feu. Cela me gênait, mais j'ai préféré ne pas y penser. Je voulais que rien ne gâche cette soirée.

Après avoir ajusté les cordes, elle a entonné un chant d'amour. Elle avait un timbre clair et haut perché, comme celui d'un garçon avant la mue ; cette qualité est rare parmi les voix de femmes, et elle a quelque chose de poignant. Beaucoup se sont remises à pleurer. Je me demandais combien d'entre elles avaient été promises en mariage à de jeunes hommes dont le corps pourrissait maintenant dans les remparts de Troie. Elles avaient besoin de larmes, mais après un moment j'ai estimé que cela avait assez duré. Je me suis tournée vers Hellé, qui a fait la grimace et haussé les épaules : *Que veux-tu faire avec elles ?* Un peu plus tard, elle s'est levée pour danser, frappant des mains au-dessus de sa tête, en rythme avec ses pieds. J'ai pris un tambour, plusieurs en ont fait autant, tandis que les autres applaudissaient. Bientôt, nous marquions toutes la mesure, de différentes manières.

Je n'ai jamais vu personne danser comme Hellé ce soir-là. Lors des mariages et des fêtes religieuses, les filles dansent, mais toujours avec pudeur, couvertes de robes flottant de l'omoplate à la cheville, en veillant à ne pas laisser leurs yeux s'égarer au-delà des mouvements de leurs pieds. Hellé portait une tunique sans manches, dont le bas arrivait bien au-dessus de ses genoux – une tunique d'homme, en fait. Sa peau huilée brillait à la lumière des flammes, ses cheveux aux tresses compliquées se balançaient autour de ses épaules, à mesure que les frappements de pieds et de mains accéléraient.

Hellé se démarquait du reste des filles – outre Amina, bien sûr. Rares étaient celles qui n'avaient pas perdu tous les hommes de leur famille, et puisque les femmes plus âgées étaient vendues en esclavage, les filles avaient aussi perdu leur mère. Seule Hellé ne manifestait aucun chagrin. Elle avait vu son maître renversé à terre, la gorge transpercée par une lance, s'agitant comme un poisson jeté sur le rivage, rendant l'âme sous ses yeux. Quand j'avais tenté de murmurer quelques mots de sympathie, elle avait éclaté de rire : « Oh, ne t'en fais pas, depuis des années j'avais envie de le tuer. »

Elle avait été achetée très jeune, à six ou sept ans, et comme elle n'avait aucun souvenir de sa vie avant ce jour sur le marché aux esclaves, elle était née dans une vie de souffrance physique. Son maître l'avait choisie en lui repoussant les pouces jusqu'à ce qu'ils touchent ses poignets, puis en l'obligeant à rester couchée sur le dos pendant qu'il lui tordait les jambes dans leurs articulations. Il l'avait entraînée au métier d'acrobate, de chanteuse, de danseuse et de musicienne ; elle avait été la vedette d'une troupe qui se produisait régulièrement à la cour de Priam. Bien sûr, son maître la louait aussi pour d'autres services, mais seulement aux clients les plus prestigieux, et encore, à un prix exorbitant. Pauvre Hellé. Par certains côtés, elle était la plus pitoyable de toutes – même si elle n'aurait certainement pas été de cet avis ! –, exempte d'affliction, certes, mais seulement parce que sa vie antérieure avait été dépourvue d'amour.

Les tambours et les applaudissements devenaient plus rapides, suivant les pieds dansants d'Hellé. Je me demandais pourquoi elle déployait tant d'énergie devant ce public exclusivement féminin, elle qui traitait toujours les autres captives avec un tel mépris. Pour la pure joie de l'exercice, peut-être ? Sa danse était devenue un flirt avec le feu. Elle s'en approchait assez pour susciter les *Oh* des filles, puis elle reculait un peu, pour mieux y revenir comme un papillon de nuit attiré par une bougie. Les flammes illuminaient ses jambes et ses bras, minces mais musclés. Elle avait l'air d'un garçon – gracieux, voire beau –, mais d'un garçon tout de même. Et c'était une danse de guerrier.

En dehors du cercle de lumière, son ombre lui tenait compagnie, vacillant sur la clôture. Le feu éclairait le visage des spectatrices, entièrement perdues dans la musique. Une ou deux se sont levées pour frapper du pied elles aussi, mais cela ne servait qu'à mettre plus en valeur la grâce et la puissance d'Hellé. Mes yeux parcouraient le cercle, puis revenaient à l'ombre dansante d'Hellé. Je discernais quelque chose dans les marges de mon champ de vision. Je n'avais aucune idée de ce que c'était, puis un mouvement à l'intérieur de la cabane a attiré mon attention. J'espérais que c'était Andromaque, qu'elle avait décidé de nous rejoindre, après tout – mais une seconde plus tard, en scrutant l'obscurité, j'ai reconnu Pyrrhus. Il avait parfaitement le droit d'être là, puisqu'il possédait la cabane et toutes celles qui s'y trouvaient. Sauf moi. Je chérissais cette pensée, je la berçais dans le noir. *Toutes sauf moi.*

Les tambours devenaient obsédants. En voyant Hellé évaluer la hauteur des flammes, j'ai tenté de crier « Non ! », mais elle courait déjà et, avant que j'aie pu dire quoi que ce soit, elle avait sauté en l'air et avait atterri en douceur de l'autre côté. Sous l'effet de son passage, le feu tournait comme pour l'atteindre, et elle restait là à rire et à donner des coups de poing dans le vide, comme font les hommes quand ils ont gagné une course.

— Tout va bien ? ai-je demandé.

En guise de réponse, elle a tendu vers moi une de ses belles jambes. Je n'ai d'abord rien vu, pourtant j'ai fini par remarquer une zone rouge et luisante au-dessus de la cheville.

— Un baiser de feu. (J'ai dû paraître inquiétée par sa réponse car elle a de nouveau ri.) Ça ne fait pas mal.

Ses yeux se sont dirigés vers la porte de la cabane, mais Pyrrhus s'était retiré dans l'ombre. Elle savait donc qu'il était venu. Elle le savait depuis le début.

J'ai senti l'odeur de brûlé de ses cheveux tressés lorsqu'elle s'est assise sous les acclamations, tandis qu'on lui servait du vin. Seule Amina semblait indifférente, et même franchement hostile. Hellé l'a regardée et a levé sa coupe en trinquant d'un air moqueur. J'ai deviné qu'elles se détestaient, et c'était dommage, car c'étaient deux fortes personnalités, deux meneuses de groupe. Ensemble, elles auraient pu accomplir tant de choses, mais ni l'une ni l'autre ne paraissait vouloir jouer le rôle qui aurait dû revenir à Andromaque. Amina, parce qu'elle suivait la voie étroite et droite de la pureté religieuse ; Hellé, parce qu'elle se focalisait exclusivement sur sa propre survie. Et les autres filles étaient perdues. Simplement perdues, toutes sans exception. La tâche m'incombait donc, je suppose. Je savais qu'elles attendaient beaucoup de moi, qu'elles se fiaient à moi, parce que j'avais survécu en ce lieu cauchemardesque où les avait conduites la perte de leur maison et de leur famille.

Peu après, Pyrrhus a envoyé chercher Hellé ; presque aussitôt, en fait, pendant que nous étions encore installées dans la cour. À peine avait-il eu le temps de regagner la grande salle. Hellé a poussé un cri de victoire, levant les deux bras au-dessus de sa tête.

Je pensais que nous ne la reverrions pas avant le lendemain matin, mais quand nous avons fini par nous arracher à l'attraction du feu, nous l'avons trouvée blottie sur sa paillasse, la couverture remontée jusqu'au menton.

— Qu'est-ce qu'il t'a fait ?

— *Rien.* Il ne m'a rien fait. Il voulait juste que je le regarde se branler.

Les filles ont échangé des mines étonnées et je me suis rendu compte qu'aucune d'entre elles ne connaissait le sens du mot.

C'était curieux, et ce n'était pas la première fois que j'avais conscience de cette bizarrerie. Pyrrhus était un jeune homme, pas encore tout à fait adulte, mais il ne montrait guère d'intérêt pour ces filles. Avant d'envoyer chercher Hellé, il n'avait même montré *aucun* intérêt. Coucher avec Andromaque semblait pour lui une corvée plus qu'un plaisir. Alcimos n'avait rien dit à ce sujet. Peut-être n'avait-il rien remarqué, mais je me demandais si cela faisait partie de la conversation muette qu'il avait la plupart du temps avec Automédon.

Une demi-heure plus tard, dans la chaleur et la sécurité de mon lit, j'ai repensé à cette soirée, que je considérais comme une vraie réussite. Bien sûr, il aurait été préférable qu'Andromaque soit des nôtres, mais même sans elle, les filles s'étaient soudées en un groupe, comme jamais auparavant. J'étais contente. Je me répétais combien j'étais contente, car je sentais un malaise croissant sans pouvoir mettre le doigt dessus. Parce qu'Hellé avait été convoquée par Pyrrhus ? Non, ce n'était pas ça. Mieux valait que ce soit elle plutôt qu'une autre. De toute façon, elle avait hâte d'être appelée dans la grande salle, son ambition était flagrante. Non, cela ne servait à rien, je n'arrivais pas à comprendre pourquoi j'avais l'impression que quelque chose clochait, mais je n'allais pas en faire une nuit blanche.

J'ai éteint la bougie, remonté les couvertures et contemplé l'obscurité, les yeux encore piqués par la fumée du feu. J'en sentais l'odeur sur ma peau et dans mes cheveux. *Demain matin au réveil, un bain*. Malgré moi, mon cerveau continuait à analyser les incidents de la soirée. Qu'est-ce qui n'allait pas ? Et puis, sur le point de basculer dans le sommeil, j'ai compris : cet instant, tout à la fin, où les filles s'étaient rassemblées autour du lit d'Hellé, le visage plein de curiosité et de crainte, et où j'avais remarqué combien elles étaient intriguées et ignorantes. À présent, les yeux fermés, tâchant de recréer cette scène pour en avoir la certitude, j'ai revu nettement tous ces visages un par un, même celui des deux muettes dont j'ignorais encore le nom. Tous, sauf Amina. Amina n'était pas là.

Je me suis dit que c'était sans importance, qu'elle avait dû s'attarder dans la cour, pour ramasser les coupes et étouffer le feu. C'était bien son genre : dans la cabane surpeuplée, elle rangeait toujours ce qui avait été laissé en désordre, elle était contrariée, irritable quand les autres n'étaient pas aussi soigneuses. Néanmoins je m'inquiétais un peu. Je me demandais même si je devais me relever pour vérifier que tout allait bien, mais tout le monde dormait sans doute. Non, cela pouvait attendre le lendemain. Je me retournais dans mon lit, tandis que le bébé faisait des cabrioles comme chaque fois que j'avais des soucis. J'ai enfin trouvé une position qui nous convenait à tous deux, mais il m'a fallu un long moment pour m'endormir.

13

Comme cela lui arrive désormais souvent, Calchas rêve de son enfance à Troie, bien avant qu'il ne devienne prêtre, à l'époque où il était, en théorie du moins, l'apprenti de son père à la forge. Enfant pâle et maigrichon, doté de deux mains gauches, lent à réagir aux ordres qu'aboyait son père et pas assez rapide pour éviter ses poings. Il est enclin à se réfugier dans la maison où sa mère s'affaire dans la cuisine – les odeurs de pain chaud et de cannelle, la chaleur soudaine lorsqu'elle sort les gâteaux du four, soufflant pour écarter les mèches de cheveux de son visage écarlate. Elle s'interrompt lorsqu'il fait irruption et appuie son visage enflé contre son flanc brûlant, mais elle n'ose pas trop parler ; s'il craint le forgeron, elle le redoute encore plus. Calchas s'agite et se réveille brièvement, plein du souvenir de sa mère. Elle lui fait maintenant l'effet d'avoir été une petite souris, elle qui était jadis tout son univers. Toujours à prier, passant chaque fête au temple, un peu amoureuse du prêtre, peut-être ? Un bleu ici et là, comme son mari avait bien le droit de lui en infliger, elle ne se plaignait pas, mais elle aurait voulu qu'il soit moins dur avec leur petit garçon. Et un beau jour, la solution évidente s'était présentée. Calchas se rappelle une journée de discussions derrière les portes closes, les grommellements sans fin de son père, auxquels se superpose ensuite la voix du prêtre, flûtée mais impérieuse, et tout à coup on emballe ses menus effets personnels et il suit le prêtre, à distance respectueuse de trois pas, dans les ruelles étroites et sinueuses, dans les allées encombrées, qui sont tout ce qu'il a connu jusqu'ici, jusqu'aux places ensoleillées et aux temples splendides proches de la citadelle. Ici les odeurs sont différentes : les fleurs, l'encens, le relent métallique du sang versé par les sacrifices. Et la viande, toujours la viande, beaucoup de viande. Calchas laisse derrière lui la puanteur de la tannerie, de la fabrique de colle et de l'équarrisseur, même si elles lui restent sur la peau jusqu'au bain cérémonial, après quoi elles disparaissent, avec le parfum du pain qui cuit et de la cannelle.

Une fois par mois, il est autorisé à rentrer chez lui, et il attend d'abord ce retour, il marque même les jours à terre avec un morceau de craie, mais peu à peu, visite après visite, il ne se sent plus à sa place dans ce quartier et même dans sa propre maison – comme s'il était un navire quittant très vite le rivage où sa mère n'est qu'une minuscule silhouette qui le salue.

Après une nuit de rêves confus, il se réveille la bouche sèche, les paupières collées ; il n'est pas familier du vin fort, mais il en a bu la veille, et il a très mal à la tête. Depuis plusieurs jours et plusieurs nuits, il attend une convocation d'Agamemnon, car il sait qu'il la recevra bientôt. Quand on frappe enfin à sa porte, ce n'est pas l'imposante figure du héraut du roi qu'il voit sur le seuil, mais la petite esclave du seigneur Nestor, son « prix d'honneur » comme disent les Grecs. Il se rappelle vaguement avoir vu cette fille lors de dîners dans la grande salle de Nestor, mais il lui faut quelques secondes pour se souvenir de son nom. Hécamède, voilà. Il croit d'abord que Nestor est mort – des rumeurs courent sur sa santé depuis que son plus jeune fils a été tué – et Calchas sent son cerveau ployer sous l'effort, pour calculer ce que la mort de Nestor signifiera pour l'équilibre du pouvoir déjà précaire dans le camp ; mais un instant après il se rend compte que tout cela est absurde – la mort d'un roi est une nouvelle proclamée par les hérauts, et non portée par des esclaves. Il lutte encore pour se réveiller, pour se débarrasser des derniers vestiges du sommeil. Quand la fille parle enfin, elle dit, de façon admirablement douce et pudique :

— Hécube voudrait vous voir.

— *Hécube ?*

Indignation immédiate. Est-il tombé si bas qu'il peut être convoqué par une esclave auprès d'une esclave ? Car bien qu'elle ait été reine de Troie, Hécube est désormais une esclave.

Puis il commence à se remémorer celle qu'elle était jadis. Tout comme Priam, elle se rendait toujours au temple lors des jours spécialement consacrés à Apollon. La première fois qu'il l'a vue, il devait avoir... quoi, quatorze, quinze ans ? Un peu plus, peut-être. S'agenouillant pour présenter à Priam les premiers morceaux de viande après le sacrifice, il avait à la dérobée jeté un regard en direction de la reine, vêtue d'une robe brodée d'or, des diamants brillant dans ses cheveux. Quel âge pouvait-elle avoir ? Elle n'était pas jeune ; même en ce temps reculé, elle n'était déjà plus jeune. Et elle n'était pas belle comme l'étaient beaucoup des concubines de Priam. Mais elle avait la voix la plus extraordinaire, plus grave que ne le sont en général les voix de femme, avec quelque chose de râpeux qui aurait pu être désagréable, mais ne l'était pas. Par la suite, il avait repensé à elle, couché sur sa paillasse où il tentait de s'endormir alors que tous les sons et les images de la fête tournaient dans sa tête, et la voix d'Hécube lui avait évoqué les ongles d'une femme parcourant le dos d'un homme, depuis la nuque jusqu'à la fente des fesses, mais doucement, très doucement, en ne laissant sur la peau qu'une marque à peine perceptible. Il devait avoir seize ans. Un âge où l'on ne pense réellement qu'au sexe.

— Que me veut-elle ?

— Je ne sais pas, seigneur, elle ne l'a pas dit.

— Eh bien, réponds-lui...

Il ravale ses mots.

La fille attend, respirant doucement.

— Réponds-lui que je viendrai quand je pourrai.

*

Rien ne le retient dans l'enceinte d'Agamemnon, mais il ne supporte pas l'idée de s'absenter. Il passe la journée dans sa cabane, et la convocation ne vient toujours pas. En fin d'après-midi, alors que son ombre s'étend loin devant lui sur la plage, il part pour l'enceinte d'Ulysse. Contrarié, bougon – mais curieux, aussi. Il découvre avec stupéfaction qu'Hécube exerce encore sur lui une certaine attraction, même si c'est désormais une vieille femme, trop âgée pour susciter des sentiments de ce genre.

Il la trouve allongée sur une paillasse, la tête soutenue par deux oreillers – on a manifestement cherché à rendre le lit confortable, même si la couverture sous laquelle elle est couchée est tout sauf propre. Lorsqu'elle la repousse sur le côté, il s'en dégage une odeur de maladie, de chair vieillie. Il regrette d'avoir oublié le demi-citron piqué de clous de girofle qu'il emporte chaque fois qu'il est obligé de se rendre dans les parties les plus malodorantes du camp.

— Hécube…

Pas de titre, à quoi bon jouer la comédie ?

Elle lève les yeux vers lui :

— Assieds-toi donc, vieux sac à pisse ! Tu n'as pas changé.

Toujours cette voix chaude, sombre, râpeuse, qui perturbe ses réactions programmées. Il inspecte la cabane, ce petit trou crasseux, se lèche les babines comme un chien perplexe, puis, contre toute attente, et malgré lui, il s'assied. Il est surpris, mais elle ne l'est pas – elle considérait comme acquis qu'il obéirait. Il la regarde, il voit le cou ridé et les taches brunes sur sa peau, il voit tout, mais rien de cela n'importe. Elle tourne la tête et il redevient un petit garçon, à genoux aux pieds de Priam, lançant vers elle un coup d'œil de côté.

Elle tend la main vers une cruche.

— Sers-toi une coupe. C'est une foutue piquette, mais si je peux la boire, toi aussi.

— Non, merci, pas pour l'instant.

Il s'entend parler : raide, précieux, constipé. Ses yeux s'égarent vers le gâteau posé sur un plat à côté du lit.

— Vas-y, sers-toi, je ne le finirai pas. (Elle pousse le plat vers lui.) Fait par Hécamède. Tu ne trouveras mieux nulle part.

— Je l'ai vue ce matin.

— Évidemment que tu l'as vue, c'est moi qui te l'ai envoyée.

Elle a toujours le même ton sans réplique. Il se rappelle la première fois qu'il l'a aperçue, cette femme petite et maigre, à la peau brune et aux pommettes hautes, qui avait la curieuse habitude de creuser les joues comme si elle venait de manger quelque chose d'acide. Dans sa vieillesse, peut-être une femme bénéficie-t-elle de ne jamais avoir été trop belle. Pendant leurs cinquante années de mariage, Hécube avait intéressé, amusé, exaspéré, frustré et totalement fasciné Priam. Dieu sait comment elle s'y était prise, elle qui n'avait pour ainsi dire pas de poitrine. Et elle tenait parfois des propos intolérables. *Sac à pisse ? Franchement ?* Quel langage était-ce là pour une reine ? À Troie, ses propos n'étaient pas plus châtiés. Il se rappelait clairement Priam la tête entre les mains, s'exclamant : « Hécube ! » Il ne sait plus à quelle occasion, peut-être lors d'une réception en l'honneur d'un ambassadeur étranger.

— Êtes-vous bien traitée ? demande-t-il, se servant de son index pour prélever un peu de crème du gâteau.

— Oh oui. Je ne manque de rien.

Faut-il prendre ce qu'elle dit au premier degré ? Par rapport au palais de Troie, il manque évidemment beaucoup de choses dans ce... *taudis* – il n'y a pas d'autre mot.

— J'ai à manger, j'ai à boire – le vin est infect, mais... (Elle hausse les épaules.) Ulysse veut qu'on me maintienne en vie. Il me veut comme cadeau pour sa chère femme, quand il rentrera chez lui.

— Pénélope a en effet une excellente réputation. (Il parle de façon si ampoulée. Comment a-t-il pu devenir ainsi ?) J'ose imaginer qu'elle se montrera bonne envers vous.

— Oh oui, je sais, je sais. La *fidèle* Pénélope, la *loyale* Pénélope, la *sage* Pénélope... Moi aussi, j'étais tout ça, et ça ne m'a pas servi à grand-chose.

Fidèle, oui ; loyale, oui. *Sage ?* Soudain, il a hâte de s'en aller, de regagner sa cabane, d'attendre la véritable convocation – celle qui compte vraiment –, mais elle le retient, par la seule force de la volonté, semble-t-il, et il est las de tout cela, las de l'arrogance de ces gens qui se croient nés pour gouverner et qui ne peuvent ou ne veulent pas s'adapter quand le sort se retourne contre eux. Étendue dans ses haillons crasseux sur un lit d'esclave, Hécube reste, à ses propres yeux, une reine. À une époque, il aurait trouvé cela admirable, mais plus maintenant. Les *sages* réduisent leur voilure quand le vent change, ils ne voguent pas droit vers une tempête. Calchas fait mine de se lever, mais il la regarde à nouveau et reconnaît dans les pommettes saillantes et les tempes creuses une autre forme d'autorité. Il voit qu'elle se meurt et qu'elle se sait mourante. C'est cela, et non l'illusion selon laquelle elle serait encore reine, qui donne à Hécube sa force. Il voit qu'elle ne craint personne, parce qu'elle n'a plus rien à perdre, pas même sa vie.

— Eh bien, tu ne craches pas sur les sucreries !

En baissant les yeux, il s'aperçoit avec horreur qu'il a mangé le gâteau. Il n'en reste plus une miette.

— La modération en toutes choses, dit pieusement Hécube. Mais tu n'as jamais été tellement doué pour ça, la modération, hein ?

Il se sent rougir sous le maquillage. Il sait exactement à quoi elle fait référence : un incident bien précis, et plutôt malheureux. *Pourquoi* y fait-elle allusion ? C'est la question. Elle n'a toujours pas dit ce qu'elle veut – et il se demande si elle est capable de chantage. Eh bien, si c'est le cas, ça ne la mènera nulle part. Cette affaire remonte à trop longtemps, elle n'intéresse plus personne, et de toute façon, qui écouterait une esclave ? Son esprit bourdonne, calcule automatiquement les risques et les probabilités, prépare son prochain coup... Aucune émotion en jeu – il ne peut se permettre aucune émotion –, mais il regarde Hécube à nouveau ; la lumière qui éclaire son visage le ramène à Troie. Toutes les années écoulées, passées à comploter, à dissimuler, à se taire alors que les propos tenus devant lui violaient toutes ses convictions – toutes ces années sont effacées et il se retrouve comme échoué, aussi nu qu'un bernard-l'ermite sans sa coquille.

— On rigolait bien, pourtant, non ?

— De temps à autre.

— Arrête, et reconnais qu'on s'amusait.

Oui, on s'amusait. On s'amusait énormément. Il se rappelle les chaudes soirées d'été dans les vergers de Priam, les nuits sans lune où l'on voyait à peine la personne que l'on rencontrait. C'était très bien tant que ça a duré, mais sa position à la cour était devenue de plus en plus précaire. Peu après le malheureux incident, on lui avait délicatement suggéré qu'il n'était peut-être pas fait pour le célibat de la prêtrise. Il avait saisi l'insinuation et fait ses bagages, en se disant qu'un changement de décor lui serait bénéfique, même si en réalité cela l'avait profondément blessé. Peut-être avaient-ils raison, s'était-il dit. Et le voilà, vingt ans après, toujours prêtre, toujours célibataire, même s'il respecte désormais ce célibat de manière bien plus stricte.

— Comment va Agamemnon ? demande Hécube.

— Qu'est-ce qui vous fait croire que je pourrais le savoir ? Je ne l'ai pas revu depuis...

— Depuis que tu as officié à la mort de ma fille.

— Ce n'était pas seulement moi, c'était...

Nous tous. Tous les prêtres du camp étaient là. Il avait fermé les yeux alors que Pyrrhus levait l'épée, et les avait gardés fermés jusqu'au bout. Pure lâcheté, et même cette tentative visant à s'épargner une vision horrible avait échoué. La nuit, en rêve, il entend encore le silence, l'exclamation de la foule quand la lame avait frappé.

— Elle est morte avec courage. (Il déglutit pour chasser le nœud qu'il a dans la gorge.) Savez-vous que les hommes apportent des fleurs sur sa tombe ?

— Les *Grecs* font ça ?

— Oui. Ils la respectent pour son courage. Et rappelez-vous que le sacrifice fut rapide. Quelques secondes. Elle était morte avant de tomber à terre.

— Je suppose que je dois remercier Pyrrhus. Oui, je dois le remercier, puisque cela aurait pu tourner au carnage. Quand il a tué Priam, il en a fait une vraie boucherie. On n'abattrait pas un chien comme ça.

— Vous y étiez ?

— Oui, j'ai tout vu.

Elle rejette la tête en arrière, exposant son cou et sa gorge ridés, et un son nouveau sort de sa bouche, un gémissement, comme un chien qui s'apprête à hurler. Il ne peut pas le supporter, il est obligé de détourner les yeux. Lorsqu'il revient vers elle, elle a placé ses doigts autour de sa bouche ; elle retient littéralement ses lèvres pour empêcher le son affreux de sortir. Il attend qu'elle se soit entièrement ressaisie. Elle finit par se redresser.

— Polyxène était une bonne fille. Elle aurait pris soin de moi. (Un frisson.) Nous aurions pris soin l'une de l'autre.

— On raconte qu'il est fou.

— Agamemnon ?

— Oui. Apparemment, il envoie chercher Machaon toutes les nuits. Il n'arrive pas à dormir. Il avale une coupe entière de potion somnifère, et il n'arrive toujours pas à dormir. En principe, on n'est pas censé la boire avec du vin fort, mais allez dire ça à Agamemnon ! Oh, et il semblerait qu'il ait désormais des visions.

— Quel genre de choses voit-il ?

— Achille.

— Ah, ça, je le savais. C'est pour ça que Polyxène a dû mourir. Il fallait offrir une fille à Achille, pour que son ombre ne revienne plus hanter les humains.

— Il est furieux contre Ménélas. Apparemment, ils ne se parlent plus. Vous savez qu'il couche à nouveau avec Hélène ?

— Oui, et ça ne m'étonne pas. Je l'ai prévenu... Je lui ai dit : « Ne la laissez pas s'approcher, renvoyez-la dans un navire séparé. » Je savais qu'elle réussirait ses manigances, je le savais. Enfin, voilà ce que c'est : quand on attrape un homme par la bite, on peut le mener où on veut.

Il a tendance à se cabrer en entendant ce genre de propos, qui montrent comme Hécube a une piètre opinion du sexe fort. Elle a pourtant été mariée à Priam, alors de quoi se plaint-elle ? Calchas songe à sa pauvre mère, liée à un homme avare de son argent et généreux de ses coups.

— A-t-il envoyé chercher Cassandre ? demande la reine.

— Je ne peux vous le dire.

— Tu ne peux pas, ou tu ne veux pas ?

— Eh bien, elle a prophétisé qu'il mourrait...

— Ah oui, ils croient qu'elle va mettre le feu à son lit, c'est ça ? Ce ne serait pas la première fois. Elle nous a fait ce coup-là un jour. (Sa voix s'adoucit.) Comment va-t-elle ?

— Elle est plus calme, à ce qu'il paraît. Je ne l'ai pas vue.

— Tu pourrais sûrement demander à la voir ?

— *Non*. Je ne sais pas qui Agamemnon écoute ces temps-ci, mais ce n'est certainement pas moi.

— Et pourquoi, d'après toi ?

— Je l'ignore.

— Attends, tu dois bien avoir une idée, un homme intelligent comme toi ?

— Il s'est jadis querellé avec Achille, et le conseil que j'ai donné à l'assemblée s'est retourné contre lui.

— Tu as misé sur le mauvais cheval, pas vrai ?

Très raide, il rectifie :

— Je disais la vérité.

— Je veux voir ma Cassandre. J'ai perdu une fille. Je ne veux pas en perdre une autre.

Soudain, elle semble totalement épuisée. Son visage se vide de ses couleurs à une vitesse extraordinaire. Même ses lèvres blanchissent.

— Je ne peux pas vous aider.

Il a horreur de l'admettre, mais ce n'est que la vérité. Les femmes d'Agamemnon sont étroitement surveillées, et son influence dans cette enceinte est proche de zéro.

— Très bien. (Elle éloigne la cruche de vin.) Dégage.

Congédié, il se lève, salue, et par la force de l'habitude, il commence à sortir à reculons. Mais il se reprend brusquement. Hécube se fait peut-être encore des illusions sur son statut royal, mais ce n'est pas une raison pour qu'il les partage. Il pivote sur ses talons et se dirige droit vers la porte, en s'efforçant de ne pas entendre le gloussement qui le poursuit jusqu'en bas des marches.

14

Quand je suis retournée voir Hécube, on préparait l'arène en vue d'un concours de tir à l'arc et je me suis arrêtée le temps de regarder les cibles que l'on dressait : des visages de guerriers troyens, peints grossièrement pour les séances d'entraînement pendant la guerre. Un maximum d'événements étaient organisés dans l'arène parce qu'elle était relativement abritée. Certains jeux – le tir à l'arc et le javelot notamment – auraient été impossibles sur le champ de manœuvre du promontoire, où le vent soufflait avec encore plus de violence qu'ici. Je me suis détournée et je longeais la foule pour atteindre la cabane d'Hécube quand la porte s'est ouverte, laissant sortir Calchas. Nous nous sommes salués. J'étais stupéfaite qu'il se soit donné la peine de rendre visite à Hécube ; il semblait vouloir avant tout flatter les hommes puissants. J'ai pensé un instant qu'il allait me parler, mais il s'est ravisé et il est parti.

Dès que je suis entrée dans la cabane, j'ai vu qu'Hécube se portait mieux. Ses couvertures étaient pliées avec soin au pied de son lit et elle arpentait la pièce, bien que d'un pas incertain.

— Oh, mais vous êtes en pleine forme !

Elle a véritablement souri :

— Oui, enfin, je serai contente de m'asseoir.

Je l'ai aidée à revenir à son lit. Comme je ne souhaitais pas arriver les mains vides, j'avais apporté des figues, du raisin et du fromage, et Hécube m'a fait le plaisir de se forcer à en manger un peu. Il y avait déjà une cruche de vin posée à terre à côté d'elle. Elle avait l'habitude des grands crus que l'on servait à la cour de Priam, mais j'ai à nouveau constaté qu'elle n'avait pas de mal à boire ce vin grossier de paysan, qui lui mettait le rose aux joues.

— Que voulait Calchas ?

— Ah, si on savait ce qu'il veut ! Pas toujours facile de deviner ! (Elle a paru hésiter à en dire davantage.) C'est la deuxième fois qu'il vient. Nous avons bien ri – enfin, moi, j'ai ri. Tu ne me croiras pas, mais quand il était jeune, il était très bel homme. Tu sais, pas juste mignon – absolument *renversant*. (Elle a soupiré.) Ah, oui, il y a des gens qui feraient mieux de mourir jeunes, à mon avis.

J'ai été choquée par sa désinvolture. En réalité, j'avais beaucoup de mal à suivre ses sautes d'humeur. Un jour, elle était sur la plage à hurler le nom de Priam ; le lendemain, elle parlait de lui avec insouciance, comme s'il l'avait simplement devancée dans la pièce voisine. J'avais dix-neuf ans. Je ne savais rien. Il m'a fallu près de cinquante ans pour pouvoir dire : je comprends Hécube.

Mais je voyais qu'elle s'amusait : elle buvait du vin, mangeait du fromage, cancanait...

— Tout le monde lui courait après, les hommes comme les femmes. Mais il se laissait facilement rattraper. (Elle s'est mise à chuchoter.) Un soir, nous revenions du dîner, Priam et moi, et Priam a repéré devant nous quelqu'un qu'il n'avait pas envie de rencontrer, un de ses conseillers – ah, j'oublie son nom – peu importe, un homme charmant, mais bavard, bavard ! Donc nous avons fait un détour par les chambres, et tu sais qu'elles communiquent toutes ? Eh bien, la porte de l'une d'elles était grande ouverte, et dedans il y avait Calchas à quatre pattes, entre deux seigneurs... (Elle a pouffé.) Ses deux orifices bien remplis.

— Qu'avez-vous fait ?

— Oh, quelqu'un a eu la présence d'esprit de claquer la porte. Priam en a ri, mais c'était tout de même un peu fort. D'abord, Calchas était censé être célibataire. Il cherchait les ennuis... Et quand tu le vois maintenant... Tu en connais des plus coincés que lui ?

Elle s'amusait beaucoup, à colporter les ragots de la cour de Troie. « La sainte Ilion », comme on appelait jadis Troie, à cause de sa grande quantité de temples, mais la médaille avait son revers. J'en avais eu vaguement connaissance, même enfant. Hécube et moi, nous mangions, nous buvions et nous riions – mais je sentais bien qu'il y avait autre chose, un sujet qu'elle n'arrivait pas à aborder. Nous nous sommes tues un moment, puis elle a lâché :

— Je veux voir Cassandre.

Peut-être parce que j'avais perdu ma propre mère très jeune, je n'ai jamais pu supporter l'idée que les mères et les filles soient séparées.

— Très bien, ai-je répondu prudemment. Mais ce ne sera pas facile. Je doute qu'on l'autorise à sortir de la cabane.

Aucune réaction. Hécube gardait la tête de l'autre côté, dans son attitude boudeuse d'oiseau de proie qui perd ses plumes. Je me rappelais la prophétie de Cassandre : si on la mariait à Agamemnon, cela entraînerait la mort du roi, la chute de la maison des Atrides et l'anéantissement du royaume qui avait détruit Troie.

— Vous la croyez, quand elle affirme qu'Agamemnon sera tué ?

Hécube a haussé les épaules.

— Elle se laisse emporter. Les gens prétendent toujours qu'elle est prise d'une transe divine, mais je n'ai jamais rien vu de tout ça. Je pense qu'elle invente des choses qui l'arrangent.

Difficile de croire que votre fille a le don de prophétie, celle-là même à qui vous avez appris à être propre et à qui vous chantiez des berceuses le soir.

— Pourtant, ce qu'elle annonce est très précis, non ? Elle dit que sa femme jettera un filet sur lui quand il sera dans son bain, et qu'elle le taillera en pièces avec une hache. Pourquoi ferait-elle ça ?

— Parce qu'il a sacrifié leur fille afin que les vents poussent sa flotte jusqu'à Troie. Ils étaient tous bloqués, à attendre, ils commençaient à se battre entre eux – exactement comme aujourd'hui –, toute leur expédition était en train de partir à vau-l'eau... Donc il l'a sacrifiée. (Ses yeux se sont perdus dans le vide, puis soudain elle m'a regardée fixement.) Ce salaud, je le tuerais, pas toi ?

— Cassandre affirme qu'elle mourra aussi.

— Je sais. (Son expression s'est radoucie.) Elle avait toujours peur des filets quand elle était petite. Nous en placions au-dessus du lit des enfants la nuit pour empêcher les insectes de les atteindre, mais elle ne me laissait jamais en mettre un sur le sien ; elle criait toujours et le déchirait. J'ai dû renoncer. Bien sûr, elle se faisait piquer par toutes les bestioles. Le lendemain, elle se grattait comme une forcenée. Je me contentais de dire : « C'est bien fait pour toi. » Un jour, je l'ai même obligée à compter les piqûres – quarante-sept, *quarante-sept !* –, mais ça n'a rien changé, il n'y avait pas moyen de lui imposer le filet.

Un grand mélange d'émotions passe sur son visage : regrets, amour, culpabilité, exaspération... Les mères et les filles se battent aussi entre elles, je le savais – même si ma mère était morte avant que j'arrive à l'âge ingrat, même si je n'avais que de bons souvenirs d'elle. Hécube me donnait pourtant l'image d'une relation réellement conflictuelle, où la paix n'avait jamais été vraiment signée.

— J'ai besoin de la voir.

Que pouvais-je répondre ?

— Très bien, je ferai de mon mieux.

Le concours de tir à l'arc avait commencé ; notre conversation était ponctuée par les grognements et les rugissements des hommes, dans l'arène.

En sortant, je suis tombée sur un véritable mur de dos humains. Un silence tendu régnait alors que l'un des participants visait, puis j'ai entendu le bruit de la flèche percutant la cible, et les murmures des spectateurs. Entre deux dos, j'ai aperçu les cibles alignées et le visage peint des guerriers troyens déchiré en morceaux. Tant de haine ! Elle devait se répandre jusque dans le sol sur lequel on marchait.

Je me suis détournée et je suis partie.

15

En traversant le camp, je me suis promis de ne pas accabler Ritsa avec mes problèmes, mais quand je me suis glissée sous le rabat de la tente, aveugle dans la pénombre verte, je n'ai pu éviter de me rappeler que, la dernière fois que j'étais venue, j'avais amené Amina avec moi – et cela a ravivé cette inquiétude qui ne me lâchait pas. La tente n'était pas un endroit très accueillant. J'avais toujours l'impression de me trouver dans un poumon malade qui avait du mal à respirer, mais dès que j'ai embrassé Ritsa et me suis assise à la table à côté d'elle, je me suis sentie mieux.

— Pas de suivante aujourd'hui ?

— Elle est occupée. Et ce n'est pas ma suivante.

— Je posais juste la question.

J'ai pris un mortier et un pilon pour broyer des herbes qu'elle avait étalées devant elle. Elle n'a formulé aucun commentaire, et pendant quelques minutes nous avons travaillé en silence.

— En fait, je me demandais si je pourrais voir Cassandre.

— Ça devrait être possible. Mais pas tout de suite. Elle dormait quand je suis partie.

J'ai regardé autour de moi.

— Les affaires reprennent ?

— Oh, juste de jeunes imbéciles qui jouent à s'entretuer. Ils se disputent à cause du concours : l'autre soir, on m'a amené un gamin dont l'oreille avait été presque arrachée. D'un air fanfaron il a dit : « Tu trouves que c'est grave ? Si tu voyais dans quel état j'ai mis l'autre ! » Machaon lui a passé un de ces savons !

Pauvre Alcimos, ai-je pensé. Jusqu'ici, Automédon avait raison. Tous les résultats étaient contestés ; toutes les joutes amicales se terminaient par une bagarre.

— Comment va Cassandre ?

— Oh, tu sais, il y a des hauts et des bas. Les nuits restent difficiles.

— Ça ne va pas mieux, alors ?

— Un peu, si. Maintenant on peut parler avec elle, alors qu'avant…

— Hécube veut la voir.

— Eh oui, bien sûr, la pauvre, mais je crains qu'il y ait peu de chances que ça arrive. Cassandre n'a pas le droit de quitter la cabane. Tu sais comment il est.

— C'est ce que je craignais. Et Hécube est trop faible pour marcher jusqu'ici…

— Et même si elle venait, elle ne serait pas forcément la bienvenue. J'ai entendu Cassandre dire des choses affreuses sur sa mère. Elle ne la porte pas dans son cœur.

Nous travaillions depuis peut-être une demi-heure quand, après avoir causé une certaine agitation à l'entrée de la tente, deux hommes sont arrivés, qui en portaient ou traînaient un troisième. Ils l'ont jeté à terre sans cérémonie et sont partis. Nous nous sommes levées pour voir de qui il s'agissait : Thersite. Au début, j'ai cru qu'il avait été roué de coups, mais j'ai ensuite remarqué qu'il avait le regard égaré, ou plutôt concentré sur un point situé à quelques centimètres de son visage ; il faisait constamment de petits gestes curieux, comme pour attraper quelque chose qu'il était le seul à voir. Ivre ? Son haleine était pestilentielle, mais je n'y détectais pas particulièrement l'odeur du vin, ou du moins pas plus que d'ordinaire.

— Mettons-le au lit, décida Ritsa. Il a besoin de dormir.

Comme plusieurs lits de sangles étaient déjà prêts et inoccupés, nous avons dû le tirer jusqu'au plus proche et le convaincre de s'y vautrer. De la tête aux pieds, il était couvert de ce qui ressemblait à de la merde d'oie, Dieu sait où il était allé se fourrer.

— Il faudra le laver, ajouta Ritsa. Machaon sera fou s'il voit ça.

Elle semblait épuisée, et s'accrochait même à mon bras en parlant.

— Va t'asseoir, je m'en occupe.

— Briséis, tu ne *peux pas*.

Je savais ce qu'elle voulait dire : *Tu es l'épouse du seigneur Alcimos*. C'était très bien, pour une dame, de baigner les malades chez elle, c'était même tout à fait convenable, mais accomplir cette tâche dégradante dans un hôpital, choisir librement d'effectuer un travail d'esclave ? Voilà ce qu'elle avait envie de me dire depuis que je m'étais emparée du mortier et du pilon.

— Allez, laisse-moi, ai-je insisté.

J'ai pris un seau et des chiffons, et je me suis mise à l'ouvrage, ôtant la tunique puante et le pagne, essuyant son corps en y promenant largement un chiffon mouillé. L'eau dans le seau a rapidement changé de couleur. Au-dessus de nous, la toile claquait et se tendait, mais je m'y habituais ; je n'avais plus peur que toute la tente s'envole. Une ou deux fois, Thersite a poussé un cri – plus par frustration de ne pouvoir attraper les objets invisibles qu'il avait devant lui que par souffrance véritable. Son corps était couvert d'hématomes, les uns violets, les autres jaunes, d'autres encore bleus sur les bords avec un centre crème ; tous ensemble, ils retraçaient le programme des dernières semaines. Et il parlait sans cesse ! Les quelques bribes que je comprenais étaient typiques de l'individu : grossier, agressif, obsédé par la merde, la crasse, le sang et le pus. Il disposait d'un nombre extraordinaire d'insultes où il était question de boutons, de pustules, de furoncles, d'abcès, de cloques, de chancres et de plaies. D'où lui venait donc cette obsession de la peau malade ? Je l'ai retourné sur le ventre, et il m'a suffi d'entrevoir son arrière-train pour ne plus me poser la question.

Je me suis redressée et j'ai fait signe à Ritsa d'approcher ; je voulais lui demander conseil pour un cataplasme après avoir nettoyé ses furoncles. S'essuyant les mains sur les bords de son tablier, elle m'a rejointe au pied du lit.

— Que penses-tu que nous devrions faire ?

Toujours étendu sur le ventre, Thersite nous a lancé un regard par-dessus son épaule :

— Ah, c'est toi ? Il t'a foutue dehors, ça y est ?

Je l'ai laissé dire, pendant que je discutais avec Ritsa du meilleur moyen de faire sortir le pus.

— Eh toi ! (Dans son arrogance d'ivrogne, il cherchait la bagarre.) C'est à toi que je parle. Il t'a foutue dehors ?

S'irriter des propos de Thersite était une perte de temps. Il détestait les femmes, surtout les filles jeunes et jolies que les rois réservaient à leur usage personnel. Il avait une animosité particulière à l'encontre des femmes comme moi – les prix d'honneur – parce que nous étions pour lui aussi hors d'atteinte que des déesses. Mais même auprès des femmes communes autour des feux de camp, il devait souvent être supplanté par des hommes plus musclés. Je me demandais combien de ses plaies résultaient de semblables rencontres. Mais j'avais depuis longtemps perdu toute compassion pour lui. J'ai dissous du sel dans de l'eau et lui ai vigoureusement récuré le postérieur.

— Oh putain, la salope !

— C'est pour ton bien.

— Ça fait mal, bordel ! Et je ne peux pas me coucher sur le dos.

— Alors reste sur le ventre.

Quand je suis revenue, une heure plus tard, il était recroquevillé sur le flanc, somnolent, mais il s'est secoué quand j'ai posé le plateau à côté de lui. Dédaignant la nourriture, il s'est jeté sur le vin, pour en recracher la première gorgée.

— C'est ce que tu as de mieux à m'offrir ? De la pisse de pucelle ?

— Si tu n'en veux pas, il y en a beaucoup qui s'en contenteront.

Il a continué à ronchonner, mais a fini par manger. La nourriture était bonne. Machaon l'exigeait.

Machaon en personne est entré quelques minutes plus tard, il a examiné les furoncles et lui a demandé ce qu'il tentait d'attraper devant son nez.

— Des trucs blancs, a répondu Thersite. Des petits trucs blancs qui voltigent.

Machaon s'est tourné vers Ritsa, a récité une liste d'instructions pour s'attaquer aux furoncles, puis a baissé les yeux vers Thersite :

— *Et surtout pas de vin fort.*

— Ici, y a pas de danger. Les garces !

— Tu gardes ces mots-là pour toi.

Après quelques instructions supplémentaires concernant les lavages à l'eau salée et les divers cataplasmes que Ritsa pourrait essayer, il m'a saluée bien bas et s'en est allé. Sa révérence m'a amusée. La première fois que j'avais vu

Machaon, j'étais esclave dans l'enceinte d'Agamemnon, et l'on m'avait envoyée aider à l'hôpital surchargé, les infirmières parvenant à peine à traiter l'afflux quotidien de blessés. Quelques minutes après m'avoir chaleureusement accueillie, Machaon avait sans y penser retroussé sa tunique et s'était vigoureusement gratté les testicules, exactement comme il l'aurait fait s'il avait été seul. Parce qu'il était seul. Une esclave ne compte pas plus qu'un lit ou une chaise.

Mais, à présent, il me saluait bien bas.

Regagnant la table avec Ritsa, j'ai pensé qu'il était peut-être temps que j'aille voir Cassandre.

— Oui, bien sûr, a approuvé Ritsa. Laisse-moi simplement terminer ça. (Elle préparait un cataplasme à l'argile blanche.) Tu les auras bientôt toutes vues, les Troyennes.

J'ai hoché la tête :

— Oui, je suppose.

— Y compris Hélène.

— Qui t'a raconté ça ?

— Oh, une des filles.

Ritsa se donnait beaucoup de mal pour aider les captives ; son pot de graisse d'oie s'avérait bien utile après les nuits brutales, et je suis certaine qu'elle les aidait aussi d'autres manières. J'avais remarqué que l'hôpital stockait une grande quantité de menthe pouliot, et on en cultivait des parterres entiers dans les terrains vagues derrière les cabanes : à ma connaissance, cette plante ne servait à rien pour soigner les blessés, mais grâce à une préparation adéquate, elle pouvait mettre un terme aux grossesses non désirées.

— Tu n'aimes pas ça, ai-je dit. Que je voie Hélène.

— Ce n'est pas mes affaires.

Je lui ai expliqué, pour ma sœur, puis j'ai mentionné les bleus d'Hélène.

— Tu n'es pas responsable de ce qui lui arrive, a tranché Ritsa. Et puis, qu'il la tue, elle l'a bien mérité.

Ritsa : la plus aimable des femmes, et pourtant elle partageait la haine universelle à l'égard d'Hélène.

— Elle a été très gentille avec moi après la mort de ma mère ; quand j'étais à Troie et que je ne t'avais pas à mes côtés.

Elle a hoché la tête, mais sa bouche est restée sévère. Comme nous ne voulions ni l'une ni l'autre que cette conversation ne se solde par une querelle stérile à propos d'Hélène, nous avons bavardé, plaisanté et ri, tandis qu'elle finissait le cataplasme pour le postérieur de Thersite.

— Voilà, maintenant il peut aller au four. (Elle a essuyé l'argile de ses mains sur le morceau de toile à sac noué autour de sa taille.) Il y aura droit quand il aura cuvé son vin.

— Quel est son problème, d'après toi ?

— La méchanceté.

Argument imparable. Nous avons vérifié qu'il dormait, puis j'ai suivi Ritsa à travers la courette bordant la grande salle d'Agamemnon. Jadis, cet espace aurait été plein d'animaux attachés, en attente de l'abattage. Des poules, des oies, des canards. Je me rappelais notamment un groupe de poules que gouvernait un coq blanc à la crête rouge, dont les cris réveillaient l'enceinte chaque matin une heure avant l'aube. La volaille avait disparu, remplacée par une demi-douzaine de corbeaux, dont l'œil nu scintillait. Nous marchions rapidement, tout en parlant, mais c'est à peine s'ils ont pris la peine de battre des ailes pour s'écarter un peu. Les corbeaux étaient désormais partout, et ils semblaient si arrogants, si *prospères*… Un peu comme s'ils avaient eu le dessus sur les humains.

La cabane de Cassandre était étonnamment grande et – comme je l'ai vu quand Ritsa a ouvert la porte pour m'y introduire – extrêmement bien meublée. Tapis, coussins, lampes, et une superbe tapisserie sur le mur face à l'entrée : Artémis, protectrice des animaux, chassant avec ses chiens. Mais pas de Cassandre en vue. J'ai tourné les yeux vers Ritsa, qui a placé un doigt devant ses lèvres et m'a conduite vers un couloir menant à une chambre. Là, profondément endormie sur le lit, se trouvait Cassandre, ses cheveux dénoués épars sur l'oreiller ; couché à côté d'elle, la tête sur sa poitrine, un jeune homme vraiment beau. Sous le choc, mon cœur a fait un bond, mais j'ai compris que ce devait être son frère jumeau, Hélénos. L'homme qui, sous la torture, avait révélé aux Grecs les détails des défenses internes de Troie. Hélénos était troyen et de sexe masculin, alors pourquoi était-il encore en vie ? Peut-être parce qu'il avait négocié sa survie avec Ulysse. C'était possible, ou bien les Grecs voyaient en lui moins qu'un homme. Il avait trahi son père et sa ville, mais ce fardeau ne lui semblait pas lourd à porter. Il dormait aussi profondément que Cassandre, émettant un petit bruit à chaque souffle.

Ritsa m'a tirée en arrière.

— Il est toujours là à chercher de quoi manger, mais que veux-tu y faire ? Je ne peux pas le mettre à la porte, c'est son frère.

De retour dans la pièce principale, elle m'a dit :

— Tu es prête à attendre ? Ça ne devrait pas être bien long, ça fait déjà des heures qu'ils dorment.

— Je vais patienter une demi-heure.

Sous la tapisserie d'Artémis vengeresse, nous sommes restées assises en silence. Au bout d'un moment, j'ai remarqué que Ritsa s'était assoupie – elle était en permanence épuisée, la pauvre. Mon regard est revenu sur la tapisserie. Elle racontait l'histoire d'Actéon, qu'Artémis avait changé en cerf lorsqu'il avait tenté de la prendre de force – ou, selon une autre version de l'histoire, lorsqu'il l'avait par accident surprise au bain. Comme un courant d'air soulevait le tissu, Actéon semblait fuir ses propres chiens, terrorisé, bien que sans espoir de leur échapper ; il n'était qu'à quelques centimètres de leurs mâchoires baveuses. Ritsa ronflait légèrement, la tête écroulée sur la poitrine. J'ai fermé les yeux et me suis carrée sur ma chaise.

Aussitôt, derrière mes paupières baissées, sont apparus Cassandre et Hélénos enlacés sur le lit. Ils avaient l'air de deux amants ; voilà peut-être ce qui m'avait troublée, même si je soupçonne que bien peu d'amants atteignent jamais un tel degré d'intimité. Tous ces mois avant la naissance, chacun étant conscient, même confusément, de la présence de l'autre... Quels liens cela devait forger ! Et pourtant, étant garçon et fille, homme et femme, toute la trajectoire de leur vie les avait éloignés l'un de l'autre.

Quelques minutes plus tard, j'ai entendu la porte principale se fermer, et un instant après, Cassandre est entrée dans la pièce, bâillant et battant des paupières, les cheveux encore emmêlés par le sommeil. Elle a fait un pas en arrière en me voyant, mais Ritsa s'est vite levée pour nous présenter.

— Ah oui, je sais qui tu es.

Cassandre avait des yeux curieusement vifs, hyperactifs, et l'habitude de vous dévisager en permanence. Elle semblait toujours tâtonner pour cerner le sens des mots. Cela avait pour effet étrange de lui donner un air bête, alors qu'elle était tout sauf stupide. Enfin, après un assez long silence, elle a repris :

— Mon père m'a parlé de toi.

— *Priam ?*

— Oui, lorsqu'il a rapporté le corps d'Hector. Il a dit que tu avais été très bonne.

Une fois encore, j'étais touchée à l'idée que Priam s'était souvenu de moi. Pendant un moment, j'ai dû refouler mes larmes.

Nous nous sommes attablées, Ritsa a apporté du pain et du fromage. Cassandre a très peu mangé. Elle façonnait des boulettes grises avec le pain, qu'elle roulait entre son pouce et son index. J'ai remarqué ses mains assez masculines : les os proéminents, le réseau de veines bleues en saillie comme des vers noyés sous la peau. Enfin elle a levé les yeux :

— Eh bien, quelle raison t'amène ici ?

J'ai répondu que j'essayais de rencontrer toutes les femmes de Troie qui étaient arrivées au camp.

— Alors tu es le comité d'accueil, c'est ça ?

— Pas exactement.

— Tu as dû voir ma mère ?

— Oui, elle s'inquiète beaucoup pour vous.

— Il est un peu tard pour ça.

— Elle aimerait vous voir.

— Impossible, je le crains. Personne n'est autorisé à entrer, je ne suis pas autorisée à sortir… Je suis enterrée vivante ici. (Le silence s'est tellement prolongé que je ne m'attendais plus à ce qu'elle parle, lorsqu'elle a repris.) Je veux seulement que cet épouvantable vent cesse. (Elle s'est pris la tête entre les mains, en me regardant à travers ses doigts comme un enfant effrayé.) Tu sais ce qui me fait vraiment peur ? Ils vont me demander pourquoi ils ne peuvent pas partir, et je ne saurai pas quoi leur dire… Je ne sais pas !

— Ce n'est pas à vous qu'ils le demanderont, mais à Calchas.

— Vraiment ?

Je l'ai rassurée de mon mieux, en soulignant qu'Agamemnon avait ses propres prêtres et devins, dont Calchas était de loin le plus important, mais j'aurais aussi bien pu me taire. Ces yeux qui ne cillaient jamais voyaient à travers moi.

— Et puis, on sait bien pourquoi les dieux sont en colère, non ? est intervenue Ritsa. Regardez ce qui s'est passé. Les temples profanés, les enfants assassinés, les femmes violées…

Cassandre n'a pas réagi.

— Certains disent que c'est à cause de ce qui vous est arrivé, ai-je suggéré.

— Comment ?

Cassandre avait maintenant un ton hostile.

— Eh bien, n'était-ce pas un crime contre les dieux ?

— C'était un crime contre *moi*. Quoi qu'il en soit, je ne veux pas en parler.

Elle s'est remise à fabriquer des boulettes avec son pain. Mais une minute plus tard, les mots ont jailli. Un soir où elle revenait du palais, elle avait entendu dans la rue des armes s'entrechoquer et s'était réfugiée dans le temple d'Athéna, cachée derrière une énorme statue peinte de la déesse. Ajax le petit l'avait dénichée et avait voulu la traîner à l'extérieur. Elle s'était accrochée à la statue, la faisant tomber à terre. Et pendant tout ce qui avait suivi, elle avait fixé les yeux de chouette de la déesse, refusant d'admettre que son corps, en dessous de son cou, lui appartenait encore. Je me rappelle avoir fait de même, les quelques premières fois avec Achille.

— Et tu sais le pire ? a-t-elle demandé. J'avais mes règles. Lui, il s'en moquait, il m'a simplement arraché mon linge ensanglanté pour le jeter… Je n'aurais pas voulu que ma propre sœur voie ça.

Je luttais pour trouver quelque chose à répondre.

Cassandre a pris une profonde inspiration.

— Ce qui m'est arrivé est aussi arrivé à des centaines de femmes. Dès qu'elles ont appris qu'on se battait, elles ont couru se cacher dans les temples, et les Grecs savaient où les chercher. Il n'y a pas un temple dans Troie qui n'ait été profané.

On s'en fout, des temples, ai-je pensé. *Et les femmes, alors ?*

Du coin de l'œil, je voyais Ritsa secouer la tête. Je lui ai fait signe que je comprenais, mais alors Cassandre a tendu les bras vers moi, faisant retomber ses bracelets pour dévoiler la chair à vif.

— Ils m'ont attachée au lit. Ils auraient pu s'en dispenser, je ne vais pas le tuer. C'est sa femme qui le tuera. (Sa voix était rêveuse, distraite.) Elle lui prépare un bain chaud, elle lui donne une coupe du meilleur vin, dit aux servantes de lui frotter le dos avec de l'huile, puis lorsqu'il dort à moitié, elle lance un filet sur lui, elle brandit la hache et LE FRAPPE LE FRAPPE LE FRAPPE…

Elle martelait la table avec ses poings serrés.

J'ai essayé de trouver quelque chose à dire pour la calmer, mais le vide s'était fait dans mon esprit, et de toute façon il était trop tard. Elle était debout, elle marchait de long en large, agitant les bras, postillonnant jusque sur les murs. Sur le fond, c'était le même délire que j'avais déjà entendu un jour, dans l'arène, lorsque les Troyennes avaient été amenées au camp.

— Laisse-la, m'a dit Ritsa. Elle va se fatiguer toute seule.

Peu à peu, Cassandre s'est calmée. À la fin, le visage blême, elle s'est avancée vers moi :

— Tu dois avoir vu ma mère ?

— Elle est très inquiète, ai-je répété.

Sa bouche s'est tordue :

— Ah oui. Tu sais que chaque fois que je regarde ma mère, je vois des poils pousser sur son cœur ?

Là-dessus, elle m'a tourné le dos et a quitté la pièce. Alors que la porte se refermait derrière elle, Ritsa a haussé les épaules, et a réussi à sourire, même si je sentais qu'elle se montrait plus tolérante envers moi que je ne l'avais mérité.

— Je suis désolée.

— Pas de ta faute.

— Mais si.

— Bon, d'accord. (Elle m'a tapoté l'épaule.) Tu vois pourquoi je fais semblant de rien quand elle ouvre la porte à son frère ? Qu'est-ce qui lui reste d'autre ?

— J'espère simplement qu'elle ne te dérangera pas cette nuit.

Elle ne s'est pas donné la peine de répondre. À la porte, nous nous sommes embrassées, puis je suis repartie chez moi. Parvenue à l'autre bout de la cour, je me suis retournée, mais Ritsa était déjà rentrée et avait fermé la porte.

16

Il était trop tard pour voir Hécube, et de toute façon, je n'avais pas de bonnes nouvelles à lui transmettre, alors je suis rentrée directement. Dès que j'ai pénétré dans l'enceinte, j'ai su que quelque chose n'allait pas. Des groupes d'hommes se tenaient dans la cour, beaucoup regardaient par-dessus leur épaule, les yeux fixés sur la porte de la grande salle de Pyrrhus. « Qu'est-ce qui se passe ? » J'entendais la question courir de bouche en bouche, mais personne ne semblait connaître la réponse.

Je ne l'avais pas non plus. Ce que j'avais, c'était une boule de peur au creux de mon estomac, qui se tordait et se nouait à mesure que j'avançais dans la foule. Dans la cabane, j'ai trouvé Alcimos et Automédon assis à table, face à face. J'ai posé devant eux du pain et des olives, j'ai commencé à servir le vin, mais Alcimos m'a fait signe de m'éloigner, je suis donc allée m'asseoir sur le lit. Ni l'un ni l'autre ne disaient rien, mais j'ai eu l'impression que mon arrivée avait interrompu leur conversation. Quelques instants après, un grand martèlement a retenti à la porte. Croyant qu'une crise avait éclaté dans la cabane des femmes – Amina occupait encore une bonne partie de mes pensées –, je me suis levée avec empressement, mais Alcimos m'a devancée et m'a écartée de son chemin. Pyrrhus a fait irruption dans la pièce – il n'y a pas d'autre mot pour décrire son apparition – et, une fois à l'intérieur, il a rapidement envahi tout l'espace disponible.

— Je ne le supporterai pas ! s'est-il écrié en s'asseyant.

Dans mon corps, dans mes os, comme disent les vieilles femmes, je savais de quoi il parlait, et pourtant j'ai écouté avec intérêt, car je voulais obtenir confirmation de mes pires craintes. La nuit d'avant, mais ç'aurait pu être la précédente, ou celle d'avant encore, quelqu'un avait essayé d'enterrer Priam. Le travail avait d'ailleurs été bien fait : quoique peu profonde, la tombe suffisait à éloigner les mouettes et les corbeaux maraudeurs. Une pelle avait été découverte à proximité, ainsi qu'une cruche de vin et quelques croûtons de pain sec. La cruche était encore à moitié pleine, les rites funéraires avaient donc été probablement interrompus, peut-être par quelqu'un qui menait les chevaux sur le chemin allant des écuries à la prairie. Qui pouvait l'avoir fait ? Telle était la question.

Qui aurait osé ?

— Personne dans cette enceinte, affirmait Pyrrhus.

Il refusait d'admettre que n'importe quel guerrier grec pouvait l'avoir fait.

Automédon a tenté d'expliquer que certaines personnes, en vertu de leurs solides convictions religieuses, s'opposaient à ce qu'on laisse un mort sans sépulture, ce qui le privait de son droit de passage dans l'autre monde :

— Tout un chacun mérite de vraies obsèques.

— Quoi, même les combattants ennemis ?

— Euh... oui.

— Mon père n'a pas enterré Hector. (Évidemment, il s'imaginait qu'une référence à Achille suffirait à clore le débat.) Non, c'est un Troyen, et il ne peut en être autrement.

Alcimos lui a rappelé avec patience qu'il n'y avait que deux Troyens dans le camp. Calchas, prêtre et devin très estimé, même s'il se maquillait et portait une jupe. Pouvait-il l'exclure comme suspect ? Oh, oui, de façon presque certaine. Pourquoi aurait-il soudain risqué sa vie pour inhumer Priam ? La loyauté qu'il avait jadis pu éprouver envers son roi avait depuis longtemps disparu ; il travaillait pour Agamemnon depuis au moins dix ans.

Alcimos semblait dubitatif :

— Oui, mais il n'a pas vraiment la cote, ces temps-ci. Et ça fait un moment que ça dure.

— Ça ne peut pas être lui, a insisté Automédon. Il n'a aucune intégrité.

— Pas de couilles, a résumé Pyrrhus.

Alcimos a regardé ses deux interlocuteurs :

— Eh bien, alors, il reste Hélénos.

— Pas lui non plus, a dit Pyrrhus. Il a trahi son père.

— Sous la torture, a précisé Automédon.

— Quel rapport ?

— Aucun d'entre nous ne sait ce qu'il ferait sous la torture.

— *Peuh*, a protesté Pyrrhus comme s'il le savait fort bien.

— N'est-ce pas précisément la raison pour laquelle il aurait pu agir ainsi ? a demandé Alcimos. Comme un moyen d'expier ?

Ils ont pris le temps d'y réfléchir.

— Mouais, a concédé Pyrrhus. Ça pourrait.

— Très bien, alors faisons-le venir. Mais s'il a deux sous de bon sens, il aura déjà détalé.

— Pour aller où ? a répliqué Alcimos à Automédon. Il n'a plus nulle part où se réfugier.

— Il pourrait vivre dans la forêt, chasser. Et puis il y a largement de quoi manger dans les jardins de Priam.

— Toi, tu pourrais, mais je doute qu'Hélénos en soit capable. En plus, il peut à peine marcher.

Alcimos avait raison. J'avais vu Hélénos boitiller à travers le camp, des chiffons ensanglantés noués autour de ses chevilles. Ulysse avait dû lui réduire en bouillie la plante des pieds.

— Alors nous sommes d'accord ? a repris Alcimos. On fait venir Hélénos, et puis... Mais Calchas, dans tout ça ? On ne peut pas le traîner ici de force, c'est un prêtre.

— On l'invite à dîner ? a proposé Automédon, suscitant un grognement de Pyrrhus :

— Ah non, pitié…

— Enfin, tu es d'accord qu'il faut une approche différente, avec lui ?

— Oui. *Oui !* mais ne l'asseyez pas à côté de moi.

Pyrrhus était déjà debout, manifestement pressé d'en finir. Les autres l'ont suivi jusqu'à la porte, proposant tous deux d'aller chercher Hélénos, mais Pyrrhus a tenu à s'en charger. Finalement, ils sont partis ensemble. J'ai entendu leurs voix s'estomper dans le lointain, puis le silence est revenu, à l'exception des rafales qui balayaient le camp.

Je regardais sans les voir le pain et les olives restés sur la table, mon cerveau cherchant une solution pour nier ce que je savais. Je me rappelais ce moment près du feu où j'avais jeté un regard vers Amina, et où elle avait baissé les yeux en feignant d'ajuster les cordes de la lyre. Je m'étais rassurée : cela ne voulait rien dire, peut-être simplement ne m'aimait-elle pas, mais ce n'était qu'un exemple parmi tant d'autres formes d'évitement. Plus tard, je ne l'avais pas vue dans le cercle des filles rassemblées autour d'Hellé. J'étais presque certaine qu'elle s'était absentée ; je n'en étais pas encore tout à fait sûre. Une partie de mon esprit refusait de croire qu'elle pouvait être impliquée dans cette affaire. La cabane des femmes était surveillée. Oui, mais elle pouvait avoir escaladé la clôture à l'arrière. J'allais et venais, je ne savais que faire, consciente de la colère qu'éveillaient en moi les propos que je venais d'entendre. Seulement deux Troyens dans le camp ? Il y avait aussi des centaines de Troyennes, mais c'étaient des femmes, et les femmes sont invisibles. Un avantage pour elles ? Si Amina avait enterré Priam, elle s'en tirerait peut-être parce que personne n'estimerait une fille capable de l'avoir fait. Il fallait que je lui parle. J'avais beau retourner ces idées dans ma tête – et je n'ai pas cessé, pendant près d'une heure –, j'en revenais toujours là. Il fallait que je lui parle, loin de la cabane, loin des autres captives. Elles ne devaient pas être associées au sort qui serait réservé à Amina.

*

Le lendemain matin, de bonne heure, je suis allée chercher quatre paniers d'osier dans la cour et me suis rendue dans la cabane des femmes. Les filles étaient encore assises sur leurs paillasses, même Hellé, qui se levait toujours tôt pour s'entraîner à la danse dans la cour. Quand je suis entrée, Amina a levé les yeux, puis les a rapidement détournés. J'ai tenté de deviner si l'une d'elles était au courant pour l'enterrement : j'ai eu l'impression que non. Amina n'aurait sans doute voulu impliquer personne d'autre dans son entreprise ; elle serait trop fière d'affirmer avoir agi seule. Oui, mais elle avait dû s'absenter pendant de longues heures… Certaines avaient dû le remarquer, et savaient peut-être ce qu'elle faisait – ou l'avaient deviné. *Si* elle l'avait fait. Toutes, y compris Amina, étaient peut-être indifférentes à ce qui se passait à l'extérieur de leur cabane.

Avant de parler à Amina, j'ai pris le couloir menant à la chambre d'Andromaque. Je me faisais du souci pour elle. Elle était si pâle, maigre et malheureuse, j'ai songé qu'elle était peut-être l'une de ces (rares) personnes qui renoncent purement et simplement à s'alimenter lorsqu'elles décident d'en finir. Une des servantes de ma mère s'était laissée mourir de faim. Je la revoyais distinctement, avec son grain de beauté sur la lèvre supérieure ; je n'avais plus repensé à cette femme depuis des années, et je me suis demandé pourquoi son image se présentait si nettement à mon esprit.

Andromaque était couchée, apparemment endormie.

— Andromaque ?

À son nom, ses paupières se sont agitées.

— Andromaque ? Réveille-toi.

— Qu'y a-t-il ?

— Quelqu'un a essayé d'enterrer Priam.

Ses yeux se sont ouverts tout grands.

— Hélénos ?

— Peut-être. En fait, je pense que ça pourrait être l'une des filles.

— Qui ? Laquelle ?

Elle semblait réellement incrédule. Quoi qu'il ait pu se passer, elle n'en avait pas été avertie.

— Amina.

— Celle qui danse ?

— Non, ça, c'est Hellé.

Pour la première fois, je ressentais de l'impatience et même de la colère en voyant qu'elle s'intéressait si peu aux autres captives, et refusait d'accepter ce qui aurait dû être son rôle – le sien, pas le mien. Puis j'ai eu honte, car j'ignorais ce que l'on éprouve quand on a vu tuer son enfant ; je n'osais pas même l'imaginer. Et je n'avais certainement pas le droit de la juger.

— Je viens la chercher, pour voir si j'arrive à la convaincre de me parler.

— Très bien. (Elle s'est redressée, serrant ses bras minces autour de ses genoux.) Je suis contente qu'il soit enterré.

— Oui, moi aussi, à condition que Pyrrhus ne tue personne pour ça. Ils vont interroger Hélénos, mais ils ne s'arrêteront pas là...

Amina repliait sa couverture quand je suis revenue dans l'autre pièce. L'air était plein d'une odeur de jeunes corps pas lavés et de leur haleine matinale un peu aigre. Il fallait que je trouve le moyen d'organiser des bains pour elles toutes. C'était bien le moins que je pouvais faire. Tout à coup, je suis devenue furieuse, presque au point de hurler, face à cet enfermement dans un petit espace clos que nous imposait la violence du vent et de la mer – et celle bien plus meurtrière de nos ravisseurs. Mais je me suis rappelé alors qu'il n'existait plus de « nous » : je n'étais plus une esclave, et voilà peut-être pourquoi je les soupçonnais de me cacher des choses. J'espérais qu'elles me faisaient confiance, mais devant ma grossesse, mes beaux habits, mon mari grec, elles devaient sûrement se demander de quel côté je me situais. Je ne pouvais guère le leur reprocher, quand j'étais moi-même si consciente de tous les conflits possibles. Mère troyenne, enfant grec, comment cela allait-il fonctionner ?

— Amina. (J'ai entendu ma voix, plus tranchante que je ne le souhaitais.) Je vais chercher des herbes fraîches. Je veux que tu m'accompagnes.

J'ai tendu deux des paniers. Amina aurait pu refuser, mais elle ne le savait pas forcément, ou bien la perspective du grand air la tentait, l'idée de quelques heures loin de la cabane.

— Oui, a-t-elle dit simplement.

Elle s'est tournée vers l'une des autres filles en lui demandant si elle pouvait ranger sa couverture et sa paillasse. J'étais déjà sur le point de sortir, heureuse d'échapper à cette atmosphère renfermée. Même le vent qui m'a arraché la porte des mains et l'a claquée derrière moi était le bienvenu. Au bout de quelques minutes, alors que j'étais prête à aller la chercher à l'intérieur, Amina m'a rejointe, emmitouflée de la tête aux pieds dans son habituel manteau noir.

— Je ne savais pas qu'il y avait un herbarium dans le camp.

Apparemment, elle avait envie de bavarder. Elle essayait sans doute de prendre un ton normal, espérant contre toute attente que je n'avais rien deviné.

— Il y en a un, pas très grand, sur l'autre promontoire, mais ce n'est pas là que je t'emmène. Nous allons à Troie.

Elle a écarquillé les yeux. Peut-être redoutait-elle cette visite, et qui pourrait l'en blâmer ? Elle n'avait pourtant pas à s'inquiéter, car je n'avais pas l'intention d'entrer dans la ville. Les vergers de Priam, le potager, l'herbarium, tout cela était hors les murs. Les vergers avaient été le terrain de chasse favori d'Ulysse et de Diomède pour capturer des prisonniers, parce que les Troyens étaient bien obligés d'y aller, de risquer leur vie pour se ravitailler. Hélénos avait été capturé dans les vergers de son père, et tel avait été le sort de plus d'un des fils de Priam.

Nous sommes passées par l'étroite brèche de la tranchée. Elle avait été creusée pour défendre le camp, dans ce temps lointain où il semblait encore possible que les Troyens remportent la guerre – avant qu'Achille, désireux de venger la mort de Patrocle, ne reprenne le combat. La tranchée était à présent abandonnée, des brouettes et des bêches s'entassaient sur ses pentes. Était-ce de là que venait la pelle utilisée pour enterrer Priam ? J'ai lancé un regard de côté à Amina, mais elle fixait l'horizon, droit devant elle. Elle regardait Troie, bien sûr. Et ses tours dévastées.

Je savais qu'il existait un sentier le long du fleuve, mais il faudrait traverser le champ de bataille pour l'atteindre. Nous marchions en silence, Amina toujours à la traîne, ce qui m'agaçait un peu, mais j'ai réussi à ne faire aucun commentaire. Le sol était si irrégulier que je devais prévoir où j'allais poser les pieds.

De profondes ornières entaillaient la surface, de vieilles blessures infligées par les roues des chars et par le piétinement des soldats, comme des souvenirs gravés dans le sol. Cette plaine avait jadis été une terre cultivée : un sol lourd, noir, trop bon pour y laisser paître le bétail, fait pour que le grain y pousse. Voilà à quoi il était destiné et à quoi il avait servi pendant des centaines, peut-être des milliers d'années – jusqu'à l'arrivée des navires noirs.

Le ciel était couvert, pourtant nous avions renoncé à espérer de la pluie. Avancer à travers ce terrain labouré n'était pas facile ; je sentais la sueur me piquer les aisselles, j'avais mal au dos et aux cuisses. J'ai finalement dû m'arrêter. Amina, qui marchait derrière, elle aussi les yeux rivés au sol, s'est cognée contre moi. Nous avons repris notre souffle, tout en parcourant du regard ce champ de bataille. Je l'avais vu du haut des remparts de Troie, quand il grouillait de combattants dont on ne distinguait que le dos, engagés dans des corps-à-corps meurtriers, surplombés par les rois dans leurs chars étincelants. Maintenant, c'était un lieu désert et désolé.

Je n'aurais peut-être pas dû faire une pause, car après avoir levé les yeux, je me suis rendu compte que je ne pouvais plus voir mes pieds. Nous nous sommes remises en marche, et je remarquais désormais tout. Le silence avait quelque chose de surnaturel ; c'était comme celui qu'on entend dans les pièces vides, lorsqu'un être cher est mort. Un silence toxique.

Les arbres avaient été abattus pour construire le camp grec et, sans eux, la plaine semblait nue, indécente, sans rien pour masquer les plaies qui la défiguraient. Par endroits, l'eau avait jailli de la terre, depuis les profondeurs argileuses, remplissant à ras bord les creux et les cratères. De temps à autre, des bulles éclataient à la surface, montant d'on ne sait quel corps en décomposition. Nous avons dû patauger à travers plusieurs de ces lacs miniatures avant d'arriver au chemin qui longeait le fleuve. Là, au moins, on entendait un son – le clapotis de l'eau sur les pierres –, mais cela ne servait qu'à accroître le silence du champ de bataille.

Suivant un méandre du cours d'eau, nous sommes tombées devant un cadavre, un corps mort depuis plusieurs semaines, gonflé dans sa tunique de combat, les parties inférieures lamentablement exposées. Ni l'eau ni la terre ne l'avaient absorbé, et il gisait là, le visage détourné, par chance. J'ai vu Amina porter son voile à sa bouche comme si elle avait peur de vomir, mais quand j'ai tendu la main pour lui toucher le bras, elle a violemment secoué la tête et s'est écartée.

À mesure que nous approchions de la ville, un bruit est devenu assez sonore pour fracturer le silence ; les cris stridents des corbeaux tournoyant au-dessus des cendres de la citadelle. Les corbeaux sont des oiseaux d'une intelligence féroce. Autrefois, je les regardais se réunir quand les hommes partaient se battre. Tambours, fifres, trompettes, le martèlement rythmé des glaives sur les boucliers ; pour les guerriers, cette musique était synonyme d'honneur, de gloire, de courage et de camaraderie... Pour les corbeaux, elle ne signifiait que nourriture. Peu leur importait qui gagnait et qui perdait ; leur journée se terminait toujours bien.

Nous nous sommes à nouveau arrêtées, pour contempler les tours fumantes de la ville. Je me demandais si Amina pensait à ses frères et cousins morts derrière ces murs. J'avais perdu quatre frères quand ma ville, Lyrnessos, était tombée, et la pensée de leurs corps jamais inhumés m'avait tourmentée pendant des mois après leur mort. Et elle me tourmentait encore, lors des rares occasions où je m'autorisais à y penser. Mais ils étaient morts, je ne pouvais rien faire pour les aider, et elle était encore en vie.

— Viens. Ce n'est pas loin.

— Je sais où c'est.

Un chemin courait tout autour des remparts. Quand nous l'avons emprunté, je me suis soudain souvenue de mes années à Troie : à l'ombre des hauts murs, les fleurs se fermaient bien avant la nuit. Nous avions autour de nous des massifs de fleurs pâles comme des étoiles, dont certaines commençaient déjà à se replier, leurs pétales froncés comme des livres. Je voyais Amina regarder fréquemment par-dessus son épaule, peut-être dans l'espoir d'être sauvée par une bande de Troyens ayant miraculeusement survécu aux massacres, mais il n'y avait que le croassement des corbeaux qui continuaient à tourner autour des tours brûlées, comme si des fragments de bois calciné s'étaient envolés, soulevés dans les airs. D'abord, leurs cris étaient le seul son, puis j'en ai entendu un autre, le bourdonnement frénétique des mouches à l'intérieur des remparts, bien pire que l'appel des corbeaux.

Je craignais de trouver l'accès au jardin barré, mais non, les portes étaient grandes ouvertes, et j'avais l'étrange sensation d'être attendue. Les jardiniers étaient sans doute partis aider à traîner le cheval dans les rues, puis avaient été pris dans les fêtes et n'étaient jamais revenus. Une fois franchies les portes, les hauts murs nous protégeaient, faisant obstacle au vent. Les arbres fruitiers balançaient leurs cimes, mais au niveau du sol, loin des portes, il n'y avait qu'une faible brise. J'avais l'impression d'être espionnée, non par des yeux humains, mais par les fleurs qui semblaient surprises de notre présence. Des masses d'oiseaux voltigeaient, de ces petits volatiles multicolores qui préfèrent les graines et les fruits mûrs à la charogne putréfiée. Ils savouraient leur festin sans jardiniers pour les chasser. Deux rangées entières de chardonnerets s'alignaient sur les bras d'un épouvantail, et semblaient savoir qu'il ne restait aucun humain à redouter.

Après avoir cheminé entre deux immenses carrés de légumes, nous avons atteint l'herbarium. J'ai aussitôt commencé à cueillir des bouquets de coriandre. Du coin de l'œil, j'ai vu Amina s'agenouiller et prélever des herbes elle aussi, mais j'ai remarqué qu'elle commençait à l'autre bout d'un rang, trop loin pour rendre une conversation possible. Peu importe, rien ne pressait. Je savais qu'elle s'attendait à être questionnée, mais je n'avais pas l'intention de lui faire ce plaisir pour le moment.

Le bourdonnement des abeilles, les parfums mêlés de la menthe pomme, du thym, du romarin, de l'origan, du laurier, la chaleur, comme une main appuyant très fort sur le sommet de mon crâne, la sueur me piquant les yeux... J'ai voulu les essuyer et je me suis sentie prise de vertige – le jardin tournait autour de moi. Je me suis levée avec précaution et j'ai réussi à atteindre un banc pour m'asseoir à l'ombre. Cela ne me ressemblait pas, mais peut-être la grossesse me rendait-elle sujette à l'évanouissement. J'ai fermé les yeux, j'aurais aimé boire de l'eau.

Quand je les ai rouverts, Amina se tenait devant moi.

— Tout va bien ?

— Oui, merci.

Je me sentais un peu mieux, mais cela ne devait pas se voir car elle s'est assise à mes côtés.

— Inspirez profondément.

J'ai obéi, en me focalisant sur une touffe de digitales, jusqu'à ce que, peu à peu, ma tête cesse de tourner. Je me sentais épuisée, vidée. Je me suis bientôt rendu compte que tout ici – chaque herbe, chaque fleur, chaque légume – avait été planté par des hommes qui comptaient bien voir la saison suivante, le printemps suivant. Partout s'étalaient les signes d'une journée normale interrompue. Une bêche, le fer incrusté de terre sèche, gisait au bout d'un rang fraîchement creusé. Sur le banc, un carré de tissu rouge et blanc dans lequel était emballé un déjeuner à moitié mangé : une miche de pain et un bloc de fromage jauni, moisi, où l'on n'avait mordu qu'une bouchée. Son propriétaire venait d'entamer son repas quand les portes s'étaient ouvertes pour laisser entrer le cheval de bois – et il était parti, sur un coup de tête, insouciant, sans réfléchir davantage, sûr de revenir. Il avait disparu dans la foule qui criait et fêtait le départ des Grecs...

Rien de ce que j'avais vécu ce jour-là, ni sur le champ de bataille, ni en voyant le guerrier mort, ni même en entendant le bourdonnement des mouches à l'intérieur des remparts, ne m'avait brisée, mais ce dernier détail y a suffi : la marque des dents d'un inconnu dans un vieux morceau de fromage odorant. J'ai enfoui mon visage dans mes mains et j'ai pleuré la destruction de Troie, la mort de Priam et la perte de son peuple.

La présence d'Amina se réduisait à un visage flou et à deux yeux étonnés, mais c'est alors que j'ai senti ses bras autour de moi. Elle me tenait, me berçait, me caressait le dos, tandis que mes larmes et ma morve ruisselaient. J'ai répété : « Je suis désolée, je suis désolée », jusqu'à ce que je finisse par hoqueter, renifler et m'essuyer le nez avec le dos de la main. Au bout d'un moment, j'ai pris le chiffon rouge et blanc pour me moucher.

— Ah, grands dieux, je ne sais pas ce qui m'arrive : je ne pleure pas, je ne pleure jamais.

— Là, là.

Elle a ôté son voile et s'en est servie pour essuyer mes joues, et nous sommes restées assises dans l'ombre. Autour du banc, le sol était jonché de pommes brunies et blettes, des myriades d'abeilles ivres zigzaguant par-dessus ce festin. Maintenant que l'orage de larmes était passé, je me sentais à nouveau vidée, affligée ; mais peu à peu, mon accablement s'est atténué. Je contemplais toutes les couleurs du jardin – les violets, les bleus, les rouges, les verts, les jaunes, dont beaucoup étaient si vifs qu'ils survivaient à l'immersion dans la lumière aveuglante, car même si nous étions à l'abri du vent, les nuages gris s'étaient entrouverts pour révéler l'habituel soleil orangé. *Un jour*, ai-je pensé, *j'aurai un jardin comme celui-là*. Un espoir a jailli en moi, presque douloureux, comme le sang circulant à nouveau dans un membre engourdi. À mes côtés, Amina se taisait, regardait dans l'arbre, les feuilles et les branches mouvantes. Elle n'avait pas tenté de me consoler, sauf avec ce « Là, là » dénué de sens, et je lui en étais reconnaissante. Peut-être aurais-je dû parler alors, durant cette intimité éphémère, mais je me sentais trop vulnérable. Après un moment, n'échangeant qu'un simple coup d'œil, nous avons recommencé à cueillir des herbes.

Au centre du jardin se trouvait un parterre en forme de roue, dont les rayons en bois empêchaient les plantes les plus prolifiques de se répandre et d'asphyxier les autres. Nous avons cueilli tout le cercle, partant de directions opposées. Le rapprochement qui s'était opéré sur le banc ne devait pas durer, la tension montait à nouveau entre nous, et nous avons fini par être face à face.

— Eh bien, ai-je dit. C'était vraiment toi ?

Le mensonge qu'elle s'apprêtait à faire est mort sur ses lèvres :

— Pourquoi voulez-vous le savoir ? Ne vaudrait-il pas mieux l'ignorer ?

J'ai écarté cette objection :

— En fait, il ne soupçonnera pas les femmes. Il pense à Calchas – tu sais, le prêtre – ou à Hélénos, parce qu'ils sont les deux seuls Troyens dans le camp…

— Je suis de Troie.

Cette phrase m'a fait mal.

— *Moi aussi*.

— Oui, mais pour vous, c'est différent, non ? (Son regard est descendu vers mon ventre.) Vous avez fait votre choix.

— Un *choix* ? Tu crois que j'ai eu le *choix* ? (J'ai inspiré profondément.) Écoute, j'essaye de t'aider. Si tu fais profil bas et que tu évites les bêtises, il y a de grandes chances pour que ça se tasse. Nous pouvons nous en sortir.

— Nous ?

— Oui ! *Nous*.

Elle a eu un ricanement qui me donnait envie de la gifler.

— Tu sais qu'il a fait déterrer le corps ?

Je l'examinais attentivement, et j'ai vu que cette nouvelle l'atteignait.

— Il raconte des mensonges.

— Qui ?

— Pyrrhus. Il a dit à Andromaque que Priam était mort sans douleur, que ç'avait été rapide, et ce n'est tout bonnement pas vrai. On n'égorgerait pas un cochon de la façon dont il a tué Priam. Le pire, c'est qu'Hécube l'a vu. Elle avait supplié Priam de ne pas enfiler son armure, mais il tenait à le faire, il n'y avait pas moyen de le dissuader de se battre.

— Il a fait ce qu'il avait à faire.

— Oui, et moi aussi.

À mesure que je l'écoutais, son entêtement, son incapacité à entendre raison me paraissaient de plus en plus évidente. Elle me rappelait deux femmes que j'avais connues à mon arrivée au camp. Deux sœurs. Tous les soirs, au crépuscule, elles partaient pour une petite promenade, bras dessus bras dessous, le visage dissimulé par un voile épais, les yeux ne se hasardant ni à droite ni à gauche, mais toujours pudiquement baissés vers leurs pieds. Puis, au bout de deux cents mètres, sans même échanger un regard, elles se retournaient et revenaient sur leurs pas. En apparence, rien ne ressemblait moins à Amina que ces deux petites femmes timides. Pourtant, je voyais en elle la même inflexibilité, le même refus d'accepter que la vie avait changé. Cela la rendait inaccessible, et cependant je sentais que je devais essayer encore.

— Il tuera quiconque tente d'enterrer à nouveau Priam.

— Je sais.

Je n'ai pas pu aller plus loin.

— Viens, profitons d'être ici pour cueillir aussi des fruits. Ce serait dommage de les laisser se perdre.

Le verger situé à l'autre bout du jardin était un lieu ombragé, assez mystérieux, plein d'arbres qui nous écoutaient. Les cerisiers avaient été couverts de filets pour lutter contre les oiseaux maraudeurs, mais sur la pointe des pieds, nous avons tout juste pu attraper l'un de ces filets et l'enlever. Amina a grimpé dans l'arbre et m'a lancé les cerises. Je me rappelle qu'elles arrivaient en cascade sur mon visage et mes bras, laissant des taches rouges comme des éclaboussures de sang. Je la suppliais de descendre, j'avais peur qu'elle tombe, mais elle a continué à me bombarder de fruits, rieuse, gaie. Les cerises étaient mûres, trop mûres, nous n'avons pu résister à l'envie d'en manger, et elles étaient délicieuses. En me tournant vers Amina, j'ai remarqué qu'elle avait aux coins de la bouche deux traces rouges, qui prolongeaient le sourire de ses lèvres.

Nous étions presque amies.

Le trajet du retour a été pénible. Les paniers étaient lourds, et nous avions maintenant le vent en pleine face. J'ai compris que le vent était invisible sur le champ de bataille : il n'y avait pas d'arbres à déraciner, pas de plantes à renverser. Nous avons dû lutter pour traverser la plaine morte. J'avais mal évalué le temps qu'il nous faudrait et la nuit tombait alors que nous n'étions qu'à mi-chemin. Les oiseaux commençaient à se percher pour dormir. Dans la lumière déclinante, ils étaient presque invisibles sur le sol noir, et ne s'envolaient qu'à contrecœur, à la dernière seconde. Je posais les paniers à terre, je frappais des mains et faisais de grands gestes, mais rien ne les effrayait. Ils criaient leur triomphe, ces conquérants – et ils triomphaient bel et bien, avec leur récolte de chair humaine. Nous les évitions de notre mieux, mais j'ai été soulagée d'atteindre la tranchée, de revoir des lumières et d'entendre des voix. J'aspirais tellement à la chaleur et à la relative sécurité de l'enceinte que j'ai presque couru sur les cent derniers mètres.

17

Le silence et l'obscurité régnaient dans la cabane. Je me suis dirigée à tâtons vers la chambre, que j'ai d'abord crue déserte, mais j'ai aperçu une zone plus obscure près du lit. Les doigts tremblants, j'ai allumé une lampe à huile et l'ombre d'Alcimos a surgi sur le sol.

— Tu t'es absentée bien longtemps.

— Nous étions à court d'herbes, j'ai…

— Je me suis fait du souci.

— Je suis désolée. Puis-je vous apporter quelque chose ?

— Je prendrai une coupe de vin. Sers-t'en une aussi. Nous devons parler.

J'ai versé deux coupes et les ai posées sur la table. Nous nous sommes assis l'un en face de l'autre, mais malgré ce qu'il venait de dire, il n'a pas tout de suite pris la parole. Je savais que je ne devais pas poser de questions sur l'enterrement de Priam – manifester un intérêt aurait pu être imprudent – et pourtant je n'ai pas pu m'en empêcher.

— Avez-vous trouvé Hélénos ?

— Oui, il était avec sa sœur.

Je me suis obligée à attendre.

— Il a simplement regardé Pyrrhus dans les yeux et a dit qu'il regrettait de *ne pas* avoir enterré Priam. Il avait honte que quelqu'un d'autre s'en soit chargé, car il aurait dû le faire lui-même.

— L'avez-vous... ?

Torturé, aurais-je voulu poursuivre. C'était ma grande crainte : qu'un autre paye un prix terrible pour ce qu'Amina avait fait. Je me suis forcée à prononcer le mot.

Alcimos contemplait le fond de sa coupe.

— Non, pas besoin, c'est un homme brisé. Une fois dans cet état, un homme trahit tout, il n'y a pas de retour en arrière.

Silence. Je regardais les ombres créer des creux dans ses joues.

— De quoi vouliez-vous me parler ?

— Ah oui. Andromaque. Pyrrhus veut qu'elle serve le vin au dîner ce soir.

— *Non*. Elle ne *peut pas*.

Ces mots m'ont échappé avant que j'aie pu m'arrêter. Pyrrhus était entièrement dans son droit : elle était son trophée, pourquoi ne l'exhiberait-il pas devant ses soldats ? Il n'y a pas si longtemps, Achille m'avait exhibée au dîner, exactement de la même manière, mais je m'y étais accoutumée, j'avais même appris à apprécier cet accès à l'information. Mais Andromaque, dans l'état où elle se trouvait... ? Je ne voyais pas comment elle pourrait le supporter.

— J'ai pensé que tu aimerais peut-être le faire avec elle, a dit Alcimos. (Il montrait toujours beaucoup de gentillesse envers Andromaque – Automédon et lui avaient enterré son bébé – et néanmoins j'ai été surprise qu'il soit prêt à envisager cela.) Si ça ne te dérange pas.

— Elle ne peut pas le faire seule. (Je me suis levée.) Je vais aller la voir, à moins qu'il y ait autre chose...

Il a hésité.

— Sois prudente avec Pyrrhus. J'ai dit qu'Hélénos n'avait pas été torturé ? Eh bien, il ne l'a pas été... Enfin, Pyrrhus a quand même fait quelque chose d'un peu bizarre. Il lui a planté son poignard dans le ventre, pas très profond, juste une entaille, mais il a trempé ses doigts dans le sang – et je pense qu'il était heureux de la peur qu'il causait à Hélénos.

Sur l'échelle du sang répandu dans le camp, cela paraissait bien dérisoire, mais Alcimos avait clairement été troublé, et il en fallait beaucoup pour le troubler.

— C'était complètement superflu, a-t-il repris. Hélénos n'avait qu'une envie : nous raconter tout ce qu'il savait, c'est-à-dire rien !

J'ai attendu, mais c'était fini.

— Si c'est tout... ?

— Oui, oui, tu peux y aller.

Je me suis d'abord rendue dans le débarras, où j'ai pris une tunique brodée dans le coffre où je rangeais mes vêtements, puis dans ma chambre pour me peigner. Il y avait bien longtemps que je n'avais plus accompli ces gestes, qui avaient pourtant été mon quotidien pendant des mois, quand Achille était en vie. Une fois habillée et coiffée, j'ai ouvert la bouche plusieurs fois, aussi largement que possible, en entendant claquer mes mâchoires, puis j'ai étiré mes lèvres en un rictus souriant. Toute la nervosité, toute la tension d'autrefois étaient revenues. Je suis sortie et ai marché jusqu'à la cabane des femmes. Les soldats commençaient déjà à se rassembler devant la grande salle. Un fumet de viande rôtie s'insinuait par la porte ouverte ; je salivais, mais je savais que je ne mangerais que beaucoup plus tard, à supposer même que je mange.

Dans la cabane, je suis allée directement à la chambre d'Andromaque. Elle était debout et habillée, mais se tenait près de son lit, un peu désemparée, les cheveux encore emmêlés par le sommeil. La tunique qu'elle avait revêtue ne ferait pas du tout l'affaire. Je suis retournée dans les appartements, j'ai choisi deux filles au hasard et leur ai ordonné d'apporter de l'eau chaude et des vêtements propres. Sous ma direction, elles ont aidé Andromaque à se laver – un bain aurait mieux valu, mais nous n'en avions pas le temps – et lui ont brossé les cheveux pour les rendre brillants. À ma grande surprise, Amina est entrée, tenant une couronne de marguerites violettes, de celles qui poussent en abondance en cette saison. Elle l'a placée sur la tête d'Andromaque, l'a fixée avec une épingle et s'est reculée pour en admirer l'effet. Cette couleur seyait à Andromaque, ce violet chaud contre ses cheveux foncés, mais la fraîcheur des fleurs offrait un contraste frappant avec son visage ravagé.

— Tout va bien se passer, me suis-je exclamée en lui frictionnant vivement les bras. Je serai là, tu ne seras pas seule, tu n'auras qu'à leur verser leur saleté de vin en espérant que ça les étouffe.

Elle a trébuché deux fois sur le bref trajet menant de la cabane des femmes à la grande salle. Quand nous avons franchi le seuil, j'ai senti une bouffée d'air brûlant ouvrir les pores de ma peau. Des odeurs de bœuf rôti, d'épices, de pain chaud, d'hommes en sueur, de résine des murs, de goudron des torches – mais aussi, le parfum plus vert, plus affûté des roseaux qui bruissaient sous nos pieds. Oh, et le vacarme ! Les chansons, d'abord à deux ou trois voix, puis s'élevant en un rugissement, pour s'effondrer dans les rires et les moqueries. Les poings tapant sur les tables, parfois en rythme avec la musique, parfois pour protester parce que les plats n'arrivaient pas assez vite. J'ai emmené Andromaque à l'autre bout de la pièce, vers le buffet où les cruches de vin étaient alignées. Je lui en ai mis une dans les mains, en priant les dieux pour qu'elle ne la lâche pas, puis j'en ai pris une moi-même et j'ai commencé à servir la table la plus proche. Andromaque m'imitait de l'autre côté. Les Myrmidons m'ont accueillie avec de grandes marques d'affection ; un ou deux m'ont même tapoté le ventre. Je n'aurais jamais imaginé que tant d'hommes me toucheraient sous la taille avec si peu d'appétit sexuel. J'ai vu deux autres femmes, de celles qui vivaient autour des feux, qui s'affairaient autour de l'autre table – et elles se faisaient constamment tripoter, les soldats leur empoignaient les seins et l'entrejambe. L'une d'elles m'a lancé un regard, et son expression de misère muette et lointaine me hante encore, même si j'ai oublié son nom.

Il a fallu que tous les hommes aient à manger et à boire pour que je puisse consacrer un peu de mon attention à la table principale, où étaient installés Pyrrhus, Alcimos et Automédon. Calchas était là aussi, en grande tenue sacerdotale, même si la peinture blanche de son visage s'effritait à cause de la chaleur. Savait-il qu'il avait été invité uniquement pour subir un interrogatoire, et que les autres convives n'étaient pas ses amis ? Alcimos restait le nez dans son assiette. Parfois, lorsqu'on voit de loin quelqu'un que l'on connaît bien, cela aiguise votre perception. Il était plus maigre que lorsque je l'avais rencontré pour la première fois ; il avait vieilli. Quand il levait les yeux, c'était pour parcourir toute la salle, pour juger le comportement des hommes, prêt à réagir dès que les sarcasmes céderaient la place aux véritables insultes, dès que les vieilles blessures, ravivées, exigeraient vengeance. Ces hommes vivaient sur les nerfs depuis des années, et maintenant que tout aurait dû s'avérer plus facile, ils étaient contrariés de voir sans cesse repoussé le retour tant attendu dans leur patrie. Chaque jour naissait dans l'espoir, chaque jour se concluait sur une déception. Ils venaient de gagner une guerre. Comment cette victoire, la plus grande dans l'histoire du monde – c'est indéniable – avait-elle pu prendre un goût de défaite ?

Alcimos était donc à l'affût du moindre signe de grabuge, et quand je me suis retournée, j'ai compris pourquoi. Pyrrhus avait amené un groupe de jeunes gens originaires de l'île de sa mère, Skyros. Ils s'enivraient, hurlaient, harcelaient les filles qui les servaient – rien de tout cela n'était vraiment exceptionnel, mais je voyais que, aux yeux des Myrmidons, cette attitude reflétait un manque de respect pour les hommes plus âgés, plus expérimentés, qui avaient affronté le gros des combats. Beaucoup de remarques étaient échangées entre Pyrrhus et son groupe. Il était écarlate – avec son teint pâle, il rougissait aisément – et de toute évidence, il tenait mal l'alcool. Loin de donner l'exemple, il semblait constituer une grande partie du problème. Rien de tout cela ne m'était apparu, quand je restais seule dans ma cabane, à carder la laine, à superviser la préparation du dîner, à attendre le retour d'Alcimos, mais je m'en apercevais maintenant sans peine. La grande salle était remplie de petit bois, du sol au plafond ; une étincelle suffirait pour l'enflammer.

Andromaque semblait affaiblie, hagarde, mais au moins elle était encore debout, et je n'en avais pas espéré autant. Je lui ai murmuré qu'elle devait récupérer les cruches ; il nous faudrait les remplir une fois de plus, les poser sur les tables, puis guetter le signal nous permettant de nous retirer. J'avais toujours été autorisée à partir avant que la vraie beuverie ne commence. Nous avons réparti les cruches sur les tables, puis je suis allée chercher un peu du meilleur vin pour les chefs. Andromaque a pris position derrière la chaise de Pyrrhus, et il lui a tendu la coupe sans la regarder. Tandis qu'elle versait, j'ai cru discerner en elle une force que je n'avais pas vue jusque-là et cela m'a encouragée.

La plupart des hommes étaient à présent repus, ils picoraient la viande ou en épongeaient la sauce avec des morceaux de pain. À la table principale, Pyrrhus évoquait la tentative d'inhumation de Priam. Le coupable avait été interrompu avant de pouvoir terminer. Donc le corps avait été déterré et des gardes veillaient désormais à ce que l'incident ne se reproduise pas. Tous les convives étaient déjà au courant. Cette explication était destinée à Calchas, apparemment affolé par le tour que prenait la conversation. Il semblait déjà profondément offensé par l'accueil qu'on lui réservait. On ne lui avait pas demandé de réciter une prière pour toute la table, ni de verser une libation aux dieux. Pyrrhus cherchait maintenant à l'aiguillonner ; il y avait une réelle agressivité dans son ton, et pas la moindre marque de respect.

Tout en remplissant les coupes, silencieuse, invisible, je tendais l'oreille. Et subitement, alors que je contemplais toute la salle, je me suis dit : *Cela m'a manqué !*

Quand les hommes ont cessé de manger, ils se sont mis à chanter. Pyrrhus s'était assuré les services d'un barde réputé, comme nous en avions plusieurs au camp. Le barde chantait seul, mais il y avait des refrains auxquels les soldats pouvaient participer. Chacun de ses chants était consacré à Achille, à sa courte vie et à son trépas glorieux, à son courage, sa beauté, ses colères fréquentes et terribles. Je me rappelle que l'une des chansons s'appelait simplement *Fureur*. Je me tenais dans l'ombre à un bout de la table principale, et je voyais le visage de Pyrrhus. Ce devait être pour lui une source d'orgueil d'entendre vanter en paroles et en musique les exploits de son père, les meilleures paroles et la meilleure musique que j'aie entendues, mais je me suis demandé si d'autres émotions, moins agréables, n'étaient pas en jeu. Dans certaines parties du camp, et pas seulement dans l'enceinte des Myrmidons, Achille était vénéré comme un dieu. Pyrrhus devait parfois se sentir comme un tout petit arbre qui tente de survivre dans l'ombre d'un grand chêne. Doutait-il jamais de lui ? Je le crois.

Le dernier chant a pris fin. Les hommes s'étaient levés, ils applaudissaient, frappaient sur les tables, criaient leur approbation, tandis que le chanteur s'asseyait à la table principale et acceptait une coupe de vin.

Peu après, Alcimos a soufflé à Pyrrhus qu'il était temps que nous nous partions,

Andromaque et moi. Pyrrhus a d'abord eu l'air de ne pas comprendre, puis il a hoché la tête. Nous nous sommes retirées dans la petite pièce – le « placard » – et nous nous sommes installées sur le lit pour manger du pain et quelques figues très sèches. Andromaque inspirait profondément, comme si elle avait à moitié suffoqué jusque-là.

— Ne t'en fais pas, ai-je dit en m'en allant. Avec un peu de chance, il perdra connaissance.

J'ai traversé la cour en direction de la cabane d'Alcimos, mais je n'étais pas prête à m'endormir. J'ai donc sorti une chaise que j'ai placée dans la partie la plus abritée de la terrasse. De la grande salle provenait un énorme vacarme. Les fins de soirée étaient toujours bruyantes, avant que les hommes ne se dispersent, à la recherche d'autres plaisirs, mais il y avait rarement autant de voix ensemble. Je me suis demandé si je devais retourner à la cabane des femmes pour mettre en garde Amina, mais les captives devaient déjà être couchées, et je ne la pensais pas capable de prendre un risque aussi insensé. Pas une seconde fois. Tout le monde peut faire preuve de courage une fois dans sa vie.

J'avais la tête pleine des sons et des images du dîner, de bribes de conversation dénuées de sens en elles-mêmes mais formant un tout. Pyrrhus, ses jeunes invités de Skyros qu'il ne pouvait ou ne voulait pas contrôler. Le visage anxieux d'Alcimos qui scrutait les tables, accomplissant pour Pyrrhus exactement ce dont Patrocle se chargeait jadis pour Achille : devancer les ennuis. Mais Patrocle jouissait de la confiance totale d'Achille alors que, selon moi, Pyrrhus en voulait secrètement à Alcimos, qui avait combattu aux côtés de son père et connu l'homme qu'il ne connaîtrait jamais. À présent, je comprenais bien mieux les pressions qui pesaient sur Alcimos.

Le vacarme s'intensifiait, mais je n'entendais pas ce qu'ils criaient. Il fallait se préparer à une nuit agitée. Je me suis levée, m'apprêtant à entrer, quand il y a eu du mouvement à la porte de la grande salle : Pyrrhus est apparu sur la terrasse avec Calchas, et les deux hommes se disputaient, de toute évidence. La querelle semblait avoir pour sujet Apollon et le rôle que, d'après Pyrrhus, le dieu avait joué dans la mort d'Achille. Il allait de soi, disait-il, qu'aucun mortel n'aurait pu anéantir Achille ; ce devait être l'ouvrage d'un dieu, et chacun savait qu'Apollon détestait Achille, son rival en force et en beauté. Du point de vue de Calchas, Pyrrhus n'émettait que des blasphèmes. Il a levé la main, comme pour protester, mais peut-être Pyrrhus a-t-il vu là une menace. En tout cas, il a saisi Calchas par le poignet et l'a violemment poussé vers les marches. Je ne crois pas qu'il ait voulu lui faire du mal, mais malheureusement, Calchas s'est pris les pieds dans sa robe, il est tombé de tout son long et est resté étendu à terre, le souffle entièrement coupé.

Au bout de quelques secondes, le prêtre a redressé la tête. Le sang suintait d'une coupure profonde sur l'une de ses pommettes, transformant le maquillage blanc en bouillie rose. Bouche bée, Pyrrhus a d'abord paru horrifié, puis il a éclaté de rire. Il aurait pu s'en tenir là, et la situation aurait déjà été assez grave, mais les jeunes gens de Skyros se sont attroupés derrière lui, ricanant et le provoquant. Calchas avait réussi à se mettre à quatre pattes. Confronté à ce postérieur tentant, Pyrrhus n'a pu résister. Il a bondi en bas des marches, a posé le pied sur le derrière de Calchas et l'a refait tomber, avant de se tourner vers ses admirateurs, avec des hurlements et des coups de poing dans l'air. Bien sûr, les autres lui ont donné des claques dans le dos, lui ont ébouriffé les cheveux et l'ont reconduit dans la grande salle en criant aux femmes de rapporter du vin.

Mon premier instinct aurait été de voler à son secours, mais je me suis reculée dans l'ombre, puis j'ai regardé Automédon relever Calchas et l'épousseter. Souvent, les témoins d'une humiliation apparaissent aussi haïssables que celui qui l'inflige, et je n'avais aucune envie de me faire un ennemi de Calchas. Peut-être n'était-il plus en faveur auprès d'Agamemnon, comme tout le monde le prétendait, mais il restait un personnage puissant et intelligent. Je suis donc restée cachée tandis qu'il essayait de faire quelques pas, soutenu par Automédon. Je savais qu'Automédon était un homme très pieux et qu'il devait donc déplorer l'insulte à laquelle il venait d'assister. Autour des feux de camp, quelques soldats ont lancé des quolibets et ont ricané ouvertement quand le prêtre est passé en boitant. Pas même parce qu'ils détestaient Calchas, mais parce qu'ils étaient des brutes, prêtes à s'en prendre à tous ceux qui leur semblaient faibles, comme les fouines détectent l'odeur du sang. D'autres, en revanche, semblaient épouvantés. Un ou deux ont même fait le signe pour se protéger du mauvais œil quand Calchas a lentement franchi les portes, un bras autour des épaules d'Automédon.

Je pense qu'Automédon a dû raccompagner le prêtre jusque chez lui car, bien que je me sois attardée un bon moment sur la terrasse, je ne l'ai pas vu revenir.

18

Le lendemain de cet incident, Pyrrhus a ordonné aux hommes de se réunir dans la cour et leur a parlé depuis les marches de la terrasse. Il aurait mieux fait de s'en abstenir. Après avoir expliqué que quelqu'un avait tenté d'enterrer Priam (ils le savaient déjà), il a déclaré que quiconque réessaierait serait passible de la peine de mort. Il a conclu par une harangue sur la loyauté, alors que les Myrmidons étaient les soldats les plus farouchement loyaux envers leurs supérieurs. À la fin, ils l'ont acclamé, mais avec bien peu d'énergie, et quand la foule s'est dispersée, j'ai vu les hommes échanger des regards, sans un mot.

Je me suis maintenue occupée ; jamais la cabane n'avait été aussi propre. Mais dès que je m'asseyais et que je fermais les yeux, mon esprit était envahi d'images, comme la marée se ruant entre des rochers : Amina fixant une couronne de marguerites violettes aux cheveux d'Andromaque ; le visage empourpré et le rire chevalin de Pyrrhus ; Calchas étalé dans la poussière. J'ai fait une chose où certains verront peut-être une trahison : j'ai demandé à Alcimos d'établir une patrouille autour de la cabane des femmes. Je ne sais pas s'il s'est souvenu d'en parler aux gardes. Dans la soirée, je suis retournée avec Andromaque dans la grande salle où nous avions servi le vin, et l'atmosphère était tendue.

Curieusement, le discours de Pyrrhus avait aggravé l'animosité entre les Myrmidons et les jeunes gens qu'il avait amenés de Skyros, et il semblait alimenter cette hostilité. Je n'avais pas l'impression que ses invités étaient ses amis – je ne suis pas sûre que Pyrrhus ait eu des amis –, mais il éprouvait manifestement le besoin de s'attirer leurs bonnes grâces. Vers la fin de la soirée, une bagarre a éclaté entre l'un des meneurs de Skyros et un Myrmidon plus âgé. Ce soldat n'avait pas la réputation d'un querelleur, mais il en avait trop entendu. Alcimos est intervenu, suivi par Automédon, et pourtant Pyrrhus ne les a absolument pas soutenus. Il a même plutôt sapé leur autorité, alors que sa propre position dépendait de leur faculté à contrôler ses hommes. À la fin du repas, les jeunes gens de Skyros sont montés sur les tables pour une sorte de danse de victoire, bruyamment applaudie par Pyrrhus. Je devais sans cesse me rappeler qu'il n'avait que seize ans.

Cette nuit-là, j'ai mal dormi, je me suis réveillée en sursaut bien avant l'aube. Ouvrant les yeux dans le noir, je savais qu'un son nouveau m'avait tirée de mon sommeil. J'ai examiné les différents bruits que produisait le vent : il explorait son répertoire ordinaire de gémissements, couinements, sanglots et crissements. Le berceau grinçait au pied de mon lit. Rien qui sorte de l'ordinaire, mais le son est revenu, un sifflement insistant de l'autre côté du mur. Quelqu'un avait résolu de me réveiller, mais sans frapper à la porte. J'ai posé mes lèvres contre une fente entre les planches et j'ai demandé :

— Qui est-ce ?

— Maïré.

J'étais tellement ensommeillée qu'il m'a fallu un moment pour associer ce nom à un visage. C'était la fille un peu lourdaude dont les sourcils se rejoignaient, toujours enveloppée dans une ample robe noire, y compris à l'intérieur de la cabane. Pudique à l'excès, même Amina n'allait pas aussi loin.

— Qu'y a-t-il ?

— Amina a disparu.

— Disparu ? Comment ça, *disparu* ?

Mais je savais ce qu'elle voulait dire. Sans attendre de réponse, j'ai pris mon manteau et ai traversé le couloir à tâtons. Quand j'ai ouvert la porte, je l'ai vue qui tournait au coin de la cabane, son visage lunaire comme une tache blanche au milieu des ténèbres.

— Rentre te coucher, je pars à sa recherche.

Elle a acquiescé et s'en allait déjà quand je l'ai retenue par le bras :

— Depuis combien de temps a-t-elle disparu ?

— Je ne sais pas, on dormait toutes.

— D'accord, rentre maintenant. Dis aux autres de ne pas s'inquiéter.

Que savaient-elles exactement ? L'une de mes craintes était qu'Amina parvienne à entraîner les autres captives dans son absurde croisade, même si cela ne me semblait pas être son intention. Elle était trop fière de son isolement, de sa droiture solitaire et sans joie. Elle ne serait pas pressée de partager le mérite de son acte, mais en quittant la cabane, une part de moi pensait : *Non, elle n'osera pas*. Plus maintenant, avec les gardes postés près du corps, et Pyrrhus déterminé à trouver le coupable. Elle avait dû entendre son discours ; tout le monde dans l'enceinte l'avait entendu. Mais il y avait une autre possibilité : peut-être s'était-elle enfuie, simplement. Peut-être l'y avais-je même incitée malgré moi. Elle avait vu la nourriture disponible dans les potagers abandonnés de Troie. Elle croyait peut-être pouvoir s'y cacher, mais quel avenir y avait-il là-bas pour elle ? Avec les corbeaux maraudeurs, les mouches qui se régalaient, les maisons incendiées, les temples en ruine, et l'hiver qui pointait déjà le bout de son nez ? Pendant des mois, au moins, elle serait condamnée à une complète solitude. Et puis les légumes finissent par pourrir dans le sol, les fruits sur les arbres. Ces victuailles qui semblaient si abondantes pour le moment s'épuiseraient vite.

Je l'imaginais courant à travers le champ de bataille, justement car je savais qu'elle ne l'avait pas fait, et l'alternative était tellement pire que je ne voulais pas l'envisager. Ce que je pensais vraiment se devinait au mouvement de mes pieds, qui m'emmenaient à la cour des écuries. Mon manteau était en laine bleue, d'un bleu si foncé qu'on pouvait le croire noir, et j'avais tant serré le capuchon sur ma tête que tout était couvert sauf mes yeux. Je me suis glissée le long d'une cabane, j'ai attendu d'être sûre que je n'étais pas observée, puis j'ai parcouru en hâte l'espace découvert jusqu'à l'ombre de la suivante. À travers les murs de bois, j'entendais des grognements, des murmures, de temps à autre un cri. Très peu d'hommes dormaient bien dans le camp. La nuit, dans le noir, les souvenirs de ce qui s'était passé à Troie étaient moins faciles à oublier. Je scrutais l'horizon. Soit mes yeux s'accoutumaient aux ténèbres, soit il commençait à faire jour. Le temps m'était compté.

Des torches brûlaient dans la cour des écuries, leur lumière vacillant comme elle le faisait toujours par grand vent. Je devais être prudente, car je savais qu'un jeune palefrenier dormait dans la sellerie à l'autre bout, et qu'il en émergeait parfois, la bouche pâteuse et l'œil vide, des brins de paille dans les cheveux. J'ai hésité et, sentant la présence d'une inconnue, les chevaux se sont mis à aller et venir. Ils étaient déjà agités parce qu'ils détestaient le vent. L'un d'eux a henni et a donné un coup de pied dans la porte ; un autre lui a répondu. Je me suis obligée à rester immobile, mais ils n'ont plus fait aucun bruit, et j'ai pu sortir de l'ombre pour me faufiler dans la cour.

Je suis bientôt arrivée au chemin de cendres qui traversait les broussailles jusqu'à la prairie des chevaux. Sans mur pour m'abriter, je me sentais plus exposée, des voix d'hommes me parvenaient du lointain. D'épais nuages noirs s'avançaient dans le ciel, mais je savais que derrière eux la lune était pleine et pourrait apparaître à tout instant. Je me suis accroupie, tâchant de distinguer les gardes, plissant les yeux jusqu'à ce que la forme des arbres et des buissons en vienne à s'animer. J'ai fini par localiser les gardes, à deux cents mètres plus loin. Ils avaient allumé un petit feu autour duquel ils s'étaient rassemblés, leur ombre dansant par-dessus les mauvaises herbes. J'en voyais trois, mais l'un d'eux s'est penché pour jeter une bûche dans le feu et j'en ai aperçu un quatrième derrière lui. Visages barbus, éclairés par les flammes, sous leurs capuchons ; ils étaient chaudement vêtus parce que la température baissait peu à peu. Ils s'étaient placés sous le vent par rapport au cadavre, à peu près à la distance maximale leur permettant quand même d'affirmer le surveiller. Je n'avais pas cette chance. J'avais déjà remarqué une légère odeur flottant dans l'air.

Le sol devant moi, mes propres mains, tout est soudain devenu moins sombre. Le vent avait percé un trou dans le nuage, et le clair de lune y passait – une vieille lune hagarde, vidée de tout sauf du chagrin. J'ai pensé à Hécube et j'ai frémi, mais il n'y avait alors de place dans mon esprit que pour Amina. Où était-elle ? Je n'avais entendu aucun son, décelé aucun mouvement – j'en venais à espérer que les voix des gardes l'avaient fait fuir. Elle devait être sur la plage, à arpenter le rivage comme je le faisais jadis, s'imposant d'accepter l'inacceptable. Si je repartais dans cette direction, je la rattraperais peut-être. Je me suis mise en marche dans les dunes, rapidement et en silence, m'accroupissant tous les deux ou trois pas afin d'offrir moins de prise au vent. Au-dessus de moi, les tiges d'oyats s'argentaient sous les rayons de lune. J'ai songé que je pourrais passer très vite devant le corps, vérifier qu'Amina n'était pas là, puis descendre les pentes de sable jusqu'à la plage et rentrer en toute sécurité. Mais je me suis aussitôt souvenue que je ne pouvais pas passer par là puisque l'entrée de l'enceinte était gardée ; les sentinelles me reconnaîtraient, mais il serait un peu délicat d'expliquer pourquoi je vagabondais ainsi au milieu de la nuit. *Tu t'en soucieras plus tard*. Je me suis agenouillée et j'ai rampé vers l'odeur, tout en essayant de maintenir mon capuchon sur mon nez et ma bouche – je rampais bizarrement, sur trois pattes, à travers le sable meuble. Je m'arrêtais constamment, tendant l'oreille en direction des gardes, mais soit le vent noyait leurs voix, soit ils s'étaient tus. Dormaient-ils ? Probablement. Je n'imaginais pas mission plus ennuyeuse que la leur.

Mais j'ai alors entendu un bruit : une respiration rapide et peu profonde. J'ai songé à tous les prédateurs que ce corps pouvait attirer la nuit. Je ne pouvais crier pour effrayer l'animal, car cela aurait attiré l'attention des gardes, j'ai donc dû continuer sur le chemin. Il faisait de plus en plus jour ; devant moi s'étendait la blancheur de la dune. D'une minute à l'autre, les palefreniers, toujours debout avant l'aube, conduiraient les chevaux à la prairie. *Juste un coup d'œil,* me suis-je dit, *et je rentre.* À mesure que je m'approchais, le souffle devenait plus sonore, l'odeur absolument pestilentielle – et c'est là que je l'ai vue, silhouette noire recroquevillée qui creusait à deux mains.

— Amina.

Elle s'est retournée, le visage aiguisé par la peur, s'est rendu compte que c'était moi et a chuchoté :

— Partez.

J'ai rampé jusqu'à elle. Le sol autour du corps avait été dérangé, les traces de ses doigts étaient partout, comme les griffes d'un animal. M'obligeant à regarder de plus près, j'ai vu que le corps était presque recouvert, sauf un bras réduit à l'état de squelette. La main semblait tendue vers moi. Je me suis rappelé cette même main où brillait une pièce d'argent – mais à présent il n'y avait plus de paume, plus de chair. Les os blancs m'imploraient de les recouvrir. Sans prendre aucune décision consciente, je me suis mise à creuser le sol sablonneux, exactement comme l'avait fait Amina. Nous n'avons pas échangé un regard ni un mot, mais à nous deux, le travail a été vite accompli. Je me suis essuyé les mains sur ma tunique et j'ai voulu me relever. Mais là, à ma grande épouvante, elle a commencé à réciter les prières des morts. Lumière perpétuelle, repos éternel... « Amina ! » me suis-je exclamée, en tâchant de maîtriser ma voix. Il y avait comme un blocage dans ma poitrine, qui m'empêchait de respirer – pas une de ces petites gênes agaçantes que cause parfois un mal de gorge ou un rhume –, non, une boule grosse comme un poing d'homme.

— Tu as fait ce que tu étais venue faire. Il faut rentrer, maintenant.

Elle a secoué la tête :

— Pas avant d'avoir terminé les prières.

— Tu pourras les dire dans la cabane. (J'ai vu quelque chose à terre à côté d'elle, un morceau de pain et une cruche de vin, tous deux nécessaires pour accomplir le rituel.) Tu as déjà fait ça la première fois.

— Non, je n'ai pas pu, quelqu'un est passé, j'ai dû m'arrêter. Cette fois, je dois le faire correctement.

— Tu crois que ça compte pour les dieux ? Tu en as fait assez.

Mais elle ne voulait pas m'écouter. Et je ne pouvais pas la laisser seule. À genoux côte à côte, nous avons donc récité très vite les prières des morts : une traversée sûre, une mer tranquille, la paix enfin... Tous les espoirs auxquels nous nous accrochons, quand nous envoyons ces vaisseaux fragiles dans le noir. Jamais de ma vie je n'ai entendu les prières d'inhumation expédiées aussi rapidement que cette nuit-là – et j'ai pourtant assisté à bien des obsèques bâclées. Amina a rompu le pain et m'a confié la cruche. La croûte était dure, le vin aigre – quand j'ai pu les avaler, des larmes coulaient sur mes joues, et ce n'était pas des larmes de peine. Amina a réussi à ingérer son croûton, elle a failli s'étrangler, puis a versé le reste du vin sur le sable en guise de libation pour les dieux. Le sol était si desséché que les gouttes ont rebondi, avant de cribler la surface et de s'enfoncer. J'ai remarqué qu'Amina avait une tache rouge au coin de la bouche, et cela m'a fait prendre conscience qu'il faisait grand jour.

Brusquement, j'étais furieuse :

— Viens, maintenant ! ai-je crié en empoignant ses bras maigres pour la forcer à me suivre.

Elle me dévisageait. Je ne comprenais pas pourquoi elle ne bougeait ni ne parlait, mais j'ai remarqué qu'elle ne me regardait pas moi, mais quelque chose dans mon dos. Au même instant, une main m'a saisi la nuque. J'ai senti un frisson me secouer tout le corps ; le bébé a donné un coup de pied. Les autres gardes arrivaient derrière lui. J'ai pivoté sur mes talons, je voulais qu'ils voient qui j'étais, sachant que les Myrmidons ne me feraient aucun mal. Mais j'ai eu beau chercher des yeux, il n'y avait sur ces visages ni sourires ni signes qu'ils me reconnaissaient. C'étaient les jeunes guerriers de Skyros, les hommes de Pyrrhus – et je savais que je n'avais aucune influence sur eux. Tirant brutalement nos bras en arrière, ils nous ont fait descendre devant eux la pente raide qui menait au camp.

19

Nous éloignant de la tombe, ils nous dirigeaient vers la cour des écuries. Le soleil grimpait très au-dessus de l'horizon, projetant une lumière crue sur le visage des palefreniers qui se retournaient sur notre passage. Nous avons été conduites jusqu'à la grande salle de Pyrrhus, où se trouvaient d'autres gardes, des Myrmidons, cette fois, qui m'ont reconnue comme la femme du seigneur Alcimos.

— Il faut prévenir Alcimos, a dit l'un d'eux.

— Non, a répondu le garde qui me tenait. Les ordres du seigneur Pyrrhus étaient très clairs. Nous devons les lui amener directement.

Ils nous ont fait monter les marches de la terrasse, puis ont frappé violemment à la porte. Ils ont continué à frapper un long moment avant que Pyrrhus en personne vienne ouvrir. Il avait jeté sur ses épaules son couvre-lit violet et argent, mais ne portait rien d'autre. Encore dans la torpeur du sommeil, de mauvaise humeur et perturbé par cette soudaine intrusion, il a scruté tous les visages.

— Qu'est-ce que c'est ?

— Nous les avons surprises alors qu'elles enterraient Priam.

Pyrrhus s'est écarté et les gardes nous ont poussées à l'intérieur.

— *Des femmes ?* s'est étonné Pyrrhus, incrédule. Vous êtes sûrs ?

— On les a tous vues, seigneur, et entendues. Elles récitaient les prières des morts.

Beaucoup des guerriers myrmidons nous avaient accompagnées dans la grande salle. L'un d'eux a toussé et m'a montrée du doigt :

— C'est la femme du seigneur Alcimos.

— Vraiment ?

Pyrrhus n'avait aucune raison de savoir que j'étais mariée à Alcimos. Même s'il m'avait remarquée lors de l'une de ses rares visites dans sa cabane, il avait dû supposer que j'étais une captive parmi tant d'autres.

— Elle était là ?

Les jeunes hommes ont échangé des regards gênés, mais celui qui me tenait a fini par hocher la tête.

— Eh bien, alors, il faudrait aller chercher Alcimos. (Estimant qu'il devait prendre la situation en main, Pyrrhus a désigné l'un des gardes.) *Toi*, tu restes ici. Vous autres, vous repartez là-bas, et VOUS DÉTERREZ CE SALAUD !

J'ai vu Amina tressaillir, mais quand Pyrrhus s'est tourné vers elle, elle a soutenu son regard d'un air de défi. Je contemplais mes pieds, redoutant le moment où Alcimos paraîtrait.

— Je vais m'habiller, a dit Pyrrhus. Surveillez-les.

Il est parti à grands pas. Me sentant au bord de l'évanouissement, j'aurais voulu m'asseoir sur le banc près de la table. Je savais qu'il serait vain de supplier les Myrmidons ; ils ne pouvaient s'opposer à la volonté de Pyrrhus. Ils restaient simplement à me regarder avec stupéfaction. Dieu sait combien de temps il faudrait pour trouver Alcimos, qui pouvait être n'importe où dans le camp, occupé à festoyer, à boire... Ou dans le lit d'une autre femme. En attendant, j'admirais donc la grande salle ; au lendemain d'un banquet, elle offrait toujours un spectacle de désolation et de démence. L'odeur de la graisse rancie, de la résine des murs, des lampes à huile fumantes – les roseaux, bien que frais de la veille, étaient trop fatigués pour adoucir l'air. Prise de vertige, je me suis avancée à tout petits pas vers le banc, mais Pyrrhus est alors revenu, le visage crispé par la colère.

— *Pourquoi ?* s'est-il écrié.

Amina l'a regardé dans les yeux :

— J'ai enterré mon roi. Cela n'appelle aucune explication.

Aussitôt, sans se laisser le temps de réfléchir, il l'a frappée. Le bruit de la gifle a retenti dans toute la salle.

— Tu sais que j'ai ordonné de laisser le corps sans sépulture ?

— Oui, je le sais. Mais vous n'avez pas le droit, vous ne pouvez pas bafouer les lois des dieux. Personne n'a ce droit, si puissant qu'il soit.

J'ai cru qu'il allait à nouveau la frapper, mais des pas sur la terrasse l'ont distrait. Alcimos est entré, échevelé, la tunique maculée de vin. Il a salué Pyrrhus, sans détacher ses yeux de moi :

— Qu'est-ce qui t'a pris ?

Il parlait à voix basse, insistante, à peine plus qu'un murmure, mais Amina a réagi :

— Elle n'a rien fait.

Pyrrhus est intervenu :

— Les gardes les ont surprises. Toutes les deux.

— Oui, mais elle ne l'enterrait pas, elle essayait juste de m'en empêcher, moi.

C'était à la fois vrai et faux. J'ai fermé les yeux, je ne voulais plus rien voir, et la main de squelette de Priam m'est apparue, surgie du sol. J'avais aidé à l'inhumer, non pour obéir aux dieux, mais comme un simple geste de respect envers un vieillard qui s'était montré bon avec moi quand j'étais enfant et que j'avais désespérément besoin de gentillesse. Pendant un moment, j'ai été tentée d'accepter l'issue que m'offrait Amina, mais j'ai protesté et me suis entendue rectifier :

— Ce n'est pas vrai. Je l'ai aidée à enterrer le corps.

Amina s'est retournée :

— Jamais de la vie !

À cet instant, j'ai mesuré l'étendue de son orgueil. Elle se tenait là, blanche comme la craie, la marque des doigts de Pyrrhus rouge sur sa joue, étincelante de fierté. Elle ne cherchait pas à me sauver ; elle voulait leur faire croire qu'elle avait agi seule. Peut-être avait-elle même réussi à s'en persuader.

En silence, j'ai tendu les mains vers Pyrrhus. Elles étaient pleines de terre, tous mes ongles étaient noircis.

Pyrrhus s'est adressé à Alcimos :

— Je ne peux pas laisser ce crime impuni. Peu m'importe de qui elle est la femme.

— Je ne savais rien, a dit Alcimos.

— Elle ne m'a pas aidée ! a insisté Amina. Elle essayait juste de me ramener à la cabane.

Alcimos n'a tenu aucun compte de ses paroles :

— Je vais m'occuper moi-même de ma femme.

— Non, s'est opposé Pyrrhus. Elles étaient complices. Tu n'as qu'à voir ses mains !

— Que vas-tu faire ?

— Je ne sais pas. Les enfermer, je suppose. (Pyrrhus secouait la tête comme un taureau affolé.) Il doit y avoir quelqu'un derrière ces femmes.

Amina a repris la parole :

— Je vous le répète, il n'y a personne d'autre.

Soudain, j'ai compris qu'elle voulait réellement mourir. Et qu'elle mourrait très probablement, et moi avec elle.

Alcimos a fait une proposition :

— Il y a bien la cabane des blanchisseuses, elle a un verrou. Et il y a aussi la réserve aux armures. Je pense qu'il vaut mieux ne pas les enfermer ensemble.

Je ne parvenais pas à lever les yeux vers lui ; il était en train de me trahir, et de trahir Achille. Là était la véritable surprise.

— Parfait, a conclu Pyrrhus. Nous déciderons plus tard de leur sort.

Il a fait signe aux gardes, qui se sont avancés pour escorter Amina hors de la salle. L'un d'eux l'a attrapée par la peau du cou et l'a poussée.

— Eh ! Pas besoin d'en arriver là, a protesté Alcimos.

Une main s'est refermée sur mon bras. Amina et les gardes avaient presque atteint la porte, quand il y a eu un bruit à l'extérieur. Les gardes envoyés déterrer le corps – leur mission n'avait pas dû être difficile, la tombe était si peu profonde – ont fait irruption dans la pièce. L'un d'eux, un jeune soldat maigrelet au regard inexpressif et aux mouvements étrangement désarticulés, a été poussé à l'avant du groupe. Je l'ai reconnu. Quand il n'avait pas à surveiller les cadavres, il travaillait aux écuries et était généralement la cible des plaisanteries des autres, une sorte d'idiot du village, même s'il savait mieux que quiconque apaiser un cheval nerveux.

— Allez, l'ont incité les autres gardes. Allez, montre-lui.

Le pauvre garçon, vaguement conscient d'avoir été choisi comme bouc émissaire, se tenait au centre du groupe et interrogeait désespérément chaque visage, mais Pyrrhus a fait preuve d'une patience étonnante. Bien sûr, il devait connaître le palefrenier, lui qui passait de longues heures dans les écuries à accomplir – prétendait-on – toutes sortes de tâches dégradantes, séchant les chevaux en sueur, nettoyant les harnachements, ramassant même le crottin dans les box… Des travaux auxquels ne s'abaissait aucun homme de son rang. Il s'est penché et a demandé avec douceur :

— Qu'est-ce que tu m'apportes là ?

À contrecœur, le garçon a ouvert la main, au creux de laquelle brillait dans la lumière une bague d'homme, celle que j'avais vue pour la dernière fois suspendue à une chaîne au cou d'Andromaque. Alcimos et les gardes ne soupçonnaient pas à qui elle appartenait ni quelle était son importance. Instinctivement, je me suis détournée, cachant mon visage – sans trop savoir pourquoi –, presque comme si je craignais que ma connaissance de l'anneau se transmette à leur esprit.

Mais Pyrrhus l'avait reconnu :

— Je l'ai donné à Andromaque.

— Et je l'ai dérobé, s'est empressée d'ajouter Amina. Elle l'a enlevé pour prendre un bain… et je le lui ai volé. Elle était inconsolable, elle l'a cherché partout – elle nous a quasiment obligées à arracher les lattes du plancher…

Les mots se bousculaient dans sa bouche. Fermant les yeux, j'ai souhaité qu'elle s'arrête.

— Pourquoi ? a demandé Alcimos.

— Pourquoi je l'ai volé ? Pour payer le passeur.

Normalement, lorsqu'on inhume un cadavre, on termine en posant des pièces d'or sur ses yeux. Elles maintiennent les paupières closes, mais les personnes pieuses pensent qu'elles servent aussi à payer le passeur qui prend les défunts dans sa barque et les emmène sur l'autre rive du Styx, vers Hadès, au pays des morts. Amina n'avait ni pièces ni bijoux, rien de valeur ; aucune des captives n'en possédait. Sauf Andromaque, qui détenait la bague de Priam. Amina disait-elle la vérité ? Quand Andromaque avait pris un bain dans ma cabane, elle n'avait pas enlevé l'anneau, mais cela ne voulait pas dire qu'elle ne s'en séparait jamais. Il était possible qu'Amina ait profité d'une occasion pour le dérober. Enfin... ce n'était pas impossible.

Le silence s'éternisait. Pyrrhus regardait autour de lui et je sentais qu'il commençait à nous voir tous sous un autre jour. Alcimos, moi, Amina, Andromaque... Il devait avoir l'impression d'un complot contre lui. Brusquement, sans détacher les yeux de nous, il a hurlé :

— Andromaque !

Elle est arrivée si vite qu'elle devait écouter à la porte. Alors qu'elle s'approchait de lui, j'ai remarqué qu'elle avait les lèvres crispées par la peur.

Pyrrhus lui a présenté l'anneau.

— As-tu donné ce bijou à cette fille ?

Andromaque a contemplé son visage, sa main, puis à nouveau son visage, sans rien dire, comme un lapin fasciné par une hermine.

— Je l'ai volé ! a crié Amina.

Pyrrhus s'est retourné pour la gifler encore. Cette fois, elle a porté la main à son nez et l'a retirée couverte de sang.

Pyrrhus est revenu vers Andromaque :

— Alors, tu lui as donné ou pas ?

— Je ne sais pas ce qui s'est passé. Le matin, je l'avais, et le soir, je ne l'avais plus. *Désolée.* (Elle sanglotait.) Je suis désolée, vraiment désolée.

Andromaque regardait Pyrrhus en parlant, mais j'ai senti que ces mots s'adressaient à Amina.

— Elle ne m'a pas donné l'anneau, je l'ai volé. (Le sang coulant encore de son nez, Amina a fixé Pyrrhus dans les yeux.) Ni l'une ni l'autre ne m'ont aidée. C'est moi qui l'ai fait, et je ne le regrette pas une seule seconde.

Elle lui a tourné le dos et a spontanément franchi la porte, tandis que les gardes marchaient derrière elle, transformés en ce qui ressemblait plus à une escorte royale. Une fois la porte refermée sur elle, le silence a duré quelques instants.

Alcimos a pris une des lampes à huile et me l'a donnée en disant au garde :

— Assure-toi qu'elle conserve ça avec elle.

Le garde, un Myrmidon, a hoché la tête.

— Très bien, a dit Pyrrhus à Alcimos. Nous en discuterons plus tard. Quant à toi, a-t-il ajouté en pointant du doigt Andromaque, VA-T'EN !

20

Devant la réserve aux armures, le garde s'est arrêté et a entrepris de déverrouiller la porte. Trois verrous, signe de la valeur de ce qu'on y rangeait. Après quoi il s'est écarté et m'a poliment indiqué d'entrer. Je l'ai reconnu comme l'un de ceux qui avaient touché mon ventre quand je servais le vin dans la grande salle, comme témoignage de loyauté envers la lignée d'Achille. Ce genre de geste ne me serait à présent d'aucune utilité. Et c'était le fils d'Achille qui m'envoyait ici.

Je me suis avancée. Le garde a fermé la porte derrière moi et a poussé les verrous. Ils n'étaient pas vraiment nécessaires pour me maintenir prisonnière. Où serais-je allée ? La lampe projetait un cercle de lueur pâle dans la cabane et je distinguais l'éclat du bronze poli. Je me suis accroupie près de la lanterne et j'ai contemplé le mince rai de lumière sous la porte. Mes mains tremblaient ; je les ai cachées dans mes manches pour les réchauffer, mais je ne pouvais les empêcher de trembler. Tout autour de moi régnait l'odeur froide et lourde du métal et du tissu huilé, qui semblait peser sur mon estomac comme une pierre. J'ai alors compris combien ma position était précaire. En tant qu'épouse d'Alcimos, j'en étais venue à me sentir sûre de mon nouveau statut, mais sous les verrous dans cette cabane à armures, je savais que je n'avais jamais été bien loin de l'esclavage.

Ma vie entière, des années, des semaines, des jours, des heures, m'avaient menée jusqu'à cet instant, cet endroit. Et une journée en particulier : celle où ma propre ville, Lyrnessos, était tombée. J'étais montée sur le toit de la citadelle pour observer la bataille qui faisait rage en contrebas. J'avais regardé Achille tuer le plus jeune de mes frères, d'un coup de lance à la gorge. Avant de retirer son javelot, il s'était retourné et avait levé les yeux vers la citadelle. Je savais qu'avec le soleil derrière moi il ne pouvait me voir, ou seulement comme une tache sombre, mais j'avais l'impression qu'il me dévisageait. Peu à peu, par groupes de deux ou trois, les autres femmes nous avaient rejointes au dernier étage et, ensemble, nous avions attendu la fin. Tandis que les guerriers grecs foulaient les marches de l'escalier, Ariane, ma cousine du côté de ma mère, m'avait pris le bras, disant sans émettre un son : *Viens*. Puis elle s'était hissée sur le parapet et, à l'instant précis où les soldats faisaient irruption dans la pièce, elle s'était jetée dans le vide, sa robe blanche tournoyant autour d'elle dans sa chute, comme un papillon de nuit brûlé à une chandelle. Le temps m'avait semblé très long avant qu'elle ne touche le sol, même s'il n'avait pu s'écouler que quelques secondes. Son cri s'était réduit à un brusque silence et, lentement, marchant devant les autres femmes, je m'étais tournée face aux hommes qui arrivaient.

Ariane avait dit : Viens...

Mais j'avais choisi de rester – et toute la suite, tout ce qui s'était passé entre alors et maintenant, avait découlé de ce choix. Dès mes premières heures dans le camp, j'avais été méfiante, aux aguets, exclusivement soucieuse de survivre, jusqu'à ce moment où j'avais vu la main de Priam déshonorée sur le sable crasseux. Avais-je des regrets d'avoir contribué à l'enterrer ? Oui. *Oui !*

Et à la fois, non.

Accroupie près de la porte de la réserve aux armures, il me semblait que je m'étais glissée dans cette histoire par erreur. Mon but était d'empêcher Amina d'agir, de la persuader d'arrêter, de laisser son ouvrage inachevé, mais j'avais alors vu la main de Priam, et soudain je m'étais mise à creuser le sable comme un chien. J'avais récité les prières, bu le vin, fait descendre le pain sec dans mon gosier... J'avais enterré Priam – moins de vingt-quatre heures après avoir entendu Pyrrhus déclarer que cet acte serait puni par la mort. J'avais gaspillé tous les avantages acquis au cours de cette année terrible. Il était tout à fait possible que Pyrrhus me tue, ou me fasse tuer. Amina continuerait à mentir pour me sauver – pour sauver son idée d'elle-même comme seule personne assez courageuse pour braver Pyrrhus et obéir aux dieux. Mais je pensais que personne ne la croirait. Pourquoi l'aurait-on crue ? Alors que j'avais montré à Pyrrhus la terre sous mes ongles.

J'ai fermé les yeux, et progressivement – le processus était lent – j'ai senti une présence se former derrière moi, dans l'obscurité. « Présence » n'est pas le bon mot, mais je ne sais pas comment l'appeler. Rouvrant les yeux, je me suis obligée à soulever la lanterne très haut au-dessus de ma tête, et le choc m'a arraché un cri. Ils étaient tous là, alignés contre le mur du fond, Priam, Hector, Patrocle, Achille. Le cri est mort sur mes lèvres – car bien sûr, ils n'étaient pas là. Bien sûr que non. Ce que je voyais, c'était les armures, non pas empilées dans les coins, comme je m'y étais attendue, mais fixées aux murs, chacune à sa place, de sorte qu'elles prenaient la forme d'hommes. D'hommes instantanément reconnaissables. Il y avait là l'armure de Priam, qu'Hécube l'avait supplié de ne pas revêtir. Avec du sang partout – on n'essuie jamais le sang d'un ennemi. À côté, l'armure d'Hector, son fameux casque emplumé brillant dans la lumière – mais sans bouclier. Andromaque avait imploré Pyrrhus que son enfant soit inhumé dans le bouclier du père, et il y avait consenti, même s'il s'était ensuite repenti de sa générosité. J'imaginais combien il devait être furieux, chaque fois qu'il voyait cet espace vide. Enfin, l'armure d'Achille. Le bouclier manquait aussi, mais seulement parce que Pyrrhus le conservait près de lui dans la grande salle, le polissait de manière obsessionnelle, comme l'avait fait Achille lui-même.

Soulevant plus haut la lampe, j'ai regardé le casque. Chaque fois que je bougeais la main, la lumière et les ténèbres se pourchassaient à la surface du métal, créant ou révélant un mouvement derrière les yeux du masque. J'entendais deux personnes respirer là où jadis il n'y en avait eu qu'une seule. Sans paroles, ce n'était pas nécessaire. Je ne sais pas si cette entrevue – j'avais le sentiment d'une entrevue – a duré des minutes ou des heures, mais elle m'a transformée. Le jour de la mort de Polyxène, devant le tumulus funéraire d'Achille, je m'étais raconté que l'histoire d'Achille avait pris fin sur sa tombe, et que ma propre histoire allait commencer. La vérité ? L'histoire d'Achille ne se termine jamais : chaque fois que des hommes se battent et meurent, on trouve Achille. Quant à moi, mon histoire était inextricablement liée à la sienne.

Un bruit, quelqu'un à l'extérieur. La porte s'est ouverte et un arc de lumière a découpé la pénombre. Le soleil m'a frappée comme de l'eau froide, me tirant de ma transe. Alcimos a dit « Briséis ! », je me suis avancée et il m'a laissée sortir. Tout le long du chemin, je le sentais raide de colère derrière moi. Évidemment, l'heure du règlement de comptes avait sonné, ce qui s'est confirmé quand je suis entrée dans les appartements où m'attendait Automédon.

Alcimos a pris place à la table.

— Très bien. Commençons par le commencement.

Il a désigné une chaise et je me suis assise. Comme il ne faisait pas très clair, il a allumé une bougie et l'a posée à côté de moi, assez près pour que j'en sente la chaleur sur ma peau. Automédon s'est glissé sur le siège à l'autre bout de la table, et je me rappelle avoir trouvé cela curieux car c'était d'habitude la place d'Alcimos. Jusque-là, Automédon n'avait pas posé les yeux sur moi. Sa présence m'était désagréable, même si je savais que je n'avais pas le droit d'émettre un avis. Je sentais néanmoins que je serais incapable d'avoir une vraie conversation avec Alcimos s'il y assistait. Je me suis demandé – pour la première fois, ce qui est idiot, je le sais – si Achille avait hésité entre eux comme futur mari pour moi, et combien de temps il lui avait fallu pour décider. Je savais ce qu'il pensait d'eux, il n'en avait jamais fait mystère. Alcimos était un homme correct et bon, un solide guerrier, mais dépourvu de maturité et un peu bête. À Automédon on pouvait confier sa vie, il était d'une honnêteté à toute épreuve, sans le moindre sens de l'humour, intolérant, guindé, sûr de lui. Mais tous deux étaient courageux, fidèles, entièrement dévoués à leur maître.

Alcimos s'est éclairci la gorge.

— Je voudrais d'abord dire une chose. J'ai appris à Pyrrhus que tu attends l'enfant d'Achille.

— Qu'a-t-il répondu ?

— Pas grand-chose.

— Ça ne t'aidera pas forcément, a précisé Automédon. (J'ai eu l'impression qu'il savourait cette idée.) Je pense qu'il est assez attaché à l'idée d'être le fils unique du grand Achille. Difficile de deviner comment il réagira.

— Nous en saurons bientôt davantage.

Je les ai vus échanger des regards significatifs. Moi non plus, je ne réagissais peut-être pas comme ils s'y attendaient.

— Bien, a repris Alcimos. Commençons par le commencement. Où étais-tu quand les hommes t'ont trouvée ?

— Près de la tombe.

— Debout ?

— Non, à genoux. Je…

— Et tu avais de la terre sur les mains ?

J'ai hoché la tête. Il m'a pris les poignets et les a rapprochés de la bougie. J'avais de la terre sous les ongles, mes paumes étaient saupoudrées de gravier. Alcimos a levé les yeux vers Automédon et l'atmosphère s'est transformée. J'ai senti passer un vent froid sur ma peau, alors que la pièce était sans air, plombée par une forte odeur de cire chaude.

Automédon s'est penché en avant :

— Et la première fois ? Tu y étais aussi ?

— Non.

— Elle ne t'avait rien laissé entendre ?

J'ai hésité et j'ai vu scintiller ses yeux. C'était un interrogatoire. J'ai cherché auprès d'Alcimos un peu de réconfort, un signe de la relation nous unissant, mais je n'ai rien obtenu. Si nous avions été seuls, j'aurais tenté de lui expliquer sincèrement la confusion qui régnait dans mon esprit, le mouvement involontaire par lequel, au lieu d'empêcher Amina d'agir, j'en étais venue à l'aider. Je lui aurais raconté que j'avais un jour rencontré Priam sur les remparts et combien il s'était montré charmant avec moi. Mais ils étaient là tous les deux, et je pense que, de sa vie, Automédon n'avait jamais éprouvé la moindre confusion.

Il attendait encore que je parle.

— Seulement qu'elle était horrifiée de voir Priam sans sépulture.

— T'a-t-elle annoncé ce qu'elle allait faire ?

— Non.

Au tour d'Alcimos :

— Donc, quand tu as appris qu'il avait été enterré, qu'as-tu imaginé ?

— Je ne sais pas.

Il s'est penché plus près. La table était entre nous, mais c'était comme si j'avais reçu son souffle sur mon visage. Et il paraissait différent, plus âgé, plus mince, plus concentré. Le garçon enamouré – et je crois bien qu'il m'avait aimée – avait été remplacé par un personnage autrement plus redoutable. C'était l'homme qui avait participé à l'assaut final contre Troie et qui avait accompli des choses innommables entre ses murs. Il n'était plus « dépourvu de maturité », il n'était plus « un peu bête ». J'avais l'impression de le voir pour la première fois.

Après un silence, j'ai repris :

— Eh bien, vous disiez que ça devait être Hélénos ou Calchas, donc j'ai dû penser que c'était l'un d'eux.

Automédon a frappé du poing sur la table :

— Pas du tout ! Tu *savais* qui était coupable.

— Elle avait simplement déclaré que Priam méritait de vraies obsèques. C'est ce que n'importe quel Troyen aurait dit.

— N'importe quel guerrier troyen.

— Vous croyez que les femmes n'ont pas d'opinions ? Pas de sens du devoir ?

— Une femme n'a de devoirs qu'envers son mari.

Alcimos est allé chercher une cruche de vin sur le buffet. Il a servi deux coupes puis, après une seconde d'hésitation, une troisième pour moi.

— Bien. Hier soir, savais-tu ce qu'elle allait faire ?

— Je n'en avais absolument aucune idée.

Ce n'était pas un mensonge total, mais ce n'était pas tout à fait la vérité non plus. Ils me dévisageaient en silence. Unis, tous deux. À ce moment, j'ai compris que j'avais perdu mon mari, et j'ai soupçonné en même temps que je n'en avais peut-être jamais vraiment eu. Je voulais leur demander ce que Pyrrhus allait faire, selon eux, mais je n'osais pas ; j'avais trop peur de la réponse.

Automédon a repris :

— Alors, quand l'as-tu appris ?

— Une des filles a frappé à la porte. Ne me demandez pas laquelle, je ne connais pas le nom de toutes. Certaines ne peuvent toujours pas parler.

Attention. Ne laisse pas voir ta colère.

— Eh bien, celle-là parlait, manifestement. Qu'a-t-elle dit ?

— Qu'Amina n'était pas dans la cabane. Qu'elle avait disparu.

— Qu'as-tu pensé qu'elle avait fait ?

— J'ai pensé qu'elle s'était enfuie. Je n'imaginais certainement pas qu'elle enterrait Priam.

Automédon secouait la tête.

— Nous venions d'aller aux jardins. Il y a de quoi s'abriter, là-bas, et beaucoup de nourriture. J'ai cru qu'elle y était repartie...

— Et pourtant tu n'es pas allée la chercher là-bas ! Tu es allée là où tu savais que se trouvait le corps.

Je ne pouvais le nier. Rétrospectivement, l'hypothèse de sa fuite n'avait fait que m'effleurer. Amina n'aurait jamais fui quoi que ce soit.

Alcimos a poursuivi :

— Qu'as-tu découvert en arrivant là-bas ?

— Elle avait presque terminé. Je voulais en finir, je voulais la ramener à la cabane. En sécurité.

— Donc tu l'as aidée à enterrer Priam ? (Alcimos a éructé un éclat de rire.) Tu as de ces idées !

Il était maintenant trop tard pour me dérober.

— Je cherchais réellement à sauver Amina. Mais vous savez quoi ? Vous avez entièrement raison, j'ai enterré Priam. Parce que je le respectais. Parce qu'il était honteux de le laisser là sans sépulture. Tous deux, vous l'avez rencontré – quand il est venu voir Achille, vous l'avez rencontré. Vous savez ce qui s'est passé ce soir-là. Achille l'a accueilli, l'a nourri, lui a fourni un lit pour la nuit, il l'a traité avec *respect* – il lui a même prêté son propre couteau pour manger. Croyez-vous qu'il aurait voulu cela ?

Ils se sont regardés. Je les voyais lire la vérité chacun sur le visage de l'autre, mais aucun ne l'aurait avoué.

— Vous le savez. Tous les deux, vous savez qu'Achille aurait voulu que Priam soit inhumé.

Alcimos a répliqué, lourdement :

— Ton devoir est envers moi avant tout. (Il a pris une profonde inspiration.) Tout comme le mien est envers toi.

J'ai ri, je n'ai pu m'en empêcher :

— Non, Alcimos, nous savons bien que votre premier devoir est envers *ceci*.

Et j'ai tendu le tissu de ma tunique sur mon ventre.

— Ne devrait-ce pas être aussi ton premier devoir ?

J'ai alors eu honte devant lui : son dévouement absolu envers un enfant qui n'était pas le sien contrastait si nettement avec mes propres doutes, ma propre ambiguïté.

Pendant tout ce temps, Automédon était resté muet ; il promenait un doigt dans une flaque de vin sur la table, lui dessinait des pattes pour la transformer en araignée.

— Je pense qu'on devrait pouvoir s'en sortir, a-t-il fini par soupirer. La fille dit qu'elle a agi seule. Très bien, c'est sa version à elle. Tout ce que Briséis a à faire, c'est d'expliquer qu'elle a voulu l'empêcher. Elle devrait s'en tirer comme ça. Elle pourrait.

Elle. Le ton d'Automédon était glaçant, dénué de toute émotion.

— Vous n'oubliez pas les gardes ? ai-je demandé. Ils savent que je recouvrais le corps, ils m'ont vue.

— Les gardes, c'est notre affaire, a répondu Automédon. Si on leur dit qu'ils t'ont vu essayer d'emmener la fille ailleurs, c'est ce qu'ils répéteront. Du moment que la fille ne change pas d'histoire...

— Pas de danger.

Non, Amina serait là où elle avait toujours voulu être : au milieu d'un cercle de torches enflammées, attirant toute l'attention. Peut-être aurais-je dû me sentir soulagée, mais ce n'était pas le cas.

— Que va-t-elle devenir ?

Alcimos a haussé les épaules :

— Il fera d'elle ce qu'il veut, et ça ne concerne personne. Elle est son esclave.

— Mais que pensez-vous qu'il fera ?

— Je ne sais pas. Si elle a de la chance, il pourrait la vendre. En tout cas, ça n'a aucun rapport avec toi. Moins tu as de contacts avec elle, mieux ça vaudra.

Là-dessus, il se leva, mettant un terme à l'interrogatoire.

— Une dernière question, ajouta Automédon. As-tu parlé à Calchas ? ou à Hélénos ?

J'ai fait signe que non.

— C'est une bonne chose. Et elle ?

— Non, comment aurait-elle pu ? Les filles ne sont pas autorisées à sortir de la cabane.

Sur le pas de la porte, Alcimos s'est retourné :

— Tant que je serais parti, n'ouvre à personne, d'accord ? Invente quelque chose, que tu es malade, par exemple. Ne laisse entrer personne.

Alcimos est sorti le premier – je ne pouvais m'empêcher de penser qu'il était heureux de s'en aller –, mais Automédon s'est attardé. Une fois sûr qu'Alcimos ne pouvait pas l'entendre, il m'a lancé un avertissement :

— Fais attention, Briséis. Tu *pourrais* t'en sortir cette fois, en plaidant ton ventre, mais tu n'auras pas toujours cette chance-là.

C'est comme s'il m'avait frappée. J'ai pensé aux femmes de Troie qui avaient reçu un coup de poignard dans le ventre ou un coup de lance entre les jambes, parce qu'il y avait cinquante pour cent de chances que leur enfant soit un garçon. Elles auraient pu « plaider leur ventre », cela n'aurait servi à rien. Bien sûr, je n'ai pas osé répondre ainsi. Ce qui s'était passé à Troie avait déjà sombré dans un abîme de silence.

Mais je ne voulais pas capituler entièrement.

— Ce n'est pas moi qui ai plaidé mon ventre. C'est Alcimos. Et vous savez ce que je pense, Automédon ? Si cela avait été vous, vous auriez fait exactement pareil.

Sur ce, j'ai tourné les talons, sans attendre qu'il réplique.

21

Je suis restée seule le reste de la journée. À un moment, je suis sortie m'asseoir sur la terrasse, mais comme j'ai eu l'impression qu'un ou deux soldats qui passaient me dévisageaient, je suis rentrée. J'ai fait la cuisine, j'ai changé les lits, j'ai balayé. Je ne me suis pas autorisée à m'asseoir avant la fin de l'après-midi, et je crois que je me suis aussitôt endormie car, quand j'ai repris mes esprits, on frappait à la porte. Alcimos m'avait recommandé de ne laisser entrer personne, mais on a poussé la porte avant que je sois debout. Je ne distinguais rien, à part une forme massive et l'éclat de deux yeux clairs. Pyrrhus. Je me suis levée et me suis souvenue juste à temps que je devais lui faire une révérence.

Il s'est un peu avancé dans la pièce.

— Je crains qu'Alcimos ne soit pas là, ai-je dit.

— Non, je sais, il est parti voir Ménélas. J'aurais sans doute dû l'accompagner, mais je n'en avais pas envie.

J'ai tiré une chaise de sous la table et l'ai invité à s'y asseoir.

— Je vous en prie…

Sans qu'il ait besoin de me le demander, j'ai ouvert le buffet et y ai pris une cruche du meilleur vin pour lui en servir une coupe ; tout en la lui apportant, je me suis rendu compte que, pour la première fois de ma vie, je voyais Pyrrhus sobre. Son corps massif débordait de la chaise, ses cuisses charnues très écartées, et pourtant il avait une gaucherie d'adolescent, qui suggérait qu'il n'avait pas encore atteint la force de la maturité – les dieux nous protègent. Je me rappelais mes frères au même âge, comme ils étaient maladroits, à peine capables de traverser une pièce sans se cogner aux meubles. Il a levé les yeux en acceptant la coupe, et a souri. Je n'ai pas trouvé ce sourire rassurant. J'ai songé que, lorsque Alcimos m'avait ordonné de ne laisser entrer personne, il pensait peut-être à Pyrrhus, sans avoir le courage de le dire explicitement.

Cette visite était hors du commun, pour le moins – normalement, les hommes ne rendent pas visite aux femmes quand leur mari est absent –, mais Pyrrhus ne semblait rien voir là de curieux. Dire qu'il était attardé produirait une impression totalement fausse, et pourtant il lui manquait quelque chose. Il ne paraissait pas savoir comment les gens se comportent, comment les relations fonctionnent, et il enfreignait toujours les règles, non parce qu'il voulait se rebeller contre elles, mais simplement parce qu'il n'avait pas conscience de leur existence. Ou bien parce qu'il estimait qu'elles ne s'appliquaient pas à lui.

— Pourquoi ne bois-tu pas avec moi ?

Je me suis donc versé une coupe, toujours sans un mot, et je me suis assise face à lui. J'étais trop méfiante pour parler.

— Alcimos dit que tu attends un enfant d'Achille ?

— Oui, je pensais que vous le saviez.

Il a secoué la tête.

— L'armée grecque m'a donnée à Achille comme trophée après le sac de Lyrnessos, puis, sachant qu'il allait mourir, il m'a donnée à Alcimos. Il pensait qu'Alcimos serait un bon protecteur pour l'enfant.

— Eh bien, là-dessus il avait raison. Bon choix.

Je sentais qu'il n'était pas venu parler de l'enterrement de Priam et ce soulagement a dû me faire un peu perdre la tête. En tout cas, j'ai bu beaucoup trop vite une demi-coupe de vin fort, et quand j'ai relevé les yeux, j'ai vu qu'il tendait la main.

— Regarde.

Je me suis penchée en avant. Comprenant que je ne voyais toujours pas, il s'est levé et s'est approché, sa carcasse massive bloquant le jour. J'ai senti qu'il plaçait quelque chose dans ma main, puis il s'est éloigné pour laisser la lumière de la lampe l'éclairer. Je tenais l'anneau de Priam.

— Tu sais ce que c'est ?

— Oui, c'est la bague de Priam.

J'ai tenté de la lui rendre.

— Celle de Priam, tu es sûre ? Pas d'Hector ?

— Non, de Priam : il la portait toujours. Je pense que c'était un cadeau d'Hécube le jour de leur mariage.

— Mais tu l'as revue, depuis ?

— Oui, Andromaque me l'a montrée, en disant que vous la lui aviez donnée. Elle trouvait cela très généreux de votre part.

— Ah.

Il a regagné sa chaise. Pendant un moment, j'ai cru que c'était fini, mais il a repris la parole :

— Parfois, je pense que les gens prennent la bonté pour de la faiblesse.

— C'est sans doute le cas de certaines personnes, mais pas d'Andromaque. Elle n'est pas comme cela.

— Je lui ai proposé une masse de bijoux, de bracelets, de colliers… Tous dignes d'une reine. Et elle a choisi une bague d'homme ?

— Eh bien, elle la portait suspendue à son cou.

Je ne pouvais imaginer qu'une seule raison pour laquelle cet anneau l'intéressait tant. Il me demandait d'impliquer Andromaque dans l'inhumation de Priam.

— Tu crois sincèrement que cette fille a volé la bague ?

Cette fille. Pauvre Amina, elle n'avait même pas de nom. Pour ne pas avoir à répondre tout de suite, j'ai bu une gorgée de vin et me suis efforcée de réfléchir. Tout mensonge visant à aider Andromaque aggraverait le cas d'Amina – mais sa situation pouvait difficilement être pire. Je devrais peut-être tenter de sauver celle des deux qui pouvait encore l'être.

— Tout ce que je sais, c'est qu'Andromaque a été très peinée de la perdre. Vraiment, elle était complètement paniquée.

— Tu es une amie loyale.

Ah bon ? J'avais l'impression d'être tout sauf ça.

— En avez-vous parlé à Andromaque ?

— Non, je veux d'abord arracher la vérité à cette fille.

Je préférais ne pas savoir par quelles méthodes il comptait lui « arracher la vérité ». À la lumière de la lampe, je voyais ses mains énormes qui reposaient sur ses cuisses. S'il n'avait hérité de rien d'autre, il avait au moins les mains d'Achille. J'avais du mal à en détacher mes yeux.

— Soit. (Il s'est donné une claque sur les cuisses et s'est levé.) Tu diras à Alcimos que tout est arrangé.

Tout est arrangé ?

— Oui, bien sûr, je le lui dirai.

Je l'ai raccompagné jusqu'à la porte, soulagée que cette entrevue étrange et perturbante soit terminée – mais alors qu'il allait franchir le seuil, il a brandi l'anneau de Priam, comme s'il voulait me l'offrir. J'ai reculé d'un pas.

— Non, viens, j'aimerais qu'il soit à toi. Pour… tu sais…

Il a désigné mon ventre.

— Je ne saurais accepter, ai-je répondu fermement. (Je me rappelais qu'il avait donné le bouclier d'Hector à Andromaque, et qu'il le regrettait amèrement. Il était incapable d'avoir la même idée deux heures de suite.) Non, vous l'avez pris sur le corps de Priam, le jour où vous l'avez tué. Cet anneau vous appartient dorénavant.

Il a essayé de me le mettre dans la main, mais là encore j'ai fait un pas en arrière. Finalement, j'ai réussi à le convaincre que je ne le prendrais pas. Il l'a aussitôt passé à son doigt, et je crois avoir vu le soulagement effleurer son visage. Sa proposition n'avait rien eu de réel. Il agissait toujours selon une certaine idée de lui-même, comme s'il vivait sa vie entière devant un miroir.

J'ai eu la présence d'esprit d'ajouter :

— Merci. Je vous en prie, n'y voyez aucune ingratitude de ma part, c'est extrêmement généreux à vous – je pense simplement qu'il ne serait pas juste que j'accepte.

Tout en parlant, j'ai senti le sang affluer dans mes joues. J'aspirais seulement à ce qu'il s'en aille et, après encore quelques mots embarrassés, il a pris congé. Je l'ai regardé traverser la cour en direction de la grande salle. En chemin, il s'est arrêté pour saluer quelqu'un – l'un des jeunes hommes de Skyros – et ils ont bavardé un moment. Un éclat de rire, quelques tapes dans le dos, puis Pyrrhus a monté les marches en courant, et a disparu dans l'obscurité.

22

Machinalement, j'ai ramassé la coupe de Pyrrhus et l'ai portée jusqu'au buffet. J'avais comme perdu conscience de ce qui m'entourait. Je revoyais Pyrrhus placer l'anneau de Priam sur son pouce : la destruction de Troie résumée en un geste anodin. Mais une chose étrange me surprit : je sentais encore la bague au creux de ma main – je l'avais tenue, brièvement – comme si, bizarrement, ce contact éphémère avait laissé une trace permanente. Je sais que cela paraît banal, mais ça ne l'était pas. Pas pour moi. C'était l'un de ces instants que chacun vit, je pense – même s'ils n'ont rien de spectaculaire –, où les choses commencent à changer ; où l'on sait que ruminer ne sert à rien, car réfléchir n'aidera pas à comprendre. Seule la vie le permettra.

J'ai allumé plusieurs autres lampes, puis je me suis mise au centre de la pièce, consciente des ombres multiples que je projetais. Ce devait être en milieu de soirée, certainement pas plus tard, et Pyrrhus m'avait confié une chose que j'avais besoin de savoir : Alcimos était chez Ménélas. Ménélas était connu pour aimer bien boire et bien manger, et ses dîners avaient tendance à se prolonger jusque tard dans la nuit. J'étais donc libre de quitter la cabane pour aller voir Amina. J'ai emporté de la nourriture et du vin et, réflexion faite, une lanterne car je n'étais pas sûre qu'elle aurait de la lumière dans la cabane des blanchisseuses. J'aurais probablement dû m'abstenir – Alcimos m'avait prévenue, moins j'aurais de rapports avec Amina, mieux cela vaudrait –, mais elle était effrayée et seule. Il fallait que j'y aille.

Escalader la clôture n'était pas difficile. À ce stade de ma grossesse, j'étais encore relativement agile et il y avait un tonneau de l'autre côté pour m'aider à descendre. Faire passer la nourriture était facile – j'avais tout glissé dans ma ceinture –, mais j'ai dû abandonner la lanterne et le vin. Très vite, j'ai traversé la cour. Les hommes venaient rarement à la blanchisserie : laver les vêtements et préparer le corps des morts étaient des tâches de femmes. La plupart des soldats ne devaient même pas savoir qu'il existait une cour à l'arrière de la cabane. J'ai essayé la porte, mais j'ai eu beau m'y appuyer, de l'épaule et de la hanche, je n'ai pas pu la faire bouger. Écœurée par cette déception, je me suis reculée. J'étais si sûre que cela fonctionnerait, que je pourrais y entrer ! Mais il y avait un cadenas et, manifestement, il avait été utilisé. Ou bien la porte était désespérément bloquée.

J'ai entendu un mouvement de l'autre côté du mur et j'ai collé mes lèvres à l'interstice entre deux planches.

— Amina ?

— Briséis ? Vous ne devriez pas être ici.

— Je t'ai apporté à manger.

— Merci, c'est gentil, mais…

— Non, écoute, si tu suis le mur à droite, à environ cinq pas… (J'essayais de visualiser la pièce tout en parlant.) Il devrait y avoir une fente. Tu la vois ? À hauteur d'épaule.

J'ai entendu ses doigts frôler le mur.

— Oui, je la vois.

— Je vais y glisser quelque chose. (Des tranches de viande froide et du pain. J'avais aussi apporté des pommes, mais je ne pouvais les insérer dans ce trou.) Tu as assez d'eau ?

— Des litres. Mais il y a quelque chose qui trempe dedans.

— Quelqu'un est venu te voir ?

— Oui, ils m'ont tous posé des questions.

— Ils ne t'ont pas fait de mal ?

— Pas encore. Je pense que Pyrrhus va bientôt venir.

— Eh bien, s'il vient, sois franche avec lui…

— Pourquoi ne le serais-je pas ? Il n'y a rien dont j'aie honte.

— Tu pourrais dire… Ah, je ne sais pas. Dis que tu connaissais Priam – il était bon, et…

— Ça ne me dérange pas de dire ça, c'est la vérité. Et même si je n'avais jamais rencontré Priam, je l'aurais quand même enterré.

— Ensuite – je suis désolée, Amina, ça ne va pas te plaire –, supplie-le, mets-toi à genoux, rampe s'il le faut. Fais tout ce qu'il faudra.

— C'est ce que vous feriez, vous ?

— Oui, si je le devais.

— Croyez-vous vraiment qu'il aura pitié de moi ?

— Non, mais il est orgueilleux, et il aimera *l'idée* d'être magnanime. Tu peux en profiter.

— *Vous*, vous pourriez. (Elle a soupiré.) Retournez à votre mari, Briséis. Vivez. Soyez heureuse.

— Je ne le supporterai pas, si tu meurs.

— Allons donc, vous ne m'appréciez même pas !

(C'était vrai.)

— Au moins, essaye de vivre.

J'aurais voulu voir son visage, m'approcher d'elle et lui prendre la main. Mais il n'y avait que nos deux voix qui chuchotaient dans la nuit, à travers la fente d'un mur. Ce n'était pas assez. Je la sentais m'échapper, glisser entre mes doigts comme la brume.

— Pourquoi veux-tu mourir ?

— Je ne veux pas ! C'est absurde de dire ça...

De l'autre côté de la cour parvenaient des éclats de rire. Un groupe de soldats longeait la clôture.

— Parce que je ne supporte pas l'idée qu'il me touche.

— Il n'a pas l'air d'en avoir envie...

— Non, mais il pourrait. N'importe quand, et je ne pourrais pas l'en empêcher. Nous ne sommes pas toutes pareilles, Briséis. Andromaque le supporte. Je ne sais pas comment, mais elle le supporte. Je sais que je ne pourrais pas.

Nouveaux cris, nouveaux rires. Les soldats se rassemblaient autour des feux, prêts pour une longue nuit de beuverie. Je ne pouvais courir le risque d'être vue.

— Je dois partir.

J'ai inséré ma main entre les planches aussi loin que je le pouvais et j'ai senti le bout de ses doigts contre les miens.

— Je tenterai de t'apporter à manger demain matin.

Puis je suis retournée à ma cabane, en me demandant si je reverrais un jour Amina.

23

Lorsqu'il rentre ainsi la nuit, il y a toujours un moment où il se rappelle la pièce telle qu'il l'a vue le jour de son arrivée au camp. Il y a cinq mois, maintenant, presque six. Alors elle lui avait paru riche, lumineuse, accueillante, pleine de la présence de son père, même si Achille était mort depuis dix jours : ses jeux funéraires étaient terminés, son corps avait été brûlé, son tumulus était érigé. Désormais, les appartements paraissent simplement lugubres, si tristes que Pyrrhus est tenté de ressortir aussitôt. On va boire un peu partout, ce soir. Il pourrait marcher jusqu'à l'enceinte de Ménélas – il y serait certainement le bienvenu – ou n'importe où ailleurs dans le camp, d'ailleurs. Il est le héros de Troie, sa réputation lui garantit un bon accueil partout où il va. Sauf dans cette pièce. Sauf dans cette pièce.

Que dois-je faire de plus ? Il lutte pour refouler cette question, mais elle ne cesse de revenir. *Que voulez-vous de plus ?*

Plus rien à espérer, voilà son problème. Plus de batailles à mener, plus de gloire à conquérir. Si les jeux commençaient, il pourrait gagner la course de chars – et cela suscite un élan d'enthousiasme momentané, mais pas davantage. Distraitement, il prend un chiffon et se met à polir le bouclier d'Achille. Tous ne peuvent pas le soulever, mais il y arrive, et facilement. Il le dresse contre un mur, pose une lampe de chaque côté, les flammes réchauffent ses cuisses nues. Le motif lui est devenu aussi familier que les lignes sur les paumes de ses mains, et pourtant il est si complexe qu'il y découvre toujours quelque chose de neuf. Encerclé par l'océan, tout le drame de la vie humaine se joue devant lui : deux hommes règlent une querelle, un procès, une guerre, une cité prospère, une ville en flammes – et un troupeau qui paît près d'une rivière, une foule munie de torches qui se rend à un mariage, des jeunes gens qui dansent, tenant des guirlandes de fleurs au-dessus de leur tête...

Un bouclier forgé par un dieu. Inestimable, parce qu'il n'existe rien de tel au monde, rien à quoi le comparer – et pourtant il en est le propriétaire ; il en détient chaque centimètre, la totalité, ce bouclier est à lui. Sauf sa signification. Enfin, ce n'est pas le bouclier qu'il a besoin de comprendre, c'est l'homme qui s'agenouillait jadis devant, comme il s'agenouille à présent, faisant briller le métal jusqu'à ce que les flammes des lampes débusquent d'autres flammes cachées à l'intérieur du bronze. Jadis, l'haleine d'Achille embuait ce bouclier, comme la sienne le fait maintenant, et une autre main, depuis longtemps réduite à des fragments d'os calcinés, effaçait cette buée.

Après un moment, la monotonie des gestes libère l'esprit. Est-ce pour cela qu'Achille polissait son bouclier ? En comparaison, ce dont Pyrrhus doit décider – et il ne peut vraiment plus différer sa décision – est bien banal. Que faire de cette putain de fille. Il ne peut toujours pas croire qu'elle a agi seule : il y avait forcément quelqu'un d'autre. Pas Hélénos, il en a eu la certitude dès qu'il l'a vu entrer en boitillant. Ce pourrait être Calchas, alors. Mais, comme le souligne Automédon, pourquoi deviendrait-il loyal maintenant que la cause troyenne est perdue ? La remarque est juste, mais il sent quand même que ce doit être Calchas. Le personnage le dégoûte absolument, néanmoins il semble bien qu'il va s'en tirer. C'est la fille qui doit affronter les conséquences.

Ce qui le ramène à la question initiale : quelles vont être les conséquences ? Cela dépend entièrement de sa décision : elle est son esclave, il peut faire d'elle ce qu'il veut. Il n'a aucun désir de la tuer. Non parce qu'il y a déjà eu trop de meurtres, bien au contraire : de son point de vue, il n'y en a pas eu assez. Il trouve que sa réputation n'est pas encore assurée. Il s'est battu courageusement à Troie – sans vantardise aucune, il le sait. Aux portes, puis à nouveau sur les marches du palais, il a affronté des dizaines de guerriers troyens – pas des bleus qui ne sont pas fichus de distinguer les deux bouts d'une lance, non, des vétérans aguerris qui savaient très bien qu'ils combattaient à mort. Il les a affrontés et il a gagné, mais personne ne semble s'en souvenir. Ils se rappellent qu'il a tué Priam – et il se le rappelle aussi, lorsqu'il a fait irruption dans la salle du trône et a vu Priam sur les marches de l'autel, tenant une lance qu'il était à peine capable de soulever.

C'est là le problème. Tout est là. Il n'y a rien d'autre. Il est connu pour avoir tué Priam, ainsi que le petit-fils de Priam, et Polyxène, la plus jeune fille de Priam, qu'il a sacrifiée sur la tombe d'Achille. Un vieillard, un bébé et une fille. Oh, ces morts étaient nécessaires : il ne regrette rien. Parfois, la nuit, il sent les jambes potelées d'un enfant qui lui frappent la poitrine, alors il se réveille en sursaut, soulagé de constater que c'est simplement le battement de son propre cœur. Entre actions héroïques et atrocités, qui peut dire où se situe la limite ?

Ce n'est pas juste. S'il avait pu, d'un coup de baguette magique, transformer Priam en un jeune homme vigoureux, le plus grand guerrier de sa génération, il n'aurait pas hésité une seconde. Il aurait préféré qu'il en soit ainsi.

Donc, non – pour en revenir au moment présent –, il n'a pas envie de tuer la fille, et pourtant il faut faire un exemple. Quand on commence à tolérer la désobéissance chez les esclaves, mieux vaut renoncer entièrement. Le fouet, voilà la réponse évidente, en veillant à ce que les autres femmes entendent les cris.

Ou bien la vendre aux marchands d'esclaves, ça lui épargnera cette peine. Ce n'est pas une mauvaise idée – un groupe de marchands circulent actuellement dans le camp, ils vont d'une enceinte à l'autre et négocient les esclaves dont les Grecs n'ont pas besoin pour le voyage retour. Elle est jeune, elle n'est pas d'une grande beauté, mais elle est robuste et probablement fertile ; on lui en donnera un bon prix. Et c'en sera fini. Bon débarras, il n'aura plus besoin de la revoir.

Mais d'abord, il a soif. Le vin est la seule chose qui noie le terrible silence de cette pièce. Jetant son chiffon à terre, il s'avance vers la table et se sert généreusement une coupe. Tout en marchant, il veille à ne pas apercevoir son reflet car, ces derniers temps, le miroir ne se comporte pas exactement comme il devrait. Une ou deux fois, son reflet a continué à bouger alors qu'il s'était arrêté. Une coupe, qu'il boit cul sec, une deuxième, plus lentement – il hésite à s'en verser une troisième, mais se ravise. Mieux vaut d'abord en finir avec cette fille, après quoi il pourra se détendre.

Quelques minutes plus tard, il emprunte le chemin menant à la blanchisserie. C'est dans cette cabane que les guerriers morts étaient préparés en vue de la crémation. On les portait là-bas, on les hissait sur une dalle, en laissant des vêtements propres et de la monnaie pour les yeux – puis on sortait de la pièce, en laissant travailler les femmes au visage pâle et humide comme des champignons. À l'extérieur, il y avait toute une rangée de cuves, pleines à ras bord de pisse. Il fallait voir les femmes, les jupes retroussées jusqu'à la taille, foulant aux pieds les chemises maculées de sang. Apparemment, l'urine enlève les taches de sang mieux que tout. Parfois, on voit les hommes s'arrêter pour pisser dans les cuves, et certains dirigent leur jet droit vers les femmes, qui hurlent et essayent de l'éviter. C'est juste pour rire, bien sûr – les Myrmidons sont de braves gars. Plus de chemise tachée de sang dans les cuves pour le moment, mais les odeurs persistent : le parfum métallique du sang, le relent douceâtre de l'urine rance. Et autre chose aussi. La terre à foulon ? C'est comme ça que ça s'appelle ? Enfin, le truc qu'on utilise pour blanchir les draps.

Sur le seuil, il prend le temps de regarder tout autour de lui. Les cuves sont désormais vides. Depuis la chute de Troie, le blanchissage a dû devenir beaucoup plus facile : fini les chemises tachées de sang, fini les bandages. À se demander comment ces femmes-là gagnent désormais leur vie…

Depuis la chute de Troie… Ces mots ont encore le pouvoir d'étonner. Ce soir-là, enfermé dans le cheval, il s'était dit qu'il fallait que ça change – et les choses avaient bel et bien changé. Succès complet, de son point de vue. Ah, il lui arrivait parfois de douter de lui-même, mais personne d'autre ne doutait de lui. Ulysse lui a donné l'armure d'Achille – ce n'était que son dû, mais c'est quand même agréable de l'avoir, et très certainement, Ménélas va lui proposer la main de sa fille. Mariage prestigieux en vue : la fille d'Hélène et le fils d'Achille. Il faut juste espérer qu'elle aura le physique de sa mère plutôt que de son père. Partout, il est écouté, consulté ; il dîne d'égal à égal avec tous les rois. Personne dans le camp n'ose plus le braver.

Sauf cette fille. Cette esclave.

Détachant une torche fixée au mur, il s'avance sous le porche et donne un coup de pied dans la porte. Un parfum d'herbes fraîches, pas assez fort pour s'imposer par-dessus la puanteur de la laine qui trempe. Quelque part dans l'ombre, il entend un grattement, le bruit qu'un rat pourrait faire, mais ce n'est pas un rat, c'est la fille. Levant très haut la torche, il projette tout un tumulte d'ombres sur les murs, mais au beau milieu de ce chaos de lumière et de ténèbres se trouve un petit visage blême.

Il ne lui prête d'abord aucune attention et regarde la pièce. Au centre, une longue dalle de marbre où les soldats morts étaient lavés et préparés pour la crémation. Au-dessus, grinçant et agités par le courant d'air, deux énormes râteliers de séchage où l'on suspend les chemises humides. Quelques-unes y sont accrochées, et leur ombre en forme d'homme se balance de droite à gauche : l'expérience a quelque chose de perturbant, car la pièce semble pleine de guerriers – et pourtant elle est silencieuse. Alignées sur les bancs qui bordent les murs, des dizaines de bougies, fondues à divers degrés, la cire coulant sur les côtés comme des larmes.

— Allumons-les, d'accord ?

Pas de réponse, mais il n'en attendait pas vraiment. Il allume les bougies, prenant son temps sans trop savoir pourquoi, une par une. Il sent qu'elle le suit des yeux, de flamme en flamme. Toutes les bougies ne survivent pas. Certaines reprennent vie pour aussitôt se noyer. Pourtant, lorsqu'il termine, les bancs sont couverts de minuscules lumières. La pièce n'est plus un trou puant et sordide où des créatures à peine humaines mènent une existence misérable – non, c'est un palais, une chambre royale parée pour une nuit de noces.

Il allume la dernière bougie, il attend de voir si elle brûlera, puis il se tourne face à la fille. Un visage sans grâce, vaguement masculin, mais frappant. Il a dû la choisir, mais il ne comprend vraiment pas pourquoi. Peut-être n'a-t-il pas eu le choix ? Peut-être faisait-elle partie de celles qui lui ont été attribuées. Sourcils épais, yeux proéminents, mâchoire carrée ; absolument rien d'excitant. Elle n'arrive pas à la cheville d'Hellé, celle qu'il a vue danser autour du feu.

Pendant un instant, il ne se rappelle plus son nom, mais cela lui revient :

— Amina.

Pas de réaction. Elle pourrait être une statue. Il s'approche d'elle ; elle ne peut pas reculer car elle a la dalle de marbre dans le dos. Y sont éparpillés des bouquets d'herbes fraîches, des blocs de sel, des brosses à récurer, des bols où trempent des tissus dont les plis gonflés surgissent au-dessus de l'eau mousseuse comme des rochers mis à nu par la marée basse. Il y a maintenant tant de sources de lumière dans cette pièce, et tant d'ombres aussi, mais au moins ils se voient clairement. Il fixe la torche au mur, près de la porte, puis revient lentement vers la dalle, savourant le craquement du plancher sous son pas mesuré.

— Tu sais, finit-il par dire – et sa voix paraît étrange après ce long silence –, nous ne sommes vraiment pas obligés d'en faire une histoire. Si je dis aux gardes de n'en parler à personne, ils se tairont, c'est tout simple. Nous pouvons oublier tout ça. Mais tu vois, ça dépend beaucoup du nombre de gens qui sont au courant. Tu as rencontré quelqu'un d'autre là-bas ?

— Juste Briséis. Et elle a essayé de me dissuader de le faire.

— C'est ce que tu nous répètes. Et les autres filles ? Elles savaient ?

— Non.

— Allons, tu as bien dû leur raconter quelque chose. Parce que tu es sortie de la cabane en pleine nuit, donc… Elles pensaient que tu allais où ?

— J'ai simplement dit que je devais sortir. C'était vrai – j'ai horreur d'être enfermée.

— Ça doit être un cauchemar absolu ! (Il la voit lancer des regards de part et d'autre, aussi troublée par les ombres mouvantes qu'il l'est lui-même.) Donc tu n'en as pas parlé à Andromaque ?

— Non.

— Elle ne t'a pas donné la bague ?

— Je l'ai volée.

Il comprend seulement alors, en s'entendant poser ces questions, que c'est là l'essentiel. Il ne supporte pas l'idée que les gens complotent dans son dos – et ses soupçons ne sont toujours pas dissipés. Les ombres commencent à lui porter sur les nerfs. Ces ombres et ce silence. Leurs voix – même celle de la fille, qui est beaucoup moins forte que la sienne – sont répercutées par les murs, et pourtant cet écho semble sans bruit. Il y a le hurlement du vent, mais il y est si habitué qu'il l'entend à peine, guère plus que le son de sa propre respiration. C'est comme si tout en dehors de cette pièce – le camp, les feux, les cabanes bondées – avait cessé d'exister, et il n'a plus que cet instant, seul dans cette pièce, avec cette fille.

— Mais tu savais à qui était cette bague ?

— À Priam.

— Pas à Hector ?

Cette possibilité le tracasse encore.

— Non, je savais que c'était l'anneau de Priam. Il faisait partie de la dot d'Hécube – elle le lui a donné le jour de leur mariage, et il l'a porté pendant cinquante ans. Ça m'ennuyait de le voler, mais j'ai pensé : *C'est à lui qu'il appartient en réalité,* et de toute façon il fallait quelque chose pour payer le passeur.

— *Payer le passeur ?* Tu t'entends ? Tu crois vraiment que les âmes errent pour l'éternité juste parce qu'elles n'ont pas pu payer un putain de passeur qui n'existe même pas ? C'est une histoire – ce n'est pas *pour de vrai*.

— Je sais ce que je crois, seigneur Pyrrhus. (Elle le fixe.) Et vous ?

Trop d'audace pour une esclave ; les esclaves apprennent à ne pas vous regarder, à se tourner face au mur sur votre passage. Il ne maîtrise pas la situation comme il le devrait : elle était terrorisée quand il est entré dans la pièce – il avait senti l'odeur de sa peur –, mais elle ne le craint plus à présent. Il est temps de lui foutre la trouille.

— Briséis dit qu'elle t'a aidée.

— Elle ment.

— Pourquoi mentirait-elle ?

— Elle ne m'a pas aidée. Personne ne m'a aidée.

La voilà en colère. Quand la rage lui sort ainsi par les yeux, c'est comme s'il la voyait pour la première fois ; sauf que ce n'est pas la première fois. Une question le taraude depuis que les gardes ont introduit cette fille dans la grande salle, et cette question éclate enfin au grand jour. Elle était l'une des femmes qui entouraient Hécube dans la salle du trône. Plus il la regarde, plus il en est persuadé. Ces yeux globuleux, cette bouche de grenouille... Non, pas d'erreur, ce n'est pas une tête qu'on risque d'oublier, c'est bien elle. C'est elle qui s'est levée et l'a dévisagé quand les autres se sont enfuies. Il lui faut un moment pour digérer les conséquences. Elle a tout vu : son désespoir, sa maladresse, ses tentatives répétées pour abattre un vieillard qui aurait dû être aussi facile à tuer qu'un lapin. Elle a vu tout cela.

— Tu étais là, hein ?

— Oui.

Elle n'a pas besoin d'en dire plus ; il lit le mépris dans ses yeux. Et maintenant, impossible d'arrêter le torrent des souvenirs : les cheveux glissants de Priam, ce cou de poulet qu'il a dû découper lamentablement, l'obstination de Priam, son refus opiniâtre de mourir. *Pourquoi ne voulait-il pas mourir ?* À quelle distance se trouvaient les femmes ? Pas moyen de se rappeler. Il avait seulement pris conscience de leur présence à la fin, quand leurs cris l'avaient énervé. Il les avait vues, bien sûr – et ce n'est pas comme s'il avait oublié qu'elles étaient là, il le savait depuis le début. Mais il n'a jamais imaginé qu'elles pouvaient être des témoins, au même titre que des guerriers grecs auraient été témoins. *Elles*, personne ne les écouterait... mais ce n'est pas ce qui compte. Elles *savent*.

— Tu as entendu ce qu'il disait ?

Elle sourit – un vrai sourire.

— Bien sûr. Il a dit : « Le fils d'Achille ? *Toi ?* Tu ne lui ressembles en rien. »

Il lui lance un coup de poing – ni hésitation ni choix. Sa tête part en arrière et maintenant il la saisit par la gorge – ses yeux globuleux lui sortent vraiment des orbites. Il veut qu'elle voie son visage ; il veut que son visage soit la dernière chose qu'elle verra de sa vie. Elle a les mains dans le dos, qui cherchent à attraper quelque chose sur la dalle – il ne voit pas le couteau, mais il le sent, la douleur qui rayonne de son épaule jusqu'au bout de son bras. Pendant une seconde, il est sur le point de lâcher. Le blanc de ses yeux s'injecte de sang. Une dernière pression, une torsion, et elle cesse enfin de se débattre.

Il la laisse s'écrouler. Il se redresse, s'essuie la bouche, sent le silence s'écouler à travers lui, frais comme de l'eau. Elle est morte. Est-elle morte ? Elle remue encore, mais non, elle est morte. Comme elle est petite. Il contemple les bougies qui ont continué à brûler et qui brûlent encore, comme s'il ne s'était rien passé. Oh, il ne s'est pas passé grand-chose. Il baisse les yeux vers son épaule – juste une égratignure –, puis à nouveau vers les bougies, mais voilà qu'elles se transforment en yeux, en dizaines d'yeux, qui l'observent, qui le fixent. Il ne veut pas la laisser comme ça sur le sol. Balayant toutes les saletés qui encombrent la dalle, il la prend et la dépose sur le marbre blanc. Elle remue encore un peu – elle a le cou tordu, mais il ne veut pas le redresser, il n'aime pas toucher ce corps, les os pointus sous la peau douce. Allant à la porte, il détache la torche et se retourne pour regarder en arrière.

Les bougies l'observent. Combien de femmes y avait-il dans la salle lorsqu'il a tué Priam ? Combien de paires d'yeux l'ont vu bâcler le travail ? Combien d'oreilles ont entendu ce qu'a dit Priam dans son agonie ? Trente ? Quarante ? Elles doivent être dispersées à travers tout le camp, ces femmes-là. Est-ce là ce qui les fait chuchoter dans leurs cabanes, la nuit ? Il faut qu'il maîtrise ces idées qui lui viennent. Quelle importance, ce que pensent ou disent des esclaves ? Leurs murmures ne peuvent l'atteindre. Oh, mais si. Désormais, il les entendra partout où il ira, ces petits vers de son qui rampent sur toutes les surfaces, sur tout ce qu'il touche. Il regarde la fille étendue sur la dalle, entourée de flammes devenues des yeux, et il n'a qu'une envie : s'enfuir, lui qui n'a jamais rien fui. *Elle est morte,* se dit-il, regardant en aveugle dans la pièce. *Elle ne peut plus me nuire.*

24

Après une nouvelle nuit de sommeil léger et de rêves compliqués, Calchas est réveillé par des coups péremptoires à sa porte. Encore hébété, il court ouvrir et découvre sur le seuil, flanqué de gardes, l'un des hérauts d'Agamemnon.

— Entrez, s'exclame-t-il avec empressement. (Mais tout en parlant, il se rappelle le seau dans le coin.) Non, non, attendez, j'arrive.

Les doigts tremblants, il décroche son meilleur manteau et s'en enveloppe, éprouvant, même dans son état d'agitation, un moment de réconfort quand le lainage de qualité se drape sur ses épaules. Il est prêtre, après tout – grand prêtre et convoqué auprès d'un roi. Oui, un roi puissant et redoutable – oui, oui, tout ça –, mais les prêtres ont leur propre autorité, même en présence des rois, du moins c'est ce qu'il se dit.

Ce sursaut d'assurance le soutient jusqu'aux marches de la grande salle d'Agamemnon. À l'intérieur, dans la pénombre, seules quelques lampes sont allumées ; ses pieds, en marchant sur les roseaux, soulèvent un nuage de minuscules insectes sans dard. À l'entrée des appartements d'Agamemnon, le héraut fait un geste brusque et Calchas est obligé de s'arrêter. Un homme dénué de toute compétence, il y a des poissons plus intelligents, à qui cet emploi est échu simplement grâce à son aspect impressionnant et sa haute naissance. Et puis, bien sûr, parce qu'il parle avec le bon accent – n'oublions pas ça ! Pourtant, sa position lui donne accès chaque jour à Agamemnon, accès qui est refusé à Calchas depuis des semaines. Geignard et patraque, il scrute l'obscurité par-dessus l'épaule du héraut, mais il ne voit rien. Aucun rai de lumière sous la porte d'Agamemnon, aucun bruit de voix. Il tend l'oreille, mais le seul son est le froissement des roseaux derrière lui. Quand il se retourne, il voit un autre héraut et, derrière lui, les yeux rouges et de mauvaise humeur, Ulysse. Calchas le salue bien bas, mais ne reçoit qu'un grognement en guise de réponse.

Que fait Ulysse ici ? Évidemment, son influence est grande – c'est lui qui a offert à cette interminable guerre sa conclusion victorieuse – et, s'il faut en croire les rumeurs, il est plus puissant qu'il l'a jamais été. Nestor est malade – certains disent *très* malade – et Agamemnon s'est disputé avec son frère, donc il se repose sans doute plus lourdement sur les quelques conseillers qui lui restent. Un conciliabule, donc, plutôt qu'une consultation ? Histoire de passer en revue tout ce qui ne va pas, et les causes ?

Ils restent plantés là, chacun souhaite à tout prix savoir pourquoi l'autre a été convoqué, mais répugne à poser la question. Avouer son ignorance est dangereux, mais prétendre savoir ce que l'on ne sait pas peut l'être également. Normalement, dans ce genre de circonstances, la conversation roule sur le temps qu'il fait, mais ce n'est pas vraiment possible ici, puisque le temps est précisément l'un des points litigieux. Calchas sourit donc dans le vague, tandis qu'Ulysse va et vient, fredonnant tout bas de manière agaçante.

Il se produit enfin un mouvement dans la pénombre. La porte d'Agamemnon s'ouvre, révélant le cercle lumineux d'une lampe et, à contre-jour, le visage dans l'ombre mais aussitôt reconnaissable à son physique arrondi, apparaît Machaon, le médecin du roi. Le cœur de Calchas fait un bond. Agamemnon est-il malade ? Est-ce la raison pour laquelle ils ont été convoqués ? Si c'est le cas, la crise est encore plus grave que le problème du vent. S'avançant sur le côté, il fait signe à Ulysse qu'il a la préséance – il faut toujours laisser vos ennemis vous précéder au-devant des ennuis, et de toute façon, entrer en dernier dans la pièce pourrait lui accorder quelques précieuses minutes pour évaluer la situation avant qu'il doive parler.

Agamemnon paraît malade, extrêmement malade. C'est la première impression de Calchas, mais c'est aussi ce à quoi il s'attend, du fait de la présence de Machaon. Des cernes noirs, trois rangées de poches sous les yeux – on dirait qu'il ne dort plus depuis des années – et sa peau a le jaune crémeux du vieil ivoire. Pour autant, il ne se présente clairement pas comme un invalide : il est habillé, il porte un torque d'or autour du cou, et il est assis sur la chaise qui lui sert de trône. Derrière sa tête, les riches incrustations d'or et d'ivoire luisent à la lumière de la lampe. Il s'agit manifestement d'une audience officielle. Seul Machaon, qui s'en va allumer d'autres lampes, semble à l'aise, mais aux dires de tous, il passe beaucoup de temps dans cette pièce. Ces temps-ci, il voit peut-être Agamemnon plus facilement qu'aucun des rois.

Ulysse met sa main sur le cœur et se prosterne. Calchas s'agenouille pour toucher les pieds d'Agamemnon. Il sent que les orteils du grand homme se recroquevillent, et il sait qu'Ulysse et Machaon doivent échanger des regards dans son dos, pleins de mépris pour cette manière troyenne de montrer son respect à un supérieur. Les Grecs n'aiment pas cela, ils y voient un signe de servitude, alors que leur posture droite fait d'eux des hommes splendides, glorieux, indépendants, virils. Quels imbéciles. Il se recule dans l'ombre et se dispose à écouter. Il souhaite désespérément entendre ce qu'Ulysse a à dire, mais personne n'a le droit de parler avant Agamemnon.

En attendant, Calchas examine la pièce, sa langue humectant ses lèvres. Il remarque que le miroir de bronze, repoussé contre le mur, est drapé de noir, comme souvent après un décès récent. La coutume vient d'une superstition faisant des miroirs une porte par où les morts peuvent revenir dans le monde des vivants. Donc Agamemnon redoute les morts ? Eh bien, il y a de quoi faire – les hommes jeunes qui avaient la vie entière devant eux ne descendent pas aux Enfers de gaieté de cœur. Est-ce là ce qu'il craint – la colère de ceux auxquels on a volé la vie ? Non, probablement pas. Il doit plutôt avoir peur d'un homme en particulier.

— Il aurait mieux valu mourir dans Troie, dit Agamemnon, que de vivre comme je vis à présent. Priam dort mieux que moi.

— Oui, mais tu n'as quand même pas envie de le rejoindre ?

Les propos d'Ulysse sonnent trop légers, presque ironiques sur la détresse manifeste d'Agamemnon. *Attention,* pense Calchas.

— Je fais de mauvais rêves, poursuit Agamemnon, s'adressant directement à Calchas comme s'il était la seule autre personne présente.

Même s'il est flatteur de recevoir toute l'attention du roi, c'est également dangereux. D'un air hésitant, Calchas répond :

— Beaucoup de gens semblent avoir des nuits agitées. Je suppose que nous nous demandons tous en quoi nous avons pu offenser les dieux…

« Nous », dit-il, même s'il doute que quiconque dans cette pièce le considère comme « l'un de nous ». Il a jadis suscité la colère d'Agamemnon, mais il jouissait alors de la protection d'Achille. Personne n'aurait osé toucher à lui, pas même les rois, pas même le grand Agamemnon. Mais à présent, Achille gît sous terre et Calchas est seul. Troublé, il se met à parler à Agamemnon de l'aigle de mer, surpris par une vague imprévue, incapable de s'envoler avec sa proie, mais il s'y prend mal, la peur le fait buter sur les mots, et bien avant qu'il ait fini de présenter toutes ses hypothèses prudentes sur le sens de ce présage, Agamemnon cesse de l'écouter.

— Mais tout ça, on le sait, bordel ! On sait bien qu'on ne peut pas partir. Apprends-moi plutôt quelque chose, pour changer !

— Eh bien, articule Calchas, j'ai une ou deux idées, mais cela va prendre du temps et… *Arrête de bavasser.* Avez-vous certaines pensées, vous-même ? Parfois les dieux parlent directement aux rois.

— Oh, j'ai eu tout le temps de penser, avec toutes ces nuits sans dormir. Et en premier, je me suis dit : *C'est lui.*

Il désigne Machaon, qui paraît inquiet – il y a de quoi –, mais les yeux d'Agamemnon regardent à travers lui, en direction du miroir voilé.

— Ce bout de tissu ne sert à rien, poursuit Agamemnon. Il faudrait plus qu'un chiffon pour l'empêcher de passer, *lui*.

— De qui veux-tu parler ? demande Ulysse.

— D'Achille, évidemment.

Agamemnon prononce ce nom à contrecœur et, à cet instant, Calchas sent comme un froid qui parcourt la pièce : la peur du surnaturel, de l'étrange... Ou bien peut-être la peur de la folie ?

— Le voyez-vous encore ? demande Machaon.

Mais, comme Ulysse avant lui, son ton n'est pas le bon : c'est la voix conciliante du médecin expérimenté qui ne veut pas contrarier son patient. Pour toute réponse, Agamemnon se contente de le dévisager jusqu'à ce que Machaon détourne les yeux.

La peur est désormais palpable, aussi reconnaissable que la puanteur de la graisse rance.

— À quelle fréquence vous apparaît-il ?

Calchas a posé sa question avec déférence ; il est trop malin pour commettre l'erreur de Machaon – et il ne peut pas exclure l'éventualité qu'Achille apparaisse réellement.

— Toutes les nuits. (D'un doigt, le roi désigne l'endroit exact.) *Là*.

— Vous parle-t-il ?

Agamemnon fait signe que non.

— Pourquoi pensez-vous qu'il revient parmi les mortels ?

— Oh, déjà avant, il ne tenait pas en place !

Cette fois, Ulysse ne plaisante plus, mais là encore, le ton n'est pas juste – Ulysse, qui ne commet jamais ce type de bévue. Aujourd'hui, il a quelque chose de presque téméraire – comme si, après dix longues années à naviguer dans les sables mouvants des caprices d'Agamemnon, il ne pouvait plus en supporter davantage. Pourtant, il aurait intérêt à les prendre au sérieux car, si illusoires que puissent être les apparitions d'Achille, le pouvoir d'Agamemnon n'a rien d'illusoire, lui.

— Enfin, c'est évident, non ? s'écrie Agamemnon. Je lui ai promis vingt des plus belles femmes de Troie, pas vrai ? (Il regarde Ulysse, qui confirme avec réticence.) Eh bien, jusqu'ici, d'après mes calculs, il n'en a eu qu'une. Le vent a tourné après qu'on lui a sacrifié Polyxène. Moins d'une heure après…

— Oui, acquiesce Ulysse. Je venais de monter à bord.

— Eh bien, alors ? Tu ne crois pas que c'est Achille qui disait : « Où sont les dix-neuf autres ? »

Agamemnon se renfonce sur sa chaise et ferme les yeux. Pendant un horrible instant, il semble dodeliner de la tête et s'endormir. Peut-être est-il réellement malade. Ce qui est sûr, c'est qu'il s'exprime sans son autorité ordinaire ; il ne projette même pas sa voix correctement. De là où il se tient, tout au fond de la pièce, Calchas a du mal à saisir certains mots. C'est le résultat de trop d'heures d'insomnie et de solitude, à suivre un fil de sens dans un labyrinthe de peur. Bien sûr, tout cela est absurde – et même pire, blasphématoire. Comme si un simple mortel – même le grand Achille – pouvait perturber les éléments. Il s'agit clairement de l'ouvrage d'un dieu. Mais comment le dire sans paraître contester Agamemnon, qui peut à tout instant s'arracher à sa torpeur médicamenteuse pour exiger que l'on sacrifie d'autres filles sur le tumulus funéraire d'Achille, comme si tenir sa promesse dans le moindre détail était le seul moyen d'apaiser ce fantôme vorace ? Comment l'en empêcher ? Calchas sait qu'aucun des deux autres ne l'aidera. Ulysse ne pense qu'à son intérêt personnel, et Machaon ne peut jurer sur sa propre foi en opposition à cette folie, car Machaon est un homme sans foi. Ce sont deux êtres rationnels : ils déploreront la nécessité de nouveaux sacrifices humains, mais ils les accompliront.

Écartant Machaon, Calchas s'agenouille et prend la posture du suppliant, entourant de ses bras les genoux d'Agamemnon.

— Seigneur, ce que vous nous avez confié est extrêmement troublant. Peut-être me laisseriez-vous un jour ou deux pour y réfléchir, et pour prier. J'ai besoin d'étudier les signes. Il se pourrait qu'un dieu agisse à travers l'esprit d'Achille. Si je pouvais disposer d'un peu plus de temps…

— Oui, oui. (Agamemnon repousse ses mains.) Tout le temps que tu voudras. De toute façon, je ne suis pas sûr que ce soit Achille. Comme j'ai dit, c'est à lui que j'ai pensé en premier. Mais nous savons tous ce qui se passe réellement ici. Mon frère, qui a repris sa putain de femme. Des milliers d'hommes braves sont morts, et lui ne pense qu'à baiser cette truie. Vous savez qu'il a proposé à Pyrrhus la main de sa fille ? C'est à mon fils qu'elle était destinée. Depuis la naissance.

— Pyrrhus refusera, a dit Ulysse.

— Bien sûr qu'il va accepter, il ne pourra pas résister. Le petit merdeux ingrat.

Abasourdi, Calchas se lève et recule, sans oser lancer un regard en direction d'Ulysse, car il ne faut pas qu'on puisse le soupçonner de collusion. Les yeux d'Agamemnon vont sans cesse d'un visage à l'autre et, dans son état d'esprit, on en vient très vite à imaginer des conspirations là où il n'y en a pas. Calchas était tellement sûr qu'Agamemnon rendait Achille responsable... Maintenant, il ne voit plus du tout de quoi il s'agit.

Brusquement, Agamemnon se met debout.

— Et puis, l'autre raison pour laquelle je t'ai fait venir ici (il s'adresse à Calchas à nouveau), c'est pour me marier.

— Vous marier ?

— Putain, c'était un perroquet, ta mère ? Oui, pour me marier. Et vous deux, ajoute-t-il avec un signe en direction d'Ulysse et de Machaon, vous serez mes témoins. Eh bien ? Ne faites pas des têtes pareilles ! C'est censé être un heureux événement.

— Oui, s'empresse de dire Ulysse. Très heureux, en effet.

Un peu de bruit dans la pièce voisine. Un instant après, la porte s'ouvre et Cassandre fait son entrée. Elle porte une longue tunique bleue et des rubans argentés mêlés à sa coiffure. Derrière elle marche une petite femme boulotte aux cheveux couleur de paille, sa servante manifestement. Cassandre paraît confuse. La prêtresse d'Apollon, violée dans le temple d'Athéna – et les Grecs demandent quelle divinité ils ont offensée ? Cela en fait déjà deux.

— Alors allons-y ! s'exclame Agamemnon. Marie-nous.

Muet de stupeur, Calchas retire la bandelette écarlate de sa propre tête et l'attache au poignet des futurs époux, récitant les prières par cœur, sans même avoir besoin d'y réfléchir – et c'est tant mieux, car son esprit est absolument vide. Tout en faisant le nœud, il remarque que la jeune femme a des hématomes aux poignets – des bracelets bleus – et il songe sottement qu'ils sont assortis à sa robe. Les vœux sont échangés. Elle bafouille ; Agamemnon, au contraire, parle d'une voix forte et distincte, avec une conviction totale, alors qu'il doit bien savoir que ce mariage est illégal. Il a déjà une épouse et, même si les rois ont droit à autant de concubines qu'ils le désirent, l'usage n'autorise qu'une femme légitime. Toute autre considération mise à part, cela crée une ligne de succession claire, puisque c'est toujours le fils aîné de la reine qui hérite. On apporte un gâteau, ainsi qu'un cruchon rempli de vin fort. Le gâteau est partagé entre tous les présents, qui plongent leur morceau dans le vin et le mangent, mais la part de Calchas se change en une pâte visqueuse qui lui colle au gosier. Ulysse avale la sienne sans peine ; quand c'est Agamemnon qui fait la distribution, il avalerait n'importe quoi. Et c'est fini, la cérémonie a été courte, d'une banalité indécente.

Tandis que Calchas détache la bandelette de leurs bras, il fait ce qu'il s'est promis de ne pas faire – il regarde la jeune femme dans les yeux. Ce sont des yeux de chèvre qu'il voit, le même jaune vif, la même torpeur de la victime à sacrifier – puis ce moment se dissipe et Cassandre redevient femme, une femme qui a des bleus aux poignets. En la voyant de plus près, il remarque des marques rouges de part et d'autre de la bouche, comme si elle avait aussi été bâillonnée. Pauvre Cassandre, qui a passé sa vie à être bâillonnée d'une manière ou d'une autre, et surtout par l'incrédulité de ses semblables. Rien de bon ne découlera de cette union illégale et impie. Il espère seulement être épargné par la malédiction qui en résultera. Après tout, il n'a fait qu'exécuter les ordres.

Ulysse propose de boire à la santé des mariés. Agamemnon le remercie, puis c'est le tour de Machaon. On lève les coupes, des félicitations sont présentées et acceptées. « Et maintenant, foutez-moi tous le camp », dit Agamemnon en leur faisant signe de se diriger vers la porte.

Alors qu'ils sortent à reculons, ils le voient prendre la main de Cassandre pour l'entraîner dans la pièce voisine.

*

Dans la grande salle, Machaon lâche un soupir bruyant.

— Qu'est-ce que vous dites de ça ?

— Tu lui refiles quel genre de truc ? demande Ulysse. Il dormait à moitié.

— Il n'y a rien à reprocher à mes potions somnifères. On n'est pas censé les prendre avec du vin fort.

— Parce que tu comptes sur lui pour arrêter de boire ?

— Pendant un instant, j'ai cru qu'il parlait de nouveaux sacrifices. De filles.

— Ça ne le dérangerait pas, confirme Ulysse.

Calchas est aussi alarmé qu'exaspéré. Personne ne semble s'étonner qu'Achille décide de venir hanter la chambre d'Agamemnon, alors qu'il le détestait et ne passait jamais une heure avec lui s'il pouvait l'éviter.

— Où te mènent tes réflexions ? lui demande Machaon.

Calchas secoue la tête.

— Et Ajax le petit ? poursuit Machaon. Il a violé une prêtresse vierge dans le temple d'une déesse vierge… ? Ce ne serait pas le meilleur candidat ?

— Non, il est trop utile, répond Ulysse. Si on déclare la guerre à Ménélas, on aura besoin de tous les alliés possibles.

La guerre ? Calchas se tait toujours et il est de plus en plus convaincu que le silence est sa meilleure option. Parfois, la nuit, il reste éveillé et doute de sa foi. Dans ses heures les plus sombres, il lui semble se faire des illusions quand il se tourmente pour deviner la volonté des dieux. En entendant parler de « meilleur candidat » et du besoin d'alliances, il comprend que ce n'est pas vrai. Sans vanité aucune, il sait qu'il est un autre genre d'homme. Il ne vaut pas mieux que les autres, non, mais il est différent. Quelque part dans tout ça se cache une vérité, et il n'aura pas de repos tant qu'il ne l'aura pas trouvée.

— Donc, dit-il sans se donner le mal de dissimuler le sarcasme, sur qui dois-je parier ? Qui dois-je accuser, selon vous ?

— Si j'étais toi, je m'en tiendrais à Achille. Au moins, il est mort.

Ulysse fait la grimace.

— Non, moi je miserais plutôt sur « le petit merdeux ingrat ».

— Pyrrhus ?

— Pourquoi pas ? À moins que ça t'ait fait bander d'avoir son pied au cul ?

Ils s'éloignent en riant. Calchas suit plus lentement, s'apprêtant à devoir lutter une fois de plus contre le vent. La légère accalmie qui vient souvent durant les dernières heures précédant l'aube est déjà terminée. Lorsqu'il s'avance sur la terrasse, de petites rafales perfides lui envoient du gravier à la figure.

Je miserais plutôt sur « le petit merdeux ingrat ». À moins que ça t'ait fait bander d'avoir son pied au cul ?

Aussitôt après cet incident, il s'était consolé à l'idée que très peu de gens en avaient été témoins. Avec de la chance, la rumeur ne sortirait pas de l'enceinte de Pyrrhus, et même là, elle ne durerait guère. Bien sûr, après toutes ces années dans le camp, il aurait dû se douter du contraire. Le fait que personne ne lui en ait parlé ne veut rien dire ; ils doivent tous ricaner dans son dos. *Fais comme si de rien n'était*. Mais c'est impossible ; cette affaire le ronge, nuit après nuit, comme s'il avait un rat dans les intestins. Les dégâts sur sa réputation sont réels, et dans ce camp, les hommes vivent – et *meurent* – pour leur réputation. La réputation passe avant tout. Si on commence à croire qu'on peut le traiter avec mépris, il y a danger – et cela n'est pas seulement dégradant pour lui, c'est aussi une offense envers le dieu qu'il sert.

Calchas contemple les étoiles. Le vent a un comportement aberrant, il les fait grouiller et danser comme des lucioles. Au bout de quelques secondes, un tel vertige le prend qu'il est heureux de baisser à nouveau les yeux vers le sol. Il regrette de ne pouvoir parler à personne, mais il n'y a personne à qui se fier. Hécube ? Oui, peut-être – quoiqu'un prêtre doive tirer sa seule consolation de son dieu, c'est ce qu'on lui a appris, au temple d'Apollon, à Troie. Même si cela n'a jamais vraiment fonctionné pour lui, même à l'époque. Il trouvait toujours une consolation dans les bras d'inconnus, la nuit, dans les vergers de Priam, sous les arbres. Il aimerait tant y retourner, juste une fois, avant de mourir.

Par quelque élan primitif, il tente de prier, d'implorer la pitié, même s'il sait que les dieux n'en ont aucune – surtout le dieu qu'il sert.

Seigneur de la lumière, entends-moi,
Fils du dieu, entends-moi,
Toi qui anéantis les ténèbres, entends-moi…

Mais cette vieille litanie ne guérit rien. Il marche, marche encore, il voudrait se fatiguer, avant de regagner la cabane où il mange et dort seul. Le jour paraît, les étoiles commencent à pâlir, jusqu'à ce qu'enfin, de la masse grise et tumultueuse de la mer, le soleil se lève, petit, dur et froid comme une pierre.

25

La mort d'Amina a tout changé. Je dis cela, et je pense aussitôt : *C'est ridicule !* Non, c'est faux, cela n'a absolument rien changé. Durant les premiers jours, j'ai eu l'impression qu'elle avait simplement coulé sous les vagues, sans qu'on la remarque, sans même une bulle à la surface. J'allais à la cabane des femmes, comme d'habitude, mais je sentais constamment qu'un mince fantôme voltigeait en marge du groupe. Nous passions encore nos soirées en plein air, mais ces réunions étaient sinistres. Puis, un jour, environ une semaine après la mort d'Amina, Hellé a proposé de la musique. Comme toujours, les filles ont crié le titre de leurs chansons préférées, mais ce soir-là beaucoup ont demandé celle qu'Amina avait chantée. Je ne sais pourquoi cette chanson est si triste, car elle parle d'une jeune fille amoureuse d'un jeune homme, elle célèbre leur amour sans l'ombre d'une séparation. Pourtant, elle est triste, c'est certain. Quand la musique s'est tue, nous sommes restées un moment en silence, à penser à Amina. Une ou deux filles ont pleuré sans s'en cacher, et même Hellé avait les yeux étonnamment brillants.

*

Je dormais mal. Après une nuit particulièrement troublée, je me suis levée et suis sortie sur la terrasse en chemise de nuit, avec une couverture sur les épaules. Plusieurs soldats m'ont lancé des regards curieux alors qu'ils se rendaient au champ de manœuvre. Les jeux battaient leur plein, l'atmosphère à l'intérieur de l'enceinte était tendue, presque fébrile, sous l'effet de l'excitation. Je suis rentrée et j'ai posé le petit déjeuner d'Alcimos sur la table. Le lit était vide, mais les draps avaient été repoussés, donc je savais qu'il y avait dormi. Il devait être parti avant l'aube pour le champ de manœuvre, comme il en avait pris l'habitude. Lorsqu'il est arrivé, seulement quelques minutes plus tard, j'ai vu que ses cheveux ruisselaient de sueur. Après avoir mangé en silence un moment, il a levé les yeux.

— Tu dois te sentir très seule, ici.

— Seule ?

— Oui, sans personne à qui parler…

— C'est vrai, mais tout va bien, ça ne me gêne pas.

— Je me demandais simplement si tu serais plus heureuse de vivre avec les autres femmes.

Oui, ai-je pensé. *Et comme ça, il y aurait une autre femme qui t'attendrait dans la pièce au bout de ce couloir*. Parce qu'il avait d'autres femmes, je le savais ; tous les Grecs ont d'autres femmes. Tous les Troyens aussi, pour être honnête.

— J'irai, si c'est ce que vous ordonnez. (Je n'osais pas le regarder.) Mais elles sont déjà très nombreuses dans leur cabane.

— Ah oui ? (Bien sûr, il n'en savait rien. Seul Pyrrhus avait le droit d'entrer dans la cabane des femmes.) Je ne voudrais pas que tu sois mal installée.

Un coup d'œil vers mon ventre où, en réponse à cette attention, je sentais bouger comme un pied minuscule.

— Comment se déroulent les jeux ?

Aussitôt, le visage d'Alcimos s'est éclairé. Pour les soldats, ces jeux se substituaient à la guerre, et l'entraînement se passait bien, vraiment bien, même si les hommes se laissaient parfois emporter par leur enthousiasme. Un jeune idiot venait de disloquer l'épaule de leur meilleur lutteur pendant une séance d'entraînement ! Mais au moins, tous semblaient avoir compris que s'ils voulaient que les jeux continuent, ils devaient renoncer aux règlements de comptes chaque fois qu'ils perdaient.

J'ai écouté, admiré, sympathisé et, à la fin du repas, il semblait heureux. Je l'ai accompagné à la porte quand il est reparti pour le champ de manœuvre, puis je me suis adossée au mur et j'ai fermé les yeux. Alcimos avait raison, j'étais beaucoup trop souvent seule, et les visites à la cabane des femmes ne m'aidaient en rien, car toutes les captives comptaient sur moi.

Je devais étudier chaque mot, chaque changement d'expression, parce que je ne devais jamais sembler déprimée, triste ou effrayée. Ça ne me gênait pas, je l'acceptais, mais cela signifiait que je ne pouvais jamais être moi-même.

Ritsa, ai-je pensé. Il fallait que j'aille voir Ritsa. Mais avant de me le permettre, une autre visite s'imposait, que j'aurais dû faire depuis un bon moment.

*

Hécube est restée longtemps muette après que je lui ai raconté la mort d'Amina. Ce n'était pas un de ses meilleurs jours : immobile, elle ressemblait à une vieille araignée mouchetée.

— Un suicide ?

— Certaines personnes ont l'air de le croire.

— Mais pas toi ?

— J'essaye de ne pas y penser.

Elle se balançait un peu de droite à gauche, plus ébranlée par la nouvelle que je ne m'y attendais.

— C'était une amie de Polyxène, tu sais ?

— Non, je ne savais pas.

— Elles n'avaient que deux mois d'écart. (Ses mains ne cessaient de froisser, puis de lisser le bord de sa tunique.) Eh bien. Triste fin pour une jeune vie.

La pauvre femme. Elle avait vu tant de tristes fins pour tant de jeunes vies. Je ne pouvais imaginer ce que l'on ressent quand on survit à ses fils et à ses petits-fils – et, alors que le pire semble déjà arrivé, quand on perd aussi sa plus jeune fille. Que lui restait-il à part le chagrin, la colère et le désir de vengeance ? Un désir qu'elle n'avait pas le moindre espoir d'assouvir un jour.

Elle a fixé sur moi un regard aussi acéré qu'à l'ordinaire.

— Qu'est-il arrivé, selon toi ?

— Je pense que Pyrrhus l'a tuée. Mais j'ignore pourquoi – rien ne l'y forçait.

— Encore quelque chose dont on doit le remercier.

Je n'ai pas su que répondre, parce que ma situation se résumait ainsi : Pyrrhus, fils d'Achille, demi-frère de mon enfant. L'ennemi. On ne fait pas plus simple.

Après une pause, Hécube a repris :

— Calchas m'a rendu visite. Il partait quand tu es arrivée.

— Que voulait-il ?

— C'est une question très cynique.

Nous nous sommes souri.

— Non, il venait m'annoncer que Cassandre s'est mariée.

Là encore, je me suis rappelé Cassandre le jour de son arrivée au camp : son triomphe lorsqu'elle avait dansé autour de la cabane bondée en faisant tourner des torches au-dessus de sa tête, invitant sa mère et ses sœurs à danser lors de ses noces. Sa certitude que son mariage avec Agamemnon conduirait directement à la mort du roi.

Hécube secouait la tête.

— Je n'aurais jamais cru qu'il irait jusque-là. Enfin, je voyais bien qu'il s'en était amouraché, mais je ne pensais pas qu'il irait jusqu'à l'épouser. Il a déjà une femme !

— Manifestement, il ne croit pas à ses prophéties.

— Manifestement !

— Et vous ?

Elle a changé de posture, embarrassée.

— Je pense que, dans la plupart des cas, ça relève du pur hasard. Jadis, les gens disaient qu'Apollon parlait à travers elle. Je n'ai jamais eu cette impression – je pense qu'elle inventait les choses qui lui convenaient. Mais peu importe mon opinion, il faut que je la voie.

— Ce n'est pas facile. J'ai vécu dans l'enceinte d'Agamemnon, à une époque – on avait à peine le droit de sortir de la cabane.

— C'est vrai pour les esclaves. Mais à présent, elle est mariée : il ne peut pas garder sa femme enfermée.

Je me suis dit qu'il le pouvait probablement ; sentant combien l'espoir de voir de Cassandre comptait pour Hécube, j'ai néanmoins répondu :

— J'essayerai.

Elle a tenté de parler, mais s'est étouffée et a dû me prendre la main.

— C'est tout ce qu'il voulait ? Vous apprendre la nouvelle pour Cassandre ?

Ces visites m'intriguaient. Je ne voyais pas quelle était la motivation de Calchas. Finalement, après un silence, elle a répondu :

— Non, il m'a interrogée sur le jour où Priam est allé trouver Achille.

— Pourquoi s'y intéresse-t-il donc ?

— Oh, il doit avoir ses raisons. (Hécube semblait plongée dans ses souvenirs, dans ses réflexions.) Je ne voulais pas que Priam y aille, je l'ai supplié de n'en rien faire, j'étais sûre qu'Achille le tuerait – je croyais sincèrement qu'il ne tiendrait pas cinq minutes une fois qu'il aurait franchi les portes –, mais il a simplement déclaré : « Je dois essayer. Ce n'est pas un loup, c'est un homme – et si c'est un homme, nous pouvons parler. » *Parler ? Parler ?* Je n'aurais pas parlé avec Achille, je lui aurais déchiré la gorge avec mes dents avant de lui adresser la parole. Il a tué mon fils. Et comme si ça ne suffisait pas, il a fallu qu'il traîne son corps autour des remparts, qu'il le réduise en pièces devant tout le monde – le tuer n'était pas assez.

— J'espère que vous n'avez pas vu ça ?

— Non, Priam a ordonné qu'on m'éloigne. Lui, par contre, il l'a vu, il a tout vu, et il est quand même allé trouver Achille. Rien de ce que je pouvais dire ne l'aurait fait changer d'avis. (Ses doigts s'étaient remis à triturer le bas de sa tunique. Je contemplais ses mains parce que je ne supportais pas de regarder son visage.) Je l'ai suivi dans la réserve. À la lumière des torches, en tête à tête, sans personne d'autre, j'ai pu lui dire ce que je pensais vraiment. Il tenait la coupe thrace. Il adorait cette coupe, et c'est vrai que c'est un bel objet, mais peu importe, ça faisait partie de la rançon pour Hector. Je lui ai dit qu'il était stupide, qu'Achille n'aurait pas plus de compassion qu'un chien enragé, mais il n'a pas voulu m'écouter. À la fin, j'ai dû capituler. Je voulais lui faire de vrais adieux, parce que j'étais persuadée de ne plus jamais le revoir. Nous avons bu à notre séparation. (Elle a ri.) Il était assis dans une charrette de fermier, vêtu d'une vieille tunique déchirée – jamais il ne m'avait paru plus royal. Alors j'ai prié Zeus de veiller sur lui. Il m'a embrassée, et il était sur le point de partir quand il a crié : « Regarde ! » Deux aigles survolaient le palais. Deux aigles ensemble, on ne voit jamais ça. Il a dit que c'était un heureux présage, et bien sûr j'ai acquiescé. Pour moi, ce n'était pas un bon signe. Mais voilà, j'avais tort, vois-tu : il a rapporté le corps d'Hector, c'était un miracle. Toutes ces blessures terribles – elles avaient disparu. On l'aurait cru endormi. (Elle a fait une pause, perdue dans son souvenir.) Et tu sais, quand nous avons ouvert le linceul, il y avait des herbes fraîches à l'intérieur. Quelqu'un avait dû les placer dedans.

— C'était moi.

— Ah oui ? (Un sourire.) Je m'en doutais.

Après cela, nous sommes restées muettes. Je l'ai persuadée de boire un peu de vin.

— Calchas voulait savoir ce qu'avait dit Priam à son retour. Je lui ai conseillé de demander à Cassandre. Elle a couru à sa rencontre. Moi, j'étais trop occupée à pleurer mon fils.

Il y avait là beaucoup d'amertume, et peut-être un peu de jalousie. De toute évidence, Cassandre avait été très proche de Priam. J'ai tapoté le bras d'Hécube et me suis levée.

— J'irai la voir dès que je pourrai.

À l'extérieur, un match de lutte venait de débuter. Une foule de spectateurs silencieux observait deux hommes qui tournaient en rond, se jaugeant l'un l'autre. Leur corps huilé luisait sous la lumière couleur de bronze. Tout le monde attendait nerveusement que le combat commence, mais les lutteurs continuaient à faire le tour de l'arène. « Attaque-le, putain ! » a crié quelqu'un. Les hommes assis à côté de lui ont ri, mais plusieurs autres voix ont riposté : « Ta gueule, bordel ! »

Dans l'arène, dans leur bulle de silence, les lutteurs se sont empoignés et ont roulé à terre.

26

Nous avions pris un mauvais départ avec Cassandre, mais ce n'était ni sa faute ni la mienne.

Quand j'ai frappé à la porte, une servante est venue ouvrir et m'a menée aux appartements, où j'ai trouvé Cassandre assise sur un fauteuil sculpté, occupée à filer la laine. Elle s'est levée pour m'accueillir, et j'ai vu son collier : des opales de feu serties dans une monture d'argent. J'étais trop choquée pour articuler un mot – mais je ne crois pas avoir trahi mon émotion. Le collier avait appartenu à ma mère, mon père lui en avait fait cadeau le jour de leur mariage. À la chute de Lyrnessos, il avait été remis à Agamemnon dans sa part du butin. Je supposais qu'il en avait fait don à Cassandre le jour de *leur* mariage. Quand elle bougeait la tête, des traits de feu s'allumaient dans les pierres laiteuses. Je ne pouvais en détacher les yeux. Cassandre a porté la main à son cou, mais s'est méprise sur l'objet de mon regard.

— Oui, je sais, a-t-elle commenté. C'est affreux, n'est-ce pas ?

J'ai d'abord été perplexe, puis j'ai compris qu'elle faisait allusion aux traces laissées par les cordes sur ses poignets.

— Les gens ont l'air de croire que je me suis débattue alors qu'on me traînait jusqu'au lit d'Agamemnon, mais ce n'est pas ça du tout. (Elle a fixé sur moi ses étonnants yeux jaunes.) J'y suis allée de mon plein gré. Parce que je savais que plus vite cela arriverait, plus vite il serait mort.

— Tu lui as dit ça ?

— Non, je n'ai pas pu, ils m'avaient bâillonnée. Et de toute façon, ça n'aurait rien changé. Personne ne me croit jamais. (Ses mains s'activaient pour disposer des sucreries sur un plateau. Une fois satisfaite du résultat, elle a levé les yeux.) Sa femme nous tue, tu sais.

— C'est vrai ?

— Enfin, elle a toutes les raisons... On ne peut pas le lui reprocher. Tu sais ce qu'il a fait ?

Je commençais à acquiescer, mais Cassandre n'en a pas tenu compte :

— Il a sacrifié leur fille. C'était un piège. Il a dit à sa femme que leur fille allait épouser Achille, et ç'aurait été un mariage superbe, donc elles se sont dépêchées de lui préparer des robes, puis elles sont arrivées au camp, à Aulis. Elle a été sacrifiée sur l'autel d'Artémis afin que la flotte obtienne bon vent pour voguer jusqu'à Troie. (Elle a souri, et je lui ai brièvement trouvé une ressemblance avec Hécube.) Moi, je serais prête à le tuer, ce salaud, pas toi ?

— Si.

— Ah, je suis contente que nous soyons d'accord. Je savais que tu serais de mon avis.

Je n'avais jamais rencontré personne comme Cassandre, ce curieux mélange enfantin – on pouvait parfois la croire attardée – et effrayant. Je ne voyais pas trop comment réagir.

Elle m'a tendu le plateau de douceurs :

— Goûte-moi ça, c'est vraiment bon.

J'ai pris un des petits gâteaux et nous nous sommes enfoncées sur nos chaises, la bouche pleine d'une pâte gluante qui rendait la conversation presque impossible. Quand elle a finalement réussi à décoller ses mâchoires, elle a dit :

— Je pense que ma famille a une dette envers toi.

J'ai secoué la tête.

— Tu as essayé d'enterrer mon père ?

— Pas moi, c'était Amina, ai-je répondu platement. Et elle en a payé le prix.

Je n'avais aucun désir d'être remerciée pour une action à laquelle je m'étais retrouvée mêlée par erreur.

Nous avons continué à bavarder pendant qu'elle mélangeait le vin. Il y avait quelque chose d'étrange et il m'a fallu un moment pour déterminer quoi. Cassandre semblait n'avoir aucun souvenir de notre première rencontre. Peut-être ne pouvait-elle rien se rappeler qu'elle avait dit ou fait pendant l'une de ses transes

– ou bien, elle s'en souvenait parfaitement, mais choisissait de ne pas en parler.

Elle m'a tendu une coupe de vin.

— J'imagine que tu es allée voir ma mère ?

— Oui, plusieurs fois. (Il aurait alors été naturel qu'elle me demande comment allait Hécube, mais elle ne l'a pas fait.) Je suis sûre qu'elle aimerait te voir, ai-je ajouté d'une voix hésitante.

— J'en suis certaine.

— Eh bien, alors, pourquoi... ?

— Pas maintenant. J'irai, je ne la laisserai pas partir sans lui avoir dit au revoir – mais pas tout de suite.

— Pourquoi est-ce si difficile ?

Comme je ne m'attendais pas à ce qu'elle réponde – en fait, j'ai regretté d'avoir posé la question sitôt les mots sortis de ma bouche –, j'ai été surprise de l'entendre me répondre franchement.

— Au début, ça ne l'était pas. C'est devenu difficile quand Hélène... c'est là que tout a vraiment commencé à aller mal. Tu sais, je les ai regardés franchir les portes, Pâris et Hélène. J'ai vu mon père accueillir sa belle-fille et j'ai su, *j'ai su* ce qui allait se passer. Ce n'était pas un vague pressentiment ou quelque chose de ce genre – *j'ai vu Troie en flammes*. Alors je lui ai griffé le visage. Je pensais que si je pouvais l'empêcher d'être belle, même pendant quelques jours, Pâris reviendrait à la raison – ainsi que mon père et tous les autres – et qu'ils la renverraient auprès de son mari, là où était sa place. Au lieu de quoi, c'est moi qui ai été renvoyée – c'est là que tout a commencé. Apparemment, j'attaquais tous ceux qui s'approchaient, ma mère a essayé de me calmer – et je l'ai attaquée aussi. Ils m'ont donc enfermée. Ils devaient m'obliger à manger, je refusais la nourriture, je refusais d'avoir des gros seins comme Hélène. Il y avait des femmes pour me servir – des gardiennes, en réalité, mais elles n'avaient pas le droit de me frapper. Elles n'en avaient pas besoin, Hécube s'en chargeait. Avec une brosse à cheveux. Je pensais qu'elle me détestait – parce que j'étais la seule tache sur sa famille parfaite.

» Mon état s'est amélioré, mais quand je suis rentrée à la maison, tout, absolument tout, tournait désormais autour d'Hélène. Pâris en était fou, Hector ne valait guère mieux, et même mon père ! Elle le menait par le bout du nez. Il était question de me marier pour que je disparaisse ; je crois qu'ils avaient trouvé un pauvre imbécile pour ça, mais ça a recommencé. Plusieurs fois. À ce moment-là, il est devenu évident que plus personne ne voudrait m'épouser. Même le statut de gendre de Priam ne pouvait compenser ma folie. Qui risquerait d'avoir des enfants avec une folle ? Donc Hécube a décidé que je serais prêtresse – que je serais une prêtresse *vierge*. Priam était d'accord, il était d'accord avec presque tout ce qu'elle disait, et on m'a envoyée au temple.

— Quel âge avais-tu ?

— Quatorze ans.

— Tes parents ont dû te manquer.

— Pas vraiment. Ma mère ne me manquait pas, c'est certain ! Mon père me manquait, oui, ainsi qu'Hélénos. Mais bien sûr, du point de vue d'Hécube, le problème était résolu. Désormais, quand j'avais des crises de démence, elle pouvait dire que c'était une frénésie envoyée par le dieu. C'est beaucoup plus respectable. Si j'avais été pieuse, ça aurait pu faciliter les choses, mais je ne l'étais pas – enfin, pas à cette époque-là. Tu dois connaître l'histoire ? Apollon m'a embrassée et m'a donné le don de prophétie, mais comme je ne voulais pas coucher avec lui, il a craché dans ma bouche afin que personne ne me croie jamais.

— J'ai entendu raconter ça. C'est vrai ?

— Bien sûr que c'est vrai.

Mon rôle d'auditoire pour cet interminable monologue d'autojustification commençait à me lasser.

— En quoi consistent réellement tes prophéties ?

— Eh bien, prenons un exemple très mineur… Je n'ai pas quitté cette chaise depuis que je me suis réveillée, je suis sûre de ne pas avoir regardé à la porte, mais je t'ai vue marcher sur la plage et je savais que tu venais ici.

— Hmm.

— Tu n'as pas l'air convaincue.

— En fait, je suis venue te poser une question, et je connaissais la réponse avant d'arriver. C'est une prophétie ?

— Non, c'est juste de l'intelligence. (Elle me fixait intensément, comme si elle me voyait vraiment pour la première fois.) Tu observes les gens, non ?

— Écoute, c'est ta mère. Tu viens de te marier, ce serait tellement difficile pour toi de parcourir une centaine de mètres ?

— Tu n'as pas idée à quel point.

J'entrevoyais à présent la vérité sur Cassandre. Comme Athéna, surgie tout armée de la tête de Jupiter, elle ne devait pas la vie à ce qui s'était passé entre les cuisses d'une femme. Hécube pouvait donc être balayée facilement. Sur ce plan-là, Cassandre était tout le contraire de moi.

Quoi qu'il en soit, j'avais ma réponse. J'ai posé ma coupe – j'avais à peine goûté le vin – et j'étais sur le point de me lever quand on a frappé à la porte.

Cassandre a placé sa main sur mon bras :

— Ne pars pas tout de suite. Ça doit être Calchas, et il aura envie de te parler autant qu'à moi.

J'entendais la servante qui le faisait entrer.

— Je ne sais pas de quoi il pourrait vouloir me parler.

— Ah non ? Une fille intelligente comme toi ? Je pensais que tu avais déjà deviné.

Quand Calchas a pénétré dans la pièce, j'ai senti l'air salé sur sa peau, ainsi que l'odeur peu agréable de la pâte blanche qu'il s'étalait sur le visage. Il portait sa robe de prêtre et tenait un bâton garni de bandelettes écarlates. Était-ce pour faire honneur au nouveau rôle de Cassandre en tant qu'épouse d'Agamemnon ?

Ou un rappel de leur prêtrise partagée ? Ils avaient été formés dans le même temple, ils avaient dormi dans la même petite salle, mais à bien des années de distance – Calchas avait au moins cinquante ans de plus qu'elle. Pourtant, ils avaient cette expérience en commun. Après qu'il s'est assis et qu'on lui a servi du vin, ils se sont mis à comparer leurs souvenirs du prêtre qui les avait formés tous deux, puis – avec beaucoup plus d'affection, m'a-t-il semblé – des corbeaux que l'on nourrissait dans les jardins du temple, incapables de s'envoler parce qu'on leur rognait les ailes. Ces oiseaux avaient été les compagnons de leur enfance, leurs amis – et il s'agissait des mêmes. En captivité, les corbeaux ont la vie longue. Ils avaient tous un nom, une personnalité, de petits tours qu'ils accomplissaient. Tandis que je les écoutais, une image s'est formée dans mon esprit : deux enfants très solitaires, envoyés loin de la maison familiale bien avant qu'ils ne soient prêts à la quitter. Il y avait là quelque chose d'incroyablement émouvant – et cela a modifié mon attitude envers chacun d'eux, mais surtout envers Calchas, que j'avais toujours perçu comme une sorte d'imposteur. Je n'en étais plus si sûre, à présent.

Après une courte pause – Calchas se consacrait aux sucreries, qu'il dévorait à une vitesse étonnante –, il a abordé la visite de Priam à Achille, le soir où il était venu au camp grec supplier qu'on lui rende le corps d'Hector.

— Je crois que vous lui avez parlé dès son retour, a-t-il dit à Cassandre.

— Oui. J'avais passé la nuit en haut des remparts. Je ne voyais rien – même quand le jour s'est levé, je ne voyais toujours rien parce qu'il y avait un brouillard épais –, mais soudain il est arrivé, conduisant cette charrette branlante. J'ai couru à sa rencontre, j'ai obligé les gardes à ouvrir les portes, puis je suis montée à côté de lui sur le siège du conducteur, et nous sommes entrés ensemble dans la ville.

— En triomphe, a commenté Calchas.

— Pas vraiment, non. Nous avions à l'arrière le cadavre de mon frère.

Calchas s'est légèrement incliné, peut-être pour se faire pardonner sa stupidité.

— Priam a-t-il mentionné Achille ? Ou plutôt, a-t-il décrit l'accueil qu'Achille lui avait réservé ?

— Il ne tarissait pas d'éloges. Achille avait escorté la charrette pour qu'il puisse quitter le camp sans danger. Apparemment, la dernière chose qu'Achille avait dite était : « Quand Troie tombera, essaye de m'envoyer un message, et je viendrai si je peux. » Priam a répondu : « Quand Troie tombera, tu seras avec les morts au royaume d'Hadès. » Achille a simplement ri : « Eh bien, alors, je ne viendrai pas, malgré tous les messagers que tu enverras. »

Jusque-là, je n'avais rien su de cet ultime échange, mais je pouvais entendre Achille prononcer ces mots – et éclater de rire.

Calchas s'est tourné vers moi.

— Hécube dit que vous étiez là aussi.

— En effet, j'étais là. Mais avant de répondre à vos questions, j'aimerais savoir où tout cela doit nous mener.

A-t-il paru un peu désarçonné ? Il était si difficile de déchiffrer l'expression de son visage sous son masque blanc.

— J'ai parlé à Hécube, a-t-il répondu. Et elle m'a raconté comment Priam était mort. Elle était là, vous savez ? Elle a tout vu. Elle a dit qu'on n'égorgeait pas un cochon de la façon dont Pyrrhus a tué Priam.

— Je sais. Mais puis-je dire, pour la défense de Pyrrhus, que Priam était armé, qu'il était prêt à se battre et qu'il serait plutôt mort que d'être forcé à s'agenouiller devant Agamemnon ?

— Oui, c'est vrai, mais cela ne retire rien à ma colère. Priam était vieux, il tenait à peine sous son armure, il a été massacré – et le coupable a été salué comme un héros. Ce n'est pas un héros, c'est un petit voyou pervers. Et on peut dire beaucoup de mal d'Achille, mais il n'a jamais été comme ça.

Je voyais sa colère. Je ne pouvais pas ne pas la voir ; elle craquelait littéralement la peinture de son visage – et à cet instant j'ai oublié, ou du moins j'ai mis de côté mon antipathie instinctive pour Cassandre, et ma méfiance envers Calchas que je soupçonnais d'adapter ses prophéties dans son intérêt. Nous étions simplement trois Troyens discutant ensemble au cœur du camp ennemi.

— Écoutez, a repris Calchas, voici ce que nous devons déterminer : quelle était la nature des relations entre Achille et Priam ? Parce que, vous savez, il est tout à fait possible qu'ils aient conclu un accord. « Voici la rançon, vérifie. – Parfait, ça marche, voici le corps. » Et on en restait là. Mais s'il y a eu davantage que ça, si Achille a accepté Priam comme son visiteur, alors un lien a été forgé entre eux. Priam était un hôte-ami. Et c'est une autre affaire. Parce qu'il n'existe pas de moyen légitime de tuer un hôte-ami. Même si vous vous trouvez dans deux camps adverses, même sur le champ de bataille, on ne peut pas tuer un hôte-ami. Et ce lien, une fois formé, se transmet de père en fils – c'est héréditaire. Donc, si Achille et Priam étaient bien hôtes-amis, Pyrrhus et Priam étaient également hôtes-amis – et cela fait de la mort de Priam…

— Un meurtre, a conclu Cassandre.

J'ai levé les yeux, et j'ai constaté qu'elle fixait sur moi ses yeux jaunes brillants.

— Tu comprends pourquoi il est important de répondre aux questions de Calchas ?

J'ai hoché la tête, je me suis accordé un moment pour organiser mes pensées, et je leur ai raconté le déroulement de cette soirée. Alors même que je parlais, une autre histoire bien plus compliquée apparaissait à la surface de mon esprit. Cette nuit avait été la plus importante de ma vie, celle qui avait tout changé. Il y avait d'abord eu le choc de voir Priam, seul et sans défense au milieu de ses ennemis. Puis était venu le vertige face à toutes les possibilités qui s'offraient. J'ai supplié Priam de m'emmener, j'ai plaidé ma cause auprès de lui, mais il a catégoriquement refusé. Il a dit que la guerre avait éclaté quand son fils Pâris, au mépris des lois de l'hospitalité, avait séduit (violé, selon certains) la femme de Ménélas, Hélène. Il ne voulait donc pas abuser de l'hospitalité d'Achille en lui dérobant sa captive. C'était sa réponse, mais je ne pouvais ni ne voulais l'accepter. Je m'étais donc cachée à côté du corps d'Hector alors que la charrette s'avançait vers le portail, consciente de la présence d'Achille qui marchait à côté, à moins d'un mètre. Et alors...

Alors j'avais changé d'avis. À quoi bon retourner à Troie quand tout le monde, y compris Priam, savait que la guerre était perdue ? À quoi bon subir le pillage d'une autre ville, et un second esclavage ? Voilà les raisons que je m'étais données pour ne pas fuir, pour regagner les appartements et le lit d'Achille. Je crois – mais c'est une chose dont aucune femme ne peut jamais être sûre – que mon enfant fut conçu cette nuit-là.

Calchas n'avait pas besoin de savoir tout ça. Je ne l'intéressais pas, excepté comme témoin. En tant que témoin, je lui ai donc fourni exactement ce qu'il voulait, ni plus ni moins.

— Nous finissions à peine de dîner quand la porte s'est ouverte et qu'un homme est entré. J'ai levé les yeux et j'ai vu que c'était Priam. Il était habillé comme un paysan, mais je l'ai reconnu tout de suite. Achille n'avait jamais rencontré Priam, mais quand il a compris de qui il s'agissait, il s'est mis en colère. « Mais comment as-tu fait pour entrer ici ? » Priam a répondu : « J'ai été guidé par un dieu », et cela a rendu Achille plus furieux encore. Il a accusé Priam d'avoir soudoyé les gardes. Entre-temps, les autres convives avaient deviné qui était ce vieillard. Ils faisaient cercle autour d'eux, et Achille leur a dit de reculer. Priam était à ses pieds, il lui serrait les genoux dans ses bras. « Je fais ce qu'aucun homme n'a jamais fait avant moi, je baise les mains de celui qui a tué mon fils. »

J'ai regardé Calchas, puis Cassandre, en me demandant ce qu'ils pouvaient comprendre du choc et de la force de ce moment.

— Achille aurait pu tuer Priam s'il l'avait voulu, mais il a choisi de ne pas le faire. Il a préféré l'inviter dans ses appartements. Oh, et je me rappelle qu'il s'est changé, il a revêtu une tunique simple, évidemment parce que Priam était habillé en fermier. Puis ils se sont attablés et ont mangé ensemble. Priam n'avait même pas apporté de couteau, donc Achille a essuyé le sien et le lui a donné. Je ne les servais pas. Achille versait à boire – j'ai seulement posé la cruche sur la table – et c'était le meilleur vin qu'il possédait. Il a découpé la viande pour Priam ; il lui a même tendu le bol pour se laver les mains. Ensuite, Priam était visiblement épuisé, donc Achille m'a ordonné de lui préparer un lit. Je me rappelle l'avoir entendu dire : « Prends les fourrures de mon lit si tu veux, il faut qu'il n'ait pas froid. » Le lendemain matin – j'avais apporté de l'eau à Priam pour ses ablutions –, Achille était debout de bonne heure, en armure complète. Il a annoncé à Priam que plus il partirait tôt, mieux cela vaudrait. Il ne voulait pas qu'Agamemnon le trouve là, et Priam a répondu quelque chose comme : « Mais tu te battrais pour moi ? » Et Achille a répondu : « Bien sûr que je me battrais. Je n'ai pas besoin d'un Troyen pour m'apprendre mes devoirs envers un invité. »

Calchas s'est penché vers moi :

— Vous êtes sûre qu'il a dit « mon devoir envers un *invité* » ?

— Ce sont ses mots exacts.

— Quelqu'un d'autre l'a entendu ?

— Je ne sais pas. Alcimos et Automédon étaient sur la terrasse juste derrière lui, mais j'ignore s'ils l'ont entendu. Ils pourront confirmer qu'il a accompagné Priam jusqu'au portail et a veillé à ce qu'il puisse quitter le camp sans danger.

Une fois mon récit terminé, Calchas a soupiré bruyamment et s'est renfoncé dans sa chaise, regardant d'abord Cassandre, puis moi.

— Donc, ai-je repris, selon vous la mort de Priam est un meurtre ? Vous pensez vraiment que les Grecs vont admettre ça ?

— Ça ne me paraît pas impossible. Voyez-vous, les gens demandent toujours des explications, mais ils n'en ont pas vraiment envie. Ils veulent quelqu'un à accuser.

— Je pense qu'ils aimeraient mieux accuser Ménélas.

— Ah oui, bien sûr – ils voudraient qu'Hélène soit lapidée. Mais alors, ce serait la guerre.

— Donc vous préférez Pyrrhus ? Le héros de Troie ? Le fils d'Achille ?

— J'ai dit que ça ne me semblait pas impossible. Je n'ai pas dit que ce serait facile.

Calchas est retombé dans le silence, visiblement accaparé par ses réflexions. C'était un homme étrange, difficile, complexe, ambitieux, et pourtant je sentais que sa loyauté envers Priam était sincère. Malgré toutes ses bizarreries, il m'impressionnait. Pourtant, je n'imaginais pas un instant que son projet puisse réussir. Pyrrhus avait tant de pouvoir, tant de prestige – le héros de Troie. Pas moyen de contourner ça. Et il y avait un sérieux défaut dans l'argumentation que Calchas échafaudait. Cassandre lui avait fait le récit du retour de Priam à Troie et je lui avais confié mes souvenirs de ce qu'Achille avait fait et dit cette nuit-là, mais nous étions des femmes – et le témoignage d'une femme n'est pas égal à celui d'un homme. Dans un tribunal, si un homme et une femme sont en désaccord, c'est presque invariablement la version de l'homme qui est acceptée. Et ce qui vaut dans un tribunal était encore plus vrai dans ce camp où toutes les femmes étaient des esclaves troyennes et où la seule véritable loi était la force. Calchas aurait besoin qu'Automédon et Alcimos confirment ce que j'avais dit, mais j'avais été la plupart du temps seule avec Priam et Achille, parce qu'Achille pensait que Priam serait plus à l'aise avec une Troyenne qu'avec des guerriers grecs lourdement armés. J'espérais qu'Alcimos et Automédon diraient la vérité sur ce qu'ils savaient, mais je soupçonnais que leur loyauté envers Pyrrhus, en tant que fils d'Achille, pourrait l'emporter sur toute autre considération.

Cassandre a lu dans mes pensées.

— Je veux voir mon père enterré. Je veux voir Pyrrhus à quatre pattes dans la boue.

Soudain, j'ai eu envie de fuir cette pièce étouffante. Je me suis levée d'un coup, et cette fois Cassandre n'a pas essayé de me retenir, même si elle m'a raccompagnée jusqu'à la porte.

— J'irai voir ma mère, a-t-elle promis. Mais pas tout de suite.

J'ai compris que c'était censément ma récompense, une caresse sur la tête parce que j'étais une bonne petite fille. *Pour qui se prenait-elle ?* Elle se croyait au centre d'une toile qui se tissait autour de Pyrrhus, mais je pense qu'elle se berçait d'illusions. Cassandre était tellement la fille de son père, si éloignée des autres femmes, par son attitude comme par son passé, qu'elle était incapable de mesurer l'étendue du pouvoir d'Hécube. Calchas le voyait bien. Chaque fois qu'il mentionnait Hécube, il y avait dans sa voix comme une douceur qui n'était certainement pas là le reste du temps. Peut-être l'avait-il aimée quand il était jeune, et peut-être, sous le maquillage, le cynisme et les intrigues, l'aimait-il encore.

27

Ce soir-là, comme c'était désormais l'habitude, Andromaque et moi servions le vin au dîner. Nous sommes arrivées en avance et avons commencé à verser les premiers verres. Les torches étaient allumées, des roseaux frais avaient été disposés à terre, la vaisselle d'or brillait sur la table de Pyrrhus. J'ai remarqué qu'il buvait dans la coupe thrace. Je l'avais déjà vue, bien sûr, du vivant d'Achille, dans les dix derniers jours avant sa mort, mais à présent je la voyais différemment car je savais que Priam l'avait eue en main quand Hécube avait tenté de le dissuader d'aller dans le camp grec pour s'en remettre à la pitié inexistante d'Achille.

Tandis que les hommes mangeaient et buvaient, tandis que les torches flambaient et que la température montait, je cherchais des yeux Andromaque. Elle était si maigre et si pâle – et plus encore depuis la mort d'Amina –, mais elle semblait se débrouiller, même si je remarquais bien qu'elle évitait de regarder les hommes qu'elle servait. Ils parlaient des jeux :

quel arbitre était aveugle (tous), quelle équipe était nulle, qui était le favori pour la course de chars. Les jeux avaient l'air de bien se passer. Il y avait eu un règlement de comptes après un match de lutte, l'un des participants en était sorti estropié à vie, mais il n'y avait pas eu d'autres dommages. J'étais contente pour Alcimos, qui semblait de jour en jour prendre plus d'assurance.

Quand est venu pour nous le moment de partir, Andromaque a reçu l'ordre de rester. Elle m'a lancé par-dessus son épaule un regard désespéré alors qu'elle disparaissait dans les appartements. J'ai décidé de me rendre dans la cabane des femmes. Quand j'y suis arrivée, les filles avaient préparé un repas : du poulet au citron et à l'ail, très simple, mais délicieux – elles étaient en train de devenir douées en cuisine. Nous nous sommes installées dans la cour pour manger. L'une des captives qui m'inquiétaient encore était Maïré ; c'était tellement une masse de silence et de dépression. Inévitablement, nous avions tendance à nous voir avec les yeux de nos ravisseurs, et je plaide coupable autant que les autres. Pourquoi diable Pyrrhus l'avait-il choisie ? Elle était grasse, si grasse que sa chair se secouait quand elle marchait – et elle avait manifestement honte de son corps car je la voyais tous les jours dans la même robe noire informe. Assise à côté d'elle, Hellé était mince, vigoureuse, ferme, gracieuse, rayonnante de santé – et pourtant, malgré le contraste, elles semblaient s'être liées d'amitié.

Du moins, Maïré parlait à Hellé de temps en temps – et c'était plus qu'elle ne faisait avec aucune autre.

À la fin, on a débarrassé les plats, bâti le feu et sorti les tambours et les flûtes. Elles avaient rendu la lyre à Alcimos – en parfait état, je m'en étais assurée –, mais il leur avait gentiment trouvé un autre instrument, moins magnifique. L'une des plus discrètes a levé la main et a dit qu'elle savait un peu en jouer, « mais pas aussi bien qu'Amina ». Une ombre – je l'ai presque vue passer – s'est abattue sur le groupe à la mention de ce nom.

Aussitôt, Hellé s'est mise debout, a frappé des mains pour obtenir l'attention, et a annoncé qu'elles allaient apprendre un chant nouveau. Une chanson à boire. Étonnement général : les femmes ne chantent pas de chansons à boire. Donc, a continué Hellé, elles devaient d'abord lever leur coupe et boire une longue rasade de vin.

C'était bel et bien une chanson à boire, de celles que les marins entonnaient à Lyrnessos, dans les tavernes et les bordels du port.

Quand un homme vieillit, que sa bite bleuit,
Et que ses couilles refroidissent.
Quand le trou du milieu
Refuse de pisser,
Il en a à vous raconter.
IL EN A À VOUS RACONTER !

Les filles ont ricané ; certaines avaient l'air choqué – mais toutes semblaient parfaitement prêtes à apprendre ce chant. On en entendait des versions dans tout le camp, jamais exactement la même, mais chacune évoquait une femme à l'appétit sexuel insatiable. Une femme que rien ne pouvait contenter, et qui n'atteignait l'orgasme qu'à coups de lance dans le vagin. Il va sans dire que la femme en question s'appelait toujours Hélène.

J'espérais qu'Hellé aurait le bon sens de s'arrêter avant le dernier couplet. Beaucoup de femmes à Troie étaient mortes ainsi – je savais que l'une des filles avait vu sa belle-sœur enceinte tirée de sa cachette et embrochée par un Grec. Mais je ne saurai jamais ce qu'Héllé aurait fait car elle n'en était qu'au troisième couplet quand Maïré a vomi. Nous nous sommes toutes retournées vers elle.

Je me suis agenouillée et lui ai touché le front : elle transpirait un peu, mais ne paraissait pas fiévreuse. J'ai tâté sous sa mâchoire : pas de ganglions.

— Viens, ai-je dit. Rentrons, maintenant.

Les lits étaient faits. Je l'ai couchée et lui ai donné une couverture. Hellé se tenait dans l'entrée.

— Tout ira bien, l'ai-je rassurée.

Je ne m'inquiétais pas du tout ; je pensais simplement qu'elle avait l'estomac barbouillé, ce qui était extrêmement fréquent au camp.

— Maïré, essaye de dormir un peu.

Je n'avais pas particulièrement envie de rejoindre le groupe autour du feu. J'étais fatiguée après avoir servi dans la grande salle, mes chevilles commençaient à enfler, j'avais besoin de mon lit. Les chants avaient repris – une chanson plus convenable, j'étais ravie de l'entendre – et j'ai donc cru pouvoir m'esquiver.

À peine étais-je sur la terrasse qu'Hellé a surgi derrière moi.

— Tu ne peux pas t'en aller comme ça ! Je ne sais pas quoi faire, moi.

— Tout va bien se passer. Place simplement un bol à côté du lit, au cas où elle vomirait à nouveau.

Elle m'a dévisagée.

— Alors tu ne sais pas ? Mais comment peux-tu ne pas savoir ?

Et brusquement, comme si on me jetait un seau d'eau froide, j'ai su. Et bien sûr, vous aviez tous deviné avant moi, n'est-ce pas ? Puis-je dire, pour ma défense, que la grossesse chez une femme grasse, une première grossesse, surtout quand la femme tente de la dissimuler, n'est pas aussi facile à repérer que l'on pourrait croire. Malgré tout… J'étais moi-même enceinte. Comment avais-je pu ne rien voir ?

— Très bien, je reste. Retourne avec les autres. Fais en sorte de les retenir dehors le plus longtemps possible.

Je suis rentrée dans la cabane et me suis accroupie à côté de Maïré. Elle transpirait beaucoup maintenant ; son visage était une pleine lune luisante, à la lueur vacillante des lampes placées entre les lits.

— Tu as encore la nausée ?

Elle a secoué la tête. Ses lèvres remuaient ; j'ai dû me pencher pour saisir les mots.

— Je sais comment ça finit.

La grossesse ? Elle n'était pas la seule... Mais j'ai alors compris qu'elle voulait parler de la chanson.

— Il ne va rien t'arriver de semblable ! (Je pensais néanmoins : *Pourquoi pas ? Qu'est-ce qui a changé ?*) Tout ira bien, ai-je ajouté en lui tapotant la jambe.

J'avais besoin de Ritsa. Plus que jamais dans ma vie, j'avais besoin de Ritsa, mais j'entendais passer des groupes de soldats ivres – et il devait y en avoir beaucoup d'autres, dans toutes les autres enceintes, dans l'ensemble du camp. Je ne pouvais pas aller la chercher, et je n'allais certainement pas envoyer l'une des filles. Il faudrait nous en tirer seules. Des milliers de femmes accouchent chaque jour, certaines sans plus d'aide qu'une chienne qui met bas. Ça ne pouvait pas être si difficile que ça.

Je me suis agenouillée près de Maïré et lui ai demandé si elle éprouvait des douleurs régulières. Elle a fait signe que oui. Quand avaient-elles débuté ? « Cet après-midi. » Le travail durait donc déjà depuis quelques heures sans qu'elle en ait parlé à quiconque. Plus j'essayais de comprendre son comportement, plus il me semblait aberrant. Mais j'imagine qu'elle n'avait pas du tout les idées claires, la malheureuse.

Quatre ou cinq filles sont venues chercher leur couverture, lançant à Maïré des regards de côté, de manière timide, curieuse, un peu gênée. Je les entendais jacasser alors qu'elles repartaient vers le feu. Elles étaient si excitées, à la perspective de se coucher tard, de boire du vin sous les étoiles... De vraies enfants.

Maïré s'agitait. Je regardais chaque contraction se saisir d'elle, atteindre un pic et retomber. Elle arquait le dos quand la douleur était trop intense, et elle grognait, mais n'émettait aucun autre son. Plus tard, elle aurait besoin de quelque chose à mordre. Nous ne pouvions courir le risque de réveiller toute l'enceinte, les cris d'une femme qui accouche sont trop identifiables. Dans les intervalles entre deux contractions, elle parlait – plus qu'elle ne l'avait jamais fait, du moins à moi. Elle avait été esclave dans la cuisine d'une grande maison ; elle était née esclave. Je supposais que le père de l'enfant était son maître – même peu attrayantes comme Maïré, les esclaves servent à l'ordinaire de délassement sexuel –, mais je me trompais. Le père était un autre esclave, un homme qui travaillait à la ferme et qui apportait régulièrement des fruits et des légumes pour ravitailler la cuisine. « Et un jour, a avoué Maïré, il m'a apporté des fleurs. » On lisait sur son visage l'émerveillement de cet instant. Après ça, elle s'était échappée pour le voir aussi souvent que possible. Dans le verger, dans la grange, même dans les champs...

Savez-vous que je l'enviais, en réalité ? J'avais été mariée deux fois, j'avais été le grand trophée d'Achille, mais aucun homme ne m'avait jamais apporté de fleurs.

Alors qu'elle parlait, j'ai commencé à voir pourquoi elle s'entendait avec Hellé. Je ne connaissais pas deux femmes plus différentes l'une de l'autre, mais elles partageaient l'expérience de l'esclavage. La chute de Troie n'avait fait basculer ni l'une ni l'autre de la liberté à la servitude. Elles avaient simplement changé de maîtres.

Après un moment, les filles sont revenues, apportant une odeur de fumée. Tout en chuchotant, elles se sont déshabillées et se sont installées pour la nuit. Une par une, les lampes se sont éteintes jusqu'à ce que la seule restante soit celle de Maïré. Malgré leur excitation, la plupart des filles se sont vite endormies. Le repas chaud, le vin et l'air frais les avaient éreintées. Pas toutes, cependant. En regardant dans la pièce, j'ai surpris l'éclat blanc de plusieurs yeux dans l'obscurité.

*

La nuit se prolongeait. Les contractions de Maïré semblaient devenir plus faibles et plus espacées ; elle réussissait même à somnoler dans l'intervalle. J'ai dû moi aussi m'assoupir, car j'ai sursauté quand Maïré m'a pris la main en disant : « J'ai besoin de pisser. »

Le seau se trouvait à l'autre bout de la pièce. *Comment faire… ?* Il allait bien falloir y arriver. Hellé et moi, nous avons redressé Maïré, d'abord en position assise, puis sur ses pieds. J'en ai profité pour lui enlever sa robe noire. En dessous, elle ne portait qu'une mince chemise blanche. Grands dieux, quel volume ! Nous avons réussi tant bien que mal à la glisser entre deux rangées de lits, Hellé tirant, moi poussant – et ainsi nous avons réveillé tout le monde. Nous avons soutenu Maïré pendant qu'elle s'accroupissait au-dessus du seau ; le visage d'Hellé était crispé par l'effort – et Hellé était beaucoup plus forte que moi.

Ce qui sortait de Maïré n'était pas un petit goutte-à-goutte discret, mais une giclée digne d'une jument. Pendant un moment, cela m'a ébahie, mais j'ai compris qu'elle perdait les eaux. C'est bien la seule chose que tout le monde sait à propos d'un accouchement, non ? On perd les eaux. Nous nous sommes regardées, Hellé et moi, puis nous avons contemplé la longue route ramenant au lit de Maïré – seulement quelques mètres, oui, mais le chemin serait long, très long –, puis Hellé s'est adressée à la fille la plus proche.

— Désolée, ma chérie, il nous faut ton lit.

La fille a paru choquée – elle venait à peine de se réveiller, la pauvre –, mais elle s'est levée aussitôt, et nous avons installé Maïré sur son lit. Hellé est allée chercher la lanterne et l'a posée à terre, tout près. À présent, toutes les filles étaient assises dans leur lit, et je crois que personne ne s'est rendormi cette nuit-là.

Après, les contractions sont devenues beaucoup plus fortes. Maïré s'est mise à crier ; j'ai fait un nœud à mon voile et le lui ai donné à mordre, mais elle avait la bouche sèche et n'arrêtait pas de le recracher.

— Il faut te taire, ai-je murmuré.

Je n'avais pas besoin d'en dire plus ; Maïré ne savait que trop bien pourquoi, mais cela s'avérait de plus en plus difficile. Les filles ont allumé leurs lampes et nous avons toutes attendu. À chaque début de contraction, Maïré mordait le nœud. On la voyait lutter jusqu'au sommet de la vague, puis s'effondrer une fois la crête franchie. Quelques secondes de calme, puis tout recommençait. Hellé lui donnait de petites gorgées d'eau, mais elle ne pouvait rien avaler, donc on humectait simplement ses lèvres gercées – le tout devant un auditoire de filles hébétées qui ne pouvaient ni aider ni faire quoi que ce soit. Sauf être là.

Je ne sais pas comment Maïré parvenait à ne pas hurler, mais elle tenait bon, même si quelques grognements affreux sortaient de derrière le voile. Puis une nouvelle phase a débuté. Je l'ai d'abord vu sur le visage de Maïré ; elle semblait étonnée. J'ai tourné les yeux vers Hellé pour obtenir confirmation, mais elle s'est contentée de secouer la tête. Maïré, jusque-là si reconnaissante pour tout ce que nous faisions, est soudain devenue irritable, acariâtre. Il n'y avait plus rien de bien, ni nos paroles ni nos gestes. Quand Hellé a tenté de lui mouiller les lèvres, elle l'a repoussée si violemment que la coupe a roulé à terre.

— Qu'est-ce que tu veux ? ai-je demandé.

Elle ne savait pas ce qu'elle voulait. Puis, à la contraction suivante, elle s'est mise à pousser. Je croyais que ce serait bientôt fini, qu'il n'y en avait plus que pour quelques minutes. Chaque souffle était expulsé dans un hurlement d'effort. « Chut ! » répétais-je sans cesse, en lançant des regards nerveux en direction de la porte, mais Maïré ne pouvait contrôler ses cris.

Hellé s'est levée.

— Chantez ! a-t-elle soufflé aux filles. Allez, ne restez pas assises là, chantez, merde !

Et elles ont obéi. Je pense qu'elles ont chanté toutes les chansons qu'elles connaissaient – elles ont même ressorti celle du vieux qui ne savait plus pisser. « Plus fort ! » criait Hellé. Les soldats qui buvaient encore autour des feux ont dû les entendre et se dire : « Elles s'amusent bien. » Protégées par ce tapage, nous échangions des regards, Hellé et moi, effrayées par l'étendue de notre ignorance. Nous nous accrochions d'une contraction à la suivante – et nous avons finalement été récompensées par le bruit des pas d'Andromaque sur la terrasse.

Elle est entrée, la tête baissée, la mâchoire serrée, sans rien voir ni personne. Lorsqu'elle a levé les yeux et vu tout le monde éveillé, ainsi qu'une femme qui gémissait à terre, elle a eu l'air stupéfaite :

— Que se passe-t-il ?

— Elle accouche, a répondu Hellé.

— *Elle accouche ?* (Andromaque a contemplé Maïré et a secoué la tête, comme pour dire : *Ça m'est bien égal*.) Il faut que je me lave.

Là-dessus, elle a traversé cette chambrée de filles terrorisées et est partie dans la cour. Un murmure a parcouru la pièce. Hellé et moi nous sommes consultées du regard, et j'ai suivi Andromaque dans la nuit. Le feu était brûlant encore : un chaudron d'eau chaude était posé sur l'herbe. Accroupie, jambes écartées, Andromaque se frottait énergiquement avec un carré de tissu replié. Instinctivement, j'ai détourné la tête – même si ma présence ne semblait pas la déranger. Elle n'avait plus aucun besoin d'intimité, puisque son corps ne lui appartenait plus. Je connaissais ce sentiment, et les paroles de colère que je m'apprêtais à prononcer se sont fanées sur mes lèvres. Le visage de côté, j'ai attendu qu'elle soit prête.

— Très bien, a-t-elle dit en jetant son chiffon dans le chaudron. Voyons ce que nous pouvons faire.

Je suis rentrée dans la cabane avec elle, agressée par la chaleur et l'odeur de tous ces corps qui s'y entassaient. Andromaque s'est agenouillée aux pieds de Maïré, a attendu une nouvelle contraction et a aussitôt fait ce que je ne m'étais pas sentie capable de faire : elle a retroussé la chemise de Maïré jusqu'à sa taille et a essayé de voir ce qui se préparait. J'étais contente de ne pas l'avoir fait, car cela n'aurait servi qu'à me paniquer. Ce que je voyais semblait tout bonnement impossible. La contraction s'est atténuée ; Maïré a poussé un long cri râpeux et a laissé retomber sa tête.

— Tu n'essayes pas, lui a reproché Andromaque. Il faut que tu pousses !

— *MAIS JE POUSSE !*

— Pas assez fort.

La réprimande était sévère, mais cette brutalité a tiré Maïré de sa torpeur et, par coïncidence ou pas, la contraction suivante a été plus forte. Andromaque m'a chuchoté :

— Sous toute cette graisse, elle est très étroite, en réalité.

Elle paraissait inquiète, et si elle était inquiète, moi j'étais aux abois.

— Allez, Maïré, ai-je dit. Tu peux y arriver.

Maïré a fait signe que non. Andromaque lui a donné une gifle, pas très violente, mais à un moment pareil, toute gifle était brutale.

— Regarde-moi, Maïré. *Regarde-moi* : nous avons tout perdu, nos maisons, nos familles, tout, mais toi, nous ne te perdrons pas.

Pauvre Maïré. À ses yeux, nous devions être deux démons qui l'incitions à tenter l'impossible. Elle s'est tournée vers Hellé, qui lui a pris la main et a dit :

— Allez. (Puis, riant à moitié, s'efforçant de plaisanter.) Qu'est-ce que je vais faire sans toi ?

Maïré a secoué la tête ; une nouvelle contraction commençait déjà.

— *Bien !* s'est exclamée Andromaque. Je vois sa tête – avec de beaux longs cheveux noirs, exactement comme toi.

Je ne voyais qu'une boule sanglante, mais ces mots ont apparemment encouragé Maïré.

— Allez, ce sera bientôt fini, a ajouté Andromaque.

Nous encouragions toutes Maïré, retenant malgré nous notre respiration au même rythme qu'elle. Personne n'entendait plus ses hurlements – nous guettions avec trop d'intérêt la contraction suivante. La main sur le monticule dur qu'était le ventre de Maïré, Andromaque approuvait.

— Vas-y, tires-en le maximum. Allez, inspire un bon coup. Retiens – *et pousse.*

La tête du bébé est apparue. Sous nos yeux attentifs, elle s'est tournée – comme si elle essayait d'aider. Comme si elle savait comment naître.

— Les épaules, maintenant, a dit Andromaque. Allez, encore une contraction, et c'est fini.

Un jaillissement, une chute. Et voilà, il y avait une personne en plus dans la pièce, une personne qui n'y était encore jamais venue. Depuis, j'ai assisté à tant de naissances, j'ai moi-même eu des enfants, mais rien ne vous prépare jamais à ce moment. Comme lorsque quelqu'un meurt – ce silence qui se prolonge après le dernier râle cause toujours un choc, même si on s'attend à ce décès depuis bien longtemps.

Andromaque a pris le bébé et lui a frotté la poitrine jusqu'à ce qu'il émette un tout petit cri étonné. Au début, il avait le bleu violacé des prunes mûres, mais peu à peu, à mesure qu'il vagissait, il a pris une teinte rouge, signe de bonne santé.

Jusqu'à ce qu'*il* émette.

Il vagissait.

Il a pris une teinte rouge.

Le silence régnait dans la pièce, à l'exception des cris flûtés du bébé. J'ai compris ce qui manquait : le cri de triomphe qui suit la naissance d'un garçon. C'était peut-être la première fois, dans toute l'histoire de Troie, où la naissance d'un enfant mâle et en bonne santé était accueillie par du désarroi et rien d'autre. Andromaque ne l'avait pas encore donné à tenir à Maïré, et Maïré commençait à paraître inquiète. Soudain – alors qu'un instant auparavant elle était trop épuisée pour relever la tête – elle s'est redressée, a arraché le bébé des mains d'Andromaque et l'a porté contre son sein. Son téton était si gros, jamais il n'arriverait à le mettre dans sa bouche, mais après quelques cris de frustration il a réussi, et ses joues se sont mises à têter vigoureusement. Maïré a émis un petit grognement de surprise – la sensation n'était manifestement pas ce à quoi elle s'était attendue –, puis elle a poussé un soupir de satisfaction et de soulagement.

Machinalement, Andromaque s'est occupée de ce qu'il restait à faire, sortant d'entre les jambes de Maïré ce qui ressemblait à un foie de mouton. Par chance, les filles se bousculaient alors pour admirer le bébé. « Regardez ses ongles ! » ai-je entendu s'exclamer l'une d'elles.

Andromaque m'a saisi le bras :

— Il faut qu'on parle.

Hellé et moi nous sommes regardées, pensant sans doute toutes les deux : *C'est un cauchemar*. Nous avons suivi Andromaque dans la cour où, sous prétexte d'enterrer le placenta, nous avons pu avoir quelques minutes de conversation en privé.

— Tu aurais dû le tuer, a déclaré Hellé. Ce sera encore pire pour elle si ce sont *eux* qui s'en chargent.

D'un signe de tête, elle a désigné les soldats grecs qui s'insultaient de l'autre côté de la clôture.

— Non, nous ne pouvions pas, ai-je répondu. Les Grecs sont l'ennemi. Nous sommes censées être les amies de Maïré.

— De toute façon, il est trop tard, maintenant, a conclu Andromaque.

— Vraiment ?

Cette question d'Hellé nous a fait scruter l'abîme.

— Oui, ai-je dit. Elle l'a nourri.

Beaucoup de nouveau-nés sont tués ou abandonnés : les garçons difformes, évidemment, mais aussi beaucoup de filles parfaitement normales. La règle est qu'il faut le faire avant que la mère nourrisse l'enfant. En arrachant son bébé des mains d'Andromaque et en le plaçant contre son sein, Maïré lui avait sauvé la vie.

Pour le moment. Autant que nous sachions, l'édit selon lequel tous les garçons devaient être tués était encore en vigueur. Pyrrhus avait tué le fils d'Andromaque : nous n'avions aucune raison de lui faire confiance. Je ne savais pas s'il aurait le cran de tuer un nouveau-né, maintenant que le feu des combats était passé, mais je n'avais aucune envie de le savoir.

— Il faut l'emmailloter, ai-je dit.

Un bébé troyen vivait ses premières semaines enveloppé dans des bandelettes, et serré contre la poitrine de sa mère. Presque rien n'était visible à part son visage et ses mains – et encore, cachés dans les plis du châle de sa mère. Pourrions-nous garder secret le sexe du bébé ? Cela me semblait envisageable, tant que les autres captives ne nous trahissaient pas, ou – mieux encore – si elles donnaient à croire que c'était une fille.

Hellé s'exprima avec une autorité totale :

— Elles ne nous trahiront pas.

J'ai cru discerner comme une menace derrière cette phrase. Rien de mal à cela : j'avais voulu qu'Hellé prenne la tête du groupe, et elle était en train de devenir une meneuse.

C'est ainsi que nous avons pris notre décision. Je suis allée chercher une paire de ciseaux dans ma cabane, puis Andromaque, Hellé et moi avons fabriqué des bandelettes. Une fois le bébé emmailloté, nous avons fait la leçon aux filles. Elles hochaient la tête en murmurant leur assentiment ; elles étaient d'avance convaincues – beaucoup avaient vu à Troie des horreurs que personne ne devrait voir à leur âge, ou à n'importe quel âge.

Dès lors, le bébé de Maïré est devenu une fille. Le lendemain, j'ai évoqué la naissance avec désinvolture et Alcimos n'a témoigné absolument aucun intérêt pour cette nouvelle. Au dîner, un ou deux des hommes ont commenté nos chants. « Oui, nous faisions la fête. Maïré a accouché d'une petite fille ! » Là encore, aucun intérêt. Une esclave donnant naissance à une esclave, il n'y avait pas de quoi en faire une histoire.

Sauf dans la cabane des femmes. Là, l'atmosphère était entièrement transformée. Les filles avaient découvert un nouveau sens à leur vie ; Maïré était au centre de l'attention. À la nuit tombée, lorsqu'elles s'assemblaient autour du feu, le bébé passait de bras en bras, comme un porte-bonheur. Maïré observait la scène en souriant, mais je remarquais qu'elle était toujours rassurée quand elle récupérait son enfant. Il y avait quelque chose de féroce dans cet amour. « Il est à moi, semblait-elle dire. Pas à vous. À moi. »

Éprouverais-je la même chose quand mon heure viendrait ? Oh, je suis sûre que bien des femmes répondraient : « Ne sois pas bête, évidemment que ce sera pareil pour toi ! » « L'amour vient en même temps que l'enfant. » J'aurais voulu gagner une pièce d'or chaque fois que j'ai entendu dire cela.

Ce n'est pas vrai – et je sais que ce n'est pas vrai. L'amour ne vient pas toujours, pas si le bébé est le résultat d'une union forcée – surtout si c'est un garçon qui ressemble à son père. J'ai vu grandir beaucoup de ces enfants, bien soignés, bien nourris – ou aussi bien que leur mère pouvait se le permettre –, mais jamais touchés, caressés, ou aimés. Et croyez-moi, ils ne s'épanouissent pas. Donc chaque fois que je regardais Maïré avec son bébé, je me demandais ce que je ressentirais. Je riais quand les Myrmidons me tapotaient le ventre et parlaient du *fils* d'Achille, mais moi aussi je pensais que ce serait un garçon.

Au milieu de toute cette vénération du bébé, Andromaque était l'exception. Son détachement m'étonnait un peu – je m'attendais à ce qu'elle adore l'enfant, mais pas du tout, elle le regardait à peine. Un soir où nous avions quelques minutes en tête à tête, je lui ai demandé pourquoi. Elle a répondu : « Après la mort d'Hector, Hécube a un peu perdu la boule. Elle appelait mon bébé "Hector", et pas seulement de temps à autre, elle le faisait constamment. Oh, elle se reprenait à chaque fois, mais une minute ou deux après, elle remettait ça. Je pense qu'elle était réellement perturbée. Et puis, un jour, je suis entrée dans la chambre d'enfant et je l'ai trouvée en train d'introduire son vieux téton ratatiné dans la bouche de mon bébé. Je lui ai arraché mon fils des mains et j'ai hurlé de toutes mes forces "DEHORS !". Tout le palais a dû entendre. Tu te rends compte, moi, chasser Hécube ! Mais c'était *mon* bébé – il était tout ce qu'il me restait. Alors c'est pour ça que je ne veux pas... (Elle a secoué la tête et j'ai vu qu'elle se retenait de pleurer.) C'est son bébé à elle, pas le mien. Mon tour est passé. »

Quant à moi, j'étais stupéfaite par l'attachement qui me liait à ce petit garçon. Il n'était rien pour moi, en vérité – et cependant j'étais farouchement résolue à le maintenir en vie. Je pensais qu'il n'aurait rien à craindre tant que nous serions dans le camp. Maïré quittait rarement la cabane sauf pour s'asseoir sur la terrasse, et aucun des soldats grecs ne montrait d'intérêt pour l'enfant. Le retour en bateau serait plus délicat, mais le bébé serait encore emmailloté et les femmes seraient probablement enfermées dans la cale. Quoi qu'il en soit, je n'arrivais pas à m'inquiéter pour le moment. Je me répétais que tout irait bien. Je pensais que, avec un peu de chance, nous nous en sortirions.

28

Trois ou quatre jours après la naissance du bébé, je me suis réveillée en entendant Alcimos se déplacer dans la chambre et je me suis aussitôt levée pour le servir. Quand j'ai déposé du pain frais et du vin devant lui, il m'a demandé comment j'allais. Nous nous étions à peine vus depuis la mort d'Amina, mais c'était surtout parce qu'il avait été très pris par l'organisation des jeux. Du moins, c'est ce que j'aimais à croire. Il ne restait plus que deux compétitions : la boxe, sport sanglant qui ferait forcément des victimes, mais très apprécié, et le bouquet final, la course de chars. Celle-ci aurait lieu sur le champ de manœuvre du promontoire, où l'on avait consacré beaucoup de temps et d'efforts à améliorer la piste.

— Pourquoi ne viens-tu pas y assister ? a-t-il demandé.

J'ai été un peu prise au dépourvu – il n'avait jamais rien proposé de tel –, mais bien sûr j'ai dit que j'irais, avec plaisir.

— Mais tu me rejoindras. Je ne voudrais pas que tu sois seule dans la foule. Les hommes ont beaucoup parié sur les résultats, je pense que ça pourrait dégénérer.

— Qui va gagner, selon vous ?

Je me moquais éperdument de la course de chars, comme de toute autre course, mais nous nous parlions à nouveau, c'était l'essentiel pour moi. Je voulais qu'il sente que je m'intéressais à lui.

— Diomède, je suppose. (Il faisait la grimace : Diomède remportait toujours les courses de chars.) Mais Pyrrhus a une chance.

— Pyrrhus ? Pas Automédon ?

Automédon avait repris les fonctions de conducteur du char d'Achille après la mort de Patrocle, et il était généralement considéré comme le meilleur de toute l'enceinte.

— Non, Pyrrhus. Il est le meilleur, et de très loin – et Automédon serait le premier à te le dire. (Il a vidé sa coupe.) Bien sûr, il n'a pratiquement aucune expérience... mais, je ne sais pas. Il a probablement le meilleur attelage.

Je connaissais cet attelage, tout le monde le connaissait – Ébène et Phœnix, l'étalon noir et le bai. Je l'avais regardé les ramener de Troie, traînant dans les ornières le corps sanguinolent de Priam. *Le salaud*, ai-je pensé tout en souriant, alors que j'accompagnais Alcimos à la porte et lui adressais un signe d'au revoir.

J'ai décidé que j'irais assister à la course, et je tenterais de persuader Andromaque d'y aller avec moi. En tant que trophée de Pyrrhus, elle se devait d'y être, prête à le couronner s'il gagnait – et à lui essuyer le front, ou tout ce qui aurait besoin d'être essuyé, s'il perdait. Quelle que soit l'issue, ce serait un soir de beuverie magistrale dans la grande salle – et je devrais m'y trouver, parce qu'Andromaque détestait parcourir les tables d'un bout à l'autre de la pièce, raide de dégoût, une fille de roi forcée de jouer le rôle de vulgaire servante. *Pauvre Andromaque,* me suis-je dit – puis, avec un air de révolte : *Pauvre de moi.* Je n'avais pas le choix.

Andromaque était debout et habillée. Dans la cour, les filles regardaient Maïré donner le bain au bébé. C'était toujours touchant de voir que ce petit bout d'humanité aux yeux rêveurs comme deux bulles noires avait le pouvoir d'attirer à lui tout le monde. J'aurais voulu emmener chacune d'entre elles à la course de chars – cette sortie leur aurait fait du bien : une marche à pas vifs jusqu'au champ de manœuvre, quelque chose pour les distraire de leur chagrin –, mais personne ne leur avait donné la permission de quitter la cabane, alors qu'il allait de soi qu'Andromaque devait assister aux jeux.

Nous avons remonté le chemin en pente sans beaucoup parler. Elle était encore réservée avec moi – avec tout le monde –, mais je lui trouvais des couleurs, ce matin, et elle avait soigné sa toilette. Plus nous montions, plus le vent devenait violent, et pourtant il ne semblait pas nous malmener comme il le faisait si souvent – même si nous nous mettions à courir malgré nous chaque fois qu'une rafale plus brutale nous surprenait. Comme quand j'étais adolescente, j'avais la sensation que le vent était le souffle d'un dieu qui m'emplissait de vie. L'avenir m'apparaissait alors si plein d'espoir et de possibilités. Ce n'était plus le cas, et cependant le vent et l'éclat du jour suggéraient encore la possibilité d'une vie plus vaste, plus libre, au-delà des limites du camp.

Une foule de soldats grecs circulaient sur la route et nous nous sommes rangées sur le côté pour leur céder le passage. La masse ne viendrait qu'après la fin du concours de boxe, mais ils étaient déjà très nombreux à être arrivés en avance pour s'assurer une bonne place. Alcimos avait dit que les paris seraient gros, et la tension était sensible, l'excitation supplémentaire. Les Grecs pariaient sur tout – j'avais un jour entendu un groupe de soldats miser sur deux gouttes d'eau ruisselant sur un bouclier.

Les concurrents se réunissaient déjà. La scène baignait dans une lumière jaune citron dont la couleur s'enrichissait, perdait de son acidité à mesure que le soleil s'élevait dans le ciel. Les chars scintillaient ; le dos des chevaux luisait. Les palefreniers avaient dû travailler avant l'aube pour que tout soit aussi parfait que possible. À l'issue de la course, des hommes gris cendre conduisant des chevaux sales émergeraient des nuages de poussière, mais au commencement, chacun ressemblait à Phébus Apollon conduisant le char du Soleil. Parmi la confusion de la ligne de départ, je distinguais les cheveux roux de Pyrrhus et les boucles noires de Diomède. Ménélas était là aussi, visiblement désireux de concourir – ce qui m'étonnait un peu : ces derniers mois, il était devenu gras et rougeaud, et paraissait tout à coup plus vieux que son âge.

Richement vêtu, assis sur son fauteuil en forme de trône, Agamemnon parlait à Ulysse. Derrière lui, les étendards rouge et or de Mycènes claquaient au vent. Agamemnon avait consenti à offrir les prix : un cheval de course pour le vainqueur ; un énorme chaudron de bronze pour le deuxième. J'ai regardé attentivement, et j'ai été soulagée de voir qu'aucune esclave n'avait été tirée des ateliers de tissage d'Agamemnon et forcée à se tenir frissonnante près de la ligne d'arrivée. Je me rappelais la course de chars lors des jeux funéraires de Patrocle, où Achille avait offert mon amie Iphis comme premier prix. Elle avait disparu dans l'enceinte de Diomède et, puisque les femmes étaient rarement autorisées à sortir de leur cabane, voire jamais, je ne l'avais pas revue depuis. Mais j'ai fait de mon mieux pour chasser ce souvenir, car l'événement présent, avec ses spectateurs luxueusement vêtus et ses drapeaux agités par le vent, était ce que le camp pouvait proposer de mieux comme grande occasion.

Nestor est arrivé dans un char conduit par son fils aîné, le dernier des rois à se présenter, et c'est au milieu des acclamations qu'il a salué Agamemnon. Pendant ce temps, je cherchais Calchas dans le groupe situé derrière eux, j'étais sûre qu'il serait là. J'ai fini par repérer, tout à l'arrière, sa haute silhouette au visage blanc, tenant sa canne dorée. À ma grande surprise, il se faisait bousculer par des jeunes gens de Skyros, qui se moquaient ouvertement de sa robe. Je n'avais jamais été témoin d'un tel irrespect, et cela m'a troublée. Calchas était un homme orgueilleux et, sous le maquillage et la grandiloquence, sans doute sensible. Il était entouré – et personne n'est venu à son secours –, mais c'est alors qu'un braillement de trompettes a annoncé que la course allait commencer, et les garçons de Skyros sont venus soutenir leur héros.

Sur un signal d'Alcimos, les conducteurs ont grimpé dans leur char. Une fois les candidats installés, il s'est avancé vers eux, un casque à la main, et chacun y a déposé son numéro. Après avoir bien secoué le casque, il l'a remis à Agamemnon, qui a tiré les numéros et les a appelés un par un. Sa voix était beaucoup plus faible que dans mon souvenir ; j'ai remarqué que cela étonnait aussi certains des soldats autour de moi. Diomède a obtenu une bonne place, ce qui était injuste, puisque l'issue de la course en devenait d'autant plus prévisible. Combien d'hommes auraient eu l'assurance de parier contre lui ? Les rares qui l'avaient fait devaient être découragés. Selon Alcimos, Diomède n'avait pas le meilleur attelage – Ébène n'avait vraisemblablement aucun rival véritable –, mais d'un autre côté, il était infiniment plus expérimenté.

Les conducteurs ont dressé leur fouet et, sur le signal d'Alcimos, ils ont démarré, la crinière de leurs chevaux soulevée par le vent, leurs roues remuant des nuages de poussière. À certains endroits, les chars dérapaient sur les ornières du terrain, mais les conducteurs s'accrochaient, filant loin de nous à travers la plaine. À une distance considérable, on apercevait le virage, au pied d'un arbre mort flanqué de blocs de granit. La piste s'y rétrécissait, obligeant les chars à se rapprocher, situation potentiellement dangereuse : si leurs roues se frôlaient, il y avait un risque réel d'accident, de blessures graves, ou même fatales, pour les hommes et pour les chevaux. Tout l'art consistait à franchir ce tournant où l'on pouvait dépasser les autres, mais seulement au prix d'un risque énorme bien que calculé.

Au virage, Ménélas était en première place, mais Diomède, à quelques mètres derrière lui, semblait prêt à prendre l'avantage. En troisième place, Pyrrhus conduisait comme un fou, comme s'il se croyait immortel, ainsi que ses chevaux. Mais les nuages de poussière montant du piétinement des sabots les ont alors tous dissimulés. La foule a maugréé, puis un silence tendu s'est installé, chacun s'efforçant de voir qui allait sortir en tête. Des ombres de chars et de conducteurs maniant le fouet se dégageaient d'un nuage tourbillonnant de poussière rouge. Juste devant moi, un homme a crié : « Diomède ! » Son voisin a protesté : « Bien sûr que non. C'est Ménélas. T'es aveugle ? » Puis, en vrais Grecs, ils se sont disputés à ce sujet, chacun affirmant qu'il avait raison, alors que l'on n'y voyait rien. Ils auraient pu en venir aux mains si les spectateurs assis autour d'eux ne leur avaient pas ordonné de la boucler.

Les murmures se sont éteints, tandis que chacun attendait, la bouche sèche, la réapparition des conducteurs. Je m'attendais à Diomède ; je pense que tout le monde s'attendait à Diomède, même ceux qui soutenaient un autre concurrent, et quand la première ombre floue a fini par se dégager du nuage, les partisans de Diomède l'ont acclamée d'une voix hésitante. Le visage du conducteur était pourtant sous la poussière, méconnaissable. On tentait plutôt d'identifier les chevaux : un noir, un bai… ou pas. Les animaux étaient tellement couverts de poussière rouge que l'on ne pouvait plus savoir quelle était leur couleur naturelle. Mais alors que les chars se ruaient vers nous, le premier du peloton a ôté son casque pour révéler une chevelure d'un roux flamboyant.

Alcimos, censé rester neutre, a réussi à grand-peine à se retenir, mais de la bouche de tous les Myrmidons autour de moi a jailli un rugissement de joie. Un autre concurrent pourrait-il le rattraper ? C'était la question. À moins d'une minute derrière lui venait non pas Diomède, comme tous s'y attendaient, mais Ménélas. Pyrrhus fouettait ses chevaux, criait, distançant les autres, et il a franchi la ligne d'arrivée. Les Myrmidons en liesse ont couru le féliciter, grouillant autour de son char comme les abeilles dans une ruche. Mais au lieu de se laisser tomber dans leurs bras déployés, Pyrrhus a enjambé le rebord de son char pour monter sur le dos d'Ébène et, de là, est descendu au sol, où il a jeté les bras autour du cou du cheval. « Mon garçon, répétait-il. Mon *garçon*. » Il appuyait son visage contre la tête de l'animal, en fermant les yeux ; un moment de paix au milieu du tumulte. Tous l'ont senti, et tous l'ont envié, je crois – l'union parfaite de l'homme et du cheval. Puis Pyrrhus a tendu la main et a caressé Phœnix, peut-être pour s'assurer qu'il ne se sentait pas négligé ; mais on voyait bien qu'il n'avait de passion que pour Ébène.

À cet instant, je me suis retournée et j'ai aperçu Calchas, son maquillage craquelé par la chaleur, qui observait Pyrrhus. Il devait se trouver à cinq ou six mètres de moi, mais je sentais la haine émaner de lui.

Sur la ligne d'arrivée, les inévitables querelles éclataient déjà. Diomède était arrivé troisième, furieux parce que Pyrrhus l'avait chassé de la piste. « Ce petit gamin imbécile », s'est-il exclamé, assez fort pour que tout le monde l'entende. L'homme n'était pas blessé, mais son orgueil l'était certainement. « Ne lui réponds pas, a conseillé Alcimos à Pyrrhus. Jalousie pure. » La main sur l'épaule de Pyrrhus, il le pilotait fermement vers Agamemnon, qui attendait pour procéder à la distribution des prix. De son côté, Automédon a bondi dans le chariot et a noué les rênes autour de sa taille, prêt à le reconduire au camp. Pyrrhus a donné l'accolade à Agamemnon, puis s'est tourné vers la foule, les deux bras levés, donnant des coups de poing dans l'air. Avec une puissante acclamation, les Myrmidons se sont élancés vers lui, l'ont hissé sur leurs épaules et l'ont porté à la suite de son char, comme une colonie de fourmis rapportant dans leur garde-manger une larve particulièrement juteuse.

J'ai alors regardé Andromaque. Elle faisait la grimace et j'ai lu dans ses pensées.

— Oh, ne t'en fais pas, ai-je dit d'une voix lasse. Vu comme ils vont boire ce soir, il aura vite perdu connaissance.

29

Pyrrhus a donné un grand banquet pour célébrer sa victoire. Des chèvres et des moutons tournaient sur les broches, le vin coulait comme de l'eau… Ménélas était l'invité d'honneur, mais les autres rois, imitant l'exemple d'Agamemnon, se sont abstenus d'y participer. Pyrrhus a prononcé un discours vantant les mérites de Ménélas : son courage, sa sagesse, son talent de conducteur, et il lui a pratiquement présenté des excuses pour avoir tenté de l'écarter de la piste. Quand Ménélas s'est levé pour répondre, il a été vigoureusement acclamé – on aime toujours les bons perdants – et même s'il n'a pu résister à lancer quelques piques contre les jeunes têtes brûlées qui commettent impunément des crimes, son discours est resté courtois. Il a conclu en espérant qu'à l'avenir les deux royaumes seraient encore plus étroitement alliés puisque Pyrrhus avait accepté d'épouser la fille de Ménélas.

Éruption de joie. On aurait cru que tous les convives allaient se marier aussi. Je me tenais au fond de la salle et je songeais combien Pyrrhus était sûr de lui, encensé, glorifié – et le petit serpent aveugle de la colère a dressé sa tête dans mon cerveau, rampant d'un côté à l'autre.

Une fois les discours terminés, la beuverie a démarré pour de bon. Tout le monde chantait, tout le monde applaudissait, tout le monde dansait – et quelque part au milieu de tout ça, Automédon nous a indiqué, à Andromaque et à moi, que nous devions nous retirer. J'ai ramené Andromaque à la cabane des femmes ; étrangement, elle s'est arrêtée au pied des marches et m'a embrassée. Elle n'a pas été convoquée ce soir-là, Hellé non plus, mais je soupçonne que les femmes des cuisines ont eu une nuit mouvementée. J'espère juste qu'elles ont eu droit à leur part du vin.

Quand je me suis réveillée le lendemain matin, l'enceinte semblait désertée. Peu à peu, au fil des heures, un homme puis un autre ont fait surface, ils se sont réunis autour des feux, réclamant leur petit déjeuner, mais rares sont ceux qui ont pu manger grand-chose. Certains ont grogné à la vue de la nourriture et sont partis se recoucher.

Heure par heure, le ciel s'est obscurci, jusqu'à être presque noir à midi. Tout semblait frappé de jaunisse, même la peau des hommes, comme si les seules couleurs au monde étaient le noir et le jaune. Dans la nature, ce sont des signes de danger, et cette journée paraissait de plus en plus menaçante. Plusieurs hommes désignaient le nuage en forme d'enclume suspendu au-dessus de la baie, mais d'autres affirmaient que c'était un bon augure. Un orage, voilà exactement ce qu'il leur fallait. Le tonnerre, une bonne grosse averse, puis enfin le vent changerait.

Le dîner, ce soir-là, a été très calme. Personne ne voulait vraiment manger, et même si quelques-uns des plus jeunes avaient envie de rouler sous la table, la majorité a très peu bu. Le vent se déchaînait autour de la grande salle ; en l'absence des cris et des chants habituels, il semblait plus sonore qu'auparavant. Tous souhaitaient se coucher tôt. Certains étaient déjà debout, prêts à partir, quand il y a eu du bruit à la porte. Nous nous sommes tous retournés, et les hérauts d'Agamemnon se sont avancés dans l'allée centrale. Pyrrhus a eu l'air surpris, mais il s'est aussitôt levé pour les accueillir. Ils l'ont salué bien bas, puis ont déclaré qu'ils avaient une information à lui communiquer en privé. Ordonnant à Alcimos et Automédon de le suivre, il a quitté la salle, et même si les convives se sont un peu attardés, curieux de savoir ce qui se passait, il n'est pas revenu.

J'ai laissé Andromaque à la porte de la cabane des femmes. L'air était d'une humidité oppressante, mais ça ne me semblait pas annoncer de tonnerre. En temps normal, un orage est précédé par une période d'immobilité menaçante, mais pas ce soir-là : il n'y avait que le gémissement constant du vent sans repos, et qui refusait de laisser quiconque se reposer.

J'étais contente de pouvoir rentrer et fermer la porte.

Alcimos est arrivé une heure plus tard.

— Agamemnon convoque une assemblée. Demain à midi. (Il s'est assis sur le lit et a entrepris de détacher ses sandales.) C'est étonnant qu'il n'en ait pas eu l'idée avant.

Me rappelant le visage ravagé d'Agamemnon, je me suis demandé s'il était bien en état de prendre des décisions.

— Ce n'est pas une bonne chose ?

— S'il parvient à mettre tout le monde d'accord, ce sera une bonne chose. Mais le risque est de faire éclater nos divisions au grand jour.

— Ne sont-elles pas déjà évidentes ? Agamemnon n'est même pas venu au banquet.

— Ah, il ne pouvait pas vraiment, puisque Ménélas y était. Tu l'imagines attablé, alors que Ménélas annonçait le mariage ? Sa fille était censée épouser le fils d'Agamemnon.

— La pauvre.

Il n'a pas réagi. Il venait d'enlever sa tunique. Quand je me suis baissée pour la ramasser, il m'a pris le bras :

— Et toi, tu es sûre que tu vas bien ?

— Tout à fait.

Il m'a lâchée, peut-être à contrecœur. Pendant un court instant, il y avait eu comme une chance infinitésimale que nous passions la nuit ensemble. J'ai senti que je devais parler, dire quelque chose, n'importe quoi…

— Regrettez-vous de m'avoir épousée ?

— Pourquoi le regretterais-je ?

— Vous ne l'avez pas choisi.

— Mais j'ai épousé la deuxième plus belle femme du monde, comment pourrais-je le regretter ?

Quel genre d'homme peut plonger les yeux dans ceux de sa femme et lui déclarer qu'elle est la *deuxième* plus belle femme du monde ? Eh bien, Alcimos, bien sûr. Ce qu'il disait n'était pas toujours agréable à entendre, mais on pouvait être sûr que c'était la vérité telle qu'il la concevait. Je ne crois pas avoir jamais rencontré homme plus franc. Et bien sûr, c'est pour cela qu'Achille l'avait choisi. Je m'en souvenais, Achille affirmait détester « autant que les portes de la mort » ceux qui pensent une chose et en disent une autre. Eh bien, personne ne pouvait accuser Alcimos d'avoir jamais fait cela.

Il était encore assis sur le bord du lit, comme cherchant quelque chose à ajouter.

— Je suis content que tu sois venue voir la course.

— Ça m'a plu.

Et nous en sommes restés là. Je me suis retournée sur le seuil pour regarder en arrière, mais il tirait déjà les draps sur lui, donc j'ai pris une bougie et la deuxième plus belle femme du monde est allée se coucher.

*

Un lit étroit et dur. Celui d'Alcimos était plus grand, mais aucun lit ne pourrait jamais être assez large, tant qu'Achille s'y étendrait entre nous.

Le grand Achille. Le brillant Achille, le bouillant Achille, le divin Achille…

Notre existence se déroulait sous son ombre immense. Voilà ce qui n'allait pas dans mon couple – et je ne connaissais aucun moyen d'y remédier. Peut-être après la naissance de mon enfant, Alcimos me verrait-il simplement comme une femme ? Ou bien prendrait-il confiance en lui, sentant qu'il ne serait pas à jamais un deuxième choix ? Peut-être.

Le problème venait de ce qu'Alcimos croyait – ou plutôt supposait – que j'avais aimé Achille et que je l'aimais encore. Il n'était certainement pas le seul à le croire. À cette époque – *et encore maintenant* – les gens semblaient considérer comme acquis que j'aimais Achille. Pourquoi en aurait-il été autrement ? J'avais dans mon lit l'homme le plus rapide, le plus fort, le plus courageux, le plus beau de sa génération, comment aurais-je pu ne pas l'aimer ?

Il avait tué mes frères.

Nous sommes des créatures étranges, nous autres femmes. Nous avons tendance à ne pas aimer ceux qui massacrent notre famille.

Mais la question a aussi une autre dimension, bien plus embarrassante de mon point de vue. La nuit où Priam était venu au camp grec, pour demander à Achille le corps d'Hector, je m'étais cachée dans sa charrette alors qu'il franchissait le portail, sachant qu'Achille marchait à côté. J'aurais pu rester dans le véhicule, j'aurais pu aller jusqu'à Troie, mais alors j'aurais été confrontée à un nouveau pillage, à un nouvel esclavage. Il y avait de bonnes raisons de renoncer, mais quand Achille m'avait demandé pourquoi j'étais revenue, j'avais simplement répondu : « Je ne sais pas. » Et il s'était contenté de hocher la tête. Parce que le plus extraordinaire, c'est qu'il savait ce que je faisais depuis le début, et il n'avait pas essayé de m'en empêcher. J'étais revenue. Il était prêt à me laisser partir. Quand nous nous étions retrouvés, ce n'était plus une simple relation de maître à esclave. Certains des liens qui unissent les êtres sont plus profonds que l'amour. Si l'on voulait être cynique, on pourrait dire que, d'emblée, j'étais résolue à survivre et que j'étais consciente d'avoir de meilleures chances dans le camp grec, sous la protection d'Achille, que je n'en aurais eu à Troie.

Où m'a conduite toute cette réflexion ? Nulle part. Couchée sur un lit étroit, j'écoutais le vent, consciente du berceau commençant à bouger. Durant mes premières journées au camp, j'avais parfois prié pour que tout change. Je ne priais plus pour cela désormais. Ce n'était pas la peine ; le bébé apporterait bien assez de changements et, bons ou mauvais, il n'y aurait pas moyen de les éviter. J'aurais aussi bien pu tenter de retenir la mer.

30

Le vent a soufflé en rafales toute la nuit. À midi, alors que les différents groupes entraient dans l'arène, ils découvraient les dégâts causés par la tempête. La statue d'Artémis, la plus exposée de toutes les divinités, du fait de sa position dans le cercle, avait été renversée pendant la nuit, forçant les soldats à grimper par-dessus ou, par une sorte de respect confus, à en faire le tour. Sa chute n'était pas tout à fait imprévisible : depuis des mois, elle ployait sous le vent, un peu comme les arbres penchés du promontoire. Néanmoins, dans la lumière terne, sa chute semblait funeste ; j'ai vu plus d'un homme faire le signe conjurant le mauvais œil alors qu'il passait à côté.

Je me rendais chez le seigneur Nestor, dans l'espoir d'observer l'assemblée depuis sa terrasse. Quand je suis arrivée, Nestor était déjà parti. Je l'ai vu se frayer un chemin à travers la foule, lourdement appuyé sur ses deux fils aînés, ne détachant les bras de leurs épaules que le temps nécessaire pour répondre aux acclamations. Hécamède m'a saluée à la porte. Quand je suis entrée, j'ai senti une odeur de sucre brûlé et de cannelle. Il y avait tellement de plateaux alignés sur les longues tables de la grande salle, j'ai pensé qu'elle avait passé toute la matinée à cuisiner. Peu après, Cassandre est arrivée, escortée par Ritsa, j'étais heureuse de la voir – mais je n'aimais pas la manière dont Cassandre la traitait. Je devinais qu'une relation complexe s'était tissée entre elles. Ritsa avait été témoin des pires moments de folie de Cassandre, elle l'avait aidée et soutenue alors ; cela faisait d'elle une personne dont Cassandre pouvait dépendre, mais qu'elle n'appréciait guère, et qu'elle craignait même. Ritsa en savait trop, elle en avait vu trop. Quand j'entendais les ordres que lui criait Cassandre, parfois avec le plus grand mépris, je tremblais pour Ritsa – et cela ne m'inspirait certainement pas une plus haute estime pour Cassandre. J'ai remarqué qu'elle prenait des gâteaux sur le plateau d'Hécamède, sans même lui adresser un mot, et en réaction, j'ai remercié Hécamède avec tant d'effusion qu'elle a reculé d'un pas, étonnée.

Après quelques minutes de conversation gênée, nous avons porté nos plats jusqu'à la terrasse. L'arène se remplissait vite. Chaque fois que l'un des rois entrait, sa suite l'acclamait, et leurs cris se changeaient en rugissement lorsqu'il prenait un siège. Une fois tous les participants réunis, les yeux se sont tournés vers le fauteuil d'Agamemnon resté vide. Il arrivait toujours en dernier lors des assemblées, faisant une apparition spectaculaire, précédé par ses hérauts et accompagné par une fanfare de trompettes. En me penchant par-dessus le parapet, je voyais combien il semblait vieux et malade, malgré ses habits splendides, ses manières impérieuses, et je doute que beaucoup de gens aient deviné ce que masquaient ces apparences. Il faut se rappeler que j'avais vu Agamemnon de très près. De trop près. Parfois, la nuit, je sentais encore sa carcasse en sueur étendue sur moi.

Ritsa m'a touché le bras :

— Tout va bien ?

J'ai placé ma main sur le sien, mais sans parler.

J'observais les salutations. Ulysse et Diomède se sont avancés dans l'arène pour accueillir Agamemnon ; dans un de ses rares moments de bienveillance, celui-ci s'est levé et est allé parler à Nestor. Le plus flagrant était l'absence de tout salut entre les deux frères. Délibérément ou non, Ménélas regardait toujours ailleurs. Pyrrhus était assis face à Agamemnon, trop loin pour que le contact soit facile, mais il aurait été naturel qu'Agamemnon lui adresse un signe – il lui avait remis le premier prix de la course de chars seulement deux jours avant –, néanmoins je n'ai rien vu de semblable. Ajax le petit se grignotait la barbe, qu'il n'avait jamais eue très fournie, et lançait des regards nerveux à droite et à gauche. Il avait violé Cassandre dans le temple d'Athéna, et il était bloqué là comme une chèvre destinée au sacrifice. Il ne disait bonjour à personne, et très peu de gens le saluaient.

Agamemnon a fini par se lever et s'est éclairci la gorge, promenant sur l'assemblée ses yeux sombres aux paupières lourdes.

— À l'heure qu'il est, nous devrions tous être chez nous. (Avec ces quelques mots, il avait obtenu l'attention de tous.) Même toi, Idoménée, si le vent était bon, tu serais chez toi avec ta chère épouse et tes chers enfants. Même Ulysse aurait déjà rejoint la lointaine Ithaque. Pourtant, nous sommes toujours ici, empêchés de partir par la volonté des dieux. Et nous ne savons même pas en quoi nous les avons offensés.

Vraiment ?

— Mais souvent, avec les dieux, le châtiment vient avant que l'on ait connaissance de l'offense. J'ai donc demandé à Calchas, devin réputé qui a souvent guidé notre assemblée par le passé, de nous parler aujourd'hui encore. À vous tous, je voudrais simplement dire : écoutez bien. Méditez ses propos.

En grande tenue sacerdotale, les bandelettes écarlates d'Apollon voltigeant au bout de sa canne, Calchas a surgi entre deux rangées de cabanes. Aussitôt, le brouhaha qui avait suivi le discours d'Agamemnon s'est tu. C'était une silhouette familière dans l'arène, sans doute peu aimée, parfois tournée en dérision, et néanmoins respectée en tant que devin. Beaucoup des présents devaient se rappeler que, aux jours où la peste s'était abattue sur le camp, il s'était prononcé contre Agamemnon, déclarant que le traitement cavalier réservé à un prêtre avait suscité la colère d'Apollon et l'avait poussé à tirer sur le camp les flèches de la maladie, tuant également hommes et bêtes. Agamemnon lui en avait voulu, mais Calchas avait eu raison, n'est-ce pas ? Dès qu'Agamemnon avait renvoyé la fille du prêtre à son père, il n'y avait plus eu un seul cas de peste – et certains hommes déjà infectés avaient été sauvés par une guérison miraculeuse. Calchas avait alors tenu tête à Agamemnon, il avait dit la vérité. Les soldats étaient donc prêts à l'écouter maintenant.

Mais Calchas ne leur a pas demandé d'écouter.

— *Regardez*, a-t-il dit, regardez les statues des dieux.

Toutes les têtes de l'assemblée se sont tournées.

— Elles sont là depuis dix ans, depuis aussi longtemps que vous. L'une des premières choses qu'a faites le seigneur Agamemnon quand les navires ont débarqué fut d'ordonner que l'on dégage un espace où les dieux seraient honorés ; ces statues ont été sculptées et dressées, et depuis, tous les débats au sein de l'armée et entre les différents rois ont pris place sous leurs yeux. Nous nous sommes habitués à leur présence. Peut-être traversez-vous l'arène sans même les regarder. Il y a deux jours, le tournoi de boxe a eu lieu ici, et auparavant, la lutte, mais combien d'entre vous ont pris la peine de lever les yeux vers les dieux ? Combien d'entre vous ont remarqué à quel point les statues étaient décolorées et abîmées ? La nuit dernière, la statue d'Artémis a été renversée par une bourrasque. Beaucoup d'entre vous l'ont enjambée pour aller s'asseoir. N'est-ce pas choquant, ce trou dans le cercle ? Pourtant, le socle de la statue moisissait depuis des années.

Comme tout le monde, j'ai regardé les statues : peinture écaillée, bois pourri, le nez de Poséidon disparu, les yeux de chouette d'Athéna déteints, Apollon penchant dangereusement d'un côté, comme s'il s'inquiétait pour sa sœur tombée à terre.

— Je ne prétends pas qu'en négligeant les statues nous ayons irrité les dieux au point qu'ils nous auraient envoyé ce vent comme punition. Je dis que cette négligence est le signe d'une offense bien plus grave : un manquement au respect que nous devons tous à des êtres tellement plus grands que nous.

Calchas transpirait dans la chaleur, la peinture de son visage s'écaillait, les lignes noires autour de ses yeux commençaient à couler – tout cela, joint à sa très haute taille, lui donnait l'aspect d'une statue endommagée. Une sorte de treizième dieu.

— Amis, nous savons tous que, lors de la chute d'une grande cité, il se produit des choses qui ne devraient pas arriver dans un monde idéal. Ce n'est la faute de personne, je n'accuse aucun d'entre vous. La pénible nécessité d'une guerre, que les dieux eux-mêmes ont imposée aux Grecs, rend ces actes inévitables – cependant, les faits n'en demeurent pas moins. Les temples des dieux ont bel et bien été profanés. Des femmes qui s'étaient réfugiées derrière les autels ont bel et bien été violées. Même les prêtresses vierges n'ont pas été épargnées.

Calchas prenait bien soin de ne pas regarder Ajax, mais tout le monde s'est tourné vers lui. J'ai soudain remarqué Cassandre debout à côté de moi ; en baissant les yeux, j'ai vu ses articulations blanchir parce qu'elle s'agrippait au parapet.

— Ensuite, a continué Calchas, les temples ont été incendiés. Beaucoup d'entre eux ont entièrement brûlé. Y a-t-il parmi vous quelqu'un qui puisse dire que ce n'était pas là une grave offense ? Mais les dieux sont miséricordieux. Ils n'exigent pas que l'on rebâtisse leurs temples. Ils seront satisfaits si nous réparons leurs statues et si les rois procèdent à des sacrifices devant elles – après que tous les hommes du camp se seront purifiés.

C'était la plus légère des punitions légères. Une équipe de menuisiers compétents – et il y en avait beaucoup dans le camp – pourraient réparer les statues en une semaine. Ajax semblait soulagé, on le comprend, et tout le monde respirait à nouveau, la tension retombait.

Mais Calchas n'avait pas bougé. Il attendait que son auditoire se calme.

— En vous révélant la volonté des dieux, je cours le risque d'offenser un grand commandant, un homme renommé pour son courage et son habileté au combat. (Il s'est tourné vers

Agamemnon.) Je dois vous demander votre protection, seigneur Agamemnon.

Le roi a levé la main :

— Tu as ma protection. Parle sans crainte, comme les dieux te l'inspirent.

— Amis, a répété Calchas. (Comptait-il un seul ami dans toute cette assemblée ? J'en doute.) Amis, nous savons tous que Zeus dans sa miséricorde a donné à l'humanité des lois auxquelles un homme sage doit prendre soin d'obéir, s'il souhaite voir prospérer ses enfants et ses petits-enfants. Surtout, Zeus nous a donné les lois de l'hospitalité, ces liens sacrés d'amitié unissant l'hôte et son invité, pour la vie. Et nous savons aussi que ce lien, une fois forgé, l'emporte sur tous les autres. Les hôtes-amis ne peuvent pas s'entretuer, même s'ils se battent dans les camps opposés d'une guerre. Certains d'entre vous se souviendront que Diomède a rencontré sur le champ de bataille l'hôte-ami de son grand-père et que, à très juste titre, il a refusé de l'affronter. Personne n'a reproché à Diomède d'avoir renoncé à se battre, parce que tuer un hôte-ami n'est jamais justifié, même lors d'une guerre.

L'assemblée était devenue très silencieuse. Ils ne voyaient pas où Calchas voulait en venir. Il avait mentionné Diomède, pour aussitôt le disculper. Ajax, que tout le monde donnait favori dans le rôle du principal coupable, semblait lavé de toute accusation…

— J'en viens au moment difficile. Vous savez tous que, lorsque le grand Achille était parmi nous, il tua Hector, fils de Priam ; son désir de vengeance était tel qu'il revint dans le camp, traînant le corps d'Hector à l'arrière de son char et lui infligeant ainsi d'innombrables blessures. Une nuit, sans escorte, le roi Priam vint voir Achille qui le reçut avec toutes les marques de courtoisie et de respect. Quand Priam repartit, avec le corps d'Hector dans son chariot, Achille l'accompagna jusqu'au portail, entièrement armé et prêt à le défendre même contre les autres Grecs. Il est impossible de douter qu'un lien d'amitié avait été forgé entre l'hôte et son visiteur. Ce lien s'est transmis au fils d'Achille, le seigneur Pyrrhus, qui a tué Priam sur l'autel de Zeus à Troie. Il a tué l'hôte-ami de son père sur l'autel de Zeus, le dieu qui a donné aux hommes les lois de l'hospitalité.

» Pouvait-il y avoir plus grave insulte envers les dieux ? Mes amis, c'est Zeus lui-même, le père des dieux et des hommes, qui nous retient emprisonné sur ce rivage.

Tous les yeux étaient maintenant sur Pyrrhus. Il semblait abasourdi, portant de tous côtés des regards vides. De toute évidence, il n'avait pas soupçonné un instant quelle pourrait être l'issue de l'assemblée. J'ai vu Automédon se pencher pour lui poser une main apaisante sur l'épaule.

— Maintenant, a repris Calchas, on pourrait dire que le seigneur Pyrrhus ignorait le lien existant entre son père et Priam, et c'est peut-être vrai, mais une offense commise dans l'ignorance n'en est pas moins une offense. J'en viens donc au châtiment qu'exige Zeus. Priam doit être inhumé avec tous les honneurs dus à un roi, mais avant que le bûcher funéraire soit enflammé, le seigneur Pyrrhus devra sacrifier son étalon noir, celui qu'il conduisait lorsqu'il a gagné la course de chars.

Pyrrhus a fait un bond.

— *NON !* Non, je te verrai d'abord en enfer, tas de merde puant.

Alcimos a cherché à le retenir. Le repoussant, Pyrrhus s'est jeté au milieu de l'arène et a dégainé son épée. Les gardes d'Agamemnon accouraient pour protéger Calchas, qui s'était reculé contre la statue de Zeus, levant les deux bras pour protéger son visage. À la dernière minute, Pyrrhus a paru hésiter, assez longtemps pour qu'Automédon lui empoigne les cheveux et lui tire la tête en arrière. Alcimos s'est interposé entre lui et Calchas, dressant les bras pour montrer qu'il n'était pas armé, et sur un mot d'Agamemnon, les gardes ont fait un pas en arrière. Les Myrmidons encerclaient à présent Pyrrhus, qui a dû subir l'humiliation d'être désarmé par ses propres hommes et entraîné hors de l'arène.

Tumulte général. Dans toute l'arène, les hommes quittaient leur siège, agitaient les bras et criaient. Agamemnon a exigé le silence plusieurs fois avant d'arriver à se faire entendre. Quand l'assemblée s'est enfin tue, il a remercié Calchas pour ses propos pleins de sagesse, a déclaré comprendre le tourment de Pyrrhus, ce tout jeune homme – comme chacun sait, les jeunes gens manquent de jugement et doivent se laisser guider par leurs aînés… Et ainsi de suite. Il était sûr que le seigneur Pyrrhus, lorsqu'il aurait eu le temps de réfléchir, reviendrait à la raison et obéirait aux dieux.

Sur ce, la procession d'Agamemnon s'est reformée et a quitté l'arène, laissant Ménélas méditer sur le fait que son seul allié restant dans le camp, l'homme auquel il venait de promettre sa fille en mariage, était maintenant en disgrâce. De leur côté, les Myrmidons, en grand désordre, partaient en troupeau avec les cheveux roux de Pyrrhus en leur centre, presque comme s'ils emportaient un camarade blessé sur le champ de bataille. Je suis rentrée dans la grande salle, je me suis assise au bout d'un banc et j'ai posé mes bras sur la table. Cassandre, qui m'avait suivie, s'est assise en face.

— Eh bien, qu'est-ce que tu dis de ça ?

Je n'avais pas besoin de l'interroger pour savoir ce qu'elle pensait : elle avait les pupilles tellement dilatées que ses yeux semblaient noirs. Je me demandais quelle avait été sa part dans le discours de Calchas, qui ressemblait si peu à l'homme tel qu'on le connaissait. Pas d'interprétation de rêves, pas de référence au vol des oiseaux – pas un seul aigle de mer en vue.

— Quelle part de ce discours te revient ?

Elle a haussé les épaules.

— Aucune importance. J'ai appris à ne pas trop m'attacher à mes prophéties. Elles n'ont été crues que lorsque j'ai trouvé un homme pour les prononcer. (Ses doigts tambourinaient sur la table.) J'attends encore que tu me dises ce que tu en as pensé.

— Je ne sais pas. Bien sûr, je souhaite voir Priam inhumé... Je regrette seulement que Calchas y ait mêlé une revanche personnelle.

— *Personnelle... ?* Ah, tu veux parler du cheval. (Elle me dévisageait, ses yeux jaunes plus brillants que jamais.) Ça n'est pas assez, c'est loin d'être assez, mais je m'en contenterai.

Ritsa et Hécamède sont entrées. Hécamède a aussitôt commencé à s'affairer pour les préparatifs du dîner. Nestor serait bientôt de retour.

Je me suis levée.

— Je pense que nous devrions partir.

Quand nous avons quitté la grande salle, la foule se dispersait déjà, mais j'ai décidé d'aller quand même marcher sur la plage. Je savais que rien ne pressait. Alcimos serait avec Pyrrhus et Automédon, pour essayer de recoller les morceaux. Je ne lui enviais pas cette tâche. Sur le fond, il fallait persuader Pyrrhus d'obéir aux dieux, et de sacrifier la seule créature qu'il semblait capable d'aimer. À l'exception de lui-même. Et je n'étais même pas sûre de cette exception.

31

Je me suis attardée sur la plage, et quand j'ai rejoint l'enceinte, je suis allée tout droit à la cabane des femmes. La plupart des filles étaient dans la cour, à l'arrière, où Maïré s'apprêtait à donner le bain au bébé. Libéré des bandelettes et de sa couche, il était allongé sur une couverture, émettant de petits couinements de satisfaction et remuant les jambes. L'une des filles tenait un drap de lin pour lui protéger les yeux du soleil. Nous avions beaucoup de chance qu'il soit aussi facile : il s'endormait sur le sein, se réveillait, tétait, se rendormait. Il n'attirait jamais l'attention en criant pendant des heures à cause de coliques, comme le font tant de nouveau-nés. En revanche, nous avions un peu moins de chance quant à son apparence. La plupart des bébés que l'on voit pourraient être aussi bien fille que garçon, mais pas lui : c'était déjà un petit colosse, et même ses doigts enroulés ressemblaient à des poings.

Andromaque est sortie et s'est assise à côté de moi, tandis que je lui contais ce qui s'était passé dans l'arène. Nous avons imaginé comment Pyrrhus pourrait réagir, et nous sommes tombées d'accord sur un point : nous n'aurions probablement pas à servir le vin lors du dîner ce soir-là. Le bébé n'était qu'à quelques mètres d'elle, mais elle ne l'a pas regardé une seule fois, et peu après elle a regagné la cabane.

Au bout d'un moment, je me suis allongée, j'ai fermé les yeux et tourné mon visage vers le soleil. Les nuages noirs avaient disparu, mais le vent soufflait toujours avec la même rage ; cet endroit était pourtant le plus abrité de tout le camp. Le bavardage des filles s'estompait au loin ; je pense que j'ai dû m'assoupir, mais subitement j'ai sursauté, consciente d'une agitation autour de moi, alors que toutes les filles se relevaient. En ouvrant les yeux, j'ai vu Pyrrhus qui se dressait au-dessus de moi, au-dessus de nous toutes. Et il y avait là le bébé, qui gazouillait et essayait de se mettre le poing dans la bouche. Pyrrhus a baissé les yeux vers lui, et j'ai vu son expression changer ; je doute qu'il ait vraiment compris ce qu'il voyait – un enfant nu et très manifestement de sexe masculin –, mais cela ne signifiait pas qu'il ne s'en souviendrait pas par la suite. C'était un désastre. Lentement, je me suis mise debout. Il m'a saluée et a demandé à me parler. Bien sûr, j'ai consenti, et nous sommes entrés ensemble dans la cabane. Il y faisait frais, mais cela aggravait seulement mon hébétude et ma confusion. Je n'aurais jamais dû m'autoriser à dormir.

Plusieurs filles étaient assises sur leur lit, à bavarder, l'une d'elles peignait les cheveux d'une autre. Elles se sont retournées, et ont paru terrorisées à la vue de Pyrrhus. Je leur ai adressé un signe de tête et elles sont sorties en courant.

— Alcimos m'a suggéré de te parler, a dit Pyrrhus.

Et puis plus rien. Silence. J'attendais, essayant désespérément de penser à quelque chose, à n'importe quoi, pour le distraire de ce qu'il venait de voir.

— Voulez-vous aller dans la grande salle ? (C'était lamentable, mais je ne trouvais pas mieux.) Il y a tant de monde ici.

Cette dernière phrase était encore plus ridicule, puisque nous nous tenions à deux dans une pièce vide, mais il a acquiescé et s'est dirigé machinalement vers la porte.

Nous avons traversé la cour et gravi les marches de la terrasse menant à la grande salle vivement éclairée. Des roseaux frais avaient déjà été posés à terre, et les tables étaient prêtes pour le dîner. Les préparatifs devaient déjà être bien avancés quand Pyrrhus avait tout annulé. Il s'est avancé dans l'allée centrale, et bien sûr, je l'ai suivi. Je m'attendais à ce qu'il me conduise dans ses appartements, mais il a changé d'avis au dernier moment. Il a préféré s'asseoir à la table principale, sur le fauteuil d'Achille, serrant les gueules de lion avec ses doigts épais. À côté de son assiette se trouvait la coupe thrace avec sa frise de têtes de chevaux à la crinière flottante. Il a tendu la main pour s'en saisir.

— Alcimos dit que tu étais là le soir où Priam est venu.

— Oui, j'étais là.

Il m'a posé les mêmes questions que Calchas. Je lui ai fait les mêmes réponses. Cette fois, j'ai eu plus de mal à rester détachée, parce que je me trouvais dans la pièce même où les événements s'étaient déroulés. Ce soir-là, je me tenais derrière le fauteuil d'Achille – fatiguée, les pieds douloureux, j'avais hâte que la soirée se termine ; mais Achille, même s'il ne feignait plus de manger, restait avachi sur son siège. Personne ne pouvait s'en aller avant lui, mais il semblait presque engourdi, comme souvent dans les jours qui ont suivi la mort de Patrocle. Une fois par jour, parfois deux, il avait un sursaut d'énergie, attachait le cadavre d'Hector à son char et, en poussant son grand cri de guerre, il faisait trois fois le tour du tumulus funéraire de Patrocle, revenant au camp avec des chevaux écumant, le visage incrusté de terre. Il abandonnait le corps dans la cour des écuries, écorché, tous les os brisés, à peine identifiable comme humain. Parfois, quand Achille revenait dans la grande salle en titubant, son visage était défiguré par les mêmes blessures qu'il avait infligées à Hector. Il les voyait ; je sais qu'il les voyait – je l'observais quand il se regardait dans le miroir, levant une main incertaine pour toucher sa peau.

Pyrrhus m'a écoutée attentivement jusqu'au bout de mon récit.

— Achille a répondu : « Bien sûr que je me battrais. Je n'ai pas besoin d'un Troyen pour m'apprendre mes devoirs envers un invité. »

— Tu es sûre que c'est ce qu'il a dit ?

— Ce sont ses mots exacts.

— Oui, mais tu penses qu'il l'aurait vraiment fait ? Qu'il se serait battu contre les autres rois, pour Priam ?

— Je pense que oui. Il n'était pas homme à dire une chose et à en penser une autre.

— Très bien. Je suppose que je n'ai plus qu'à l'admettre. Ils étaient hôtes-amis. (Il a plaqué les deux mains sur la table, geste étrangement retenu qui ne dissimulait nullement la violence en lui.) Je regrette seulement pour Ébène. Pourquoi faut-il qu'il meure ? Il n'a rien fait de mal.

Comptait-il réellement sur moi pour avoir de la compassion *pour son cheval* ? Le plus étrange, c'est que j'éprouvais de la compassion. À aucun moment je n'ai souhaité la mort d'Ébène.

— Il faut que je m'en aille.

Il s'est aussitôt levé :

— Je vais te ramener à ta cabane.

— Oh, pas la peine – il fait encore jour.

Du haut des marches, il m'a regardée traverser la cour. J'étais heureuse qu'il n'ait pas insisté pour m'escorter jusqu'à ma porte. En fait, j'ai attendu qu'il rentre, puis je me suis glissée vers la cabane des femmes où j'ai trouvé les filles blotties autour de Maïré : elle semblait terrifiée, et il y avait de quoi. J'ai eu une rapide conversation avec Andromaque et Hellé. Nous sommes tombées d'accord, il fallait emmener le bébé ailleurs. Leur parler m'a rassérénée. Livrée à moi-même, je pense que j'aurais été paralysée par la crainte de surréagir, de créer un problème en voulant en résoudre un autre. En s'enfuyant, Maïré s'exposerait à tous les châtiments réservés aux esclaves en cavale – et ils étaient barbares. C'était un soulagement de savoir que les autres étaient du même avis quant aux dangers. Pyrrhus était un homme colérique et vindicatif, certes capable d'une grande générosité et de bravoure, mais il était aussi brutal. Tuer le bébé d'Andromaque – il l'avait fait au lendemain d'une bataille, et sur l'ordre d'Agamemnon. La pression devait être immense. Mais Amina... ? Quelle excuse y avait-il à cela, vraiment ? Non, nous n'avions aucune raison de nous fier à lui. S'il était forcé de sacrifier Ébène – et je ne voyais pas comment il pourrait l'éviter –, sa réaction serait de propager la douleur parmi le maximum de personnes possible. Ayant subi une humiliation publique, il voudrait imprimer son autorité sur ses hommes, et sur les esclaves qui lui avaient menti, *une fois encore*, et qui l'avaient défié, *une fois encore*. Je ne pensais pas pouvoir attendre de lui la moindre pitié. Nous allions devoir faire sortir le bébé, et il faudrait le faire ce soir, pendant que tout le monde dans l'enceinte était préoccupé par les détails concrets de l'enterrement de Priam. Une fois d'accord, nous nous sommes séparées. Hellé est allée apprendre la nouvelle à Maïré, et je suis rentrée chez moi pour attendre, puisque l'on ne pouvait rien faire avant la nuit.

32

Après avoir regardé la femme, Briséis, traverser la cour, Pyrrhus retourne dans la grande salle. Les lampes et les bougies projettent des cercles de lumière sur les assiettes vides… Il devrait maintenant avoir faim – en fait, il devrait être affamé, il n'a rien mangé depuis le petit déjeuner ; mais non. Il aurait même plutôt mal au cœur. *Bouge*, s'ordonne-t-il, mais ses pieds ont pris racine. Oubliant la familiarité des lieux, ses yeux discernent des ombres qui s'agitent parmi les poutres, la même bataille que chaque soir, créant un sentiment de conflit, si convivial que soit le repas qui se déroule dans la pièce. Convivial, le repas ne l'est d'ailleurs pas toujours. Ces réflexions banales et superficielles lui viennent afin de ne pas avoir à penser à…

Il doit se tenir presque exactement là où Priam était ce soir-là, contemplant un homme avachi sur son fauteuil, ahuri comme un lézard par une journée froide. Encore dangereux, néanmoins, et capable de passer en quelques secondes de la léthargie à la rage meurtrière. Combien de courage il a dû falloir pour remonter cette allée, entre les tables, avec de part et d'autre un mur de dos musclés.

Pyrrhus marche sur les pas de Priam, jusqu'au fauteuil vide au bout de la salle, mais il n'a pas l'impression de se déplacer, on dirait plutôt que le siège vient vers lui. Il s'arrête devant cet objet, envisage l'impossibilité de s'agenouiller comme Priam s'est jadis agenouillé. Il a tenu les genoux d'Achille – la position du suppliant – et a dit : « Je fais ce qu'aucun homme n'a jamais fait avant moi, je baise les mains de celui qui a tué mon fils. »

Et c'est là que Pyrrhus perd le fil. Complètement. Jusque-là, il croit comprendre. Priam a fait preuve d'un immense courage en venant seul et sans arme dans le camp des Grecs – et cela a dû impressionner Achille. Il était toujours sensible au courage. Mais sont-ce vraiment là les mots d'un homme courageux ? Cela ressemble plutôt à une capitulation. Pourtant, c'est alors que le comportement d'Achille commence à changer. Soudain, il invite Priam dans ses appartements, il sort son meilleur vin, il le sert à table, apparemment, comme un vulgaire esclave. Pourquoi n'a-t-il pas fait venir Alcimos et Automédon, afin qu'ils s'en chargent ? C'était leur tâche à eux, de veiller sur un invité royal. Et voilà, le mot « invité ». Ce n'était pas un invité ! C'était un intrus – il venait de s'introduire dans la cour. Et pourtant Achille lui-même avait employé le mot « invité »...

C'était un point sur lequel tout le monde semblait d'accord : ennemis en commençant la soirée, Achille et Priam l'avaient terminée comme deux amis – des hôtes-amis – au point qu'Achille était prêt à se battre contre les Grecs pour défendre Priam. Comment cette unique rencontre pouvait-elle dévier un homme de la trajectoire qu'il avait jusque-là suivie sans relâche ? Pyrrhus ne saisit pas. Il a parlé à Alcimos, à Automédon, et maintenant à Briséis ; il sait exactement ce qui s'est passé cette nuit-là, mais il n'y comprend rien. Comment son père, le fléau des Troyens pendant dix ans, s'est-il fait un ami de Priam ? Allant jusqu'à lui proposer son aide lors de la chute de Troie. Dans le recoin le plus profond, le plus sombre de l'esprit de Pyrrhus se cache l'idée que, s'il avait vécu, Achille aurait défendu Priam sur les marches de l'autel.

Et puis, où sont donc tous les autres ? Il contemple la grande salle vide, puis se rappelle l'annulation du dîner. Il a bien fait… C'est un soir à rester seul, parce que demain… Demain… Tout le monde dit que les dieux l'exigent. *Sûrement pas, putain.* C'est ce qu'Agamemnon exige. Même pas – c'est ce que Calchas exige. *J'aurais dû le tuer, ce salaud, pas seulement lui botter le cul. Enfin, maintenant c'est trop tard…*

Comme il ne supporte pas la grande salle pleine d'échos indéchiffrables, il se rend dans ses appartements où, comme d'habitude, quelqu'un a préparé du fromage et du vin. Il se verse une coupe, l'avale d'un trait, reprend la cruche – et il sent le miroir qui s'anime derrière lui. Refusant d'y prêter la moindre attention, il se ressert du vin et…

Quel ennui ! Quel ennui !

Lentement, il pose sa coupe.

Non, continue, continue, fais ce que tu fais toujours !

Il ne peut plus l'ignorer. Alors il se retourne et marche vers le miroir, mais au lieu de grandir à mesure qu'il approche, son reflet diminue et finit par se réduire à un simple point de lumière. Jadis, il n'y a pas si longtemps que ça, il revêtait l'armure d'Achille et se tenait devant ce miroir, plissant les yeux jusqu'à ce que l'image se brouille et qu'il soit possible de croire que l'homme qu'il voyait était Achille en personne. Il est le sosie de son père ; tout le monde le dit. Mais à présent, il ne voit qu'un nabot qui le nargue. Il sait parfaitement que ce n'est pas Achille – ni aucune autre manifestation de l'au-delà. C'est *lui* – un fragment détaché de son propre cerveau.

Tu peux plus te réfugier dans les jambes de papa, maintenant ?

Il n'a jamais pu.

Oh, ça doit être dur, d'être un orphelin. Parce qu'il n'y a pas d'autres enfants sans père en Grèce, bien sûr ? Putain, mec, secoue-toi.

Il contemple cet avorton dont le visage moqueur est une caricature du sien. Brusquement, il se rappelle une chose horrible – c'est l'une des choses dont cette créature est le plus capable, faire remonter les souvenirs enfouis dans les sédiments de la mémoire, et ce ne sont jamais de bons souvenirs. Après la première tentative d'inhumation de Priam, Hélénos a été interrogé. Il avait déjà été torturé, par Ulysse ; il s'est donné beaucoup de mal pour leur raconter tout ce qu'il savait, c'est-à-dire rien. Pourtant, Pyrrhus avait tiré son poignard, l'avait fait tourner entre ses doigts d'un air méditatif, une lueur bleue venant danser sur la lame. Il avait remarqué – sans le montrer – la peur sur le visage d'Hélénos, la tension dans ses muscles. Il n'avait pas été nécessaire d'utiliser la force, mais il avait appuyé son poignard sur le ventre d'Hélénos, il l'y avait un peu enfoncé, juste assez pour faire apparaître un mince filet de sang. Pas de vrais dégâts, le minimum de souffrance – mais ce n'était pas nécessaire. Il a honte de ce geste à présent, honte de l'excitation qu'il a ressentie – et qu'il ressent encore, en se rappelant comment Hélénos avait malgré lui retenu sa respiration. C'était un geste petit, mesquin, tout à fait indigne du fils du grand Achille.

Mais c'est tout toi, ça, non ? Un sale petit gamin qui arrache les ailes des mouches. Tu te rappelles avoir fait ça ?...

— Je n'ai pas à t'écouter.

Et pourtant tu m'écoutes, pas vrai ? Et tu m'écouteras toujours.

Rassemblant tout son courage, il tourne le dos au miroir, prend son manteau et sort dans la nuit.

*

Dehors, inhalant l'air frais, il marque une pause. Les écuries ? Non, même s'il a envie de passer du temps avec Ébène, il a trop peur de la douleur. Plus tard, peut-être – ou demain matin, à la première heure, il ira superviser la préparation de la potion, ou mieux encore, il la fabriquera lui-même – il pansera Ébène, il lui tressera la crinière… Mais pas maintenant, pas ce soir. Ce soir, il veut…

Que veut-il ? Un châtiment. Réponse surprenante, puisqu'il ne sait pas quel crime il est censé avoir commis et qu'il refuse d'admettre qu'il puisse être coupable. Comment aurait-il pu connaître la relation d'hôte-ami qui existait entre Priam et Achille ? Une offense commise dans l'ignorance reste une offense. Ni excuses, ni tolérance, ni pitié – les dieux, on le sait, sont impitoyables. Un châtiment, alors. Mais ce devrait être pour lui, pas pour Ébène.

Il ne veut pas de compagnie, et de toute façon, il n'y a pas beaucoup d'endroits dans le camp où il serait le bienvenu. Il ira vers la mer. En prenant le chemin à travers les dunes, il a conscience une fois de plus de marcher sur les traces d'Achille, comme chaque fois qu'il se déplace dans le camp. Et s'il choisissait son propre chemin… ? Cela n'a jamais été possible. Sur la plage, il voit une énorme vague qui explose en tonnerre et en nuages d'écume – et plus loin, d'autres vagues qui se forment déjà. Au bord de l'eau, il retire ses sandales, laisse sa tunique tomber sur ses chevilles et se prépare pour quelques minutes de froid extrême avant que la mer le recrache sur la terre sèche. Lui, il ne joue pas comme un dauphin avec les vagues. Il entre dans l'eau, sent le choc de la houle qui monte contre ses genoux, puis le sable qui s'écoule entre ses orteils quand la vague recule. Le grand Achille lui-même aurait-il nagé dans une mer pareille ? Oh oui, bien sûr qu'il l'aurait fait, et ça lui aurait plu, bordel ! Pyrrhus s'avance encore de quelques centimètres, tandis que la mer assouplit ses muscles pour le prochain assaut…

— À ta place, je ne le ferais pas.

Une voix narquoise, désinvolte. Pyrrhus pivote sur ses talons et manque de tomber à la renverse quand la vague suivante le rattrape. *Putain, on n'y voit rien*. D'un geste ridicule, il porte une main jusqu'à ses yeux comme pour les protéger du soleil – alors que c'est la lune qui blanchit les galets mouillés à ses pieds. La silhouette sombre qui regarde du haut d'un talus semble avoir des pieds absolument immenses. Pyrrhus frissonne, mais une seconde après, il comprend que c'est seulement Hélénos, qui a encore plusieurs épaisseurs de chiffons enroulés autour des pieds. C'est une étrange coïncidence de le voir si peu de temps après s'être rappelé lui avoir planté un couteau dans le ventre (mais à peine – ça n'a pas pu lui faire mal, ou très peu) et cette étrangeté le rend muet. Il attend qu'Hélénos parle, mais Hélénos, trouvant peut-être le silence menaçant, recule déjà.

— Non, ne pars pas, dit-il. (Hélénos s'arrête aussitôt.) Que fais-tu ici ?

Cela ressemble au début d'un nouvel interrogatoire – et c'est la dernière chose qu'il souhaite.

— En fait, je suis venu me laver les pieds.

— Vraiment ?

— Oui, tu sais, le sel… Ça aide.

— Je suppose.

Avec précaution, Hélénos s'assied et se met à déballer les chiffons. Après avoir hésité un moment, Pyrrhus escalade la pente vers lui, mais lentement, sans trop s'approcher.

— Il vaudrait peut-être mieux laisser l'air opérer.

Hélénos plie les orteils.

— Oui, tu dois avoir raison.

La peau guérit, pas l'esprit. Pyrrhus sait qu'il est temps de mettre un terme à cette rencontre embarrassante, même s'il se dit que c'est Hélénos qui a commencé – il n'aurait pas dû parler. Mais à présent, il est curieux de savoir pourquoi il l'a fait. Donc, à son corps défendant, il regarde Hélénos patauger dans l'eau, tressaillir quand une vague écume autour de ses chevilles. Il ne tient pas bien sur ses pieds, mais il avance un peu plus avant de revenir vers le rivage. Sur un coup de tête, Pyrrhus tend la main et lui propose son aide. Hélénos s'accroche à sa main, rit, gêné par sa faiblesse, et se laisse traîner sur la terre sèche. Hors d'haleine après cet effort, il pose ses mains sur ses genoux. Il a la peau très hâlée, avec beaucoup de poils sur les jambes, que l'eau arrange en demi-lunes et en cercles, un peu comme les algues sur les rochers. Exactement comme certaines algues sur les rochers. Curieusement, cette ressemblance dégage un espace dans la tête de Pyrrhus et il se met à se détendre, à s'ouvrir un peu.

— Ils ont l'air beaucoup mieux.

Commentaire ridicule, puisque c'est la première fois qu'il voit les pieds d'Hélénos. Rien de ce qu'il dit ne sonne juste.

— Je marche un peu mieux. (Hélénos regarde la mer, puis Pyrrhus.) Tu vas nager ?

— Non, je pense qu'il vaut mieux éviter.

— C'est plus sage. (Une légère hésitation.) Demain est un grand jour.

Tentant de garder une voix neutre, Pyrrhus répond :

— Toi, tu dois être content.

— C'est la seule chose à faire.

— Je n'ai pas besoin d'un Troyen pour... (Il ravale ses mots.) Ce n'est pas facile, tu sais, d'être le fils d'Achille.

Hélénos renifle.

— Tu penses que c'est facile d'être le fils de Priam ? Au moins tu n'as pas trahi ton père.

— Je n'en ai pas vraiment eu l'occasion ! Je ne l'ai jamais rencontré, ce connard. (Mais c'est un aveu trop brutal, trop sincère ; effrayé, il se replie dans sa grotte.) Il vaut mieux que je m'en aille. Il reste beaucoup à faire.

Pyrrhus ramasse sa tunique et ses sandales, puis il passe devant Hélénos, qui lui met une main sur la poitrine pour l'arrêter.

— Je suis désolé pour le cheval. C'était un attelage formidable.

L'attelage, il s'en fout. C'est Ébène qui compte. La douleur est insupportable. Il hoche brusquement la tête et part à grands pas, mais il n'a parcouru que quelques mètres quand Hélénos lui lance :

— Quand le grand Achille était en vie, il bravait même les dieux.

Sans prendre la peine de se retourner, Pyrrhus crie par-dessus son épaule :

— Comment tu sais ça, toi ?

— Tout le monde le sait.

Pyrrhus se contente de secouer la tête, et il presse le pas. Il doit s'éloigner de la mer, du sable, des nuages noirs à la dérive qui transforment la lune en veuve, pour regagner son monde à lui : la paille et le foin, les odeurs de cuir et du savon de selle, la chaleur de l'épaule d'Ébène, la forte courbe de son cou. Arrivé aux écuries, il les trouve désertes. Où sont tous les palefreniers ? Sur le promontoire, probablement. Tous ? Combien d'hommes faut-il pour construire un bûcher funéraire ? Mais ce n'est pas la construction qui prend du temps, c'est l'acheminement des rondins. Il remarque que les box des chevaux de trait sont vides. Peu importe que les hommes ne soient pas là ; les chevaux ont été nourris et abreuvés, ils sont prêts pour la nuit – et de toute façon il préfère être seul. Et pourtant, alors même qu'il se dit cela, l'idiot surgit de la sellerie et commence à bredouiller, à postillonner, dans son désir de se rendre utile. Pyrrhus le chasse et s'avance parmi les box. Ébène hennit pour le saluer. Pyrrhus choisit quelques pommes ratatinées dans un sac près de la porte, en donne d'abord une à Phœnix, feignant comme toujours une égalité d'amour qu'il ne ressent pas. C'est un mystère : certains chevaux sont différents. C'était le cas de Rufus. C'est le cas d'Ébène.

Traversant le couloir étroit, il tend une pomme au creux de sa main, et Ébène la prend doucement, délicatement. Il mâche beaucoup, la salive verte écume aux coins de sa bouche, puis il hoche et secoue plusieurs fois sa grande tête : *Encore !*

— Juste une alors, mais c'est la dernière. Tu as ton foin.

Ne pas multiplier les gâteries, car il faut maintenir le quotidien d'Ébène aussi normal que possible jusqu'au moment où Pyrrhus lèvera son épée. Ébène prend la pomme suivante sur la paume de Pyrrhus qui a maintenant les doigts couverts de bave verte ; il les essuie sur le côté de sa tunique, ramasse une poignée de paille fraîche et se met à étriller Ébène. Ce n'est pas nécessaire – la robe du cheval est luisante, comme toujours –, il est mieux soigné que bien des enfants – mais Pyrrhus aime cette tâche. Son corps se plie à chaque geste, il s'abandonne à ce plaisir. Il y a là quelque chose d'hypnotique ; Ébène le sent aussi – de petits frissons, de petits tiraillements parcourent sa peau. Le cheval ne regrette pas le passé, il ne redoute pas l'avenir, mais à l'arrière de l'esprit de Pyrrhus, il y a toujours la pensée de ce que le lendemain apportera.

Plus que quelques heures.

Alors même qu'il passe la main sur l'encolure d'Ébène, il estime l'angle exact et la force du coup – parce que cette fois, il ne devra pas rater son coup. Ébène ne doit pas mourir comme Priam est mort.

Finalement Pyrrhus jette la paille et recule. Il aimerait passer la nuit dans les écuries, s'asseoir dos au mur et dormir un peu s'il y parvient, mais il ne peut pas se le permettre. Il a besoin de repos et Ébène a besoin de sa routine ordinaire. Demain matin, de bonne heure, il viendra superviser la fabrication de la potion, mais il se demande si c'est bien nécessaire. En voyant une foule de gens réunis sur le promontoire, Ébène pensera peut-être que c'est le départ d'une nouvelle course. Il adore courir, et comme il n'a jamais été maltraité, il n'aura pas peur, même quand Pyrrhus lèvera l'épée.

Quand le grand Achille était en vie, il bravait même les dieux. Il se demande ce qu'Hélénos entendait par là, s'il suggérait vraiment qu'Ébène n'avait pas à mourir. Si oui, c'est un imbécile. Seules la folie et la ruine attendent l'homme qui défie les dieux. *Achille l'a fait*. Posant sa tête contre celle d'Ébène, Pyrrhus souffle doucement dans ses naseaux, comme autrefois, il y a longtemps, il le faisait avec Rufus.

— Désolé, Ébène. Désolé, désolé, désolé. *Je ne suis pas cet homme-là*.

*

Quelques minutes plus tard, trébuchant en aveugle sur les marches de la terrasse jusqu'à la porte principale de la grande salle, il ne remarque pas un homme tapi dans l'ombre, et il sursaute lorsqu'il le voit bouger. Hélénos, bien sûr. Il n'a plus le temps, plus la patience.

— Qu'est-ce que tu veux ?

— Nos pères étaient hôtes-amis. Ça veut dire que nous le sommes aussi. Le moins que tu puisses faire, c'est de me donner à manger.

Pyrrhus, la bouche déjà ouverte pour refuser, baisse les yeux vers Hélénos et s'aperçoit qu'il a froid, qu'il a faim, qu'il a peur et qu'il est seul. Puis il se rappelle le vide de ses appartements : le miroir moqueur et la lyre muette. Vraiment, que pourrait-il faire d'autre ? Il fait donc un pas de côté, ouvre la porte un peu plus grand – et laisse entrer l'avenir.

33

Dehors, il faisait enfin nuit. Avant de quitter la cabane, j'ai rempli un bol de mûres et j'y ai ajouté une cuillerée de cette bouillie épaisse qu'adorent inexplicablement les soldats grecs. J'ai trouvé Maïré assise sur son lit, le bébé gazouillant sur sa poitrine. Hellé se tenait derrière elle.

— Ne bouge pas, une minute.

J'ai écrasé quelques mûres contre l'intérieur du bol, je les ai mélangées à la bouillie grise et je les lui ai collées sur le visage et la poitrine. Pas trop, mais assez pour persuader les curieux de reculer.

— C'est censé être quoi ? a demandé Hellé.

— La peste.

— *La peste ?* Ça n'y ressemble pas du tout.

— Tu as une meilleure idée ?

Maïré m'a confié le bébé pendant qu'elle déployait le châle où l'envelopper. J'ai senti la chaleur de son poids dans mes bras et une légère humidité contre ma poitrine. En baissant les yeux, j'ai vu qu'il commençait à s'endormir.

Dormir, manger, dormir encore. Il y avait de minces veines bleues sur ses paupières et une petite cloque grise causée par les tétées sur sa lèvre supérieure. Une fois Maïré prête, je lui ai rendu son enfant et j'ai senti un vide glacé là où sa chaleur se trouvait auparavant. Les filles se sont pressées autour de Maïré pour lui dire au revoir, cherchant à entrevoir une dernière fois le visage du bébé entre les plis du châle. Une ou deux pleuraient ; elles avaient investi tant d'espoir dans cet enfant – trop d'espoir, beaucoup trop. Comme nous toutes.

Quand Maïré a remis sa robe noire, je lui ai dit de faire ses adieux et je suis allée attendre près de la porte. Andromaque m'a souhaité bonne chance. Je me demandais si, en secret, elle n'était pas ravie de voir partir Maïré et le bébé. Comme souvent, la surprise est venue d'Hellé, qui nous a suivies sur la terrasse.

— Je vous accompagne, a-t-elle dit sur un ton sans réplique. Oh, pas jusqu'au bout, je sais que je ne pourrai pas. Mais c'est moins dangereux à plusieurs, et de toute façon, j'ai pris ça.

Elle a soulevé son manteau et j'ai vu qu'elle tenait un couteau – une arme tranchante à manche en os et à longue lame. Elle avait dû le voler dans la grande salle un des soirs où elle avait dansé après le dîner. Je n'ai pas trouvé cela rassurant du tout. Hellé était forte, mais elle ne faisait pas le poids face à un guerrier grec ; elle ne ferait que leur offrir une arme – et sa silhouette élancée risquait plutôt d'attirer l'attention de tous ceux que nous croiserions.

J'ai senti que Maïré et moi aurions été plus en sécurité seules. Mais elle voulait venir, et je ne pouvais pas la priver d'une occasion de passer quelques minutes de plus avec son amie.

— Très bien, ai-je dit avec réticence.

Je voyais qu'elles attendaient que j'ouvre la marche. Elles n'étaient pas sorties de la cabane depuis leur arrivée, à l'exception des petits trajets d'Hellé jusqu'à la grande salle, et n'avaient donc aucune idée de la disposition du camp.

— Nous longerons la plage, ai-je décidé. Allons-y, par ici.

— Où allons-nous ? a demandé Hellé.

— Je les emmène chez Cassandre.

— Tu lui fais vraiment confiance ?

— Non, mais je pense qu'elle acceptera de nous aider. Et elle a un certain pouvoir.

J'y avais beaucoup réfléchi et longtemps. Ritsa et Hécamède auraient aidé si elles l'avaient pu, mais en étant réaliste, que pouvaient-elles espérer faire ? Il fallait que ce soit Cassandre.

Nous tenant dans l'ombre autant que nous le pouvions, nous avons contourné la cour. J'étais crispée, de peur que le bébé ne se réveille tout à coup et hurle. En traversant le cercle lumineux d'une torche, j'ai remarqué qu'il ne dormait pas, mais il était immobile et n'émettait pas un son. Peut-être le mouvement de la marche l'apaisait-il, ou peut-être, comme tant de jeunes animaux, savait-il se tenir tranquille quand il y avait des prédateurs dans les parages. Bientôt nous nous sommes éloignées des torches et des feux, et nous avons pris le chemin qui menait à la plage. La lune ne cessait de disparaître derrière des nuages noirs, mais l'obscurité ne me gênait pas. C'était l'un des chemins que j'avais souvent empruntés avant l'aube et parfois tard dans la nuit, durant mes premiers temps au camp. Rarement à cette heure-ci, parce que j'étais réquisitionnée pour servir le vin dans la grande salle.

Quand nous sommes arrivées sur la plage, j'ai senti que je me détendais un peu, mais je me suis aussitôt pétrifiée parce que deux hommes se tenaient là. L'un d'eux avait de l'eau jusqu'aux mollets et semblait s'apprêter à nager. J'entendais leur voix entre le fracas des vagues, mais je ne distinguais pas les mots. L'un d'eux ressemblait un peu à Pyrrhus ; je ne pouvais en être certaine parce qu'au clair de lune ses cheveux semblaient noirs. Je n'osais pas bouger, de peur d'attirer leur attention, mais de toute façon, nous devions faire une pause : Maïré était à bout de souffle. Elle n'avait jamais dû être en grande forme, et elle avait perdu beaucoup de sang après l'accouchement. Me tournant vers la droite, en direction du promontoire, j'ai vu des silhouettes d'hommes munis de torches qui allaient et venaient, leurs ombres immenses vacillant sur l'herbe. Ils devaient construire le bûcher funéraire de Priam. Sur ma gauche, en risquant prudemment un œil hors de l'ombre du chemin des dunes, j'ai vu que la voie était libre. Un des hommes du bord de l'eau avait ramassé sa tunique et s'en allait. Après un moment, l'autre s'est levé aussi et l'a suivi.

Maïré respirait maintenant avec plus de facilité.

— Allez, on repart.

Sentant que le rivage était trop exposé, je les ai entraînées vers la rangée de navires en cale sèche qui entouraient la baie. Nous nous déplacions par avancées soudaines, filant d'une zone d'ombre à la suivante. Depuis le jour où j'étais arrivée au camp, le bourdonnement constant des gréements contre les mâts hantait mes rêves. Autrefois, j'y percevais le bruit d'un esprit en fin de parcours, mais j'étais désormais plus forte, et me concentrais exclusivement sur la nécessité d'emmener Maïré et son bébé en sécurité – ou ce qui passait pour tel dans ce camp. Il n'y avait de garantie pour personne.

Une fois au niveau de l'arène, une bande de guerriers, dont beaucoup portaient des torches, ont surgi entre les navires et se sont éparpillés vers la plage. La plupart d'entre eux sont partis en courant, sans doute en route vers l'enceinte voisine pour aller boire, mais trois retardataires nous ont repérées dans l'ombre des coques. L'un d'eux s'est attardé un moment, puis a haussé les épaules et s'est éloigné.

— Salut, les filles !

L'homme face à moi était maigre, en sueur et complètement ivre. Pas méchant, pas menaçant – ou du moins pas encore. Je ne pouvais ni le contourner ni reculer. Nous étions prises au piège dans l'étroit espace entre deux navires. J'ai placé mon bras autour de Maïré et j'ai fait mine de la soutenir. Hellé a fait de même, mais je l'ai sentie se raidir et j'espérais qu'elle ne cherchait pas le couteau. « Nous allons à l'hôpital, ai-je dit. Elle a de la fièvre. Si j'étais vous, je ne m'approcherais pas trop. » L'homme a examiné Maïré, qui haletait et transpirait. Inutile de jouer la comédie, une demi-heure à marcher dans le sable meuble l'avait mise à bout de force. « Ça pourrait être la peste », ai-je ajouté. Devinant ce qu'elle avait à faire, Hellé a écarté le manteau du visage et du cou de Maïré, tandis que je serrais le châle pour être certaine que le bébé resterait caché. À la lueur d'une torche, dans l'ombre des navires, les croûtes violettes qui semblaient si peu convaincantes dans la cabane prenaient un air absolument terrifiant. La peur de la peste était une constante dans la vie au camp ; moins d'un an auparavant, il y avait eu une véritable épidémie, et la plupart des hommes devaient connaître quelqu'un qui y avait succombé. L'inconnu est resté figé. « Viens ! a crié son camarade derrière lui. Fous-leur la paix. »

L'homme s'est enfui, mais une fois à bonne distance, il s'est arrêté et nous a souhaité bonne chance. Du coin de l'œil, j'ai aperçu l'éclat du couteau d'Hellé.

— Tu vas me faire le plaisir de ranger ce foutu truc !

Je dois pourtant avouer que je me sentais mieux de l'avoir avec nous. Seule, j'aurais eu plus de mal à gérer Maïré et le bébé. J'ai d'ailleurs fini par porter le bébé, tandis qu'Hellé soutenait Maïré. Par chance, nous n'avons pas fait d'autre rencontre. Nous entendions des cris et des chants, venant des hommes qui buvaient autour des feux, mais je les trouvais plutôt moins excités que d'habitude. Personne ne savait trop à quoi s'attendre le lendemain. Nous avons fini par gagner l'enceinte d'Agamemnon. Pour une fois, je n'ai pas eu le temps de m'appesantir sur le sentiment de désolation qui me frappait toujours à la minute où je franchissais les portes. L'hôpital était droit devant, les lampes faisaient rougeoyer la toile de la tente. Laissant les autres à l'extérieur, je me suis glissée sous le rabat et j'ai cherché Ritsa. À la table, deux femmes remplissaient des cruches de vin, mais pas de Ritsa en vue. Elle devait être avec Cassandre – je ne pouvais imaginer aucun autre endroit où elle serait.

Des bruits de repas, des chants de temps à autre, des rires et l'entrechoquement des assiettes provenaient de la grande salle d'Agamemnon, mais la cour était silencieuse. J'ai frappé à la porte de Cassandre. Une fille a ouvert, elle répugnait clairement à nous laisser pénétrer dans la cabane, mais j'ai alors entendu Cassandre demander : « Qui est-ce ? » J'ai crié mon nom et, un instant après, la servante nous a invitées à entrer. Maïré et Hellé sont restées sur le seuil, hésitantes, tandis que je m'avançais dans les appartements pour parler à Cassandre. Je l'ai trouvée les cheveux défaits, vêtue d'une robe jaune qui ne lui allait pas – et portant le collier de ma mère.

— Qu'est-ce que c'est ?

Elle n'a pas croisé mon regard et j'ai eu l'impression qu'elle avait honte d'être vue ainsi : habillée pour titiller et pour séduire, ce qu'elle faisait assez mal, par manque d'entraînement. Bien sûr, le dîner dans la grande salle serait bientôt fini ; elle s'attendait à être convoquée dans le lit d'Agamemnon. Je me demandais ce qu'elle ressentait. C'est bien joli de s'imaginer franchissant l'entrée des enfers, couronnée de lauriers, saluée en conquérante par tous les Troyens morts – mais avant d'en arriver là, elle allait devoir passer pas mal de temps sur le dos, avec Agamemnon qui suait et soufflait comme un bœuf étendu sur elle. Mais peut-être que cela ne la dérangeait pas. Elle y prenait peut-être même du plaisir. Elle n'avait pas choisi d'être une prêtresse vierge ; c'est Hécube qui avait fait ce choix pour elle.

J'allais expliquer la raison de ma venue quand Ritsa, qui devait avoir entendu ma voix, a apporté un diadème et un voile. Cassandre lui a crié de les déposer.

— Eh bien ? a-t-elle dit en se tournant vers moi. Que puis-je pour toi ?

Son ton était presque hostile.

J'ai expliqué le problème et, pensant que le bébé saurait mieux que nous plaider sa cause, j'ai hélé Maïré et Hellé. Maïré avait essayé d'enlever ses « plaies » et elle avait maintenant le visage entièrement violacé. Hellé paraissait très agressive. Cassandre ne leur a adressé qu'un coup d'œil et les a aussitôt rangées dans une catégorie indigne de son attention. Maïré a repoussé les plis du châle pour dévoiler le visage du bébé, croyant évidemment que cela pourrait inspirer de la pitié à Cassandre. Celle-ci a brièvement regardé l'enfant, mais son expression était difficile à interpréter. Elle avait dû renoncer à l'espoir d'être mère des années auparavant – et comme elle adhérait évidemment à sa prophétie selon laquelle Agamemnon et elle allaient bientôt mourir, elle ne plaçait pas d'espoir en l'avenir non plus. Pour elle, un bébé pouvait-il être autre chose qu'une source de souffrance, et peut-être de regret ? J'ai cru que cela risquait de l'endurcir encore contre nous. Mais en fait, elle s'est simplement détournée, a pris le diadème et s'est mise à jouer avec, d'un air distrait.

— Bon, a-t-elle finalement dit. Je suppose qu'elle pourrait travailler en cuisine. (Elle a consulté Ritsa.) Tu t'en occupes ?

Ritsa m'a lancé un regard puis, écartant grand les bras comme si elle pilotait un troupeau d'oies, elle a poussé Maïré et Hellé vers la porte.

Cassandre s'attendait peut-être à ce que je sorte aussi, mais je me suis assise face à elle. Je voulais laisser à Hellé tout le temps de prendre congé de son amie. J'ai attendu d'entendre la porte principale se refermer.

— Tu ne sers pas le vin au dîner, alors ?

— Je suis son épouse.

— Ah oui, bien sûr. C'est tout à fait différent.

Moi aussi j'avais partagé la couche d'Agamemnon. Nous devions nous parler, les bonnes manières l'exigeaient, mais la conversation se traînait lamentablement, lestée par tout ce que nous ne disions pas. Cassandre n'arrivait pas à se forcer à me regarder. Je doute qu'elle ait jamais eu une conversation intime avec une autre femme. Finalement, après un silence gêné, elle a posé la question :

— Comment était-il avec toi ?

— Brutal.

L'espace d'un instant, ses yeux se sont fixés sur moi.

— Il était en colère contre Achille. Il se défoulait sur moi.

— À chaque fois ?

J'ai ri.

— Ce n'est arrivé que deux fois. Puis il s'est levé dans l'arène et a juré sur tous les dieux qu'il n'avait pas posé un doigt sur moi.

— Achille l'a cru ?

— Non ! (Je lui ai lancé un regard.) Tu es son épouse – tu as raison, ce n'est pas la même chose.

— Calchas dit que ce mariage n'est pas légal.

— Il est légal si Agamemnon le dit. Il *est* la loi.

J'essayais de laisser à Ritsa tout le temps d'installer Maïré. J'espérais seulement que cela réussirait, que la cuisinière d'Agamemnon ne formulerait pas d'objection – ils avaient toujours l'air de manquer de personnel, et Maïré avait de l'expérience en cuisine. Agamemnon ne saurait même pas qu'elle était là. Je m'inquiétais davantage pour Hellé. Elle n'était pas du genre à se faire des amies facilement ; cette perte n'était pas anodine. Mais en réalité, je ne savais pas par où prendre Cassandre quand elle était ainsi sur la défensive, se sentant attaquée. J'ai été soulagée quand la porte s'est ouverte. Je m'attendais à voir Ritsa, mais la servante venait transmettre les ordres d'Agamemnon. Cassandre s'est levée, contemplant d'un air désemparé le diadème et le voile. Je les ai pris et les lui ai fixés sur la tête. Elle semblait agitée : les reflets rouges des opales dansaient à chacune de ses respirations. Nos visages n'étaient qu'à quelques centimètres l'un de l'autre, elle tolérait mes doigts dans ses cheveux, mon haleine sur sa peau. Et elle est parvenue à aller jusqu'au bout de ce moment embarrassant sans une seule fois croiser mon regard.

— Je suis sûre que Ritsa sera bientôt de retour, a-t-elle dit afin de créer une distance plus confortable pour elle. Tu peux l'attendre si tu veux.

Après son départ, je suis restée seule près de la lampe jusqu'à ce que Ritsa et Hellé reviennent – sans Maïré.

— Ne t'inquiète pas, elle sera très bien, et le bébé aussi. J'y veillerai, et la cuisinière n'est pas méchante.

Je l'ai embrassée, en regrettant de ne pas avoir pu discuter avec elle, mais je sentais qu'il me fallait ramener Hellé sans encombre à la cabane des femmes. Ritsa nous a suivies jusqu'à la porte et nous a fait signe de la main.

Nous avons longé la plage, autant que possible à l'abri des navires. La lune allait et venait à la surface de l'eau. Hellé n'avait toujours pas parlé. Si ç'avait été l'une des autres filles, j'aurais mis un bras autour de son épaule, je l'aurais peut-être embrassée, mais on ne pouvait pas se comporter de cette façon avec Hellé. Le corps qu'elle entraînait avec tant d'ardeur et qu'elle exhibait avec une si totale arrogance n'était pas destiné à ce qu'on le touche. C'était une armure plutôt que de la chair.

Nous nous sommes dit au revoir à la porte de la cabane des femmes. Je n'avais pas envie d'y entrer, et Hellé serait capable de leur raconter ce qui s'était passé. Au dernier moment, alors qu'elle allait franchir le seuil, elle a regardé en arrière et a dressé son poing serré. « On y est arrivées, semblait-elle dire. On les a fait sortir d'ici. »

De toute évidence, elle croyait que Maïré et l'enfant étaient désormais en sécurité. Peut-être l'étaient-ils, en tout cas plus que s'ils étaient restés dans l'enceinte de Pyrrhus.

34

Normalement, les femmes n'assistent pas aux funérailles, donc je ne prévoyais pas d'aller à celles de Priam. Dès le petit matin, une activité fébrile s'est emparée du camp. Les Myrmidons avaient construit un énorme bûcher sur le promontoire, près des prairies des chevaux. L'armure de Priam avait été tirée de la réserve et astiquée jusqu'à ce qu'elle brille. Pour moi, seule dans ma cabane, ç'aurait dû être une journée de consolation réelle bien que maigre, mais je sentais de plus en plus la frénésie me gagner. Comme je ne savais où je voulais être, j'ai fini par décider d'aller me promener au bord de la mer. Pour penser à Priam. Et à Amina.

Normalement, à cette heure de la journée, la plage aurait dû être déserte, mais aujourd'hui elle était noire d'une foule d'hommes rassemblés au bord de l'eau pour se purifier. La plupart d'entre eux s'oignaient le corps d'huile. Après un bain chaud, c'est agréable, mais là-bas, alors que le vent soufflait du sable partout, les grains se collaient à l'huile et il fallait les racler péniblement, avant l'immersion dans une mer froide parsemée d'une écume jaune sale... Rien de bien agréable. Quelqu'un s'est mis à chanter un hymne à Zeus, mais la voix du chanteur était noyée par une cacophonie de glapissements chaque fois que l'eau salée frappait la peau abrasée.

Je me suis abritée près des navires et j'ai observé la scène, mais après un moment, mon isolement délibéré m'a semblé égoïste. Il y en avait d'autres dans le camp qui avaient plus de raisons de s'affliger que moi. Hécube, par exemple. Hécube, surtout. Tournant le dos à la plage, maintenant plus bondée que le camp, je me suis dirigée vers sa cabane. Elle était debout, portait une tunique propre, et la rougeur formait deux taches sur ses joues décharnées. Ces derniers temps, j'avais parfois songé qu'elle ne vivrait pas un jour de plus, mais c'était sans tenir compte de la force de volonté qui la soutenait. Je me suis agenouillée pour lui toucher les pieds, après quoi elle m'a attirée dans ses bras pour m'étreindre. Le haut de son crâne atteignait à peine mon menton.

— J'ai envoyé chercher Ulysse, a-t-elle dit, lissant ses cheveux pour s'assurer qu'elle était bien coiffée.

Envoyé chercher ? Elle était son esclave. En regardant ses yeux brillants de fièvre, j'ai cru qu'elle avait finalement perdu la raison – seule une folle parle ainsi. J'ai pris mon ton le plus apaisant :

— Oh, vous savez, il ne viendra pas forcément…

Elle m'a tapoté le bras, presque avec condescendance :

— Il viendra.

Elle ne tenait pas en place ; elle ne cessait de parcourir la cabane, comme une petite fille à qui l'on a offert de nouveaux habits pour son anniversaire et qui n'a pas encore le droit de les porter. Enfin, je l'ai persuadée de s'asseoir pour conserver son énergie.

— La route est longue. Il ne faut pas vous fatiguer dès à présent.

Je ne croyais pas qu'elle puisse aller où que ce soit. Je lui ai donné une coupe de vin dilué, mais elle l'a reposée après seulement quelques gorgées. Quand une ombre a obscurci l'entrée, elle a levé les yeux, s'attendant évidemment à voir Ulysse, mais ce n'était qu'Hécamède, apportant du pain et du fromage aux herbes, un fromage humide qui s'émiettait, du pain sortant du four, mais Hécube n'avait aucun appétit, et il aurait été irrespectueux de manger sans elle.

— Nestor va à l'enterrement, a annoncé Hécamède. Calchas dit que tous les rois doivent y être.

Le visage d'Hécube est devenu radieux :

— Eh bien, si ce vieux con décrépit peut y aller, j'y arriverai moi aussi. J'irai à pied s'il le faut. Ou je demanderai à un petit jeune de me prendre sur son dos.

— Vous ne ferez pas ça !

Je ne parvenais pas souvent à me montrer ferme avec Hécube, mais vraiment c'en était trop.

Quelques minutes plus tard, une autre silhouette est apparue dans l'encadrement de la porte. Une fois encore, Hécube a levé les yeux. Je l'ai même entendue prononcer le nom d'Ulysse, mais ce n'était toujours pas lui. C'était Cassandre – grande, jeune, forte, richement vêtue, tout à fait la future reine de Mycènes. Elle ne savourerait peut-être ce rôle que quelques jours, quelques semaines au maximum, mais de toute évidence, elle comptait bien en profiter. Hécamède et moi nous sommes levées pour l'accueillir. Hécube semblait très calme.

Ce moment ne ressemblait guère à des retrouvailles mère-fille. J'avais passé une bonne partie de ma vie à regretter ma mère, et je m'attendais à des larmes, des embrassades, une réconciliation… mais il n'y a rien eu de tel. Cassandre s'est avancée – avec réticence, ai-je pensé –, elle s'est agenouillée et a touché les pieds de sa mère avant de lui tendre sa joue de loin, en une étreinte gênée. Elle portait une robe verte avec un beau col de broderie, et elle avait l'air aussi exotique qu'un oiseau tropical dans cette petite cabane sordide. Une fois l'étreinte terminée, Hécube s'est rassise sur ses talons et a fixé sur Cassandre des yeux brillants et sceptiques. Il y avait là beaucoup de souffrance, mais elle la cachait bien.

— Cassandre, a-t-elle dit tout en découvrant la robe, la coiffure très élaborée, les bagues... Tu as l'air d'aller bien.

— Je vais aussi bien que je peux. (Un silence tendu.) Tu sais que je suis mariée ?

— *Oui*. Donc il l'a vraiment fait... J'avoue que je ne l'en croyais pas capable. Qu'en dira sa femme, d'après toi ?

— J'imagine qu'elle ne sera pas ravie.

Sans prendre la peine de masquer son dégoût pour le lieu où elle se trouvait, Cassandre s'est assise, glissant ses jambes sous elle avec autant de soin qu'un chat. Si ces deux femmes tentaient d'établir un véritable lien entre elles, la présence d'un tiers ne pourrait que les déranger, j'ai donc désigné la porte d'un mouvement de tête et je suis sortie avec Hécamède. Sur la terrasse, j'ai eu le plaisir de voir le large dos et la chevelure couleur paille de Ritsa. Je me suis assise à côté d'elle ; nous nous sommes embrassées et nous avons un peu pleuré, puis nous avons observé les hommes qui réparaient les statues dans l'arène.

— Donc maintenant tu es la servante de Cassandre ?

— Ça y ressemble bien.

— Tu vas encore à l'hôpital ?

— C'est rare. Il y a moins de travail qu'avant. Quelques petits crétins qui s'arrachent des morceaux de chair en se chamaillant... pas plus.

Malgré tout, Ritsa était une guérisseuse. Cassandre aurait pu prendre pour servante n'importe laquelle des femmes de l'enceinte d'Agamemnon.

Hécamède m'a touché le bras :

— Je dois partir. Nestor aura besoin de beaucoup d'aide pour se préparer.

Nous l'avons regardée traverser l'arène, se glisser entre les dieux tombés.

— Comment va-t-elle ?

Je voulais parler de Cassandre.

— Il y a toujours des hauts et des bas. Parfois, on croirait une enfant. Mais, tu sais... Je l'ai vue dans ses pires moments, même se pisser dessus. Et c'est une femme fière. Certains jours, elle ne supporte pas ma présence.

— Pourtant elle devrait te remercier.

— Oui, mais nous savons toutes les deux que ça ne marche pas comme ça.

Un groupe d'hommes ont descendu la statue d'Athéna jusqu'au sol. Deux d'entre eux tiraient sur des cordes, les autres tendaient les bras pour la retenir au cas où elle serait encore plus endommagée si elle basculait trop rapidement.

— En tout cas, toi, tu dois être contente, a repris Ritsa. La crémation de Priam !

— Pas encore.

— Non, mais c'est pour bientôt. Quant à ce petit saligaud... Je pensais que Calchas irait beaucoup plus loin. J'aimerais bien le voir suivre le corps de Priam à quatre pattes. Enfin, au moins, il va perdre son cheval. Ça n'est pas grand-chose, malgré tout – un cheval, contre la vie d'un enfant ?

Je me suis demandé à quel enfant elle pensait. Au bébé d'Andromaque ? À Polyxène ? À Amina ? Les filles devaient lui apparaître comme des enfants. J'étais sur le point de formuler un commentaire, mais à cet instant une ombre s'est abattue sur nous. J'ai levé les yeux et, chose incroyable, c'était Ulysse. Nous nous sommes déplacées sur la marche pour le laisser passer et, baissant la tête, il est entré dans la cabane.

Ritsa semblait aussi abasourdie que moi.

— Tu sais qu'elle l'a envoyé chercher ?

— Eh bien voilà. Ce qui compte dans la vie, c'est l'opinion qu'on a de soi. Dans sa tête, elle est toujours reine.

Un murmure de conversation derrière nous. Ulysse : un grommellement grave ; Hécube : frêle, haletante, résolue ; Cassandre : un gémissement pénétrant, légèrement nasal.

— Quelle était sa part à elle dans le discours de Calchas ?

Ritsa a haussé les épaules :

— Je ne sais pas. Ils l'ont composé à deux, mais sans toi ils n'auraient rien pu faire. Apparemment, Alcimos et Automédon n'avaient aucune envie de parler – jusqu'au moment où ils ont compris que Calchas était déjà au courant.

Un mouvement dans la cabane. Peu après, Ulysse en est sorti, m'a adressé un signe de tête, a ignoré Ritsa, puis est parti en direction de sa grande salle. Cassandre est bientôt apparue :

— Va voir ma mère, a-t-elle ordonné à Ritsa. Elle aura besoin de toi pour descendre les marches.

Je me suis levée pour suivre Ritsa. Hécube semblait encore plus excitée qu'auparavant, et même dangereusement.

— Il envoie une charrette ! Il a dit que je pouvais utiliser son char, mais que je devrais rester debout, alors j'ai répondu : « Non, non, une charrette suffira bien. Je ne suis pas fière. »

Elle se tenait là, dans cette minable petite niche à chien, comme une incarnation de l'orgueil.

J'ai trouvé un peigne et j'ai commencé à ramener en arrière ses longs cheveux blancs, pensant que cela pourrait contribuer à l'apaiser, mais rien n'aurait pu la calmer ce jour-là. Elle était *euphorique.* J'avais toujours eu du mal à comprendre ses humeurs, et cette situation ne faisait pas exception à la règle. J'étais trop jeune pour savoir que l'enthousiasme est l'une des nombreuses facettes du chagrin. À ces funérailles, devant toute l'armée grecque, elle représenterait Priam. Plus encore, elle *serait* Priam. Car n'est-ce pas la manière dont, en fin de compte, nous affrontons le deuil ? Il n'y a là rien de sophistiqué, rien de civilisé. Comme des sauvages, nous ingérons nos morts.

Alors que je terminais de la coiffer, j'ai entendu la charrette s'arrêter dehors. Soudain anxieuse, elle m'a demandé :

— Tu viens avec moi, n'est-ce pas ?

J'avais prévu de marcher, mais bien sûr j'ai accepté. Ulysse avait envoyé un attelage de chevaux – plutôt que de mules, ce qui aurait été plus ordinaire – et pour les conduire, un jeune homme au visage frais saupoudré de taches de rousseur. Il considérait visiblement que conduire une charrette était en dessous de sa dignité – j'ai cru reconnaître le conducteur du char d'Ulysse –, mais il s'est montré très aimable lorsqu'il a fallu hisser Hécube sur le siège. Hécube était tout émue, contente, et même un peu coquette lorsqu'il l'a posée. Une fois installée, elle a regardé autour d'elle avec un vif intérêt : l'arène, les statues des dieux, la foule d'hommes revenant de la plage. On aurait cru que nous partions en excursion. À côté d'elle, le visage de marbre, Cassandre regardait droit devant elle.

Le trajet jusqu'au lieu de la crémation était long et pénible, les roues déviaient sur les ornières du chemin jonché de cendre. Plus d'une fois, Hécube a dû s'appuyer au côté de la charrette, mais elle est restée très digne du début jusqu'à la fin. Nous étions entourées d'hommes qui venaient d'accomplir leur rituel de purification dans la mer. Il y avait une odeur oppressante de cheveux mouillés, d'humidité retenue dans les plis de la peau. Ils semblaient surpris de voir des femmes – comme je l'ai dit, en temps normal les femmes n'assistent pas aux funérailles –, mais ils se rangeaient sur le côté du chemin pour nous laisser passer. Beaucoup d'entre eux dévisageaient ouvertement Hécube, comme conscients de voir passer l'Histoire.

Cassandre a demandé au conducteur où il nous emmenait et, lorsqu'il a désigné l'endroit, elle a protesté : « Non, nous devons nous approcher davantage. » Hécube avait maintenant vu le bûcher funéraire et elle serrait les lèvres comme elle le faisait parfois quand le chagrin et la colère menaçaient de la submerger. J'aurais voulu tendre la main et la toucher, mais je me suis retenue. Il émanait à présent d'elle un isolement qu'aucune affection ne pourrait briser.

Enfin, les cahots ont cessé ; le conducteur est descendu et a rejoint ses camarades. Nous étions sur une légère pente, d'où nous avions une bonne vue sur l'ensemble de la scène. Pas de tombe, bien sûr – elle serait creusée plus tard pour accueillir les os. Les Myrmidons avaient construit un énorme bûcher, se dressant à trois ou quatre mètres au-dessus de la foule. L'espace se remplissait vite. Les hommes affluaient par le chemin, mais les hauteurs du promontoire étaient déjà noires de monde. La charrette était devenue une île au milieu d'un océan de têtes. Les rois n'étaient pas encore arrivés ; ils devaient attendre que l'ensemble des hommes soient assemblés avant de faire leur entrée.

Peu à peu, un par un, ils ont commencé à apparaître : Ulysse, en premier ; il se protégeait les yeux et scrutait les pentes, cherchant Hécube, peut-être. En tout cas, son regard a paru se poser sur nous, avant qu'il ne se tourne pour saluer Ajax. Nestor a reçu son habituel rugissement d'acclamation. J'ai aperçu Hécamède marchant à côté de son char. Agamemnon est arrivé en dernier, comme c'était son droit, lançant un regard à Ménélas et lui adressant un petit salut dédaigneux. Quand il s'est assis, le silence s'est fait, en dehors des cris stridents des mouettes qui tournoyaient dans le ciel.

Et nous avons attendu.

Finalement, de loin, est arrivé un bruit de tambours et de pas. Rien d'autre, d'abord, rien que ce martèlement, puis lentement, la procession funéraire est devenue visible. Ritsa et moi, nous avons aidé Hécube à grimper sur le banc pour voir serpenter le cortège ; nous la retenions par la jupe comme une petite fille qui veut marcher sur un mur. C'est seulement quand j'ai senti qu'elle ne courait plus aucun danger que j'ai pu regarder le chemin de cendre et la procession qui venait vers nous. Le corps de Priam, serré dans un drap d'or et de pourpre, était porté sur les épaules de six Myrmidons. J'ai cru reconnaître la couverture que j'avais utilisée pour lui préparer un lit le soir où il était venu voir Achille. Les guerriers se sont bientôt mis à frapper leur épée sur leur bouclier, comme ils le faisaient tous les matins avant de partir pour le champ de bataille. Un vacarme solennel, mais aussi menaçant. Puis, s'élevant au-dessus de ce tintamarre, les flûtes ont commencé à jouer la complainte d'Achille, cette musique qui m'avait hantée, qui m'avait poussée au bord de la démence, dans les semaines qui avaient suivi sa mort.

Aussitôt après le corps de Priam venait Ébène, conduit par le simple d'esprit si doué pour calmer les chevaux, mais même lui devait voir là une épreuve. Excité par la foule, Ébène ne cessait de remuer la tête, de faire de petits sauts, de danser… Peut-être cela ressemblait-il pour lui au début d'une course de chars ; il ne pouvait pas savoir qu'on l'avait décoré de guirlandes en vue du sacrifice. Pyrrhus, en grande armure, tête baissée, marchait quelques pas en arrière. En fait, tous les Myrmidons portaient l'armure complète, mais je suppose que c'était la tenue adéquate pour la procession funéraire d'un roi. Quand ils ont quitté le chemin pour s'avancer dans la foule d'hommes en tunique et en manteau, ils formaient un flux étranger, scintillant. Les Myrmidons, « hommes-fourmis ». J'avais toujours trouvé ce nom stupide pour des êtres aussi farouchement indépendants, aussi prompts à contester l'autorité, et dont il fallait toujours mériter le respect ; mais en les voyant ainsi, en entendant la force et la précision de leurs pas (et en la sentant aussi, à travers la vibration de la charrette), j'ai compris – pour la première fois, je crois – la terreur qu'ils inspiraient sur le champ de bataille.

Enfin, ils se sont arrêtés au pied du bûcher. Les hommes ont porté Priam jusqu'en haut de la pente raide et l'ont déposé sur la bière, tandis que d'autres arrosaient les bûches de graisse de bœuf et d'huile. La foule a observé tout cela dans le silence le plus total, mais j'entendais Hécube gémir tout bas près de moi. Ou plutôt, je croyais l'entendre – mais quand je me suis retournée, j'ai vu que ce bruit venait de Cassandre. Hécube ne bougeait ni ne parlait.

Une voix solitaire a entonné un hymne de louanges à Zeus. Peu à peu, une par une, d'autres voix s'y sont jointes jusqu'à ce que toute l'assemblée psalmodie :

Je chanterai Zeus,
Premier des dieux et le plus grand,
Lui qui voit tout, Seigneur de tout...

J'ai entendu chanter cet hymne dans les temples de tout le monde grec, mais plus jamais de manière aussi émouvante. Alors que les voix continuaient, Calchas a surgi du petit groupe d'hommes derrière Agamemnon et il est allé se placer au pied du bûcher. Quand la musique s'est tue, il a invoqué Priam.

— Puisses-tu bien te porter dans la maison d'Hadès. Tes ennemis te rendent hommage.

Aussitôt, sur un signal d'Agamemnon, l'armée a poussé trois cris à pleine gorge pour le défunt – « Priam ! Priam ! Priam ! » – et les mouettes qui s'étaient posées ont redécollé en criant.

Sur un signe de Calchas, Pyrrhus a regardé par-dessus son épaule les hommes qui se tenaient derrière lui, puis a fait un pas en avant. Le garçon qui jusque-là caressait le cou d'Ébène pour l'apaiser s'est approché et, voyant Pyrrhus, le cheval l'a salué par un hennissement. La foule s'est tue, Pyrrhus a dégainé son épée – puis il s'est tourné face à Agamemnon et aux autres rois.

— Hier, Calchas a déclaré devant vous tous que je devais sacrifier mon cheval Ébène au pied du bûcher funéraire de Priam. (Une pause, pendant laquelle il a contemplé tout le cercle des visages familiers.) J'y ai longuement et mûrement réfléchi, et en toute honnêteté, je ne crois pas que les dieux exigent cela de moi.

Tout le monde a retenu sa respiration. Autour de nous, les hommes se dévisageaient, leur expression allant de la surprise au choc, voire à l'horreur. Pyrrhus a levé les bras et attendu le silence pour se remettre à parler.

— Je vais donc procéder à un autre sacrifice, plus personnel.

Il a levé son épée, a empoigné son épaisse chevelure et l'a tranchée aussi près du crâne qu'il le pouvait. Cela peut vous sembler un sacrifice sans conséquence, mais pour les soldats qui en étaient témoins, cela n'avait rien d'anodin. Les guerriers grecs étaient et sont encore extrêmement fiers de leurs longs cheveux flottants. C'est presque comme s'ils pensaient que leur force y résidait. Un homme peut jeter une mèche de ses cheveux sur le bûcher funéraire de son père ou de son frère, mais il est rare de les couper sur toute leur longueur. Achille l'avait fait pour Patrocle – je ne trouve aucun autre exemple. Le geste n'a pris que quelques secondes, puis Pyrrhus s'est retourné, a jeté sa tignasse sur les rondins aux pieds de Priam et, avant que quiconque ait pu réagir, il a pris la torche d'un des gardes et a allumé le bûcher. Immédiatement, d'autres hommes se sont précipités pour mettre le feu au petit bois à autant d'endroits que possible. Parfois, même généreusement arrosé de graisse, un bûcher refuse de s'enflammer – c'est arrivé lors des funérailles de Patrocle –, mais il n'y avait aucun risque de ce genre aujourd'hui. Après la longue sécheresse, les bûches se sont embrasées instantanément. Un vent violent soufflant de la mer a attisé les flammes, et a projeté dans les airs une colonne de fumée noire et d'étincelles tourbillonnantes. Un ou deux des hommes placés près du sommet du bûcher ont failli être avalés par les flammes et ont dû sauter en bas pour se protéger.

Dès qu'Hécube a vu le bûcher s'enflammer, elle a poussé un cri de lamentation, un hululement de douleur dépourvu de mots. Autour de nous, la foule des hommes est restée silencieuse. Pyrrhus et Calchas se fixaient encore l'un l'autre. Dans mon champ de vision, il y avait l'épée dégainée de Pyrrhus, les rangées de Myrmidons casqués, déployés de part et d'autre, de sorte qu'il se trouvait dans un demi-cercle hérissé de lances. Calchas lançait des regards inquiets à Agamemnon, qui secouait la tête imperceptiblement et lui faisait signe de reculer. À ce moment, deux des aigles de mer qui nichaient sur le promontoire ont survolé le bûcher.

Pyrrhus a pointé le doigt vers le ciel.

— Regardez ! Zeus accepte le sacrifice.

Cette idée convenait aux Myrmidons. Je pense que personne d'autre n'y a cru, mais en voyant les Myrmidons massés derrière leur chef, évidemment prêts à se battre – et armés pour cela –, personne n'a eu envie de discuter.

Le bûcher allait se consumer toute la nuit. Normalement, les fils, petits-fils, frères et neveux du défunt devaient veiller à son côté, mais il n'y avait personne pour faire cela pour Priam. Peut-être Hélénos se glisserait-il jusqu'au promontoire, à la nuit tombée, pour rendre à son père cet ultime hommage. Peut-être pas, s'il avait trop peur, ou trop honte.

La foule commençait à se disperser. Certains des hommes qui passaient près de notre charrette se plaignaient. « Calchas avait dit de sacrifier le cheval. Il n'a jamais été question de cheveux. » « Si ç'avait été un des nôtres, on aurait été obligés de le faire. » Un grondement approbateur. « Ouais, enfin, c'est toujours pareil, non ? Y a une loi pour eux et une autre pour nous. Ça changera jamais. » Les protestations n'étaient pas véhémentes, mais persistantes. Pyrrhus n'en avait pas fini, pas encore. Restait à voir si le vent allait changer ou non.

Je ne crois pas qu'Hécube ait entendu le moindre mot. Elle continuait à contempler le bûcher en feu, et le vent soulevait ses cheveux blancs qui tournaient autour de sa tête comme les flammes. Je tenais encore sa tunique, mais j'ai été prise au dépourvu quand elle s'est effondrée. J'ai chancelé, mais je l'ai rattrapée assez facilement – elle ne pesait presque rien – et je l'ai posée sur le banc.

— Tout s'est bien passé, ai-je dit avec douceur quand elle a repris connaissance. Ils lui ont rendu tous les hommages.

Elle a acquiescé et a semblé en tirer une certaine consolation, mais Cassandre s'est écriée sèchement :

— Il aurait dû sacrifier le cheval. Calchas l'avait dit très clairement.

Pour elle, il n'était pas suffisant que le corps de son père ait été brûlé avec tous les honneurs dus à un grand roi. Elle aurait jeté Pyrrhus dans les flammes si elle l'avait pu, en se servant de sa graisse pour alimenter le brasier. Cela me rappelait Achille, qui avait sacrifié douze jeunes Troyens, la fierté et l'espoir de leur famille, sur le bûcher funéraire de Patrocle. Cassandre lui ressemblait, dans son insatiable désir de revanche. Seulement quelques jours après la chute de Troie, alors que la complainte d'Achille se répétait constamment dans ma tête, j'avais pensé : *Il nous faut un chant nouveau.* Et nous en avions besoin. Nous en avons encore besoin. Mais un chant n'est pas nouveau simplement parce qu'une voix de femme l'interprète.

Comme je voulais ramener Hécube chez elle et la mettre au lit rapidement, je cherchais des yeux notre conducteur. J'ai fini par l'apercevoir, qui remontait la pente vers nous. Quand il a vu Hécube, il a eu l'air soucieux.

— Ne t'en fais pas, ma jolie, m'a-t-il dit. On va la reconduire en un rien de temps. Faut juste que tout ce beau monde s'en aille.

Il a laissé passer une bande de retardataires, puis la charrette s'est ébranlée, Hécube se tordant sur son siège pour contempler le feu.

Un peu plus loin, j'ai vu Andromaque qui marchait seule. Elle avait dû être oubliée quand Pyrrhus et les Myrmidons s'étaient éloignés. Je l'ai hélée et elle a levé les yeux.

— Pourquoi ne viendrais-tu pas avec nous ? Il y a plein de place.

Elle a accepté, et je l'ai aidée à monter. Cassandre a accueilli plutôt froidement sa belle-sœur, m'a-t-il semblé ; Hécube, plus chaleureuse, a serré les mains d'Andromaque dans les siennes. Non sans cahots et embardées, nous sommes revenues aux écuries, où j'ai remarqué les guirlandes sacrificielles d'Ébène que l'on avait arrachées et piétinées dans la boue.

Andromaque et moi nous sommes descendues devant la cabane des femmes, et nous avons regardé ensemble la charrette franchir les portes.

35

En fin d'après-midi, il s'est mis à pleuvoir. C'est un euphémisme. Le sol était trop desséché pour absorber ce déluge soudain : des flaques ont surgi de nulle part ; chaque colline devenait une rivière. D'énormes colonnes grises de pluie ont balayé le camp, poussées par un vent qui soufflait depuis la mer avec une férocité sans relâche. Je me demandais si Calchas commençait à se sentir nerveux, mais je me suis dit : *Non, il n'a aucune raison*. Il pourrait toujours accuser Pyrrhus d'avoir désobéi à la volonté des dieux. Malgré l'averse, je suis sortie me promener, mais avant d'avoir pu faire quelques mètres, j'avais les cheveux plaqués sur mon crâne. Battant des paupières pour chasser l'eau de mes yeux, j'ai failli me cogner dans Machaon, qui m'a saluée gaiement tout en pataugeant près de moi.

— Qu'est-ce que je disais ? a-t-il crié par-dessus son épaule, en pointant le ciel des deux mains. Le CLIMAT !

Un profond malaise s'est répandu dans le camp ce soir-là, à mesure que les hommes comprenaient que le vent soufflait encore, et que leur situation était aggravée par le fardeau supplémentaire d'une pluie violente. Alcimos est rentré à la cabane, mais il est reparti aussitôt. Il devait conduire un détachement au promontoire, où ils s'efforçaient d'entretenir le feu du bûcher. Tenant mon manteau par-dessus ma tête, j'ai couru jusqu'à la grande salle parce qu'il faudrait leur envoyer de la nourriture et du vin, et je ne me fiais à personne pour s'en charger. Au retour, je suis passée voir les filles et je les ai trouvées apathiques, accablées par l'ennui, irritables. J'ai décidé que ce n'était pas mon problème, et je suis repartie me promener.

Partout on était accueilli par une odeur de cheveux mouillés et de laine humide. Les hommes se blottissaient autour des feux, le manteau sur la tête ; les feux fumaient, crachaient et menaçaient de s'éteindre complètement. La viande était au mieux à moitié cuite ; le vin était le seul réconfort fiable, et ils en avalaient des quantités. Ni chants, ni rires, ni bavardages – on ne parlait que pour se plaindre. Oh, ils se seraient encore battus pour Pyrrhus, à présent encore, s'il avait fallu – mais ils avaient du mal à digérer ses prétentions à connaître la volonté des dieux mieux que Calchas qui était, après tout, le principal devin de l'armée. La plupart d'entre eux auraient préféré voir sacrifier Ébène.

La pluie est tombée toute la nuit sans discontinuer. Les groupes assemblés autour des feux se sont dispersés de bonne heure, les hommes partant chercher une consolation incertaine dans les cabanes. Ces dernières semaines, la tempête avait causé bien des dégâts, dont très peu avaient été réparés. Par conséquent, les fuites dans les toits ajoutaient à l'inconfort général. Quand je suis revenue de ma promenade, j'ai découvert que le toit de ma propre cabane fuyait à trois endroits, et je suis allée chercher des seaux dans la cour ; j'ai trouvé un bol assez grand pour récupérer les gouttes qui tombaient sur le buffet. Au milieu de toute cette pagaille, je me suis assise et j'ai tenté de filer, mais la laine était humide et pleine de ces petites boules gênantes, qu'il est si difficile d'éliminer. De ma place, j'entendais l'eau clapoter dans les seaux et le bol : les gouttes tombaient à des intervalles imprévisibles, et chacune produisait un bruit différent. Cela n'a peut-être pas l'air bien agaçant, mais croyez-moi, au bout d'une heure j'ai cru que je devenais folle, j'ai donc rangé la laine et je suis allée me coucher. Le berceau grinçait, le bébé donnait des coups de pied. J'ai pensé que je n'allais jamais pouvoir fermer l'œil, puis, à force d'écouter la pluie, je me suis endormie.

Peu avant l'aube, je me suis réveillée en sursaut, et je suis restée étendue à contempler l'obscurité, la bouche sèche, prise de panique. Je ne me rappelais même plus où j'étais. Je tendais l'oreille pour identifier ce qui m'avait tirée de mon sommeil. Le retour d'Alcimos ? Une des filles frappant à la porte ? Puis, très lentement, j'en suis venue à comprendre que ce que j'entendais, c'était le silence. Bien sûr, c'était seulement le calme d'avant le jour, qui depuis des semaines nous tourmentait en ranimant l'espoir quotidien pour l'anéantir systématiquement. Avec un peu de chance, je pourrais encore dormir une heure avant de devoir me lever, donc je me suis tournée sur le côté et j'ai remonté les couvertures jusqu'à mon menton, mais je n'ai pu retrouver le sommeil. Le silence se prolongeait. Toujours. Aucun bruit à part le plic-ploc des gouttes tombant dans les seaux. Même le berceau avait cessé de grincer.

Pour finir, je me suis levée, j'ai pris mon manteau et je suis sortie. Dans toute l'enceinte, les portes s'ouvraient, des hommes aux yeux hagards s'avançaient en titubant, éblouis par la lumière. Leurs mouvements semblaient raides, saccadés, comme des armures apprenant à marcher. Sur la droite, j'ai vu que les filles étaient sorties de la cabane et se tenaient sur les marches, regardant autour d'elles comme si elles voyaient ces lieux pour la première fois. Le plus étrange, c'est que personne ne parlait – comme si tous avaient peur de rompre ce silence infiniment fragile.

Puis, déchirant la douce soie de l'air, un homme a crié – et aussitôt d'autres l'ont imité ; ils ont dansé, chanté, pataugé dans les flaques au point d'avoir de la boue jusqu'aux cuisses – et ils sont partis en courant. Ils ont couru vers les navires, c'était une ruée que rien n'aurait pu freiner, jusqu'au moment où j'ai entendu Automédon leur crier d'arrêter, de revenir. Les navires n'étaient pas chargés, deux d'entre eux avaient besoin d'être réparés, les hommes ne pouvaient pas simplement sauter à bord et ramer pour rentrer chez eux. Après un moment, ils se sont rendus à la raison, si le fait de danser et de faire la roue sur le sable est une preuve de raison. Pyrrhus est apparu ; avec ses cheveux coupés court et dans tous les sens, il avait l'air d'un poussin n'ayant pas encore toutes ses plumes. Derrière lui se tenait Hélénos, tous deux avaient les yeux rougis par la fumée. Ils devaient avoir veillé ensemble la nuit entière. Peut-être avaient-ils même ratissé les cendres pour réunir les os de Priam.

Après avoir parlé à Automédon, Pyrrhus est rentré s'habiller. En quelques minutes, l'action s'était déportée vers la plage. Les femmes se sont retrouvées seules dans l'enceinte, comme les matins du temps où les hommes partaient à la guerre. C'était une expérience curieuse, d'écouter ces cris de jubilation, en tentant d'imaginer ce qu'ils signifiaient pour nous. Où allions-nous ? J'ai regardé Andromaque. Il n'y avait plus rien ici pour elle, tous ceux qu'elle avait aimés étaient morts, et pourtant je savais qu'elle n'aurait pas envie de partir. Elle avait donné naissance ici ; ses morts étaient inhumés dans ce sol. C'était son pays.

Les filles semblaient éteintes, confrontées à la désolation de l'exil. Je me répétais que rien n'était encore certain. Et une partie de moi s'attendait encore à voir le vent reprendre d'un instant à l'autre, même si je ne le disais pas.

À la fin, nous sommes simplement restées blotties les unes contre les autres, à écouter les hommes crier sur la plage. À regarder la pluie tomber.

36

Ulysse a été le premier à partir. Depuis toujours il rongeait son frein, il était le plus désespéré de rentrer chez lui.

Je les ai regardés emmener Hécube. Les femmes s'étaient toutes réunies sur la plage pour lui dire adieu, mais elle n'a pratiquement pas levé les yeux de la passerelle sur laquelle elle marchait – et même une fois à bord, debout à la proue, elle regardait au-dessus de nous les tours calcinées de Troie. Nous avons crié « Au revoir, bonne chance ! » avec de grands gestes jusqu'à ce que ses cheveux blancs, devenus un point dans le lointain, soient entièrement engloutis par la brume.

Quand les femmes se sont dispersées, j'ai vu un homme immensément grand qui marchait à pas élégants à travers la foule, comme un héron gris parmi des canards. Calchas – ce ne pouvait être personne d'autre –, mais Calchas comme je ne l'avais encore jamais vu : ni maquillage, ni bandelettes écarlates, ni bâton de prêtre. J'allais m'éloigner lorsqu'il m'a saluée. En me tournant vers lui, j'ai compris que je voyais son visage pour la première fois, que je le rencontrais pour la première fois – c'est l'impression que j'ai eue. On voyait qu'il avait jadis dû être un homme d'une grande beauté, mais ce qui m'a réellement frappée alors, c'est sa timidité. Je ne l'avais jamais remarqué jusque-là.

Après nous être acquittés tant bien que mal des quelques questions conventionnelles, il a avoué :

— Elle va me manquer.

— À moi aussi.

Nous avons marché ensemble. En baissant les yeux, j'ai vu qu'il portait la même tunique courte que les guerriers grecs – ce qui signifie que je découvrais aussi ses jambes pour la première fois. Restées longtemps enfermées sous des jupes tombant à la cheville, elles étaient chétives et pâles, et donnaient une piètre image de la masculinité troyenne. Les jambes d'Hellé étaient plus musclées.

— Êtes-vous prêt à partir ? ai-je demandé.

— Je ne m'en vais pas.

— Vous ne partez pas ?

— Non.

J'ai dirigé mes regards vers l'enceinte désertée d'Ulysse.

— Mais il n'y aura plus rien ici.

— Il y a amplement de quoi se nourrir dans les jardins de Priam. Et je ne prévois pas de rester ici pour toujours – je pense que j'irai ailleurs. (Il a souri.) On verra si je peux trouver une ville qu'Achille n'a *pas* pillée…

— Mais pourquoi ?

— Pourquoi je reste ? Je veux retourner à Troie. J'avais à peine, je ne sais pas... douze ans, quand j'ai été emmené au temple. Mes parents étaient pauvres, je ne m'entendais pas avec mon père, c'était un genre de solution, j'imagine – mais ce n'est pas moi qui l'ai choisie. Et maintenant je veux y retourner.

— Dans Troie, vraiment ?

Il a haussé les épaules. Je n'avais pas besoin de signaler à quelles horreurs il serait confronté ; il le savait parfaitement.

— Je veux juste rentrer chez moi, a-t-il dit. N'est-ce pas ce que nous désirons tous, en réalité ? Remonter dans le temps... ?

— Oui, mais c'est généralement considéré comme impossible.

— Eh bien, alors, j'échouerai.

Nous nous sommes arrêtés pour contempler la mer. À ce moment, presque par miracle, le brouillard s'est dissipé et nous avons vu les navires d'Ulysse alors que les hommes cessaient de ramer et hissaient les voiles.

— J'espère que tout ira bien pour elle, ai-je souhaité.

— Pénélope est bonne – du moins c'est ce que tout le monde affirme.

— Mais ce n'est pas la liberté.

Du coin de l'œil, j'ai vu que les larmes l'empêchaient de me répondre. Il s'est tourné vers moi, a tenté de parler, puis s'est contenté de secouer la tête. Avec un salut pressé, il a remonté la plage vers les cabanes.

J'ai à nouveau regardé la mer, mais le brouillard était revenu et l'on ne voyait plus nulle part les navires d'Ulysse.

Et maintenant, je vais enfreindre mes propres règles. Jusqu'ici, en faisant ce récit de ma jeunesse, je me suis efforcée d'éviter toute référence à des faits que j'ai seulement appris plus tard ; parfois bien des années plus tard, comme le sort d'Ulysse et de ses navires. Mais il me paraît légitime de m'autoriser une exception en ce qui concerne Hécube. Après tout, si la brume ne s'était pas reformée, j'aurais peut-être vu ce qui s'est passé.

À l'instant précis où les voiles étaient hissées, Hécube, blottie dans un coin à l'écart, s'est transformée en chien fou aux mâchoires écumantes et aux yeux rougis. Avant qu'on n'ait pu l'en empêcher, elle a grimpé au mât principal, d'où elle a aboyé un défi à l'adresse des Grecs – puis elle s'est jetée du sommet.

Personne ne semble savoir si elle s'est écrasée sur le pont ou si elle est tombée dans la mer. J'aime à penser qu'elle s'est noyée.

*

La foule ne s'est pas déplacée pour dire adieu à Hélène. Je suis allée la voir partir et j'étais seule sur la plage, tandis que l'on embarquait soigneusement une bonne douzaine de rouleaux cylindriques à bord du vaisseau de Ménélas. Une haute silhouette en manteau sombre supervisait l'opération – un homme, ai-je supposé, jusqu'à ce qu'il se retourne et que je reconnaisse Hélène, qui veillait à ce que ses tapisseries soient mises en sûreté. *Finalement,* ai-je pensé, *rien d'autre ne comptait pour Hélène. Ni sa fille ni certainement aucun des hommes qui l'avaient aimée. Elle vivait uniquement dans et pour son œuvre.*

Nous nous sommes regardées, à travers un abîme de temps et d'expérience. Elle m'a adressé un signe de sa petite main blanche, un signe à peine visible, puis est vite descendue sous le pont.

*

Inévitablement, le jour est arrivé où Agamemnon était prêt à partir. J'ai traversé le camp presque désert pour rendre visite à Ritsa, résolue à ne pas la chagriner par des larmes. Je l'ai trouvée devant la cabane de Cassandre, où elle vérifiait le chargement des biens de la maison sur une charrette. Elle s'est approchée, s'essuyant les mains sur la toile à sac qu'elle avait nouée autour de sa taille – geste douloureusement familier. Elle faisait toujours ça, que ses mains aient besoin d'être essuyées ou non. Notre séparation fut maladroite, comme n'importe quelle séparation de ce genre. Je pense que nous voulions toutes les deux en finir, avoir le soulagement de mettre cet instant derrière nous, mais en même temps, nous nous accrochions à chacune des secondes qui s'écoulaient. Je me rappelle que, à un moment, un groupe de femmes est passé, en route vers les navires. J'ai repéré la silhouette massive de Maïré, le bébé encore serré contre sa poitrine et à moitié caché par son châle. Alors que je la reconnaissais, elle a jeté un coup d'œil vers nous et a souri. Une minute plus tard, elle avait disparu.

Je me suis retournée et j'ai découvert que Ritsa m'observait.

— Tout ira bien pour elle et son enfant. Je te l'ai bien dit, non ? Je veillerai sur eux.

Ma résolution de ne pas pleurer a duré jusqu'à ce qu'il faille nous dire au revoir, puis j'ai cédé et j'ai hurlé comme une fillette :

— Mais je veux que tu sois là !

Pour mon accouchement, voulais-je dire.

— Je voudrais bien, si je le pouvais, tu le sais. (Elle m'a tapoté le ventre, d'un air rassurant.) Tout va bien se passer pour toi.

À mon retour dans l'enceinte de Pyrrhus, je suis allée voir Hécamède. Les vaisseaux de Nestor étaient également prêts à partir. Nouveaux adieux. L'avenir d'Hécamède m'inspirait plus d'optimisme que je n'en avais ressenti depuis longtemps. La santé de Nestor semblait s'améliorer, et tant que ce vieux salopard s'accrocherait à la vie, je supposais qu'Hécamède s'en tirerait. Nous nous sommes embrassées, puis j'ai dû la laisser partir.

D'abord Ritsa, à présent Hécamède. Je me suis éloignée, sachant que selon toute probabilité je ne les reverrais jamais ni l'une ni l'autre.

*

Pour atténuer la souffrance causée par le départ de mes amies, j'ai marché en direction des mares rocheuses de la plage, où je me suis accroupie en quête de signes de vie, mais sans grand espoir. Malgré l'angoisse de voir partir Ritsa, je ressentais un peu de cette excitation que j'éprouvais enfant, quand je tenais bien serré la main de ma mère pour monter sur les rochers glissants. Une étoile de mer, c'est tout ce que j'ai trouvé, et même elle était morte. Ma mère adorait les étoiles de mer – elle adorait toutes les formes de vie qu'on voit sur le rivage, mais les étoiles de mer en particulier – et elle m'a transmis cet amour. Je me suis penchée pour examiner le cadavre pâle. Il avait été grièvement blessé avant sa mort, un de ses membres arraché gisait à quelque distance du corps. Quand je me suis baissée, mon ombre est tombée sur l'eau, et aussitôt l'étoile de mer a repris vie, se dirigeant vers une frange d'algues en surplomb. Non seulement cela, mais le membre coupé s'est aussi mis à bouger et à chercher un abri. J'ai eu envie de rire, parce que je me suis souvenue : *C'est ce qui arrive*. J'entendais la voix de ma mère m'expliquant ce phénomène : un nouveau membre pousse sur l'étoile de mer, le membre amputé devient lui-même une étoile de mer, et c'est ainsi qu'à partir d'un seul individu blessé et mutilé naissent deux créatures entières.

Cela m'a donné de l'espoir – oui, je sais que c'est ridicule. Que pouvais-je bien avoir en commun avec une étoile de mer ? Pourtant, tout à coup, j'ai trouvé la force de me lever, de regarder une dernière fois le tumulus funéraire d'Achille, et de regagner bien vite l'enceinte, où les Myrmidons étaient presque prêts à s'embarquer.

Les filles avaient rangé leurs rares effets personnels dans des sacs de coton et se pressaient sur la terrasse, en attendant qu'on leur dise où aller. Hellé a ouvert de grands yeux quand je me suis avancée. Curieusement, sans jamais beaucoup parler, nous avions noué une sorte d'amitié. Je sentais que je pouvais lui confier les captives. Je ne voyais pas Andromaque dans le groupe, et comme cela m'inquiétait, je suis partie à sa recherche. Mes pas résonnaient dans la pièce vide, qui paraissait soudain beaucoup plus vaste. J'étais sur le point de m'engager dans le couloir menant à sa chambre, quand j'ai entendu un mouvement dans la cour, à l'arrière. Elle cueillait des marguerites violettes, de celles qui poussent aussi vigoureusement que la mauvaise herbe à cette période de l'année. En fait, c'est probablement une mauvaise herbe. Aujourd'hui, j'en vois de grosses touffes de la fenêtre de ma chambre. Mauvaise herbe ou pas, je n'ai jamais été capable de les arracher.

— Andromaque ?

Les bras pleins de marguerites, elle s'est tournée face à moi et a prononcé un seul mot :

— Amina.

— Je ne sais pas où elle est enterrée.

Je ne savais pas même si elle avait été enterrée. Ils devaient plutôt avoir jeté son corps du haut du promontoire. Puis j'ai pensé : *Mais je sais où elle est morte.*

Nous avons donc tressé ensemble les marguerites en une couronne que nous avons portée jusqu'à la cabane des blanchisseuses, qui offrait le même aspect qu'elle avait toujours eu : des séchoirs agités par le courant d'air, une rangée de cuves où l'on mettait à tremper les chemises ensanglantées et, au beau milieu de la pièce, la grande table au dessus de marbre. J'y avais lavé le corps de Patrocle, celui d'Hector, et celui d'Achille – mais j'ai chassé ces souvenirs. C'était le moment d'Amina.

Nous avons posé la couronne sur la dalle et nous sommes restées un moment la tête baissée. Je ne suis pas sûre d'avoir réussi à prier, mais je sais que je me souvenais d'elle : ses yeux écartés, ses épaules droites, son refus absolu de plier.

Puis nous sommes sorties rejoindre les autres femmes, et quelques minutes plus tard, Alcimos est apparu et nous a conduites aux navires.

13772

Composition
NORD COMPO

Achevé d'imprimer à Barcelone
par CPI Black Print
le 5 mars 2023

Dépôt légal : mars 2023
EAN 9782290387221
OTP L21EPLN003472-555549

ÉDITIONS J'AI LU
82, rue Saint-Lazare, 75009 Paris

Diffusion France et étranger : Flammarion